西北偏北之詩

昌耀詩歌研究

張光昕 著

昌耀肖像

（馬莉繪／布面油畫／尺寸90×80cm／2009年）

目次

導言　沒有拜物教的物神
——昌耀詩歌的潛命題分析

> 詞圍繞著物自由地徘徊，就
> 像靈魂圍繞著一具被拋棄的、卻
> 未被遺忘的軀體。
>
> ——曼德爾施塔姆

第一節　土星，噩夢，語境

　　「我的星座是土星——一顆演化得最為緩慢的星球，繞道而行，拖延遲滯……」[1]在拒斥了一切現代心理學術語之後，本雅明（Walter Benjamin）將這個古老的星相學標籤輕輕貼在了自己的額頭上。這位熱衷於迷路的倒楣文人，終其一生周轉蹀躞於嚴峻的現實沼澤，他從很早起就嗅出了自己身上的這種「土星氣質」，並把它晦暗的光環同樣施與了他筆下的波德賴爾、普魯斯特、卡夫卡，甚至歌德。在本雅明

---

[1]　轉引自（美）蘇珊·桑塔格，《〈單向街〉英文本導言》，《本雅明：作品與畫像》，孫冰編，文匯出版社，1999年，第236頁。

看來，土星是距離日常生活最高和最遠的行星，是一切深邃思辨的創始者。從外部把靈魂招至內在世界，使其上升到更高的位置，最後賦與其終極的知識和預言的天才。[1]

本雅明勾勒出了一組誕生在土星標誌下的思想者群像，在易於使人罹患過敏症的時代季風面前，他們則表現得「冷漠、猶疑、遲緩」，分享著無可救藥的憂鬱和傾其一生的孤獨。他們的作品喜愛固執己見、我行我素，聽命於內心鐘擺的神秘宣諭，然後鄭重其事地講述那些來自烏有鄉的消息；他們活著時大都籍籍無名，頂著小角色的姓氏，成為並不富裕的古董和書籍收藏家；他們的傳記讀者在主人公死去若干年後捶胸頓足，喟歎運命，恨不得跳進書裏去拯救傳主們的失敗；也同樣在若干年之後，這些具有「土星氣質」的寫作者們，紛紛成為了後進時代的神話，絕世孤獨的代價偏偏迎來身後喧囂沸騰的市井煙花。猶如風塵一身的奧德修斯莊嚴地踏上返鄉之旅，我們看到，在這些命隨土星的人們的頭頂上方，那顆率領眾多小天體、步態蹣跚的碩大行星，在沿著冗長軌道經歷曠日持久的宇宙漫遊之後，正向著它的起點，向著它似曾相識卻換了容顏的故里，如王者般款款歸來。

「當人生的中途，我迷失在一個黑暗的森林之中。要說明那個森林的荒野，嚴肅和廣漠，是多麼的困難呀！我一想到他，心裏就一陣害怕，不亞於死的光臨……我怎樣會走進那個森林之中，我自己也不清楚，只知道我在昏昏欲睡的當兒，我就失掉了正道……」[2]偉大的但

---

[1] 參閱（德）瓦爾特·本雅明，《德國悲劇的起源》，陳永國譯，文化藝術出版社，2001年，第119頁。

[2] （意）但丁，《神曲》，王維克譯，《但丁精選集》，呂同六編選，北京燕山

丁（Dante Alighieri）從一場偉大的迷途噩夢中開始了他的冥府之旅。在維吉爾的帶領下，他開闢了一條舉步維艱的征程——漫長、遲滯、緩慢——穿越了人類的一切罪惡和苦難。作為人類靈魂王國的探險家，但丁在每一個上演懲罰和救贖的可能地帶留下腳印，拿出足夠的時間和極大的虔誠，用他腳下的億萬塵埃組成一道空前浩渺的土星式軌跡。或許那些具有「土星氣質」的人們，註定要像《神曲》裏的但丁那樣，在「人生的中途」走進一場噩夢，並且終生與這場噩夢殊死鏖戰，使盡渾身解數甄別著虛幻噩夢與現實人生的界線：

> 每於不意中陡見陌室窗帷一角
>
> 無端升起藍煙一縷，像神秘的手臂
>
> 予我災變在即似的巨大駭異，毛骨悚然。
>
> 而當定睛注目：窗依然是窗，帷依然是帷。
>
> 天下太平無事。
>
> （昌耀，《噩的結構》）[1]

在這支由西方人文視野彙聚而成的龐大「土星家族」之外，中國詩人昌耀以酷愛描摹噩夢的結構而著稱於世，以他詩句中埋藏的生命體驗表達著「同是天涯淪落人」的惺惺相惜之情。儘管他自信「宇宙之輝煌恆有與我共振的頻率」（昌耀，《巨靈》），但這個偏居西

出版社，2004年，第81頁。

[1]　本書引用的昌耀作品均出自《昌耀詩文總集》，青海人民出版社，2000年。特此說明。

域的名字沒能與中國當代押上韻。在昌耀那些沙礫般的文字中，無論是公認的佳作還是古怪的文體，即便是最為雄渾、熱烈、昂揚的詩句岩層之下，孤獨、隔絕、幽憤的土星式心緒都會像一脈脈流動的地下礦泉，在被太陽炙烤得近乎龜裂的岩縫罅隙間汩汩滲出，為每一個受難的詞語施洗，帶領它們飛向蒼穹。在距離噩夢的「藍煙」不遠處，昌耀艱難地書寫出他蒼涼而悲壯的生命體驗。他渴望跟隨著古老的詩神，在土星光影間逡巡幻遊：

> 哪有那麼多夢呢？夢囈與譫語幾乎不可分……我在夢裏是一隻綠色的豆莢。是在朝鮮元山附近一處農家菜園，我突然倒僕。也許倒僕了一年，天仍未亮，高射炮的彈火還在天邊編織著火樹。我的臉龐枕墊在潮濕的泥土。我知道我耳邊的血流仍在更遠的地方切開潮濕的土地。但我只關注於從農家內室傳來的紡車嗚嗚聲。太綿、太悠遠了，紡著我看不見的線。我一點也動彈不了。只覺著看不見的線是那麼綿綿地將我牽動，將我紡織。（昌耀，《內心激情：光與影子的剪輯》）

多年以後，昌耀用這樣奇詭的方式回憶起，作為志願軍一員的他在朝鮮戰場上倒下的那個瞬間。這是他在朝鮮做的最後一個夢，因為炮彈擊中了他的頭部，這極有可能也是他生命中最後一個夢。神智迷濛間，一條看不見的線在悄悄地紡著，這個年輕的志願軍戰士變成了夢裏的一隻綠色豆莢，永遠長在他倒下的那個農家菜園裏。年少的昌耀在那條藤蔓上究竟發現了什麼呢？他看到了家的形象？聽到了母親

的紡線聲？抑或是感受到死神的召喚？這個王家祠堂的逆子（昌耀原名王昌耀），一個用生命寫作的詩人，兩者之間該畫出一道怎樣的弧線呢？昌耀說，一切都太綿，太悠遠了。但他終於活了下來。

「密西西比河此刻風雨」（昌耀，《斯人》）。幾乎與昌耀的朝鮮豆莢夢發生在同一時間，地球那壁的德語詩人保羅・策蘭（Paul Celan）寫道：「數數杏仁，／數數這些曾經苦澀的並使你一直醒著的杏仁，／把我也數進去：／／我曾尋找你的眼睛，當你睜開它，無人看你時，／我紡過那些秘密的線。／上面有你曾設想的露珠，／它們滑落進罐子／守護著，被那些無人領會的言詞。」（保羅・策蘭，《數數杏仁》）[1]就這樣，來自不同國度的兩個詩人共同完成了一首關乎生命的獻詩。昌耀倒僕時分聽到的那段悠遠綿長的紡線聲，冥冥之中或許正源自他鄉的保羅・策蘭，而策蘭要尋找的彷彿正是昌耀黑色的眼睛。在納粹的鐵蹄下，這位飽經離亂的猶太詩人，沒能來得及與被抓進集中營的母親做最後的告別，成為了他後半生長久的隱痛[2]。他越是不安，就越愛數那苦澀的杏仁，似乎就越想用詩歌紡「那些秘密的線」，就越能理解天真的昌耀在13歲時瞞著家人隨軍遠行的壯舉[3]。因為對於湖南老家的母親來說，少年詩人的壯舉同樣意味著沒有

---

[1]　（德）保羅・策蘭，《保羅・策蘭詩文選》，王家新、芮虎譯，河北教育出版社，2002年，第29頁。

[2]　保羅・策蘭即此寫出了他最著名的詩作《死亡賦格》。

[3]　關於這段經歷，昌耀做過如下的回憶：「1950年4月，38軍114師政治部在當地吸收青年學生入伍，我又瞞著父母去報考，被錄取，遂成為該師文工團的一員，後來就有了我此生最為不忍的一幕——與母親的『話別』。每觸及此都要心痛。那是開赴遼東邊防的前幾日，母親終於打聽到我住在一處臨街店鋪的小閣

告別的永訣。於是，在對人間情愫的憂傷緬懷中，不論是策蘭的「杏仁」，還是昌耀的「豆莢」，不論是策蘭的「把我也數進去」，還是昌耀的「將我牽動，將我紡織」，都成為「太綿，太悠遠」的呼喚，成為他們口中「無人領會的言詞」。因為在這裏，無論詞的箭簇多麼鋒利，它並沒有擊中物的靶心。失效的詞患有一種潰散的憂鬱症，在虛空的語言空間裏孤魂一般地遊蕩。這也成為昌耀寫作的噩夢。因此，當回憶閘門緩緩拉開時，在昌耀和策蘭的作品中，他們都心甘情願地將抒情主人公降格到物的層次，降格為微小的賓語。在人世的悲歡離合面前，或許只有微小之物才能聆聽到天地間最內在的聲音，體察到這個物質世界最本質的律動，才能敏銳地抓取生活中最寶貴的時空片段，使其進入茫茫宇宙中可供銘記的永恆序列：

> 曾幾何時，一位年輕的母親對著夾擠在市廛人群向前蹣跚學走的兒子大聲喝斥：「小夥子，靠邊兒走！」那時，我體驗到了母親眼裏的自豪及其超越時間的祝祈：鐘聲啊，前進！（昌耀，《鐘

樓，她由人領著從一隻小木梯爬上樓時我已不好跑脫，於是耍賴皮似地躺在床鋪裝睡。母親已有兩個多月沒見到我了，坐在我身邊喚我的名字，然而我卻愣是緊閉起眼睛裝著『醒不來』。母親執一把蒲扇為我扇風，說道：『這孩子，看熱出滿頭大汗。』她坐了一會兒，心疼我受窘的那副模樣就下樓去了。戰友們告訴我：『沒事兒了，快睜開眼，你媽走了。』當我奔到窗口尋找母親，她已走到街上，我只來得及見到她的背影。她穿一件綑邊短袖灰布衫，打一把陽傘正往邊街我家的方向走去。她將她的一把蒲扇留在了我的床頭。那年我十三周歲。我沒有意識到這就是我與母親的永別。」參閱《昌耀的詩‧後記》，人民文學出版社，1998年，第419-420頁。

聲啊，前進！》）

　　對於過早就在市廛人群裏向前蹣跚行走的昌耀來說，儘管每一次對母親的回憶文字都充滿了節制，卻依舊令他本人和他的讀者產生伴「隨著每次閱讀時肉體的感動」（博爾赫斯語）。就像每個人的生活都會被分成「在母親身邊的日子」和「離開母親的日子」一樣，母親成為一位掌控兒子現世生存的命運女神，成為一枚標記在生活與語言之間的轉渡符號。據此，意義空間裏的文本也可劃分為事境和語境兩大類。由真實生活的事境組建的第一現場，是我們夢想回歸的伊甸園，這種原始衝動讓那些後置性的追憶和還原努力面臨著極大的考驗。雖然**語境**的森林總是遍佈著弔詭和含混，但將事境的幼獸放養在語境的森林裏，是每一個渴望追憶的寫作者必然的作業。唯有如此，追憶方才成為可能。誠如薩特（Jean-Paul Sartre）所警惕的那樣，語詞只是掠過事物表面的陣風，它只是吹拂了事物，並沒有改變事物。作為一個嚴格的寫作者，昌耀也像策蘭那樣，在警惕著語言的乏力和矯情，防止它們成為「無人領會的言詞」，防止它們淪為寫作的噩夢。這也在暗中提醒了詩人，要牢記那個事物的靶心，它將成為詩人寫作的夢想。

　　毋庸置疑的是，「離開母親的日子」畢竟要陪伴我們走完生命裏更長的路，介入我們更細微的生活體驗，讓我們更刻骨銘心地認識到語言之於生活的意義。於是，在「人生的中途」，作為濃郁「土星氣質」的攜帶者，昌耀如同一隻懵懂的幼獸，必將跌進一座命運中與生俱來的噩夢森林，就像他同時走進一座充滿敬畏和熱愛的語境森林一樣。詩歌，必將成為昌耀承載人世情感的一件最高尚的語言衣缽，成

為他對消逝之物最富意味的一種招魂術。

詩歌是清白無邪的事業，所以詩人無限熱衷於這項語言遊戲；詩歌也是最危險的財富，所以詩人因道說真理而不幸罹禍。[1]語言與命運、詩歌與詩人、符號與世界，總是緊密地纏繞在一起，如切如磋、如琢如磨。昌耀在他的詩歌中講述了他在精神世界的泅渡和歷險，呈現了他的快慰和傷痛。作為在日常生活中遍體鱗傷的受傷主體，昌耀也必將依靠詩歌，對個體生存中表現出的匱乏與殘損做出象徵性的修復和療救。我們同時可以看到，詞怎樣在山重水複間朝向物艱難地跋涉，詩的夢想如何借助語言穿越生活；我們還將看到，昌耀在強烈生命體驗關照下的詩歌寫作，如何透露了人類世界關於生存和語言的失敗與偉大。

第二節　複寫，轉換，自救

本導言旨在為昌耀的整個創作體系提供一份基礎性的研究綱要，意在打撈、清理和分析目前昌耀研究界尚未展開的若干沉潛命題。相對於那些經歷了歲月歷練和沉澱後的文字來說，考察昌耀作為一個個體在時代中的生活經驗，顯然對這項研究是必不可少的，也是直觀而有趣的。詩人柏樺說：「詩人比詩更複雜、更有魅力、也更重要。詩人的一生是他的詩篇最豐富、最可靠、最有意思的注腳，這個注腳當

---

[1]　參閱（德）海德格爾，《荷爾德林和詩的本質》，《荷爾德林詩的闡釋》，孫周興譯，商務印書館，2000年，第37-41頁。

然要比詩更能讓人懷有濃烈的興味。」[1]這種認定對於昌耀誠然是有效的。昌耀出生於湖南桃源王家坪村（今紅岩墻村）的一個大戶人家。自小怕鬼，當他考入湘西軍政幹校後，因為不敢夜起而常常尿床，不得不被校方勒令退學；[2]但他並不肯善罷甘休，又瞞著父母報考了中國人民解放軍第38軍114師文工隊，開始了日夜與軍鼓、二胡和曼陀鈴為伴的戎馬生涯，不久即隨軍開赴朝鮮戰場；負傷回國後，他進入河北榮軍學校，因為從保定城裏買來的一張名為《將青春獻給祖國》的藏地風情宣傳畫而倍受鼓舞，在畢業後毅然決定投身大西北建設，從此入贅青海；[3]1957年的昌耀年紀尚輕，熱愛創作，對政治生活和社會活動不太積極，並且剛好有人揭發他寫了「歪詩」，[4]青海省文聯理所應當地把從上頭分配下來的「右派」指標劃歸給他，讓他到農村接受貧下中農再教育；下放到牧區後，他在尊嚴問題上屢次頂撞村支書，並聽從房東的建議，裝病不出工，在「家」裏擺弄樂器，終於招來一輛荷槍實彈的吉普車將他帶走，成為真正意義上的囚徒；[5]這一走就是二

1　柏樺，《左邊──毛澤東時代的抒情詩人》，江蘇文藝出版社，2009年，第94頁。

2　參閱昌耀，《昌耀的詩·後記》，前揭，第419頁。

3　參閱昌耀，《艱難之思》，《昌耀詩文總集》，前揭，第403-405頁。

4　即《林中試笛》（二首），在「反右」期間被當作「毒草」發表在1957年第8期的《青海湖》月刊上。該詩的《編者按》稱：「這兩首詩，反映出作者的惡毒性陰暗情緒，編輯部的絕大多數同志，認為它是毒草。鑒於在反右鬥爭中，毒草亦可起肥田作用，因而把它發表出來，以便展開爭鳴。」參閱昌耀，《昌耀的詩·後記》，前揭，第418頁。

5　昌耀在1962年撰寫的對自己「右派」問題複議的《甄別材料》中稱：「我不願參與社會活動，不願過問旁人的事。我將生活劃分為哪一種對我的創作是有利的，哪一種是無益的。比如：我覺得逛廟會、去草原對我的創作有好處，能啟

十餘年,當歷史煙雲散去後,他依然頂著劇烈的高原反應登上了太陽城參加詩會;與他的土伯特妻子離婚後,他橫下一條心把住房留給她和子女,自己搬到攝影家協會的辦公室獨居,淪為「大街看守」;感情無所歸依的詩人苦戀著遠方的夢中情人SY,一日突發奇想,在信中煞有介事地向後者索求「長長的七根或九根青絲」;直到生病入院,因無法忍受病房吵鬧不寧,他執意要求醫院在走廊為他增設一張病床;直到萬念俱空,他拖著沉重的病體艱難挪向病房的陽臺並一躍而下……[1]就這樣,昌耀被拋進了長達一生的噩夢之夜中。在這個暗無天日的世界裏,卻也佈滿了星星點點自由選擇的螢火蟲。昌耀一直在行使著他的自由意志,在生活的交叉路口處為自己做著決絕的裁定。而在他一生中間的眾多選擇和裁定中,只有詩歌成全了他的生命體驗。昌耀選擇了詩歌,詩歌也選擇了昌耀。當我們在他的詩中發現了一個詩人艱澀的行腳時,昌耀會告訴我們:他「是風雨雷電合乎邏輯的選擇……是歲月有意孕成的琴鍵」(昌耀,《慈航》)。

在昌耀大部分作品中,不論抒情主體採取第一人稱還是第三人稱,一副飽經憂患的詩人形象隱約可辨:從《凶年逸稿》中「有一個時期/我坐在黃瓜藤蔓的枝影裏抄錄採自民間的歌詞」,到《良宵》中「放逐的詩人」渴望「柔情蜜意的夜」;從《夜譚》中「我搭乘的

發我寫作的靈感,而開會、柴米油鹽醬醋茶之類的生活瑣事似乎只對創作小說的積累素材有好處……我對政治與藝術的理解是幼稚的。這也表現了我的不成熟。」參閱燎原,《昌耀評傳》,人民文學出版社,2008年,第75-76頁;另可參閱章治萍,《雨酣之夜話昌耀》,《中國詩人》(季刊)2007年第1期。

[1] 以上材料均可參閱燎原,《昌耀評傳》,前揭,第339-344頁;第467-468;第380頁;第486-487頁。

長途車一路奔逐」在申訴之路上，到《慈航》中「摘掉荊冠／他從荒原踏來，重新領有自己的運命」；從《山旅》中「北國天驕的贅婿」，到《湖畔》裏「庫庫淖爾湖忠實的養子」；從《雪。土伯特女人和她的男人及三個孩子之歌》中他和家人們「同聲合唱著一首古歌」，到《致修篁》中的「我亦勞乏，感受峻刻，別有隱痛」……在嚴酷的現實生活面前，昌耀依賴寫作行使文字最基本的權利，為個人經驗提供了一種鏡面式的**複寫**。詩人將現世遭際物化為萬貫家財，再租借語詞的舟楫把它們運載到時間彼岸的碼頭。對於詩人來說，那裏將是一個安全地帶，也是一個安棲之所。

　　耿占春試圖把昌耀的詩歌讀成一部個人精神傳記，挖掘這一話語整體的社會符號學意義：「他的詩篇中的經驗內涵承受著沉重的歷史負荷與集體記憶，而他的詩歌想像力、他的修辭學幻象和象徵主義，既是與這樣的歷史負荷相一致的對應物，又是修正與轉換這種歷史負荷的方法，他的詩歌因此而被理解為比記錄單純的個人困境更為深入地一種轉換困境的方法。因此我們最終能夠把作為自傳的昌耀詩歌，**翻轉**為反自傳的創造過程的記錄。」[1]在這類具有自傳色彩的作品中，昌耀在炮製文本時所帶來的快感，源於他流放時期的受虐經驗，以詩歌中瀰漫的準宗教氛圍為背景，實現了「生之痛」與「文之悅」的象徵交換。而當作為流放者的昌耀再度回歸正常生活秩序後，世界卻以另外一副面孔呈現在他面前，但受虐體驗仍然牢牢盤踞在他的個人生

---

[1]　耿占春，《作為自傳的昌耀詩歌——抒情作品的社會學分析》，《文學評論》2005年第3期。

活中，土星式命運在暗暗地支配著他。昌耀的詩歌在整體上直觀表達了他的命運，寫就一部「命運之書」，因此在昌耀的絕大多數作品中，抒情主體就約等於、或乾脆等於詩人自己了。昌耀完全依賴自己的生命體驗進行寫作。在這種類似「數杏仁」的苦澀行動中，詩人情願把他自己也數進杏仁隊伍裏去，將抒情主體的構成質料一點點轉運調離，兌換為它的語言等價物，以書寫的形式編織進符號的能指系統內部。對於昌耀，這幾乎可以視作一種寫作的本能反應，一種對時間的本質衝動，它們有時也僅僅體現為一次微不足道的生理衝動：

> 我抱起腳掌橫陳膝頭，然後用一把刮削器刨除那層苔蘚般包墊在腳底及其周圍的老繭……然後我收集起掉落在地板的皮屑去室外拋向草叢。心裏想著，覓食的母雞會很快啄淨其中大部分，餘下的細碎皮屑也將成為微小生物或草根的養料。其實在長年累月中我身體的每一部分早已潛移默化地一點一滴變作他物了，而他物又已成為他物的他物。（昌耀，《蘋果樹》）

昌耀清楚地認識到事物的運動轉化規律，腳底的老繭應當足以成為時間在詩人肉身上堆積的物化形式吧：它作為詩人身體的一部分，被刮削搓碎，脫離了身體，再進入母雞們的身體。這種轉渡方式日夜不停地偷竊著自我，像螞蟻搬家那樣，一點一滴完成了生命原子從甲到乙的遷移：「我兒時的紅骨髓已為黃骨髓所替代，皮膚已變為多皺，時間早已將那個原來的我悄悄更換，並繼續著這種惡作劇。」（昌耀，《艱難之思》）詩人由此意識到，自己的生命，甚或每個人

的生命，都無時無刻不發生著這樣悲喜交加的**轉換**。但這同時又令他困惑不已，加深了他高更（Paul Gauguin）式的追問：「我們從何處來？我們是誰？我們往何處去？」這恐怕是人類自誕生以來最難於回答的疑問了。作為一個用生命寫作的詩人，昌耀已經開始著眼於這類問題，並在他的詩歌中進行著艱澀地探索，他總結道：「藝術創造的魅力其精義所在莫不是人世生活的詩化的抽象？抽象的基礎愈是豐厚，抽象物的蘊積也愈豐厚，因而也愈具可為轉換的能量，其魔力有如點石成金的『靈丹一粒』。」（昌耀，《詩的禮贊》）昌耀屏息凝神扮演著一個煉金術士的角色，不僅鏡面式地複寫出個體的現實遭際，而且渴望將這些大量世俗經驗鍛造為詩化的抽象。在此過程中，詩人把現實困境重裝為烏托邦力量，將消極感受改旗易幟為達觀抒情。語言參與了這場神奇的嬗變，它在此充當一把刮削器，把苦難的老繭剗掉，露出紅嫩圓潤的光澤，從而將身體造就為一件莊嚴的藝術品，用以抵禦時間的刪汰。此處，我們看到了一個美學化的理想身體的出場，它是一個煥發著藝術光芒的身體形象。它與時間對稱，因此躋身詩人由衷謳歌的永恆序列。由此，昌耀的詩歌也完成了點石成金的轉換使命。這種帶有轉換傾向的詩學努力，從很早起就出現在昌耀的作品中：

> 這是一個被稱作絕少孕婦的年代。
> 我們的綠色希望以語言形式盛在餐盤
> 任人下箸。我們習慣了精神會餐。
> （昌耀，《凶年逸稿》）

　　詩人描述了一場在孕婦稀少的年代裏（即所謂的「三年自然災害」）的精神聖餐。肉體饑餓與精神盛宴在此實現了等價交換，語言包裹下的希望意念出現在了一個超現實主義的餐盤中，凡態的肉體概念就此隱匿於精神餐盤之外。稀缺的孕婦與綠色的希望相互嘲諷，孱弱的肉體與膨脹的精神在暗中廝磨。一個瀕臨絕後的民族談論希望是虛妄的，語言變作一種匱乏空間裏的填充物，這或許正標誌著一種詩意的奇異誕生。曼德爾施塔姆（O.E.Mandelstam）直截了當地說：「一個英雄時代已在詞的生命中開始。詞是肉和麵包。詞與麵包和肉有著同樣的命運：受難。人民在挨餓。國家更是在饑餓中度日。但仍有一樣東西更為饑餓：時間。時間要吞食國家⋯⋯沒有什麼再比當代國家更饑餓的東西了，而一個處於饑餓狀態中的國家比一個處於饑餓狀態中的人還要可怕。」[1]因為語言亟待傳喚出時間的對等物，昌耀在這裏就以詩意的方式把詞兌換成了肉體和麵包，把它們投喂給饑餓的時間，企望以此解救國家和人民。這樣，在昌耀的作品中，一個既隱而不顯、又無處不在的肉體概念本身，也在進行著一次價值鈣化，即從受難的、羸弱的、畸形的**猶太式身體**，變為強壯的、有力的、健美的**希臘式身體**。[2]借助語言的魔力，在噩夢森林裏逐漸萎蔫的肉身概念，得以在語境森林裏復活、豐滿，重燃「綠色希望」的藝術火光，讓一

---

[1]　（俄）曼德爾施塔姆，《詞與文化》，《曼德爾施塔姆隨筆選》，黃燦然等譯，花城出版社，2010年，第39頁。

[2]　參閱Gerald L.Bruns,*On the Anarchy of Poetry and Philosophy:A Guide for the Unruly*,Fordham University Press,New York,2006,pp49.

個饑餓的民族由此銘記下苦難的集體生命體驗，並開拓出一片繁衍與發展的可能意義空間。

　　這是昌耀在極具中國特色的饑饉年代裏創作的詩歌，是佇立在饑荒威脅下的一個當代詩人的內心獨白，它或許在最淺白的層次上詮釋了海德格爾（Martin Heidegger）所謂的貧困時代的內涵。在昨日之神已然逃遁，明日之神尚未到來的雙重匱乏之中，作為貧困時代的詩人，他們必須依靠吟唱去摸索那些遠逝的諸神的蹤跡，尤其要對詩的本質予以特別的詩化（dichten），而作為後世之人的我們，必須要學會聆聽這些詩人的道說。[1]海德格爾說：「這個時代是貧困的時代，因此，這個時代的詩人是極其富有的──詩人是如此富有，以至於他往往倦於對曾在者之思想和對到來者之期侯，只想沉睡於這種表面的空虛中。」[2]在這個意義上，生活在物質匱乏年代的昌耀有理由成為一個語言貴族，一個精神世界的債權人，一個美學批發商。他的詩歌便成為當年精神會餐上傾力烹製的尤物，成為他一生貧窮生活裏饗宴靈魂的佳餚，成為中國民族精神餐桌上一道燴集道德內核與審美情懷於一爐的酸甜什錦。

　　在肯定價值真實的前提下，人們力圖重新聚合起世界與個體分崩離析的狀態。劉小楓在這種努力中辨析出兩條突圍線索：一條乃救贖之路，為西方傳統精神所肯定；一條乃審美之路，是神性缺位的中國

---

[1]　參閱（德）海德格爾，《詩人何為》，《林中路》（修訂本），孫周興譯，上海世紀出版集團，2008年，第245頁。

[2]　（德）海德格爾，《荷爾德林和詩的本質》，《荷爾德林詩的闡釋》，前揭，第53頁。

傳統精神的一貫表達，二者自誕生起就存在著緊張的精神衝突。[1]詩的言說正彰顯著這一衝突。如果海德格爾所謂的「貧困時代」，直指在殘雲漫捲的諸神遁去之後袒露出的審美朗空，那麼昌耀和他的詩歌先輩們頭頂這片天空，已經書寫了上千年的陰霾與蔚藍。我們抬頭仰望之際，彷彿可以瞥見詩聖杜甫在吟詠「安得廣廈千萬間，大庇天下寒士俱歡顏，風雨不動安如山」（杜甫，《茅屋為秋風所破歌》）時的婆娑身影。昌耀就出生在這架古老的抒情詩傳統搖籃裏，他天然服膺著諸如杜甫這般的美學上級發出的詩學指令，而他此生的精神私產，也正是那些鐫刻於自身之上的、中國20世紀的波詭雲譎。

在這個神性救贖啞然失效的世紀，西方世界的人類精神面臨著前所未有的貧困，現代人的寫作遭遇了全面的危機。誠如荷爾德林（Friedrich Hlderlin）所云，哪裡有危險，哪裡也生出拯救。只有危險出現的地方，拯救的出場才是必要的。每種危險自身都同時包含了一個令自己轉危為安的拯救可能。而對於這場由語言挑起的危險，也只能依賴語言（詩藝）的手段加以拯救。[2]人類渴望救援的雙手最終抓住了這根審美的稻草，審美過程由此蒙上了些許救贖色彩，兩者中間彷彿掠過一絲重合的幻影。而當作為審美之邦的中國，在面對它20世紀的歷史和精神現實時，當像昌耀這批經歷了幾重生死考量的當代詩人，艱難地唱出審美之歌時，我們難道就不會嗅出他們作品中的救贖氣息

---

[1]　參閱劉小楓，《拯救與逍遙》（修訂本二版），華東師範大學出版社，2007年，第35-39頁。

[2]　參閱張棗，《朝向語言風景的危險旅行——當代中國詩歌的元詩結構和寫者姿態》，《上海文學》2001年1月號。

嗎？難道審美和救贖的精神衝突就不會啟動中國詩學體系中的救贖機
制嗎？阿多諾（Theodor Adorno）感歎過，奧斯維辛之後的詩歌寫作是
野蠻的，在當代中國，這句過激之辭或許正告訴我們，這個民族需要
什麼樣的詩人。哪一類詩人應當值得我們關注。他們也許正乘著黑夜
攀援在民族精神的屋脊，以審美的方式施展救贖之事功，不論是對於
民族還是個體，實質上也在進行著一場波瀾不驚的**審美自救**：

> 偶像成排倒下，而以空位的悲哀
>
> 投予荷戟的壯士，
>
> 壯士壯士壯士
>
> 踩牢自己鏽跡斑斑的影子，
>
> 碎玻璃已自斜面嘩響在速逝的幽藍。
>
> （昌耀，《燔祭》）

在昌耀的這種自救式寫作中，超驗神性搖撼遠去，自然生命大
踏步走上台前，接過救贖的權柄。虛無的鐘聲依稀迴蕩，泣訴著「空
位的悲哀」。現實一派蕭然，孤獨的壯士形影相弔，保持戰鬥者的
姿態，反覆默誦著救世者的姓名。破碎的偶像無異於一面重創後的鏡
子，無法再現天國之神的完美形象，只能懷著救贖的渴望，在一陣急
驟刺耳的脆響中，沿夢想的斜坡加速滑向審美一極，劃出一抹幽藍的
冷光。噩夢般的「藍煙」再次無端升起，「噩的結構正是如此先驗地
存在，／以猙獰之美隱喻人性對自身時時的拯救，／而成為時時可被
欣賞的是非善惡。」（昌耀，《噩的結構》）幽藍是自救的顏色，而

自救是速逝的幽藍：

> 好了，教訓已經夠多、夠慘，但我好長歲月依舊難得狡猾，譬如為
> 出版事就一再輕信、盲從、盲聽，貽誤時機，直到幾天前才警覺
> 然，才重又記起鮑狄埃的詩句「從來就沒有什麼救世主」，詩人們
> 只有自己起來救自己！（昌耀，《詩人們只有自己起來救自己》）

　　這是昌耀發佈在1993年《詩刊》第10期上的一則別致的徵訂廣告。
因詩集出版一事幾度流產，「難得狡猾」的詩人決計自費印製「編號
本」以刺激消費。而在詩藝上異常「狡猾」的昌耀，終於從他的詩歌
中傳喚出了這種自救意識，讓它浮出現實的地平線。詩歌的外部事務
在最後關頭選擇了詩歌的內部原則予以應對，從鮑狄埃耳熟能詳的詩
句來看，長期崇尚無產階級美學的昌耀迎來了他意識上的一次遲鈍的
「警覺」。然而，這種「狡猾」和「警覺」直到最後關頭也沒能力挽
狂瀾，即使一本名為《命運之書》的詩集於一年後出版問世，但自序
裏的一句「荒誕不經」，似乎全線擊退了詩人正向現實破土而出的自
救精神。就像俄耳浦斯在走出冥府的途中忍不住回過頭向歐律狄克深
情的一望，後者即在瞬間灰飛煙滅。可悲？可笑？一次失敗的救援？
「歷史啊總也意味著一部不無諧戲的英雄劇？」（昌耀，《哈拉庫
圖》）自救之光譁然速逝，倏地退入詩行，退回語言的幔帳，退至本
然自足的審美場域，詩人也隨之回到了價值等級體系為他派定的位置
上。昌耀堂‧吉訶德式的衝刺和失敗，劃出了審美的邊界和自救的上
限，也釐定了詩人在這個世界上的話語姿態和動作範圍。

「語言的怪圈正是印證了命運之怪圈。」（昌耀，《僧人》）
《命運之書》的作者在他其後出版的一本詩集封面上的「作者簡介」
裏，卻赫然寫下了那些橫遭擱淺、無緣問世的詩集名稱。[1]這是一處深
謀遠慮的「筆誤」，是一次具有精神分析色彩的「玩笑」。它一語道
破天機，這個世界的真實意圖，就悄然蜷縮在那尷尬的一角，等待著
被時間召喚。「狡獪」的昌耀如願地完成了一次紙上的自救，語言替
詩人拯救起未竟的夢想。俱往矣，在某種程度上，一個詩人的一生暗
示給我們人與世界的關係：「充滿勞績，然而人詩意地／棲居在這片
大地上」（荷爾德林語）。昌耀與他身處的世界堪稱一種**詩意**的關係
吧，儘管這種詩意浸透了孤獨、苦澀和荒誕的氣息，但就像詩人必然
地選擇了詩歌作為他的生活方式，他也定然選擇一種可供理解生活的
詩歌樣式，把握一種夢想的機緣。薩特說，人類對他自身做出的自由
選擇，與所謂的命運絕對等同。[2]那麼昌耀用詩歌寫就的命運之書，同
時也等同於一部選擇之書，一部夢想之書。昌耀渴望用他的自由意志寫
就一幀夢想的詩學。在他的作品中，筆墨的終點，即是夢想的起點。

---

[1] 1998年，人民文學出版社出版了昌耀的詩集《昌耀的詩》，不知是審校疏忽，還
　是作者故意為之，該書封面印寫的「作者簡介」中稱：「昌耀……已出版詩集
　《昌耀抒情詩集》、《情感歷程》、《噩的結構》等。」而實際上後兩部詩
　集皆因故未能出版問世。其後見諸書面的關於昌耀作品的介紹也頻頻出現這
　一訛誤。

[2] 參閱（法）薩特，《波德賴爾》，施康強譯，北京燕山出版社，2006年，第149頁。

第三節　惰性，情結，夢想

　　在一次訪談中，昌耀對自己的詩風有過這樣的描述：「我的詩是鍵盤樂器的低音區，是大提琴，是圓號，是薩克斯管，是老牛哞哞的啼喚……，我喜歡渾厚拓展的音質、音域，因為我作為生活造就的材料——社會角色——只可能具備這種音質、音域。」[1]昌耀用低音區來定義自己詩歌的聲學品質，這是他的社會角色賦予給他的樸實風格，也是他的內在秉性使然。昌耀曾坦誠地說：「我欣賞那種汗味的、粗糙的、不事雕琢的、博大的、平民方式的文學個性……我所理解的詩是著眼於人類生存處境的深沉思考。是向善的呼喚或其潛在意蘊。是對和諧的永恆追求與重鑄。是作為人的使命感。是永遠蘊含有悲劇色彩的美……我厭倦纖巧。」（昌耀，《艱難之思》）雄渾的低音區奏響了沉潛在人性深處的健朗音符，昌耀關注的是人類精神基座上的生存事件，猶如夢想著「樹墩是一部真實的書」（昌耀，《家族》）一樣，偏重低音的聲學特徵，也使他的詩歌具有了風化和沉澱的力量，形成一種堅硬的質地、一種勞作的美學、一種雕塑感。雕鑿是一次賦形的演奏，也是寫作的隱喻：

　　　　雕鑿一部史論結合的專著。
　　　　雕鑿物的傲慢。

---

[1]　昌耀，《宿命授予詩人荊冠》，《昌耀詩文總集》，前揭，第589頁。

　　雕鑿一個戰士的頭。

　　（昌耀，《頭像》）

　　昌耀渴望在鏗鏘有力的敲擊聲中雕鑿出一顆永恆的頭顱，它帶著意味深長的粗線條、石器時代的光環、英雄般的桀驁，古道熱腸中浸潤著堅韌的靈魂和冰冷的意志，以及一切逝去歲月裏的榮耀。他在遙遙回應著里爾克（Rainer Rilke）的頌歌：「我們亻能知道他傳說中的頭顱，／和蘋果般的眼睛。然而／他的殘像，仍遍浴著由內而外的輝煌，／像一盞燈，他的凝視此時轉向低處，／正隱隱閃現出所有力量。」（里爾克，《古阿波羅殘像》）[1]里爾克用內在的光亮書寫了一個虛空的頭顱，昌耀如女媧補天一般，在奮力用詩歌填補上這一現代人的精神缺位。他夢想雕鑿出一個浸透著生命力的實體，將人在宇宙和歷史中的形象修繕完整。儘管這不過是里爾克擅長書寫的、虛空下的片刻顯形，但昌耀沉醉於他的詩歌雕像，借助它，詩人可以重新展開與自然和歷史的對話，再造一尊慈悲的神祇：「我，在記憶裏遊牧，尋找歲月／那一片失卻了的水草……」（昌耀，《山旅》）

　　昌耀不失機緣地尋找到了一類堅硬的形象，它們渾身充溢著斧鑿時劈啪的火星和砥礪的音符，他喜愛將它們置於詩集的封面，以表明自己的美學品味，如同他津津樂道於「卡斯楚氣節」、「以色列公社」和「鐮刀斧頭的古典圖式」等左派形象一樣。[2]美學上的「左派」

---

[1]　此處採自張隆溪譯文。參閱張隆溪，《道與邏各斯——東西方文學闡釋學》，馮川譯，江蘇教育出版社，2006年，第118-119頁。

[2]　參閱昌耀，《昌耀的詩·後記》，前揭，第416頁。

卻弔詭般的成為政治上的「右派」，昌耀承受著精神和肉體上雙重的撕扯和摧殘，他在自己的詩歌雕像中品咂著一種錯亂而迷幻的中國公民身份，一部名副其實的史論專著，抑或是一種高貴詩意的降臨。低音區內近乎澀滯的奏鳴，催促著這類堅硬形象的誕生，它們孤獨地俯臥在世界的最底層，暗自修補著殘損的自我以及精神缺失的同代人，也同時磨制出盛載夢想的詩意容器。

　　因此，不論在詩人的現實「離騷」中，還是在他的語境夢魘裏，這類堅硬的形象會天然帶有一種**惰性**，一種回歸根部的夢想，就像一類絕少參加化學反應的古怪氣體，沉潛在元素週期表的底部，散佈著玄奧而清幽的光亮。這是一種結構複雜的惰性，它本身蘊含著一種悖謬特徵，餵養了一種潛滋暗長的相反的力量，具有性格上的二重性；這是一種不失尊嚴的惰性，垂首蹙眉的低調與沈默救護了一塊思考的空間，開闢了一片林中空地，甚至我們會從中恍惚感覺到一種風度翩翩的輕逸姿態；這也是一種積極的惰性，在昌耀大部分的作品中，我們能夠體會到蘊藏在堅硬形象內部的爆發力、嘶喊聲和詞語的激情狂歡。昌耀的詩歌重新定義了惰性的概念，它作品中大量積澱的惰性氣質，成為了傾注歷史因數和情感細胞的語言聚合體，是詩人錯亂而迷幻的個體身份的產物，是昌耀發明的詩意容器，它忠實記錄了夢想中生命的勃起與陣痛：

　　　　一百頭雄牛低懸的睪丸陰囊投影大地。
　　　　一百頭雄牛低懸的睪丸陰囊垂布天宇。
　　　　午夜，一百種雄性荷爾蒙穆穆地滲透了泥土，

血酒一樣悲壯。

（昌耀，《一百頭雄牛》）

　　這是昌耀夢想的一派蔚為壯觀的場景。在這個冥構的世界裏，強烈地瀰漫著力比多的陽剛氣息，張揚著純粹的雄性原則。對於一個在生理和心理兩方面長期受到特定時代邏輯壓抑的詩人來說，對雄牛軍團橫亙於天地之間、鬥志昂揚的堅硬性器的歌頌，絕對稱得上是再本能不過的反抗意志。但詩人並非只停留在本能的釋放和宣洩的層次上，他力圖將力比多驅動下的性慾衝動昇華為一種愛慾秩序。馬爾庫塞（Herbert Marcuse）說：「在愛慾的實現中，從對一個人的肉體的愛到對其他人的肉體的愛，再到對美的作品和消遣的愛，最後到對美的知識的愛，乃是一個完整的上升路線。」[1]詩人讓陣容龐大的「雄性荷爾蒙」在午夜時分滲入泥土，體現了對壓抑有切膚體驗的昌耀，關乎人類文明的深遠佈局：「午夜」象徵著女人無邊的溫柔，「泥土」暗喻了母親多孕的腹部，無論在東方還是西方語境中，它們都屬於典型的陰性辭彙。精華的雄性物質「穆穆地滲透」於這類陰性時空，實際是在靜謐中完成了一次偉大的陰陽交彙，是一次和諧的詩歌夢想，是愛慾的復甦和呈獻。在愛慾秩序的不斷升級中，詩人抵達了「對美的知識的愛」，促成了惰性氣質的上升和飛躍。昌耀又將這支雄牛軍團的數目定為令人瞠目的「一百頭」，希望借助雄牛的偉力從集體主義

---

[1]　（美）馬爾庫塞，《愛欲與文明》，黃勇、薛民譯，上海譯文出版社，1987年，第154-155頁。

的熱情奔突至共產主義的狂想，構築一個夢幻烏托邦：「我一生，傾心於一個為志士仁人認同的大同勝境，富裕、平等、體現社會民族公正、富有人情。這是我看重的『意義』，亦是我文學的理想主義、社會改造的浪漫氣質、審美人生之所本。」（昌耀，《一個中國詩人在俄羅斯》）

　　雄牛是昌耀在西部高原上極為熟悉的生靈，詩人筆下這一百頭雕塑感十足的雄牛形象，正是在這個廣袤的背景下，寄寓了他的政治理想和美學旨歸。同時，這一由惰性氣質派生出的雄牛形象，也足以蘊藉詩人充溢著澎湃生命力的、粗線條式的、低音區的語言特徵，因此它更易演化為一套詩學**情結**，以充足的精神能量支配著詩人的創作。加斯東・巴什拉（Gaston Bachelard）稱：「當人們承認了心理情結，似乎就更綜合地、更好地理解某些詩篇。事實上，一篇詩作只能從情結中獲得自身的一致性。如果沒有情結，作品就會枯竭，不再能與無意識相溝通，作品就顯得冷漠、做作、虛偽。」[1]於是，我們或許可以認定，昌耀的深層詩歌寫作心理中具有一種**雄牛情結**，它在更廣泛的意義上構成一種昌耀式的**英雄情結**，暗自統攝了詩人的寫作風貌，深深地契合了西部地理原始浩瀚的美學性情，同時，這一剛性的英雄邏輯也彰顯著詩人無邊的焦慮意識。作為昌耀作品的陽性原則，雄牛情結可以為我們解釋，他的詩歌在精神向度上的超拔、堅忍和向善，在遣詞造句上的堅硬、生僻和澀滯，也可以在寫作之外，為我們解釋昌耀

---

[1]　（法）加斯東・巴什拉，《火的精神分析》，杜小真、顧嘉琛譯，嶽麓書社，2005年，第24頁。

在處世為人上的誠懇、憨厚和單純，甚至讓我們明瞭，他在生活的交叉路口處做出的、與他命運等同的自由選擇，都或多或少受到潛意識中雄牛情結的驅策。

我們可以在昌耀眾多的詩篇中，迎頭撞見雄牛及其同類的身影，如水手、船工、馭夫、父親們、挑戰的旅行者、穿牛仔褲的男人、牛王、河床、高車、木輪車隊、24部燈、龍羊峽水電站、金色發動機、堂・吉訶德軍團……這一系列陽性物象，馱載著詩人與日俱增的內心能量一路奔騰，並且，借助這種蓬勃有力的雄牛情結及其體現者的生命合力，詩人渴望在心靈廢墟之上，締造出一片迅速崛起的父性空間，以此來容納自己內心真實的讚美和焦慮。在雄牛情結的支配下，無論是陽性物象，還是父性空間，它們要將詩人的夢想帶到何方？它們是否可以在詩中一勞永逸地拯救失落的人類精神？這種過剩的陽剛氣質果真能獨霸昌耀的詩歌帝國嗎？在雄牛軍團狂飆而過的塵埃漸漸飄落之際，一個似曾相識的沈默形象卻將我們帶進一片迥然異趣的天地：

> 感受白色羊時的一刻
> 音符與旋律驅動將黑夜蕩滌漂卷。
> 倦意全然掃卻，頓覺心底多日之苦索
> 瞬間豐滿成形，眼前豁然開朗洞明。
> （昌耀，《感受白色羊時的一刻》）

黑夜中的「白色羊」如聖物般蒞臨人間，在漂蕩的音樂中成為了所有「倦意」和「苦索」的終結者。「白色羊」就誕生在這樣一個宗

教意味十足的場景當中，它幾乎等同於一隻上帝的羔羊、一個耶穌基督的化身、一個平靜的受難者的形象。這裏的音符和旋律，絕非銼刀和石像撞擊時迸發而出的鏗鏘聲響，它們如同羔羊的啼喚那般溫柔輕盈，如絲如縷，綿遠悠長。在昌耀站立的雪域高原，在人跡罕至的西部荒漠，本土的藏傳佛教氣息教會了這個充滿血性的、顛沛流離的詩人一種安靜的藝術，帶領他開闢一條退守進內心生活的鄉間小路。在這條小路上，詩人結識了許多如羔羊般安靜的生命，它們與詩人擁有相似的命運，卻更加懂得如何默享苦難的恩賜，這些神聖的生靈，向詩人施展了一種超驗的靈魂按摩術，它們從人們的內心裏召喚出這樣的聲音：「而當你作一聲吟哦，風悄息。／我重又享有絲竹那如水的爽潔」（昌耀，《給我如水的絲竹》）。

　　羔羊是嬌小的，但它的力量是巨大的，具有一種消解困頓的作用，那正是每一種危險自身所包含的拯救可能性。在必要的時候，它會給一切威風凜凜的事物獻上一記化骨綿掌，讓咄咄逼人的猙獰和強硬瞬間消於無形，豁然開朗洞明。這是昌耀暗中埋藏在詩句中的神奇種子，是他悄悄孵化的詞語精靈。「白色羊」形象的出現，是詩神對昌耀的恩典，是昌耀的智慧和幸運，是詩人隱秘的歡樂。昌耀把這一形象深藏在他的詩歌當中，像一條時隱時現的小溪，緩緩的流過每一個富含機緣的事物身旁。在他的眾多作品中，我們會發現這一聖潔的形象會幻化成牧人、少女、天鵝、蜘蛛、螞蟻、車輪、陶罐、織機、絲竹、炊煙、泥土、貝殼、雪……它象徵著那些默默受難的、具有溫柔氣質和理療功能的、能夠召喚出人類意念深處的悲憫情懷的弱小事物。「我是這土地的兒子。我懂得每一方言的情感細節。」（昌耀，

《凶年逸稿》）昌耀是一個詩化世界的通靈者，他在這些事物中間心有靈犀地找到了難得的知音，他能夠聽懂這些弱小事物的方言俚語，能夠與它們交談。昌耀把自己也當做它們中間的一員，一個同樣來自凡間的、微不足道的生命，與它們相比，自己身上的苦難也就顯得稀鬆平常，不足掛齒了。

　　敬文東認為，在這個意義上，昌耀是懂得縮小自己以進入世界和人生的少數幾個當代中國詩人之一。他懂得一個弱者的真正力量。縮小自己使昌耀看待萬物的眼光自然就要低些。這導致了兩個結果：一是他在仰視宏大事物時，的確看到了偉大的一面，但他往往看不到它們那無邊無際、一望無垠的偉大整體，卻更容易看到偉大事物身上渺小的灰塵。二是低矮的目光更能使詩人看清細小的事物，並對細小事物的倔強、堅固的韌性，報以深深的敬佩和同情。[1]昌耀由衷地喜愛與這些事物交談，也喜愛在詩中談論它們。我們不妨將昌耀的這種創作心理稱為**羔羊情結**，它是詩人作品中的陰性原則。如果說，昌耀詩歌寫作中個性突出的雄牛情結是屋頂壘砌的堅硬磚瓦，那麼羔羊情結就是磚瓦縫隙間長出的一根根青草；雄牛情結構成了昌耀詩歌的硬朗骨架和健碩肌肉，羔羊情結則融化進他體內每一處毛細血管和廣為分佈的微小神經，兩者都來源於西部高原圖騰般的生靈物象，共時地存在於昌耀的詩歌體系中。

---

[1]　參閱敬文東，《對一個口吃者的精神分析──詩人昌耀論》，《南方文壇》2000年第4期。

　　羔羊情結猶如雄牛情結在水中的倒影，是每一個物種心靈的本質還原，它標識了一種存在的孤獨狀態，點染了詞語的憂鬱色彩。羔羊情結的出現，讓雄牛情結獨霸昌耀詩歌帝國的野心宣告破產，從此締造出了昌耀筆下的一個詩歌共和國。雄牛情結和羔羊情結在詩歌中的交相互動，體現了詩人面對寫作的複雜心態。澎湃的「雄性荷爾蒙」滲入午夜的泥土，「白色羊」的音符和旋律將黑夜蕩滌漂捲；羔羊情結在語言中馴化著雄牛情結，這一規律讓詩人總是保持精神上的勝利姿態，然而午夜（黑夜）依然暴露了它詞義上的曖昧性。語言上的抵牾和含混更加有助於詩意的生產，正如「我不能描摹出的一種完美是紫金冠」（昌耀，《紫金冠》），這一完美價值的非道說性，至少讓我們清楚，雄牛情結和羔羊情結絕不是幼稚的二分法思維的產物。在詩化語境裏，一加一通常要大於二，甚至在某些情況下，它就等於一切：

> 　　自從看到某君畫的那頭倒斃的奶牛，我才發現自己懂得了奶牛的一生……她的骨架仍然粗實、高大、強而有力，現在僅撐著一張多皺的皮，像是風雨裏坍塌的幕帳。像是防雨布覆蓋下的一堆崢嶸的岩石。像是鏽蝕在海邊的一輛載重卡車。而其實——人們說——僅是一頭死牛。最慈愛的畢竟是這片大地了。母親的大地正抽出鮮花將自己的造物掩藏，然後將其納入懷中。（昌耀，《內心激情：光與影子的剪輯》）

　　奶牛，似乎可以看做昌耀的雄牛情結與羔羊情結交彙下的典型產物。粗壯的牛性價值上疊加入了哺乳的母性價值，這頭奶牛便是陽性

與陰性的象徵合體。從終極意義上看，這種陰陽合體其實也存在於每
一個事物、每一個詞身上。巴什拉借用深層心理學術語「安尼姆斯」
（Animus）和「安尼瑪」（Anima）來區分事物的陽性氣質和陰性氣
質，它們是這兩種氣質互相滲透分別得出的結果。他提出，**夢想源於**
「安尼瑪」的影響，夢想的詩學即「安尼瑪」的詩學。[1]隨著這頭奶
牛的倒斃，我們目睹了一場危險的降臨，一個希臘式身體迅速切換為
一個猶太式身體，雄牛情結和羔羊情結終結於這片慈愛的人地，不論
奶牛身上的陽性氣質和陰性氣質孰多孰寡，它終究要納入母性大地的
懷中，陷入一場永久的夢幻。在這純粹的夢想裏，在昌耀的詩歌共和
國，作為夢想者的奶牛，甚或任何一件事物，陽性或是陰性，它們都
要沿著夢想的斜坡往下走，一直往下走。帶著這種與生俱來的詩學惰
性，它們才能回到原初的搖籃，回到大地。在那裏，人們最終會與自
己心中的神相遇，找到一片「安尼瑪」式的和諧與安寧，最終獲得拯
救。夢想來源於大地，也歸之於大地。「大地的本質就是它那無所迫
促的承荷和自行鎖閉，但大地僅僅是在聳然進入一個世界之際，在它
與世界的對抗中，才自行揭示出來。大地與世界的爭執在作品的形態
中固定下來，並且通過這一形態才得以敞開出來。」[2]昌耀的寫作展現
了這種「大地與世界的爭執」，並且用語言為這一「爭執」立法。這
是事物的夢想，也是詞語的夢想。生活就是趕路，就像那頭倒斃的奶

---

[1]　參閱（法）加斯東・巴什拉，《夢想的詩學》，劉自強譯，三聯書店，1996年，
第78-79頁。

[2]　（德）海德格爾，《藝術作品的本源》，《林中路》（修訂本），前揭，第
49-50頁。

牛一樣，具有「土星氣質」的昌耀一定不懼怕這樣的行走。在他的詩歌創作中，我們意識到了他賦予詞語以夢想的磁力，以及為實現這種夢想所付出的努力：

> 我自當握管操觚拼力呼叫拖出那一筆長長的捺兒。
>
> 那是狂悖的物性對宿命的另一種抗拒。
>
> （昌耀，《烈性衝刺》）

第四節　元素，講述，物神

昌耀在詩歌中正在傾力書寫這「一筆長長的捺兒」，為他在詩歌中創造的所有懷有夢想的事物，搭建起一座夢想的斜坡。它具有了語言性和物性的雙重特質，促成了詞與物的幽會和密謀，從而醞釀著一場語言與命運的決鬥。至於這種抗拒的意義，薩特在談論波德賴爾的《惡之花》時曾提到過，它「不是如同普遍性超越它依據的個別例子那樣超越能指的客體，而是像一種方式那樣，成為一種更輕盈的東西以便越過一個更稠密、更笨重的存在，如同空氣從多孔的、沉重的土地逸出，尤其如同靈魂穿越肉體」。[1]昌耀在搭建夢想的斜坡的同時，也著手炮製一種狂悖的物性，物色一種多孔的語言質地，探索靈魂逸出肉體的多條通道。於是他重拾記憶，用卓爾不群的生命體驗擦亮語言的鋒芒：

---

[1]　（法）薩特，《波德賴爾》，前揭，第141頁。

我就這樣結識了

庫庫淖爾湖忠實的養子。

他啟開獸毛編結的房屋，

喚醒爐中的火種，

叩動七孔清風和我交談。

我才輕易愛上了

這揪心的牧笛和高天的雲雀？

我才忘記了歸路？

（昌耀，《湖畔》）

　　在這塊多孔的語言編織物裏，在「我」所結識的「湖之子」、「獸皮屋」、「爐中火」和「七孔風」中間，已然有了「更輕盈的東西」從它們身上穿過、逸出。它們來自古老的智慧，它們的名稱也更基本，更具有物性的魅力，更親近物神，親近詩歌的源頭。它們分別是水、土、火和氣這四種**元素**，是古希臘哲學歸納的物質本原。巴什拉通過這四種元素來定義了一種**物質想像**，他說：「在想像的天地裏，我認為有可能確立一種四種本原的法則，這種法則根據各種物質想像對火、氣、水和土的依附來將它們分類。如果說，正像我們所認為那樣，任何一種詩學都應容納物質本質的要素——不管多麼微弱——的話，那麼仍是通過基本的物質本原所作的這種分類同詩學的靈魂最類似。」[1]昌耀的詩歌中逸出了**水、土、火、氣**這四種本原的法則，它

---

[1]　（法）加斯東・巴什拉，《水與夢——論物質的想像》，顧嘉琛譯，嶽麓書

們調遣著昌耀的物質想像和詩歌技藝。這四種本原法則，也劃分開了昌耀詩歌在本體氣質上的基本類型，從作品所涉的形象和主題上來判斷，我們可以看出：水的法則規定了一副自然慾望的鏡像，在詩人的作品中，它關照著水手、少女、渡船、黃河和風景等形象；土的法則為空間建構提供了支援，它包含著土地、高原、山巒、牧人、牲畜、建築和城市等形象；火的法則充滿了弔詭意味，它指陳了體制、愛情、匱乏、懷舊、烘烤和幻覺等主題；氣的法則契合了生命本身的隱喻，它暗示了呼吸、節奏、肺、遊牧、疾病和死亡等主題。並且，按照古希臘哲人的觀點，這四大元素兩兩組合還能衍生出更多乃至無窮的物質形態，昌耀的詩歌同樣依此獲得它邏輯性和事理性上的豐富和飽滿。

按照這一思路，依賴四大元素的物性規則，我們可以將昌耀詩歌的物質想像與其發展歷程相關聯，就此將他的「命運之書」分成四個部類：水部（1955—1967年）、土部（1978—1984年）、火部（1985—1993年）和氣部（1994—2000年）。在昌耀長達近半個世紀的創作歷程中，每一個自成風氣的寫作時段都隱約呈現出由一種元素或法則占主導地位的本體氣質，並且每個時期的主導氣質也是相互滲透，並非孤立存在。

以水、土、火、氣這四種元素的標識，昌耀的創作歷程被我們分為了以上四個階段，其內在的劃分標準需要依賴一種寫作和批評上的物質想像。日本學者金森修認為，物質想像就是在想像力中包含的一

種「物質性航程」。[1]從昌耀的創作經驗來看，作為文學活動中的寫作者，詩人的創作素材來源於對世界的個人化體認，這種認識嵌滿了詩人的主觀成見和生命直覺，在不同的創作時期，昌耀通過他的詩歌語言**講述**了他的生命體驗，也同時講述了關於水、土、火、氣的各種物性傳奇。在詩歌的世界裏，昌耀的生命敘事包含了他對世界的認識，借助物質想像和語言的神力，他讓世界的圖像躍出地平線，讓四種元素開口說話。水、土、火、氣這四種元素，構成了世界的運行法則和物質想像的基本材料，於是，在昌耀的筆下，生命的敘事就等同於世界的敘事，也等同於四種元素的敘事。昌耀借助詩歌所展開的這種生命敘事，既是一種個人化的聲音，同時也是物質本身的聲音，也是世界的聲音。因此，昌耀的個體言說也帶有了普遍性，他在自己不同時期的寫作中，運用彼此不同的聲調、語氣、口吻或口音，來講述我們這個物質世界在同一個地平線上關於生命的故事。四大元素被他的詩歌語言從世界的各個角落裏啟動，滲入到詩人的生命流程當中，幫助詩人開始他的吟唱──物質的吟唱。

赫拉克利特（Heraclitus）提供了一條四大元素盛衰繼起的邏輯：「火生於土之死，氣生於火之死，水生於氣之死，土生於水之死。」[2]在昌耀的詩歌王國裏，水、土、火、氣組成了一幅完美和諧的世界圖像，也幻化成一卷綿延流動的生命樂章。或許是詩人命運流徙使然，或許是元素週期的內部理路，赫拉克利特預言般地揭示了四大元素在

---

[1]　參閱（日）金森修，《巴什拉：科學與詩》，武青豔、包國光譯，河北教育出版社，2002年，第283頁。

[2]　苗力田主編，《古希臘哲學》，中國人民大學出版社，1989年，第38頁。

昌耀詩歌中的出場順序，按照這個獨特的運行規律，它們在不同的時期內各自主導著昌耀詩歌的創作個性和精神氣質。具體來說，昌耀在1955-1967年間開始相繼遭遇他人生的厄運，也在此過程中經歷了他詩歌的童年，然而詩人並未在他此時的創作中流露出更多的怨訴。這種寫作上自發的啟蒙運動，讓他本能地關注、描述那些更為純粹和崇高的事物，也讓他在寫作之初留下的那些樸素的作品，充盈著原始的情感和自然的清新。它們像是在詩歌中湧出的一股生命源泉，包含了人性中的所有慾望因數。「人之初」的神韻在「水」中靈光乍現，呈示出了作為流放者的昌耀，在體驗這個物質世界的過程中所產生的諸種問題意識。正如一把鑰匙開一把鎖，在這裏，昌耀對「水」的物質想像構成了一個生存的鏡像，也締造了一個夢想的集合，它們由詩歌語言和盤托出，等待著我們的解讀押上他詩句的韻腳。所以，我們也相應地採取一種水的方法論，來重新閱讀他這一階段的詩歌作品。在精神分析學層面上，我們發現了詩人深層心理中潛藏的五重慾望症候，由於受動於它們的內驅力，詩人在追逐夢想的過程中，也相應表現出了各種形式的欲求、掙扎與救贖的幻象。

　　1968-1977年這近十年間裏，昌耀沒有正式發表過作品，他在這個特殊年代裏的創作生命遭遇了一次「休克」。儘管詩人並未真正放棄創作的熱情，但在這裏，我們更願意把昌耀在「文革」期間的「擱筆」現象，視為一種創作上的空白期。這種「空白」為詩人創作風格上的轉換提供了可能，從昌耀在1978年迎來創作解凍後所展示出的詩歌面貌來看，他此時的大量作品，都致力於對自然山河的詠懷和對新興建築的讚美。較之「文革」前的作品，他在投入新生活之後，調遣

了更強烈、更稠密的情感力度，練就了全新的寫作聲調和敘述語氣，來啟動自己的詩歌創作。由此，我們可以推斷出這種「斷裂」的合理性，以及經由「斷裂」所引發的一次詩學轉向。借助物質想像的翅膀，這次轉向喚醒了土地的建構法則，讓詩人將抒情的目光一往情深地投向了生產性的空間形象上。這種空間形象包含了自然空間、歷史想像空間與現實建設空間等幾種形式，它們的合體鍛造出了一個讓詩人盡情謳歌的父性空間，在這種莊重的情感中，他的詩歌寫作也適時引入了回憶模式和建築模式，以協助這次面向宏大空間的寫作轉向。土地法則接管了水的方法論，成為昌耀在1978-1984年間支配詩歌創作的主導精神，它不但點明了轉向後的詩人在作品中傾力書寫的客體具有一種生產性特徵，而且道破了我們的批評話語在本質的空間性。作為對象的空間和作為手段的空間，在土地法則的效用中相遇了，展現了物質想像在創作和批評上的雙重魅力。

　　土地法則的生產性邏輯，為詩人建築了一座宏偉的抒情大廈，而昌耀自1985年開始與日俱增的焦慮感，卻逐漸浮出了他生活世界的地表。這股強大的瓦解力量直接作用的對象便是他此前一貫秉承的、整齊劃一的宏大抒情原則。這讓昌耀的寫作空間由生產性轉為耗費性，猶如一團在庸常生活中燃起的內心火焰，靜靜地在詩人的作品中焚燒。這也促成了昌耀創作歷程中的第二度精神轉向，在隨之更換的敘述聲調裏，火的意志慢慢在詩歌中凸顯了它的消極性和烘烤感，因而暴露出了詩人創作理念上更為本質的斷裂──認識論斷裂，它以破碎的空間形態暗喻著理想的淪落和救贖的失敗，這種破壞力也預示著昌耀晚年兩段「黃昏戀」的無奈和絕望。儘管火的意志讓昌耀在愛的幻象

中釋放出了可貴的激情,但那些美麗的夢想最終只能如同灰燼一般,成為它們在現實處境中焚燒後的虛無產物。愛情的失敗徹底揭示了這種斷裂和衰變,昌耀的英雄情結逐漸被反英雄式的寫作心態所消解,並持續影響著他作品的晚年風格。因此,在對昌耀創作於1985─1993年間作品的闡釋上,本書力求證明,詩人寫作精神盛極而衰的內在弔詭性,並理清一條火的意志的衰變軌跡,這條軌跡在昌耀越發走向內心化的詩歌中漸漸清晰,它彷彿告訴我們,物質想像沿著夢想的斜坡開始滑向事物的另一極。

從1994年開始,直到詩人去世,晚年昌耀的作品呈現出一種怪癖,從他的文字容貌上來看,不分行的散文寫作形式代替分行的詩歌佔據了主流地位,這種寫作形式讓詩歌的夢想回歸到日常性,回歸到生活本身。這位「大詩歌觀」的提倡者在詞的集合內部發動了一場政變,讓夢想的集合發生重組,讓物質想像在經歷了內心烈火的錘煉之後,終於吐出了一口長氣。昌耀晚年不幸被病魔糾纏,命運讓詩人的肺部讖語般地展現出一幅噩的結構,肺部的噩症導致了詩人艱難的呼吸,呼吸的艱難也正通過昌耀的寫作暗示著生活的艱難。晚年的昌耀在用越發沉重的、口口致命的呼吸在成全著他的詩歌,或許可以認為,呼吸就是生命,就是詩歌,昌耀在晚年時光裏就是在用他孔雀開屏般的肺在從事寫作,展開氣的遊吟,他讓生活的韻律與詩的韻律重合,用純粹的描述性構建他對生命和世界的整體感念。本書傾向於將昌耀1994─2000年間的作品看做是他呼吸運動的產物,它們攜帶著人的氣息,講述著人類在世界上的真實遭遇;借助這種物質想像,我們在昌耀晚年那些自成風格的作品中,讀到了他蒼涼的視野、悲憫的情懷

以及對生命的敬重。在日漸稀薄的生活氧氣面前，詩人艱難地吞吐著他交融著命運的詩句。這些寶貴的氣體，是詩人殘破的肺的夢想，也是他詩歌的夢想，昌耀的生命和寫作全部依賴著它。這些氣體飄過了詩人的生之涯岸，飄過了他所在的時代和地域，攜帶著物性的恆久資訊，就這樣來到我們的面前。

　　毫無疑問，昌耀的詩歌在努力地講述著他的生命體驗和他對世界的認識，它們帶有海德格爾所謂的「語言說」的特性。從本質上理解，這種講述的意義往往帶有兩種不同的成色。昌耀的詩歌通過四種元素的起、承、轉、合，講述了他的生命流程，這種講述是綿延不絕的，它與時間有關。水、土、火、氣這四種元素的精神氣質共存於昌耀的作品當中，詩人勇往直前、不斷變換的生活之流，在不同的時期召喚出四種元素分別代表的不同法則，就像適時更替的季節時令，共同組成了一載完整的光陰。儘管昌耀的生活無比瑣碎，甚至不堪回首，但是透過他的詩歌，尤其透過他詩歌中用物質想像打造的水晶球，我們驚異地發現，在那些平凡歲月的塵埃中閃現著不朽的光亮，詩人正是在用他屬人的言詞講述著永恆的生命情節。因此，在這種意義上，昌耀的詩歌似乎在講述一種**神話**，它操持著宏觀的眼光，視生命如時間一樣綿延，四種元素的神奇合力在支撐著這種講述，遵循生活之流不斷向前、連成一體，尋找通往不朽的契機。這種講述方式是參與性的，是一種「**我在**」，也就是對詩人生命體驗本身的講述，是對生命航程的分享。在此，神話的講述方式構成了我們理解昌耀詩歌語言的一個維度。

　　然而，當我們借助昌耀的詩歌，探訪他的人生經歷並順流而下

時，不但將他的詩歌語言還原為種種生命體驗，而且還通過物質想像把它們投射進概念世界，從而得出一系列對世界的認識。這是物質想像作用於批評話語的結果，它像一種重要的驅動程式，安裝進對昌耀作品的閱讀過程中。這種概念工具讓水、土、火、氣這四種元素，依照各自不同的精神氣質對昌耀創作整體的劃分顯得更有道理。我們也更加深入地理解了，這四種元素所主導的四種精神氣質，在各自不同時期所表現出的重要意義，讓我們從微觀上更加清晰透徹地理解了昌耀作品的詩學品質。因而，這種遍佈著概念的講述更接近於一種**邏各斯**，它崇尚分割、分離，轉換，甚至斷裂，像一把思維的利刃，在綿延的生命體驗中截取出一個個有意義的片段，為我們展示出每一段生命體驗過程中的自足性和特異性，傳達出包含在詩人生命細節中的重大發現。因此，這種講述方式是內省式的，是一種「**我思**」，它與空間有關，與思維的方位有關，由此構成理解昌耀詩歌語言的另一個維度。[1]

於是，這兩種對講述的理解維度，從語言的歷時性和共時性兩個方面共同駕馭著物質想像，從宏觀到微觀，從「我在」到「我思」，從時間到空間，從綿延到斷裂……不論是對於昌耀還是我們，不論是講述生命的體驗，還是個體對世界的認識，以四種元素為尺規的物質想像開啟了一片自由而豐富的話語場，它在昌耀的詩歌體系中隨意進出，猶如一種輕盈的氣體逸出一塊堅硬的海綿。

---

[1] 這裏有關神話和邏各斯的論述，請參閱葉秀山，《從Mythos到Logos》，《永恆的活火——古希臘哲學新論》，廣東人民出版社，2007年，第86-107頁。

　　對於神話和邏各斯這兩種講述方式，本雅明提供了一個絕妙的比喻，他認為：「在熱帶叢林裏，詞語只影響自身，就像吱吱鳴叫的猴子，從一個枝頭跳到另一個枝頭，喋喋不休之後還是喋喋不休，只是為了不碰觸地面，因為那會暴露出它們不能直立的事實。那地面就是邏各斯，它們本應站立在那裏講述自己。但是它們避開邏各斯地面時過於做作，因為在每一種神話思維的面前，甚至在一種神秘地獲得的思想面前，真理問題都算不上問題。」[1]或許對那些懷有「土星氣質」的人們來說，他們對自己生命的講述就如同叢林裏一隻只焦躁不安的猴子，迷失在生活製造的神話迷霧當中，並把它看成自己所處的真實世界。這些顛沛流離的靈魂，習慣於在茂密的叢林裏進行空中行走，從而將邏各斯大地悄悄地隱匿在自己的腳下。昌耀著力書寫的生命體驗，就這樣悠蕩在由水、土、火、氣這四種元素的物性規律所組成的枝梢間，不斷變換著棲身的枝頭。然而，不論夢想的翅膀幫助他在這些枝梢間停留多久，詩人終究要降落到命運的大地之上，降落到對生命本質的講述當中。這一遲緩、曲折、漫長的過程，也讓他的文本氣質呈現出一種既斷裂又綿延的物質遞變性。通過物質想像這種神秘的介質，昌耀的詩歌文本也具有了價值上的二重性：詩人若將自己的生命體驗投射給外部世界的時間性，就形成了神話；若投射給內在意識的空間性，就形成了邏各斯。對於昌耀任何一個文本來說，神話是顯

---

[1]　（德）瓦爾特・本雅明，《歌德的〈親和力〉》，《本雅明文選》，陳永國、馬海良編，中國社會科學出版社，1999年，第80頁。

性的，邏各斯則是隱性的，儘管兩者來自不同的世界，但昌耀的詩歌共同體，為它們提供了一個共存的平面和對話的可能。

　　神話也好，邏各斯也罷，昌耀作品中每種對生命體驗的講述，都帶領我們追根溯源，期望找到物質的原初胚胎。因此，昌耀本質上或許可以稱作一個歌頌物性的詩人，他所歌頌的物象，源源不斷地被納入到一個從行星到微塵的宇宙序列當中。他可以將自己分身為面向四種元素的傾談者，從而也讓他的詩歌擁有了物神賜予的四個名稱──水、土、火、氣。正如有人寫道：「誰把名字放入歌中就擁有三倍的福祉；／這首歌由於命名而大放異彩，／至今還在其他歌曲中存活──」（曼傑什坦姆，《尋找馬蹄鐵的人》）[1]詩人的命運便由此分別交由這四種元素來講述，他的那些複雜的情感也交給它們來抒發。昌耀的詩歌中存在著更密集、更微觀的故事，需要我們拿出更多耐心來一點點地勘探。

　　在這個艱苦的過程中，我們會發現，詩歌的奧秘與物質的奧秘都同樣令人讚歎。在他一邊渴望獲救，一邊又崇尚自由意志的生命裏，在這個信仰漸次沉淪的時代，昌耀通過他一生的寫作，創造了一個沒有拜物教的**物神**，他誠實地傳達著物的神諭，又處處體現為詩人本質力量的凝聚。在這個既神秘又常見的物神身上，分享和體現了人的一切慾望、意志、理想和尊嚴，也坦露和呈示了人類從精神到肉體的曖昧、匱乏、矛盾和掙獰。物神是一個善惡並舉、變動不居、充滿了自

---

[1]　（俄）曼傑什坦姆，《曼傑什坦姆詩全集》，汪劍釗譯，東方出版社，2008年，第108頁。

反性的概念，無論是從內在邏輯還是外部規律來看，它都在時刻不停地經歷著各種變形和轉化。對於所有昌耀的讀者來說，詩人創造的物神就是漢語，一種昌耀式的現代漢語，他在自己的寫作中重新發明了漢語。毋寧說，漢語就是中國人的物神，在它的不斷變形和自我更新中，為我們保存了整個宇宙的秘密。「我們發明的／重新發明我們」（西渡，《屠龍術》）。在這個被我們發明著、使用著、消耗著的物神面前，中國人認領了他們各自的命運。這些命運之書又再次返回到漢語的搖籃裏，反覆塑造著我們的物神，成為它的一部分。正像蜜雪兒・福柯（Michel Foucault）發現的那樣，人可能只是物的序列中的某種裂縫[1]。與人類這種短暫而意外的處境相比，物神寄託了我們這些渺小之物的夢想，它代替我們完成在宇宙、歷史和內心世界中的跋涉和邀遊，代替我們與眾多的偉大人物展開對話和切磋，代替我們與一個自己心中最美的女子調情和吵嘴，代替我們與成群的宿敵誓死拼殺又握手言和，甚至在必要的時候，它放逐了我們自己，讓這一切在另一個世界裏重新開始……

　　對於我們這些有興趣閱讀昌耀的人，明白了這些，也僅僅是一個開始。在依賴生命體驗的詩歌寫作中，昌耀晉升為一個關於元素和物質的命名者、一個人類命運的預言者、一個物神的發明家；他履行了一個詩人的天職。從他的詩中，我們讀到的是生命、是夢想，還有人在兩者間的掙扎和暗戰。我們也聆聽到一種回聲，像是來自母親的、

---

[1]　（法）蜜雪兒・福柯，《詞與物──人文科學考古學》，莫偉民譯，上海三聯書店，2001年，第12-13頁。

熟悉的紡線聲，是一種來自世界深處的輕聲細語，它像物一樣恆久、綿遠、安寧：

> 神已失蹤，鐘聲回到青銅，
>
> 流水導向泉眼，
>
> 黃昏上溯黎明，
>
> 物性重展原初。
>
> （昌耀，《燔祭》）

第一章　水和慾望的五重根
（1955－1967）

天下之至柔，馳騁天下之至堅。

——《老子》

第一節　慢：聖戀

狄爾泰（Wilhelm Dilthey）將作家分為兩類：「荷馬、莎士比亞、賽凡提斯看來以他們的直觀認識按世界本來的樣子去理解世界；自然本身用他們的眼睛觀看，這眼睛，以涵括一切的官能，無偏愛，不排斥，在顏色和形象的海洋裏發揮有效作用。遠離他們的是另一些人，他們像通過一種割裂和吸收的媒體看世界；所有的事物都接納了他們的心情的色彩。正因為如此，我們才有可能同他們發生一種更親切的個人關係。因為那些偉大的客觀的作家像國王那樣沒有朋友。」[1]對於20世紀50、60年代的中國詩壇來說，情況似乎要更加特殊一些。從四

---

[1]　（德）威廉‧狄爾泰，《諾瓦利斯》，《體驗與詩》，胡其鼎譯，三聯書店，2003年，第222頁。

面八方湧向中心的詩人們競相發出了同一種聲調，在這種寫作時尚之外，昌耀卻在偏遠的青藏高原上，以另一種直觀去理解世界，這成為了他詩歌寫作的起點。

　　昌耀屬於狄爾泰所謂的第二類詩人。當我們翻開詩人在臨終前親手編訂的《昌耀詩文總集》，厚厚的書頁和質樸的詩行幾乎包裹了昌耀的一生。1955年，這是收錄進這部總集的第一首作品的寫作時間，它也是昌耀到達青海的時間。青海，命定般地成為昌耀詩歌的地平線，成為他寫作的原點：「對於我，一個在乾旱的西北高原內陸成長起來的男子，詩人首先意味著誠實、本分、信譽、道義、堅韌，以至於——血性。」（昌耀，《詩人寫詩》）為了論述方便起見，對於本書來說，1955和青海，被我們認定為昌耀詩歌體系最初的起點，它們為本書所建立的闡釋學坐標系提供了原初的定位：就在彼時彼刻，時間和寫作同時開始了。

　　愛德華‧薩義德（Edward W.Said）提醒我們注意這種貌似言之鑿鑿的「開端」：「即誕生和起源的那個時刻，它在歷史語境中就是所有那些材料，它們進入到了思考一種既定的過程、它的確立與體制、生命、規劃等等如何得以開始之中……心靈在某些時候有必要回顧性地把起源的問題本身，定位於事物在誕生的最為初步的意義上如何開始。在歷史和文化研究那樣的領域裏，記憶與回想把我們引向了各種重要事情的肇始——例如，工業化的開端，醫學科學的開端，浪漫時期的開端等等。」[1]儘管在這位猶太大儒看來，所謂的「開端」，似乎總

---

[1]　（美）愛德華‧薩義德，《論晚期風格——反本質的音樂與文學》，閻嘉譯，

是被那些別有用心的後來人所追加上去的，不論成功與否，它都埋藏
了某種意圖。但這種擔憂不影響我們對昌耀詩歌的閱讀和研究。人們
內心裏總是揣著認祖歸宗的衝動，在不斷地講述和認同中，故事的主
人公和我們都漸漸地相信了開端的存在，而它的真偽變得不再重要。
確定了一個象徵意義上的開端，便於我們確定詩人最初站立的位置。

　　正如初來乍到的昌耀在政治上擁有一個落後分子的名號一樣，他
同時也成為一個詩歌寫作上的「掉隊者」。昌耀的詩讓他在1957年栽
了一個一生中間最大的跟頭，這或許為故事的開端補充了一個濃墨重
彩的注腳：詩人摔倒了，他甚至不想再爬起來。在時代語境訂制的宏
大敘事面前，他的惰性氣質開始發揮作用，漸漸被那個時代裏趨之若
鶩的人群甩在了後面：

　　　　我不走了。
　　　　這裏，有無限的處女地。

　　　　我在這裏躺下，伸開疲憊了的雙腿，
　　　　等待著大熊星座像一株張燈結綵的藤蘿，
　　　　從北方的地平線伸展出它的繁枝茂葉。
　　　　（昌耀，《荒甸》）

三聯書店，2009年，第2頁。

　　掉隊者昌耀依賴他遲緩的精神態度和任性的慢動作，為自己營造出一個寶貴的私人審美空間，將貧困時代裏特有的想像和期待放置其中，因而，所有的事物都接納了詩人心情的色彩，使他與世界能夠發生一種更親切的個人關係。正如他多年之後談起自己時說：「我是一個永遠的遲到者，而這就是歷史機遇為我設置的角色。」（昌耀，《今夜，思維的觸角》）昌耀大抵是從這個跟頭上開始懂得「詩歌是一種慢」（臧棣語）的道理。米蘭・昆德拉（Milan Kundera）為我們揭示了一則生活常識背後的秘密：「一個人在路上走。突然，他要回想什麼事，但就是記不起來。這時候他機械地放慢腳步。相反地，某人要想忘記他剛碰到的霉氣事，不知不覺會加速走路的步伐，彷彿要快快躲開在時間上還離他很近的東西。」[1]由此，這位布拉格智者得出了存在主義數學中的兩個基礎方程式：緩慢的程度與記憶的濃淡成正比；速度的高低則同步於遺忘的快慢。

　　在我們的時代裏，世界帶動與它有關的一切事物極速運轉，讓歷史的鐘擺迅速滑向遺忘的一極。在這種川流不息的焦慮背景下，詩歌以其自身的緩慢姿態贏得了它的尊嚴。它需要鎮守在記憶一邊，安棲在生活的褶皺中間，為人類的生命盡可能多地保存下那些轉瞬即逝的本質體驗。「人們越來越習慣於同『世界的快』步調一致，生怕落伍，殊不知在『世界的快』中陷得越深，人的自主性就喪失得越多。『慢』的秘密在於我們必須懂得，人生中有許多價值是無法在『世界

---

[1]　（捷克）米蘭・昆德拉，《慢》，馬振騁譯，上海譯文出版社，2003年，第39頁。

的快』中實現的。」[1]中國的西部地區天然呈現出的原始、高遠和荒涼，為昌耀培養一種**慢**的精神節奏提供了生態環境，雪域藏地的佛教傳統也無形地進駐了他對世界的觀念結構中，讓詩人在慢動作中轉向內心的清修之境。此刻，躺在大地上眺望星空的詩人，具有了一種沉思者的姿態，他喜歡在對斗轉星移的凝視中理解宇宙與人的關係，在自己安靜的慢動作裏感受這個世界的脈搏。

　　昌耀的落伍和掉隊是伴隨他一生的宿命造型，遲滯和緩慢的個性印證了他的土星人格。這種對慢鏡頭的神往，讓他在自己的時空節奏中有緣與詩歌相遇，使他在從事詩歌寫作一開始，就心有靈犀地成為一個力主減速的步行者、一個緩緩轉動搖杆的電影放映員、一個情願把時間的齒輪調慢的鐘錶匠人。

　　詩人的慢動作讓他的作品獲得一種高貴的品質，甚至賦予他一種王者的氣度和襟懷。這一持重的精神韻律，讓昌耀在他的詩歌旅途中醉心於語詞的漫步。同樣身為步行者，昌耀的漫步更接近於下山的查拉圖斯特拉，而非乖張的蘇格拉底。後者是雅典市集上著名的閒逛者，他遊刃有餘地操縱著助產術，整日熱衷於尋人一辯雌雄為快；昌耀當然不具備有閒階級這種充滿攻擊慾的言語能力，因此他倒與前者在神采上如出一轍：他們都來自山野，莊嚴的步態透出鏗鏘有力的節奏，一邊步行一邊向周圍的人們傳達著自己的意志；他們渾身沾染著質樸的獨白氣息，這是堅決而節制的話語，無須邏輯論證的介入：

---

[1]　臧棣，《記憶的詩歌敘事學——細讀西渡的〈一個鐘錶匠的記憶〉》，《詩探索》2002年第1期。

從地平線漸次隆起者
是青海的高車。

從北斗星宮之側悄然軋過者
是青海的高車。

而從歲月間搖撼著遠去者
仍還是青海的高車呀。

高車的青海於我是威武的巨人。
青海的高車於我是巨人之軼詩。

（昌耀，《高車》）

　　「青海的高車」緩慢行進在廣袤的西部高原上，如同在巨人的肩膀上訇然駛過，宣揚著昌耀的漫步哲學。同時，作為「巨人之軼詩」的高車也在踐行著昌耀詩歌的慢。這種慢開啟了一個別有洞天的詩歌內在空間，讓詩歌中的每個詞，都浸泡在一種異常黏稠、緩慢的時間流體當中，為它們重新量定自身價值而爭取到充分的機會。就好像詩人把他在地球上說出的每一個詞，都統統搬到木星的天平上，在那裏，我們驚奇地發現：一切都變重了。
　　昌耀從地（地平線）、天（北斗星宮）、時（歲月間）、空（青海）這四重維度上書寫出這一平凡之物的神聖本質，這種本質也正是

居留在世界上的「物」的純正本性。慢行的「高車」彰顯了青海的精
神氣度，它成為這片詩意的國土之上忘情的舞者。它的舞蹈溝通了天
地和時空，其實也在海德格爾的意義上溝通了天、地、神、人這四重
整體，形成了「物」與這四方的映射遊戲，呼喚出世界的純一性。[1]
「高車」宛若「威武的巨人」，為天、地、神、人獻上它緩慢的圓
舞，寫就一首「巨人之軼詩」。詩人的輕歌和「高車」的曼舞，融合
為這個世界的原型。昌耀在題記中交待：「但我之難忘情於它們，更
在於它們本是英雄。」昌耀對「高車」的讚美，也來源於他根深蒂固
的英雄情結。而此處的英雄情結卻不同於「雄牛」般的迅猛、激進、
動力十足，而是無冕之王般的沉吟自若、儀態持重，在廣闊無人的曠
野上莊嚴前進。

　　昌耀的詩歌直接道出了「物」的使命，因而也拒斥了任何形式的
闡述和論證。在這裏，作為斬釘截鐵的判斷動詞──「是」──讓我們
領略了昌耀詩歌起步期的追問姿態：它既肩負著最為簡單明確的言說
職責，又指明了最高深莫測的話語方向。「是」亦成為慢的一種語言
晶體。因為它在世界的快速和混亂中間保持了應有的沉默，才得以在
千里之外的無人高原上放聲高歌。正如1955年和青海，是昌耀寫作體
系的起點一樣，在這裏，「是」也成為他詩歌話語的起點，它有利於
校正文字的內部聲調，進而幫助詩人在不同時期因地制宜地找到合適
的調門。「是」在昌耀詩中的重複運用，也暗示了他早期創作中追求

---

[1]　參閱（德）海德格爾，《物》，《演講與論文集》，孫周興譯，三聯書店，2005
　　年，第188頁。

的語言特點,即語言清澈的直觀性就是對世界最好的描述。清澈、直觀的語言也就最接近神的語言,亦即**屬靈**的語言。「是」道出了屬靈語言的創造性和神聖性,在原型上保證了詞與物的等同,也是詩歌的一場史前的、永恆而揮之不去的夢幻。

「是」讓語言獲得了**施洗**的功能,將詞語裏的眾生引渡到屬靈的地帶,這也決定了昌耀詩歌在這場最初的神聖之夢中與水結緣。正是水為神提供了施洗的媒介。法國學者博納維爾(Bonneville)認為:「水在宗教聖事中是淨化和過渡的象徵,在世俗觀念中也是新生和復活的象徵。」[1]在清澈、直觀的「是」的召喚中,作為一種屬靈的物質原型,水第一次為詩人帶來智慧的福祉,形成一種**水的方法論**。這是一次在先驗意義上的啟示,昌耀的詩歌在神聖國度和世俗世界裏同時誕生,然而前者的光芒率先射入詩人的眼睛,讓昌耀的寫作先驗地帶有屬靈色彩,讓語言在神聖國度裏的遨遊總是慢於世俗世界,為詩人的寫作保留一條拒絕進化和祛魅的尾椎和根鬚。

生命誕生於水。在水的方法論的啟迪下,生命本身的**慾望**開始初露端倪。慾望是人類不可遏止的本能表達,是一種對「生存的堅持」(斯賓諾莎語)。作為一種既神秘又常見的語言,「是」不但在神的意義上被施加了屬靈色彩,而且在人的意義上被規定為慾望的**零點**,像理想狀態中的水元素,是這個世界和生命的零點一樣。這世間第一個「是」被神說出,於是神就休息去了,只劃定這個零點,留下這個

---

[1] (法)博納維爾,《原始聲色:沐浴的歷史》,郭昌京譯,百花文藝出版社,2003年,第13頁。

語言的種子，讓世界和生命隨即被創造出來，並且愈益豐富。人的慾望也在這個零點處開始向著內部生根，向著外部發芽，綻放出嬌豔欲滴的花朵。同時，這個慾望的零點也是歷史（不論是總體歷史，還是個人歷史）的零點，前者命定地成為後者發展和毀滅的核心動力。「是」構成了語言和世界共同的零點，也成為天、地、神、人的交彙之處。由這個零點發育而出的慾望形式，成為本書的關注對象，我們不但要觀賞花朵，而且還要歷數根系。在昌耀的詩歌體系中，我們有望對人類的慾望做出一番觀察和判斷，來提供我們對生命和世界的認識和見地。作為讀者的我們，也同樣要從這個零點出發。

　　在多種觀測維度下，作為零點的「是」在昌耀詩歌中被大量啟用，為他詩歌想像力的濫觴搭建了一座秉持創造性和肯定性的橋樑。在一首名為《海翅》的習作中，年輕的詩人在這座橋上也獻上了他自己的詩歌圓舞：「朋友，感謝你給我寄來一角殘破的海帆。／是海的翅膀。是風乾的皮肉。是漂白的血。／是撕裂的靈旗。是飄逸的魂。／是不死的灰。是暴風之凝華。／是吶喊的殘跡。是夢的薄膜。／是遠祖神話的最新拷貝。」這是一次昌耀詩歌想像力的集中爆發和盡情舒展。巴什拉曾為人類的想像力鋪設了兩座橋樑，一曰形式想像，一曰物質想像[1]。後者成為巴氏畢生看好的潛力股，他說：「從大自然中選擇一種物質，對它的變化進行自然地冥想，便可以獲得對健康的、富有詩意的象的信任，因為通過這類象我們可以發現，詩歌不會遊戲，而是產生於自然的一種力量，它使人對事物的夢想變得清晰，使

---

[1]　參閱（法）加斯東・巴什拉，《水與夢——論物質的想像》，前揭，第1頁。

我們明白什麼是真正的比喻,這類比喻不但從實踐角度講是真實的,
而且從夢的衝動角度講也是真實的,因此,可以說它的真實性是雙重
的。」[1]不論是《高車》,還是《海翅》,我們從中可以窺見,物質想
像成為昌耀文學想像的無意識,就如同物質是形式的無意識一樣。在
慢的精神氣度的關懷之下,昌耀詩歌的物質想像才因此認領到它發育
的胚胎和抒情的起點。這個安靜的胚胎和起點,埋下了語言的種子,
也賦予了這種獨一無二的語言最初的期待和夢幻。

　　鑑於零點的創世紀意義,慢的精神氣度似乎成為了這種創世之前
的準備,一個來自神性王國的必要緩衝。它在語言世界裏投射出一個
延遲、滯後的狹長身影,那同時也是神聖世界的尾椎和跟鬃投下的影
子,也時刻提醒著它的屬靈性。昌耀在寫作上的慢,自然讓他背負起
一個「口吃者」的名號:「口吃者表現出的『慢一拍』,往往會從語
氣上帶出堅定不移的神態,因為他的緩慢、遲鈍,給了他的思慮以足
夠成熟的時間。這使得口吃者關於命運的種種言說,有了相當的可信
度。」[2]不論我們著眼於昌耀的個人生活經驗,還是他的文本經驗,口
吃讓詩人與外部世界交流的生產總值大大削弱,只能給旁人的印象中
留下一個無可奈何的誇張嘴型。但這種由口吃所引起的表達和交際上
的障礙,反過來或許大大增進了詩人思辨的圓熟程度,和對詩歌形象
的勘探力度。在這片高貴而孤獨的詩歌自留地上,物質想像得到了空

---

[1]　轉引自(法)達高涅,《理性與激情:加斯東·巴什拉傳》,尚衡譯,北京大學
　　出版社,1997年,第60頁。
[2]　敬文東,《對一個口吃者的精神分析——詩人昌耀論》,《南方文壇》2000年第
　　4期。

前的發育；在慢的整體節奏當中，昌耀作品中的形象活了起來，它讓
想像力得以在深化和飛躍兩個層面上羽翼豐滿，意外地兌現了屬靈語
言的承諾，並且帶領詩人到達新的開闊地：

> 而你癡信那一強有力的形象遠在頭頂
>
> 與清澈同在。與氧同在。與幽寂同在。
>
> 與高緯度的陽光同在。
>
> 你於是一直向著新的海拔高度攀登。
>
> （昌耀，《僧人》）

　　昌耀塑造了一個反向的、上山的查拉圖斯特拉形象。雖然詩人無
法擺脫在創作上遲緩的內部節奏，但他自信所追求之物尚在高處。他
希望逆著先哲的足跡找到一個信仰的頂點，一個物質世界的本原，那
裏也是詩歌的根部和胎盤：「覺得自己背後必定拖曳著一條與之維持
了某種關聯的根，只是這片根系纏綿糾葛，鋪展得太寬太深太遠了，
誰也無從覷縷解析徒懷渴望而已。」（昌耀，《混血之歷史》）奇
思妙想的巴什拉把根看作一棵「反向生長的樹」，他說：「對於根來
說，陰沈的大地像池塘，即使沒有池塘，它也是一面鏡子，一面無光
的鏡子，它可以把天上的一切反射到地下。」[1]如此說來，這位喜歡躺
在處女地上休息雙腿、等待大熊星座抽枝發芽的詩人，正是要在這片
大地之上尋找天上的倒影，在人間的每一個角落裏摸索那棵「反向生

---

[1]　轉引自（法）達高涅，《理性與激情：加斯東・巴什拉傳》，前揭，第63頁。

長的樹」，找尋神聖國度遺留給詩人的那條尾椎和跟鬃。昌耀以掉隊為代價，用他詩歌中的慢來悉心描繪一幅攀登路線圖。因此，在他的詩歌理想中，慢動作才是一把開啟信仰之門的鑰匙，他必須以足夠的虔誠，在每一個細微之處發現可供攀附和蹬踏的樹身和枝椏，唯有如此，「反向生長的樹」才可能在他面前顯形。昌耀夢想攀登的，正是這樣一棵投影在人間的「反向生長的樹」，它反射了天國的階梯，再現了一種超越的向度。借助語言的神力，昌耀試圖從對慢鏡頭的靜觀轉向為夢想而行動，由沉思狀態轉入「積極生活」（阿倫特語）。就這樣，詩人以一條延伸到偏僻的西北邊陲的纖細枝條為起點，朝向生在頂端的根部努力地攀爬。

這是一場對烏托邦展開的**聖戀**。描繪「反向生長的樹」，就同時倒轉了大地和天空，這便為如下情形提供了可能：詩人在大地上的圓舞，其實就相當於在無限天空的翱翔。他順著那條尾椎和跟鬃一路摸索，來到這棵「反向生長的樹」面前，接受著神恩的淨化。昌耀清楚地認識到，他所嚮往的根部，距離他夢想走進的烏托邦最近，接近這個根部，就是接近清澈，接近氧，接近幽寂，接近高緯度的陽光。那是詩人夢想和慾望結構的最高處，它「近在天堂的入口處」，通向一個被詩人稱為「光明殿」的地方：「這裏太光明，／我看到異我坐化千年之外，／筋脈紛披紅藍清晰晶瑩剔透如一玻璃人體／承受著永恆的晾曬。」（昌耀，《燔祭》）

詩人渴望在這個永恆之地獲得一種烏托邦力量的救贖，那將是他最高理想的實現。他渴望為自己的文字塗抹上泛著屬靈光澤的膏油，渴望脫離苦難的現實，渴望被淨化，被引渡。然而，絕對的光明即是

絕對的黑暗，永恆的體驗即宣告另一種死亡。在這個全然通透的極晝地帶裏，生命謀求不死，而遭遇到的只能是全然的異化。在此岸生活中的人們，無論擁有的是希臘式的身體，還是猶太式的身體，在這個極端光明的空中樓閣裏，它們統統被抽乾、穿透，化為一副副玻璃人體，永恆固然如期降臨，但降臨的代價卻是讓一條條活著的生命淪為晾曬的祭品。阿倫特（Hannah Arendt）指出：「羅馬帝國的衰亡清楚地證明，沒有任何凡人的工作能夠不死……任何謀求在世不死的努力都是徒勞不必的。」[1]詩人在光明殿裏經歷的是時間的靜止，它是生命速度的無限減慢，是惰性價值的最大化，掉隊者變成了失蹤者，口吃者變成了失語者，屬靈語言面臨著自身的局限和危機。光明殿實際上不過是詩人意識中一座虛無的聖城，它耀眼的光輝融化了詩人自身的形象。就像卡夫卡（Franz Kafka）最終沒有安排K進入城堡或許是件好事，這讓那位運氣不佳的土地測量員滿腹的牢騷和狐疑具有了別樣的價值——這或許正描述了一種人與世界的真實關係。

　　在昌耀晚年講述的一則名為《近在天堂的入口處》的小故事中，「我」與一隻「酷似青蛙的小動物」一同攀登通往天堂的木梯，就在已經接近天堂的入口處，由於「我」的過失，將腳下的這只小動物在跳躍中途擋翻，從此墜入深淵。它的每一次彈起，都在逐漸地遠離天堂，而這絕望而憤怒的舉動，更像是它對「我」的復仇。這個類似卡通片的場景也由此開啟了昌耀的噩夢：詩人一個不經意的微小過失，

---

[1]　（美）漢娜・阿倫特，《人的條件》，竺乾威等譯，上海人民出版社，1999年，第12頁。

卻釀成了他今生的原罪，他被逐出天堂之門，降入苦難的人間，在大
地呈現出的「反向生長的樹」上繼續攀爬，哪怕遍體鱗傷、筋疲力
竭。這是命運對昌耀的懲罰，懲罰他去做一名心懷聖戀的大地詩人，
嚮往天堂而終無所得，帶著終生的困惑和矛盾，只留下了那些獻給天
空卻帶有泥土氣息的詩篇。

　　隨著昌耀九死一生的現世經驗接踵而至，以及文本中慢的規格趨
於絕對化，詩人在多年以後終於迎來了他烏托邦情結的最終破產。光
明殿及其同分異構體在此成為了一片信仰的荒漠，一個被理性懸置的
疆域，它的經年追逐者痛臨悲壯的一幕：「西還的教主查拉圖斯特拉
累倒在巉岩大口吐血」（昌耀，《偶像的黃昏》）。這場超驗的思維
歷險終於化作一面「無光的鏡子」裏虛空的畫像，同時，它也為我們
打磨出了一面觀察昌耀詩歌精神內核的後視鏡。將這面鏡子放置於他
作品的最前端，並非是想植入一種先見，而是希望能夠藉此回到事情
本身。儘管這個響亮的現象學口號很有可能成為我們自己的烏托邦情
結，但我們此刻需要做的，就是與昌耀一道，沿著他的詩歌枝條向著
那個永恆的根部踽踽攀爬。

第二節　鏡：自戀

　　正如詩歌中的慢讓詩人說出的每一個詞都彌足珍貴，烏托邦體
驗的盛極而亡也讓我們重新審度通向它的入口，以及通往入口的那
條長長的來路，讓我們重新打量那棵「反向生長的樹」，推敲它的
尾椎和跟鬖，並且重新發現那面「無光的鏡子」。梭羅（Henry David

Thoreau）發現：「一個湖是風景中最美、最有表情的姿容。它是大地的眼睛；望著它的人可以測出他自己的天性的深淺。」[1]此處，水的方法論再次生效，這片靜態之水向我們展示了夢想的結構，一個伸手可及的想像力的天堂，那是宇宙對它自身最初的視線。

　　作為物質本原之一的水，它的平靜時刻具有一種蕭穆的古典風格，它率先孕育了一個想像的空間：正是**靜態之水**所形成的那面「無光的鏡子」，將眾人神往的烏托邦形象反射進人類的現世生活，讓屬靈的語言恢復尊嚴，想像力借助水的**鏡面反射性**再造了一個清澈的人間天堂。儘管「人間天堂」一說在波德賴爾那裏，更多是借助大麻和鴉片的煙氣才獲得了它的現代性面孔，它讓人類在20世紀特有的生存焦慮和精神危機面前，找到了一條幻覺式的解決之道，也成為了西方現代主義書寫體系的濫觴之一。人間天堂的現代形式在煙氣氤氳中找到的是人類的超我形象，然而它終將個體或制度引向瘋狂、極權和虛無；但作為人間天堂的古典形式，靜態之水的鏡面反射性找到的是人類的自我，就像美少年那喀索斯在湖水的倒影中看見自己美麗的面容一樣，靜態之水暗喻著人的存在、命運和慾望。關於它們的故事要仰仗鏡面反射的想像力來加以敘述，這也因而煥發出一種混合式的語言成色。這種語言正在從屬靈色彩中走出來，漸漸顯出了人格化的面孔。隨著閱讀的進一步深入，我們會發現，經歷了創作中的漫長演化，昌耀在這種靈—人參半的混合色調中，最終拋棄和剷除了神聖時

---

[1]　（美）亨利・大衛・梭羅，《瓦爾登湖》，徐遲譯，上海譯文出版社，1982年，第172頁。

代的尾椎和跟鬃，他渴望直立行走，開赴一種「人的境況」。

昌耀本質上是一個古典主義者，儘管他經歷了當代中國眾多極具特色的集體準現代性事件（戰爭、建設、「反右」、「文革」、思想解放、市場化等），並由此導致他的詩歌面貌幾經更換。然而，在古典主義美學旨趣的關照下，昌耀苦難的個人經歷讓他有理由直接面對生命的純然體驗，也讓他成為這個西方現代／後現代主義寫作體系一統天下的時代裏為數不多的旁觀者，成為一個在這一系統之外自我生成的詩人。他的詩歌生命具有水一樣的清澈性，並且在它生成之初，自動獲取了被靜態之水所反射出的夢想的結構和屬靈性，這些都是毋容置疑的。昌耀就這樣降生在一隻充滿想像力的搖籃裏，降生在反向生長的詩歌古木一根逸出牆外的枝條上，成為他夢裏的一隻綠色豆莢。昌耀的詩歌汁液直接汲取自他的生命體驗和對世界的直觀見地，並且啟用物質想像的天賦，用鏡面一般具有描述性的詞語，在詩歌中將它們轉化為種種絕世獨立的形象。

巴什拉認為：「想像並不是如詞源學所說的那樣，是形成實在的形象的官能；想像是形成超出實在的形象，歌唱實在的形象的那種官能。它是一種超人狀態的官能。」[1]據此，「反向生長的樹」即為一個超出了實在的形象，是一個想像的圖式。此外，作為一個整體，在信仰的天空逐漸坍塌解體後，它也向我們敞開了一個人類心靈重新建構出的語言家園，肩負重任的詩歌形象正帶領著我們進駐這片想像的天地。我們在這裏期待實現一種回歸根部的渴念，一種回歸原初完

---

[1]　（法）加斯東・巴什拉，《水與夢——論物質的想像》，前揭，第18頁。

整狀態的夢想。那個由靜態之水呈現在我們頭頂上方的樹根，是彼岸投來的擬像中心，它賜予了我們超人狀態的官能。按照拉康（Jacques Lacan）的看法，它是一個巨大的他者，一個父親之名，一個語言自身的規則，我們只有服膺它，才有可能進入象徵秩序，成為言說的主體。而歸根到底，它是一個水中的月亮，這一擬像性又使它在每一個主體面前變得虛幻而遙不可及，每當觸摸它，就必定致使它的逃逸。「李白之死」就是一則主體消解於語言黑洞中的極端而美麗的寓言。因此，詩人帶領我們踏上的回歸之旅，也就更像是三輪車在拼命地追汽車，結果只能是越追越遠。

　　靜態之水最終顯現出一幅悲觀的畫面，一幅宏大的焦慮背景。然而它們的存在，似乎威脅不到居住在微觀幸福想像中的生命個體，就像對於人們的心理滿足感來說，簡陋茅屋裏跳動的小小爐火，足以抵禦屋外駭人的暴雨狂風。與此前狄爾泰對作家的劃分相類似，我們也可以在文本世界裏區分出**大寫的語言**和**小寫的語言**。大寫的語言接近於一種神的語言，因而是屬靈的，它的書寫者像荷馬或但丁那樣，具有全知全能的敘述能力，詳細描繪著人類歷史的宏偉進程，歌頌著創造歷史的英雄們。這種大寫的語言培養了昌耀詩歌中的雄牛情結，詩人在那些激情豪邁的詩篇中讚美著改造世界的力量，目睹著宇宙星辰的運行演變，而人則在大寫的語言中變得渺小而脆弱，漸漸被它的強者邏輯所湮沒，因而大寫的語言傾向於一種先驗的悲劇基調；而小寫的語言則為平凡的人類而存在，這些擁有著柔軟肉身的靈長們天生具有自身的界限，他們能量微小、籍籍無名，卻隨身攜帶著小寫的語言，用它在人間製造著數不清的夢想。小寫的語言來自人類之口，這

種虛懷若谷的語言剛好配得上昌耀詩歌中的羔羊情結，因此，這種小寫的語言，在人類現實的生存環境中維持著一種喜劇氣質。相聲演員侯寶林在一個名為《醉酒》的著名段子裏提到過一個醉漢手裏的電筒，它射出的光柱激發了它的主人內心深處關於攀援的夢想。一切看起來像一場鬧劇，但它卻不經意地顯現了人類壓抑已久的幸福渴望。這種幸福感通過小寫的語言，在人所書寫的內在世界裏射出一道光亮，操持這種語言寫作的詩人都擁有一隻這樣的手電筒。那些由詩人憑藉想像力編織出的形象，為每一個失去庇護的心靈搭建了一座暖意融融的茅屋，我們就睡在一個個連通夢境的、柔軟的語詞之上。想像是一種無堅不摧的陰性力量，它可以擊中現實世界裏任何一件習以為常的事物，甚至包括人為自身施加的堅硬面具：

> 今夜，我唱一支非聽覺所能感知的謠曲，
>
> 只唱給你——囚禁在時裝櫥窗的木製女郎……
>
> （昌耀，《夜譚》）

該詩寫於1962年9月23日夜裏12點的西寧南大街旅邸。此時的昌耀作為政治上的「落伍者」，已經接受了當局近似荒誕的審判，淪為身陷囹圄的囚徒。不公正的遭遇喚起了昌耀本能的自救意識，由此邁上了徘徊多年的申訴苦旅。[1] 本該在農場接受勞動改造的犯人王昌耀，

---

[1] 據燎原考查稱：「就在昌耀『管制三年，送去勞教』的期限已經到期，且湟源縣法院又撤銷了他們的錯誤判決後，青海省文聯竟然似乎對此毫不知情，竟然一直把昌耀當成一個『勞教分子』。以致直到1979年，全國所有『右派』的遺

如今卻現身於省城午夜的一家客棧：「誰也不再認識我。／那些高大
的建築體內流蕩光明，／使我依稀恢復了幾分現代意識。」（昌耀，
《夜譚》）改換了的空間讓一生羈旅的詩人重拾自己本然的身份，行
使著一次遊蕩者寶貴的權利。借助「一支非聽覺所能感知的謠曲」，
詩人被壓抑的潛意識不偏不倚地投射在櫥窗裏的「木製女郎」身上。
就像《牙買加颶風》裏的小女孩艾米莉，在甲板上的那一瞬間發現了
「她是她自己」這個驚天秘密一樣[1]，在西寧大街上的這一剎那，昌耀
發現了與「木製女郎」共同的命運：囚禁。這個商業道具是一個人造
的現代城市生產出的符號形象，它默默佇立在透明的玻璃窗後的僵硬
姿態，也同時預示著現代文明意識浸透下人類的集體命運：現代人成
為商品世界打造的「光明殿」裏被晾曬的祭品。靜態之水在這裏開始
發揮威力。詩人佇立在櫥窗前面，透過玻璃窗，眼前的這個人造物儼
然成為了詩人的一副自我鏡像。遵照精神分析學家的發現，大約6到
18個月（這個時間似乎早了一些）大的嬰兒，在第一次觀察到鏡子中
自己的形象時萌生出了自我意識，這是嬰兒發育史上著名的「鏡像階
段」（拉康語）。就昌耀個人的創作心態史而言，這次偷偷溜到西寧

留問題都在徹底解決時，當時的『青海省革委會勞動教育工作委員會』，才收
到省文聯上報的『關於撤銷王昌耀勞動教養的報告』，並做出『同意』的批
復。」因此，從1962年下半年起，昌耀開始了持續的申訴。他於該年七八月間
寫出一個兩萬多字的《甄別材料》，並決定由他本人親自送達青海省文聯。
《夜譚》即創作於此次申訴期間。參閱燎原，《昌耀評傳》，前揭，第167-
168頁。

[1] 參閱（英）理查·休斯，《牙買加颶風》，姜薇譯，重慶出版社，2006年，第
111-115頁。

大街上與「木製女郎」的短暫對視，或許可以看作詩人機緣巧合地迎來了他詩歌生命中一個遲到的「**鏡像階段**」。因此，小詩《夜譚》也權且可以看作昌耀詩歌精神向度的一次轉折。

　　昌耀在「鏡像階段」的心理認同過程讓他的詩歌成功地與語詞「我」接洽（此前的創作中的「我」可看成是自在狀態下的模仿練習），也就此誕生了兩類與「自我」相關的概念形象：一類是賓格位置上的「我」，它是經歷「鏡像階段」之後詩人的習慣性心理投射，各種各樣的、亦真亦幻的人和物的形象充滿了這個集合，前面提到的櫥窗裏的「木製女郎」即是這類形象的代表。它們是自我意識萌生後「我思」的對象，苦難的現實遭遇讓詩人帶上了悲天憫人的情懷，在羔羊情結的驅使下，這類形象也自然地落到了那些質樸純潔、卑微弱勢的事物身上，比如從早期的牧人、少女、高原生靈，直到後來作品中出現的形形色色的社會底層的小人物。在這類形象的身上，似乎都煥發著一種柔性的光澤；另一類是主格位置上的「我」，即詩句中出現的抒情主體「我」，他也是站在櫥窗外為「木製女郎」唱歌的「我」，是詩人的自我意識最直接的擔當者。主格的「我」的誕生，標誌著昌耀的詩歌創作進入自為狀態───一個真正的歌唱者形象出現了───這一主體形象卻在詩人的符號體系中充滿了含混色彩。昌耀詩歌在主格的「我」的參與下所引發的言說，源於一種「不穩定能指」（列維─斯特勞斯語），這股怪誕的能量讓「我」時而與宇宙星辰對齊，時而作逃之夭夭狀，時而成為複數「我們」的可疑代表，時而隱身為「天地間再現的一滴鏽跡」（昌耀，《聽候召喚：趕路》）。「我」的駁雜血統呈現出了昌耀詩歌的氣勢磅礴，泥沙俱下，也圈定了他跨

年代創作史上無法轉化的困境和癥結。主格的「我」的自為性，越來越成為一套詩人的制服，並始終呈現著一種難於歸類的款型，無論昌耀在他的詩歌旅途上流浪到哪一個路段，都戀物般地將它先行披在身上。

　　賓格的「我」和**主格的「我」**是詩人自我意識的兩種產物，是寫作主體的形象經過鏡面反射後呈現的虛像，是一枚硬幣的兩面，它們構成昌耀詩歌體系裏兩條牽動要害的暗線。昌耀對兩者的習慣表達可以概括為：「我戀慕我的身影」（昌耀，《影子與我》）。這種**自戀**話語直接體現了靜態之水所包含的意向結構——主格的「我」戀慕著賓格的「我」——這也是由鏡面反射出的、暗藏在昌耀詩歌中的倫理學。拉康坦陳：「鏡子階段是場悲劇，它的內在衝動從不足匱缺奔向預見先定——對於受空間確認誘惑的主體來說，它策動了從身體的殘缺形象到我們稱之為整體的矯形形式的種種狂想——一直達到建立起異化著的個體的強固框架，這個框架以其僵硬的結構將影響整個精神發展。由此，從內在世界到外在世界的循環的打破，導致了對自我的驗證的無窮化解。」[1]實際上，同每一個經歷過「鏡像階段」的個體一樣，昌耀誤將鏡中的完整個體（木製女郎）當作自己，並通過**認同**這一自我形象而建立一套信以為真的自我統一感。在這一過程中，詩人虛構了一個可以上天入地的、全能的自我形象，用以補償現實生活中傷痕累累的自我。或許可以認為，昌耀因為急於獲得大寫的語言所帶來的改造力和完整性，而透支著小寫的語言中的夢想成分。透過這個奇異的鏡

---

[1]　（法）雅克·拉康，《助成「我」的功能形成的鏡子階段——精神分析經驗所揭示的一個階段》，《拉康選集》，褚孝泉譯，上海三聯書店，2001年，第93頁。

面，昌耀找到了一個貌合神離的自我形象，想像力在這裏為他助了一臂之力。它以詩人對身體與自我關係的誤認，將錯就錯地修復了一個殘缺的主體。借助靜態之水的鏡面反射性，詩人試圖來實踐一套針對現代人的精神分析療救方案。然而，正是由於這種透支和誤認，詩人始終沉浸在對自我形象的迷思當中，這種自我救贖的方式無異於向著他在水中的倒影伸出援手，非但沒能成功救起那個即將落水的自我，反而連他的面孔也弄得模糊難辨了。

第三節　浪：血戀

　　昌耀的詩歌中浸涵著水的質地。他彷彿就誕生在水邊，借助於靜態之水的鏡面反射性，這位擅長物質想像的詩人，在踏進詩歌王國的初期，便迎來了他的「鏡像階段」，獲得了一個只屬於詩人本身的自我意識，並在他一生的寫作過程中真誠緩慢地辨識著它，就像神話中的自戀者透過迷霧和漣漪辨識著自己水中的倒影。而至於流動的水的綿延形象，在古往今來的詩人那裏，又何止於「逝者如斯」的慨歎。這一寫作母題，已經與語言能指的線性特徵緊密勾連在一起了[1]。對於昌耀來說，這位水邊的詩人在看到他水中倒影的同時，就這樣迎來了他個人寫作史上一個詩歌的清晨：「霧啊……於是大山的胸脯領會了

---

[1]　索緒爾（Ferdinand de saussure）指出：「能指屬聽覺性質，只在時間上展開，而且具有借自時間的特徵：（a）它體現一個長度，（b）這長度只能在一個向度上測定：它是一條線。」參閱（瑞士）費爾迪南·德·索緒爾，《普通語言學教程》，高名凱譯，商務印書館，1980年，第106頁。

曠野的期待／慢慢蒸發起寬河床上曙日的潮濕。／水色朦朧的晨渡也
就漸漸疏朗了。」（昌耀，《水色朦朧的黃河晨渡》）詩人流放時期
的作品大都瀰漫著這種水色朦朧的特徵，它來自中國西部那片無人的
風景區，來自詩人年輕單純的雙瞳，來自一個掉隊者潮濕的記憶。這種
水色朦朧的物質環境，直接滋養了沐浴在他詩歌中的水的方法論。生命
誕生於水，昌耀的詩歌也在這片水汽的潤澤中顯現了它最初的面孔。

　　青海地處中國西北的乾旱區，但這片富有雪山、黃河、青海湖的
疆土卻製造了一個水邊的夢幻家園，昌耀在水面上認出了自己的臉孔
之後，便繼續成長為一個在水邊蹣跚學步的孩童，從黎明到黃昏，他
識記著水的寧靜和歡騰，將其匯入他內心的詩歌潮汐。這個孤獨的水
邊看客，也常常夢想自己是那只凌越於浪花之上的水鳥：「你遺落的
每一根羽毛，／都給人那奔流的氣息，／叫人想起那磅礴的濤聲／和
那頑石上譁然的拍擊……」（昌耀，《水鳥》）；有時，佇立在岸邊
的他彷彿聽到一位水手在渡口發來的召喚：「來吧，跟我們到水上來
吧，／水上正為戰士擊打著鑼鼓！」（昌耀，《水手》）；甚至詩人
因為期待著能夠加入到弄潮兒的隊伍而由衷地興奮：「自從聽懂波濤
的律動以來，我們的觸角，就是如此確鑿地感受著大海的挑逗」（昌
耀，《劃呀，劃呀，父親們！》）；進而他乾脆縱身跳上了那只令人
無比振奮的想像之船：「水在吼。熱氣騰騰。我們抬起腳丫朝前劃一
個半圓，又一聲吼叫地落在甲板，作狠命一擊。」（昌耀，《水手長
—渡船—我們》）惠特曼式的張揚和嚎叫讓我們看到了一個邁入青春
期的昌耀，一個因受水神的撩撥而力比多激增的詩人，一個學會在詩
歌中讚美帶電的肉體的歌唱者。我們甚至可以認為，一座盛產花兒和

犛牛的青藏高原，天然適合這種高亢的聲調和舒展的動作，這種興奮和放肆本來就屬於這片廣袤曠野的精神氣質，被水的力量啟動的年輕詩人，渴望「須臾不停地／向東方大海排泄我那不竭的精力。」（昌耀，《河床》）在這裏，無論是處於客位上的水鳥、水手和渡船，還是處於主位上的「我」和「我們」，這些水邊或水上的生命已然從靜態之水的鏡面上躍然而起，湧動出了**活力之水**的節奏，造就了處於寫作青春期的昌耀所頂禮膜拜的英雄人格。他們的形象肇始於昌耀詩歌創作的上游階段，也率先形成了他作品中的雄牛情結，它們就這樣被活力之水一路裹挾：「激流／帶著雪穀的涼意以一路浩波拋下九曲連環，／為原野壯色為大山圖影為征夫洗塵為英雄揮淚。」（昌耀，《激流》）

　　昌耀的詩歌起源於青海，起源於詩人在青藏高原上的放逐姿態。政治上的流放厄運帶給昌耀的是創作上的驚喜。他被早早地放逐到自然中去，讓他與水相遇。水的靜姿倒映了少年詩人的面孔，同樣，水的蓬勃動力也推助了一隻詩歌生靈在西疆曠野上伸展出雄健的四肢。昌耀啟動了他詩歌肌體內的活力之水，奔湧、強勁、浩浩蕩蕩，這種充滿創造力的生命品質貯存在每一個人的皮肉之下：「沿著黃河我聽見蹬蹬足音，／感覺在我生命的深層早注有一滴黃河的精血。」（昌耀，《激流》）一種人類最熟悉的、液態而黏性的物質擔當了這種精神，抒發了這種綿延的動力，這就是血──人體內的一支堂·吉訶德軍團──它們一刻不停地澎湃向前。血液如同江河，身體彷彿河床，昌耀站在黃河的起點上，向世界宣佈著他詩歌中勃發的血性，向東方大海排泄一個詩人不竭的精力：

　　我是否是大地的骨肉

　　或大地在流血

　　又或我同為骨肉之子和大地之子

　　（駱一禾，《世界的血》）[1]

　　昌耀體內的血液在日夜奔騰的黃河邊開始逐漸獲得了它的溫度和
動能，這種日趨強盛的內在能量，也同時成為詩人歌唱活力之水的熱
源和引擎。詩人之血，既調動著昌耀詩歌中水體的流動，又領受著壯
美江河的召喚。從駱一禾的追問來看，昌耀在水面上辨識出了他的雙
重身份：以血為證，他是骨肉之子；以江河為證，他是大地之子。詩
人的寫作正是在這兩種認同和皈依下顯出了最初的容顏，這種內外兼
修的精神合力，以及詩人在他所處的歷史、地理環境中的生命體驗，
集中鑄就了昌耀詩歌中的**血氣**。在這種意義上，血氣也分別體現為**骨
肉之血**和**大地之血**兩種形式。前者來自肉體，來自內在情感；後者來
自環境，來自大江大河。詩歌的意義正在於通過融貫兩者而達到對血
氣的發揚。血氣乃浩然之氣，它拜天地所賜，以水的姿態，以流動和
富於變化的節奏，成全了詩人的一切生命活動，也溝通了詩人的寫作
與生活。血氣驅策了詩人由自身向自然的放逐，這種放逐的姿態也定
義了昌耀詩歌獨特的品性和質地。蘊含血氣的血液讓詩歌寫作的筆墨
從天空回輸大地，從烏托邦回到身體，這是一種出生在人間的物質，

---

[1]　駱一禾，《駱一禾詩全編》，張玞編，上海三聯書店，1997年，第608頁。

是詩人開展物質想像無定的胚胎，它「有成熟的泥土的氣味兒」（昌耀，《夜行在西部高原》）。

　　曾經對血做過精神分析的文化醫生張閎認為：「這種令人遺憾的物理特性，暴露了事物的『物性』本質，它引導事物走向了神聖化的反面。當然，這也可以說是人的感官生命背叛了意志，生理背叛了倫理。事物的物質性的一面一旦被呈現出來，關於事物的神話也就立即陷入了荒誕和尷尬的境地。」[1]由此我們可以看出，作為物質原型和方法論的水，在昌耀的早期作品中呈現出創作精神上的兩極：在一極上，水的施洗之功教化詩性想像朝向神聖的頂峰，它締造了屬靈的語言，在詞語間構築了每個人的烏托邦情結，這一超驗偉大的巢穴，在每一個現實的個體那裏會被填充進特定的社會—歷史內容，比如昌耀一代人長期堅信的「卡斯楚氣節」、「以色列公社」和「鐮刀斧頭的古典圖式」等。水的這一極性培育了昌耀詩歌中對慢的神往，並且為其後一系列的物質想像爭取到了足夠的時間和空間，為詩人的身份認同提供了基礎性的氣質框架和抒情的地平線；在另一極上，水的物質性作用於人類的感官，變為奔流在人體內的血，它成為世俗價值的啟示者和現世生命的灌溉者。在昌耀那裏，這種物質性精神可以綜合想像為他在作品中張揚的一種**血戀**情懷，這種對血氣的嚮往，讓詩人毫不掩飾地歌頌英雄，讚美大自然中各種形式的力，同時也體現為為實現以上目標而使用的綿延、鏗鏘的修辭形式。

---

[1]　張閎，《余華：血的精神分析》，《聲音的詩學》，中國人民大學出版社，2003年，第225頁。

　　在廣袤、開放的自然背景下，水的方法論見證了昌耀詩歌寫作的一個**造血**期。詩人在天地日月、江河湖海的哺育和孳乳下造出大地之血，從一顆年輕、鮮嫩、飽滿的詩歌脾臟裏造出骨肉之血，兩者聯合調動詩人的抒情脈衝和內外宇宙的物質交換。與古典肅穆的靜態之水造就了詩人的自戀情結不同，佇立在高原河岸的詩人，在飽含血氣的活力之水的鼓舞下，激發出了他的英雄情結。血氣是英雄情結的內向聚合，它要求昌耀的詩歌語言節奏分明、擲地有聲，傾向於修辭上的排比和博喻，以壯聲勢，因此更接近一種波浪式的層次和節律。這一在語言上的內在要求是昌耀詩歌造血期的獨特貢獻，它直接裝備成了一種波浪式的想像力：「你呵，耸如劍齒參差，是豪豬之鎧甲。／是棘的皇冠。是尖刺削立的石筍群。／是手風琴的可奏和絃的鍵鈕。／是現代雕塑大師陳列展品的開闊地。／是鋼製的板刷。／是種植園。／是海岸種植園長勢繁茂的一片龍舌蘭。／是一片石鳳梨。／是一片不生產澱粉的莊稼啊，／是生產美的激情、大氣度。／卻生產尊嚴、自信、智慧與光榮的英雄主義。／是海濱壯士的碑塔林呵。／是不可伐倒的叢林帶。」（昌耀，《致石臼港海岸的叢林帶》）與《海翅》相似，這是物質想像的一次酣暢淋漓的起伏噴薄，是昌耀詩歌中的血氣直接伸出的拳腳和外向型張力，它讓我們一氣接一氣地聆聽關於海水和波濤的傳說，幫助我們開掘出想像空間裏五光十色的奧秘，在我們心中鑄成一個完整而豐富的形象世界。作為語言的「零點」，語詞「是」鄭重其事地參與到這場詩歌的造血運動中來。

　　在昌耀的作品中，血氣的價值實現過程驅散了屬靈語言的濃霧，完成了語言形式與內在情緒的統一。這種**波浪式修辭**也十分容易同革

命樂觀主義創作情緒結成同盟，成為昌耀的寫作同行、中國當代著名
詩人郭小川最擅長的表達形式：「我的同志個個都是年輕力又大，／
我的同志的臉都亮著黑紅，／我的同志的眼睛都閃著深沉的驕傲，／
我的同志的心都跳著勇敢，／我的同志的喉嚨都含著無聲的戰歌，／
我的同志的槍光閃爍，／我的同志的步武軒昂，／我的同志的草鞋
呀，／是無限奮激地向前奔行。」[1]（郭小川，《草鞋》）與昌耀的
《海翅》、《致石臼港海岸的叢林帶》等作品類似，《草鞋》同樣是
郭小川詩歌童年期的作品，在反覆謳歌的詩句裏，他宣洩著對吟詠對
象縱橫澎湃的滾燙熱情。儘管二人無一倖免於在寫作中途降臨的政治
磨難，然而，流放邊地的昌耀由於對自然山河抱以絕對真誠的熱愛，
讓他的英雄情結牢固建築在物質本原上，並且具有長久的生命力，短
命的政治風向反而在他的寫作中備受冷落，本該在他作品中宣洩的政
治情愫反而被降至最低，詩人藉此坦然地將他的詩歌創作風貌交付給
了物質想像的演變規律，而非意識形態的風向標；相反，善於一招半
式闖江湖、與政權保持曖昧關係的郭小川，卻堅持將這種波浪式抒情
手法一以貫之，很快受到了意識形態的嘉獎，並在政治掛帥的年代迅
速走紅，這種重要的修辭手段，也成為貼在他與政治一同速朽的詩歌
生命上的典型標籤。在昌耀作品中洋溢著的無疑是血氣，是從他帶有
體溫的喉嚨裏奔湧出的詩句，他的波浪式修辭將內在的、封閉的骨肉
之血搭乘詞語的翅膀帶出體外，轉化成了大地之血，並最終統一於
天、地、神、人的四重圓舞，形成昌耀詩歌中的浩然之氣。郭小川

---

[1]　郭小川，《郭小川詩選》，人民文學出版社，1977年，第7-8頁。

同樣嫻熟地運用著波浪式抒情，但他作品中的血氣是修辭的次生林，是在對詞語的團體操般的調度中再造出來的，是受到後來的讀者懷疑的。他的詩藝，沒有成功地將骨肉之血轉換為大地之血，沒有在詩歌裏實現血氣的價值，而是像黑市交易那樣，將這些珍貴的液體販運給了「紅市」裏那些威嚴、闊綽的買家。

　　本雅明指出，如果歌德錯誤地判斷了荷爾德林，那不是因為他的判斷力患了感冒，而是他的道德感出現了傾斜。從今人的視角很容易辨別出，作為一個出生在時代洪流裏的詩人，郭小川一心試圖寫就一種大寫的語言，我們甚至無須懷疑他寫作上的才華和真誠，但他終究沒有描繪出人類真實的歷史和心態，沒有觸碰到世界的悲劇底色，而只能沾沾自喜地滿足於，波浪式的抒情方式與臆想中的革命樂觀情緒之間的生硬調情，因而，郭小川崇尚的是一種偽英雄主義，它只能幫助意識形態製造出一種關於英雄的幻覺。判斷力的高明無法彌補道德感的迷誤，郭小川的不幸在於，他把自己的詩藝賭注全部押在了世界上最輕佻的事物上，讓他的詩歌理想偏離了自身的發展軌道，最終引發了他的道德危機（比如他在「反右」運動和「文革」期間寫的檢討書）；與他不同的是，昌耀從一開始就把詩歌夢想搭建在牢固的物性法則上，努力與政治保持著低調的距離，憑藉著一身血氣，他得以在寫作上獲得更為沈著的堅守和自信。

　　或許與個人氣質有關，昌耀無意於郭小川追求的那種大寫的語言，無心加入意識形態的大合唱。儘管兩者在一定時期內，都不約而同地採取了波浪式的抒情方式，甚至都熱情地歌頌那個時代裏的英雄，但寫作理想和技藝間的不同的組合，卻標誌著他們本質價值的差

異。在政治熱情空前高漲的年代裏，郭小川理想中的大寫的語言博得了眾人的追捧，而心遠地偏的昌耀卻極端熱愛自己的聲音，保存和轉化了他詩歌中的血氣。這件任何一個時代的詩人最可寶貴的東西，讓昌耀心無旁騖地寫出了小寫的語言，並在這種個人化的聲調裏喚醒了永恆的物質回聲：

> 我聽到了不只是飛噏的象徵之水……
> （昌耀，《曠原之野》）

所以，昌耀的這種小寫的語言，為他的物質想像提供了實現的條件。在造血的同時，他再造了一種古典神話，籲請了真正的英雄登場。不論是水手、船夫和牧人，還是黃河、水鳥和渡船，昌耀筆下這些永久的形象承擔著傳統的詩意，傳達了詩人充滿血氣和性情的英雄情懷，它們講述的是有關我們這個物質世界的傳說和人類的夢想和生活，而絕非政治幕布上的海市蜃樓。政治固然影響和創造著人類歷史，但奇怪的是，受政治熱情調動的詩歌寫作，卻無法真正進入歷史的編碼。更為奇怪的是，那些處於邊緣的個性化的聲音，由於喜愛自由自在地講述英雄們的神話，卻真正被這個物質世界的深層邏輯所接納，讓這種屬人的聲音最終與歷史的進程相匯合，也同時匯合了骨肉之血與大地之血。

第四節　柔：父戀

或許是對「永恆回歸」的模仿，血液居住在一個封閉的循環系統

裏面，詩人的寫作也同樣受命於一個循環機制。在必要的時機，詩人之血的物質性一極又開始調轉方向，締造了一個回歸神聖的夢想。這種折回也即意味著對血氣的消解，屬靈語言逐漸甦醒，並支援對聖戀的復辟。波浪式的修辭方式為實現這種虛幻的機制開啟了的通道，既保持了血氣在人體和語言內部通行暢達，同時也接納從烏托邦世界湧入的光芒。猶如雄牛情結和羔羊情結共存於昌耀作品的深層創作心理當中，屬靈和屬血氣的語言也同時佔據著詩人波浪式修辭的波峰和波谷，在成熟的詩人心智中，它們任何一方都不曾泯滅，而是遵守著自身的價值運行規律。郭小川的寫作模式主要是受「看得見的腳」的指引和催動，而昌耀更多的是接受著一隻「看不見的手」的自發調節，這只手並非來自現實的外部，而是從世界的物質本源那裏伸出來，為昌耀的寫作劃出一道人神共舞、靈肉交織的**詩意波浪線**。昌耀的創作實踐也為我們總結出了這條**詩歌價值規律**，它將相互矛盾的兩極都容納進一個龐大的循環系統內部，並且遵守著一種波浪式的運行路線，既決定了昌耀作品在思想、風格和語言上的多重面孔，也在複雜之餘讓我們得以縱觀他的完整和統一。以詩意波浪線為表現形式的詩歌價值規律，也是我們遵循水的方法論而得出的最為傑出和有效的原理。因此，讓我們更有勇氣追隨詩人寫作的波浪線繼續探尋。

　　「伐木者來了。／牧羊人來了。／制陶工來了。／擀氈匠來了。／採礦師來了。／森林警察走出自己的木頭棚屋。／我亦走進自己流汗的隊列。」（昌耀，《黑河》）昌耀正是在一種小寫的語言維度中展開他波浪式的抒情，在這簡潔而秩序井然的語境中，普通勞動者的輪番出場酷似一次神祇的盛宴。仰仗著詩人的英雄情結和物質想像，將

世俗世界裏的人和事物一浪接一浪地推至神的位置，也將自我扮成神的僕從和稱頌者。波浪式修辭開始發揮作用：昌耀詩歌的屬靈性再次睜開雙眼，同時他的語言肢體則得到血氣的灌溉和滋養，得到空前的發育；抒情也獲得了極為強烈的形式感，讓詩人和讀者一波接一波地參與到這種動力十足的詩歌呻吟中，並享受著波浪式的語言帶來的隱秘快樂：

> 我躺著。開拓我吧！我就是這荒土
> 我就是這岩層，這河床……開拓我吧！我將
> 給你最豪華、最繁複、最具魔力之色彩。
> 儲存你那無可發洩的精力：請隨意馳騁。我要
> 給你那旋動的車輪以充實的快感。
> 而我已滿足地喘息、微笑
> 又不無陣痛。
> （昌耀，《我躺著。開拓我吧！》）

掉隊的、口吃的詩人已經習慣於一副躺著的自我形象，這也是人類降生之初的形象。躺著的「我」發出了波浪式的快樂呻吟，我們也循聲發現了昌耀作品中極富性暗示色彩的慾望辭彙：躺著、開拓、發洩、馳騁、快感、喘息、微笑、陣痛……很難猜想這是誕生於中國1962的詩作，因詩罹禍的詩人在荒無人煙的高原上放膽做了回詩壇先鋒，以身體之琴，彈慾望之音。這是一次冥想中色情意味十足的索愛告白。作為慾望主體的「我」堅決而大膽，在文本中反覆出現，通過

自我言說達成自我確認，並以女性所特有的波浪式的性快感，來呈現慾望主體波浪式的想像力；慾望的對象不言自明地指向了詩人眼中的英雄，一個「超我」的法則，一個父親之名。

　　我們驚詫地發現了一個關於昌耀詩歌中慾望主體的性別秘密：這裏儼然出現了一個**陰性抒情主體**，陰性氣質悄悄奪取了主格的王座，進駐了「自我」的體內。就像在詩歌的循環系統裏，物質性與神聖性之間所做的波浪式的「永恆回歸」那樣，水依然啟示著昌耀作品中的抒情主體奔走於夢想的陰陽兩極。「看不見的手」依舊在這裏發揮著作用。在中國傳統文化譜系中，水一直是陰性的、**至柔的**物質，它常常用來比喻女性。這是陰性之水的人格化，女性天生的沉靜、緩慢、敏感的生理節奏暴露這一點。作為誕生在水邊的詩人，昌耀在一定時期內開始受命於這種水的陰性力量，他在詩歌中大力歌頌的英雄形象，他（它）們成為陰性視域所迷戀和仰慕的對象，是想像中代表著力與美的超級形象；而詩歌中的「自我」則變身為英雄帳下一位心思細密的女眷，她是水做的，用水一樣的歌謠來表達她內心的渴求。當這種渴求得到象徵性的滿足時，「我才完全享有置身巨人懷抱的安詳。」（昌耀，《斷章》）

　　陰性抒情主體的出現，是昌耀創作心理上的羔羊情結對陣雄牛情結而演化出的產物，也是詩歌價值規律的合理體現。詩人此刻扮演的陰性抒情主體以羔羊般的赤子之心讚美著她眼中的英雄。「我們造就了一個大禹，／他已是水邊的神。／而那個烈女／變作了填海的精衛鳥。」（昌耀，《劃呀，劃呀，父親們！》）在「劃呀，劃呀，父親們」的忘情吶喊中，我們恍然得知，成長中的昌耀詩歌彷彿存在著

一種**戀父情結**，詩人的創作心路或許也經歷了這樣一段戀父時期，一個特殊的陰性區段，並繼續在這類形象上強化著這一**父戀**意識：「光亮中，一個女子向荒原投去，／她搓揉著自己高挺的胸脯，／分明聽見那一聲躁動／正是從那裏漫逸的／心的獨白。」（昌耀，《草原初章》）躁動的陰性主體渴望表達匱乏和對愛的需要，這一欲求對象也從幕後走上台前，缺席者就此登場：「那些黃河的少女撇開腳丫兒一路小跑／簇擁著聚在碼頭，她們的肩窩兒／還散發著炕頭熱泥土的溫暖味兒，／一眼就認出了河上搖棹扳舵的情人，／由不得唱一串撩人心魄的情歌。」（昌耀，《水色朦朧的黃河晨渡》）欲求對象出場後，愛情作為主客體之間的關聯項通過第三方進行詩意的融通，於是召喚了物的形象的降臨：「油煙騰起，照亮他腕上一具精巧的象牙手鐲。／我們／幸福地笑了。／只有帳篷旁邊那個守著獵狗的牧女羞澀回首／吮吸一朵野玫瑰的芳香……」（昌耀，《獵戶》）在這個陰性語境下的示愛序列中，我們可以目睹多種女性形象，甚至可以追溯到西寧大街櫥窗裏的「木製女郎」，作為詩人自我的鏡像和女性形象群的原型，它既是陰性的，又是物性的，統攝著這一序列的整體性徵。

陰性抒情主體的出現，讓昌耀在他寫作的戀父時期構築了一個充滿陽剛的、父性的話語庇護空間。陰性價值進駐其中，便要求這種空間洋溢著強大的陽性邏輯，為戀父的陰性抒情主體以及她眼中的陰性形象提供了容身之地，也讓她在這個父性空間中得以表達和施展自己的慾望和想像。昌耀年幼的記憶中，父親的角色就一直是缺席的：「在那樣一個時代裏，我的父輩們大都離鄉背井去實行自己的抱負。」（昌耀，《我是風雨雷電合乎邏輯的選擇》）父親的缺席在暗

地裏埋下了讓兒子遠遊的種子，嚮往遠方的昌耀也許在潛意識中是為了尋找父親。作風威嚴的軍旅生涯，腥風血雨的戰爭環境，青藏高原的蒼莽遼闊，都漸漸地讓詩人嗅出了父親的氣息，發現了父親的蹤跡，成為缺席的父性空間的填充者和類同物。如果說，昌耀作品中的血氣是詩人英雄情結的凝合和內斂，那麼這種父性空間則是英雄情結的擴展和外化，它為著棲身其中的陰性讚美者而存在。在未來的一個時期內，我們會看到，昌耀會把這種英雄情結和陰性感受力投射到一系列現實中的建築物上（詳見第二章）。而此時，在這個陰性抒情序列的波浪式的遞進關係中，在詩人努力興建適宜為陰性歌頌者存在的父性空間之前，他卻將這一時期為女性所獨有的敏銳而粘稠的情感，投射在一類特殊的陰性物象上，力圖籍此尋找一種構築父性空間的可能性。對於昌耀來說，英雄情結和戀父情結往往形影相隨，構築父性空間和詮釋陰性物象不過是一個過程的兩個方面：

> 我是這樣的迷戀——
>
> 那些鄉村堊白的煙囱。
>
> 那些用陶土堆砌的圓錐體，
>
> 像是一尊尊奶罐，
>
> 靜靜地在太陽下的屋頂豎立，
>
> 沒有一絲兒奢華——
>
> 我對這生活的愛情
>
> 不正像陶罐裏的奶子那麼釅濃，
>
> 薰染了——

鄉村的煙火？……

（昌耀，《煙囱》）[1]

　　在詩人的長期流放生涯中，煙囱是一個關於家的符號，是在灶台邊辛勤勞作的母親常年的伴侶。它維持著一種母愛的幻象，一種回歸家園的原始衝動。同時，它筆直向上的身姿構成了大地與天空的交流通道，並以嫋嫋瀰散的言語向上天訴說著人間的消息和家宅裏發生的故事。昌耀說：「我以炊煙運動的微粒／嬌縱我夢幻的馬駒。」（昌耀，《凶年逸稿》）仰仗這種夢幻的詩句，這位「炊煙的鑑賞家」（昌耀，《慈航》）眼中的煙囱，如同一尊尊圓錐形的奶罐，鄉村的煙火則像陶罐裏窈窕醲濃、幾欲離散的奶汁。奶罐或奶汁是主客體間的關聯項，陰性的慾望主體「我」戀慕著這一類有生命的形象，並用它們的甘甜濃郁來指代「我」對生活的「愛情」。「這柔美的天空／是以奶汁洗滌／而山麓的煙囱群以屋頂為壟畝：／是和平與愛的混交林。」（昌耀，《天空》）昌耀早期詩歌中的女性心態是陰性之水的人格化，奶汁則成為了生命之水的濃縮和精華，是至柔的物質。乳白色的奶汁向上流入天空，如同平靜的大海上微微翻騰的浪花，用它內在的能量哺育著藍天的清澈和柔和，也輕輕撩撥著詩人的陰性氣質。

---

[1]　此處引用了《煙囱》一詩的原始版本。據燎原考查，該詩創作於1962年8月6日，最初發表於1979年底青海省出版的紀念建國《三十年詩歌選》中。1981年，昌耀對該詩進行了修改並定稿，並在末尾注明「1981.4.19重寫」，收入昌耀其後陸續出版的詩集。參閱燎原《昌耀評傳》，前揭，第111頁。

　　羅蘭・巴特（Roland Barthes）認為：「水能夠承受質料的無數中間狀態：清澈、晶瑩、透亮、流逝、膠質、黏性、泛白、浮動、圓潤、彈性；在水與人之間，一切辯證的變化都是可能的。」[1]鑑於這種獨特的中間狀態，水既是一種神秘的授精元素，又是孕育生命的必需環境。它是詩歌價值規律最好的展示者和詮釋者。於是我們可以理解，煙囪的形象出現在昌耀創作歷程中的戀父初期，但同時也呈現出十分鮮明的戀母色彩。他作品中的慾望主體尚處於性別意識模糊難辨的嬰兒時期，在他們混沌的潛意識中，這些屋頂上的圓錐體，既在戀父意義上體現了女孩獨有的陽具崇拜，也在戀母意義上成為男孩和女孩共同渴望的奶罐，那是嬰兒眼中母親的乳房，裏面充溢著釀濃的奶水。儘管這一慾望主體在一段時期內將演化為女性，迎來詩人創作上的戀父時期，但此時的慾望主體既是戀父的、也是戀母的，顯示出雙重的慾望取向：「我們是一群男子。是一群女子。／是為了一群女子依戀的／一群男子。」（昌耀，《劃呀，劃呀，父親們！》）「我們」既是男性，也是女性，既是庇護陰性價值的父性空間，也是陰性價值本身，一個事物總是隱秘地包含著它相反的一極。由此我們可以再次認定，在昌耀的詩歌中，對陰性物象的讚美已經統一於尋找構築父性空間可能性的過程當中，這種雌雄莫辨的狀態，讓這種充滿張力的統一感呈現出一定的不穩定性，這也是詩歌價值規律使然。昌耀會偶爾把

---

[1]　（法）羅蘭・巴特，《米什萊》，張祖建譯，中國人民大學出版社，2008年，第32頁。

這種「不穩定能指」釋放在他的詩句當中，為我們描繪一副這樣的形象：「我們壯實的肌體散發著奶的膻香。」（昌耀，《獵戶》）

歸根到底，像煙囪這樣混融了陽性與陰性特徵的「不穩定能指」，揭示了一種處於流動狀態的事物價值，它符合巴什拉所謂的「安尼瑪」的詩學，昌耀作品中的這類形象告訴我們，即使在男性詩人身上，陰性感受力依然在發揮著至關重要的作用，只要他通曉了物質的奧秘，只要他善於精微的觀察和思索，他就會準確地辨認出隱藏在一切事物、一切詞語身上陰性的一面，那裏散發著夢想的光芒，以慈悲而寬容的心態輕撫著每一個受難的生命。所以，在昌耀的作品中，無論是對陰性物象的歌頌還是對父性空間的尋覓，從夢想的詩學角度來看，它們都在力圖實現一個父親之名對柔弱靈魂的輕聲呼喚，實現對人類悲劇命運的救贖。

在精神分析學意義上，處於口唇期的嬰兒對乳房的慾望，體現為詩人對煙囪形象本能的鍾愛，就像嬰兒通過吮吸乳頭延遲著他們脫離母體的時間，詩人也在對煙囪的想像和讚美中夢遊過早失掉的家園。這一體現「共生性結合」（弗洛姆語）的陰性形象，揭示了人類渴望返回原初的集體無意識。里爾克在《羅馬式的噴泉》[1]一詩中，以噴泉

---

[1] 里爾克《羅馬式的噴泉》（吳興華譯）全詩如下：「在一個古老渾圓的大理石圈中／有兩個圓盤，一個緣升上另一個，／而上面有水流彎倒下來，緩而輕，／到另一片水在底下靜止的等著，／一面不定的細語，另一方不發聲，／隱秘的，仿佛陷入了空虛的掌握／指示給對方綠蔭暗影後的天空／拿它當新奇而未被人知的事物；／自己卻默默的一圈一圈的散開／（毫無念舊的心情）在美好的杯裏，／只不過有些時入夢的幻化為滴水／讓自己降落到繁茂生長的苔上／形成最後一面鏡，從底下使它的／盤子如微笑著以它柔波的蕩漾。」參閱

的兩個水盤間的傾注與承接，歌頌著心靈間的對話。水的整體性以波
浪的形態訴說著永遠流動的夢想，它希望構成一架永動機，一個完美
的陰性形象。這個神奇的羅馬噴泉形象，通過原始的動力機制將噴泉
中的水連綿不斷地送回到起點，存在也在表達自我的生命運動中不斷
地返回了自身。這是詩人在陰性形象中力圖實現的最高夢想。

　　作為完滿連貫的陰性形象，水暗藏著一種力，一種永不枯竭的慾
望形式。德勒茲（Gilles Deleuze）傾向於將這種流體永動機形象解釋為
慾望機器，就像他認為乳房是產生奶水的機器，口則是與乳房搭對的
機器一樣。這兩台機器彼此相連接，前者被後者截斷了生產流，反過
來也打破了後者的自足性。因此德勒茲總結道，每個「客體」都決定
一股流體的連續性；而每一個流體都決定「客體」的破碎化[1]。在水這
種流體形象的內在精神中，博爾赫斯（Jorge Luis Borges）描述了它的連
續性：「人們說恆河的水是神聖的，／但是由於海洋進行著交換，／地
球有許多孔洞，也可以說／所有的人都在恆河沐浴。」[2]（博爾赫斯，
《第四元素的詩》）而福柯則揭示了它的破壞力：「水是讓人供認的
工具，那激流直下的水能夠沖走污濁、空想和一切近乎謊言的異想天
開。水，在精神病院的道德氛圍中，使人面對赤裸裸的現實，它具有

　　（德）里爾克，《里爾克精選集》，李永平編選，北京燕山出版社，2005年，第
105頁。

[1]　（法）吉爾・德勒茲、菲力克斯・伽塔里，《反俄狄浦斯：資本主義與精神分
裂症（節選）》，《後現代性的哲學話語：從福柯到賽義德》，汪民安等主
編，浙江人民出版社，2000年，第36-55頁。

[2]　（阿根廷）博爾赫斯，《博爾赫斯全集・詩歌卷（上冊）》，林之木，王永年
譯，浙江文藝出版社，1999年，第229頁。

強大的潔淨力，既是洗禮，也是懺悔，在使患者回到誤失之前的狀態的同時，使他徹底認識自我。」[1]在這裏，完滿連貫的水將波浪幻化為雙手，通過沐浴和衝擊的形式，表達了它們與人體的外部關係，既無處不在，又直穿人心，呈現出兩種不同的面目：前者是橫向的、靜態的、保守的、古典的、母性的；後者是縱向的、動態的、激進的、現代的、父性的。這兩種迥然相異的秉性共存在水的整體性當中。就像黃河之水註定要從純潔清澈變為湍急渾濁，原初的那片靜謐已經融入迅猛向前的生命湧動之中。

昌耀詩歌的初始狀態佈滿了陰性的感受力，這段戀父時期的寫作也註定讓他成為一個服膺詩歌價值規律的外省詩人、一個迷失在青海高原上的掉隊者、一個操持小寫的語言寫作的夢想家。他在西部山河的偉力面前認出了自己的渺小柔弱，認出了自己寫作中的陰性氣質，並用一支水做的畫筆，在一幅幅水做的形象上面點出一圈圈楚楚動人的波紋。這些波紋漸漸溢出了詩人戀父時期的門檻，水的精神力量維持著詩人的夢想，也同時將它擊碎。詩人的寫作就這樣遊移在詩意波浪線的波峰與波谷之間，像織布機一樣紡著語言的粗布和絲緞，書寫著一段柔和的曲線。這或許是詩人又一次對自我形象的誤認，事已至此，昌耀收斂了他的孩童般的原始慾望：「你看我轉向藍天的眼睛一天天成熟，／充盈著醇厚多汁的情愛。」（昌耀，《這虔誠的紅衣僧人》）情愛的觀念在他的作品中悄悄萌生，這讓詩人在戀父時期的超

---

[1] （法）蜜雪兒・福柯，《水與瘋狂》，《福柯集》，杜小真編選，上海遠東出版社，1998年，第12頁。

驗之愛轉向人間，它承接著水的夢想的連續性。詩人在對愛情的書寫中維繫著這種慾望形式，它既實現了主體間的意識延伸，又暴露了自我的精神病症；既滿足了對完整的幻想，又包含了對自身的瓦解。

第五節　渴：她戀

「從所有的器物我聽見逝去的流水。／我聽見流水之上抗逆的腳步。」（昌耀，《劃呀，劃呀，父親們！》）仰仗著敏銳的陰性感受力，昌耀在一切事物中聆聽到了水的綿延流動，也期待著人類對水的征服。新時代的船夫固然彰顯著英雄般的創造力，然而這些被詩人稱為「父親們」的人們在水上拼力地劃行，彷彿是在與流水展開一場神聖的歡愛。據昌耀自己稱，這首廣為流傳的《劃呀，劃呀，父親們！》其實描寫的是做愛場景，那些盡情的吶喊和振奮的動作都隱晦地暗示了這一點[1]。儘管該詩依然把複數的父親形象放在顯要的位置加以歌頌，但主導詩人創作的內在邏輯已經發生了變化。這首多年之後問世的作品，宣告了昌耀在他的詩歌童年期裏迎來了最後一次心理進化，這一進化的決定性步驟便是，以兩性情愛為核心的愛情原則代替了曖昧含混的父戀原則，從而最終讓詩人的慾望體系趨於穩定，戀父情結逐漸退場，基於異性戀的愛情話語因此開始浮出水面。

愛情話語是昌耀詩歌綿延始終的一條抒情陣線，我們可以在他創作的不同時期品嘗出不同的意味。如果說詩人的陰性寫作時期歌頌

---

[1]　參閱章治萍，《雨酣之夜話昌耀》，《中國詩人》（季刊）2007年第1期。

的是一種圓整性，是主體與大自然和高原生靈的混融，那麼在這一**她戀**系統中，詩人開始努力擺脫陰性自我的影子，將視界歸還給剛剛探出頭的男性意識，但實際上陰性感受力已經潛伏在了昌耀的寫作中，我們在他後期作品中將就此加以詳細辨識。弗洛姆（Erich Fromm）認為：「智力健全的基礎和成熟的標誌，存在於這一從對以母親為中心的依附到對以父親為中心的依附，以及最終與他們分離的發展過程中。」[1]對於剛剛走出戀父時期的詩人來說，那些在他作品中不時閃現的、關於愛情的飛火流鶯，登時宣告了昌耀的詩歌心智開始走向健全和成熟，進入了一個穩定而持續的她戀階段。

　　青海的花兒名噪天下，這位《花兒與少年》的真實編者深深迷戀著它們[2]，也讓昌耀早期作品中的愛情話語明顯流露出方言的個性，帶有十足的民歌意味。他簡練傳神地敘寫了邊地青年如水般的戀愛場景：「──拜噶法，拜噶法，／別忙躲進屋，我有一件／美極的披風！」（昌耀，《邊城》）；「月亮月亮／幽幽空谷／少女少女／挽馬徐行」（昌耀，《月亮與少女》）；「『阿哥，吹得輕一些，再輕

---

[1]　（美）埃里希・弗洛姆，《愛的藝術》，劉福堂譯，安徽文藝出版社，1986年，第37頁。

[2]　昌耀在一份自傳中透露，自己是民歌集《花兒與少年》的真實編者：「我由青海省貿易公司秘書崗位調入青海省文聯任創作員、編輯。獨立完成的第一項工程是編選了青海民歌集《花兒與少年》，於今想來仍不無得意，以為書名本身就已是一個『創舉』，暗喻此書收錄的是『情妹妹與情哥哥』對唱的情歌。這個書名後來被某歌舞團命名一組民間歌舞。此書由青海人民出版社出版（責任編輯程波德）。但我因右派事深陷囹圄，以至見到此書，署名已旁屬王某、劉某（這種頂替肯定振振有辭）。」參閱昌耀，《一份「業務自傳」》，《詩探索》1997年第1期。

一些吧。』／海螺快樂的呼號卻是更高了，更高了。」（昌耀，《哈拉庫圖人與鋼鐵》）這些關於牧人、牧女、阿哥、阿妹的動人愛情純潔得近乎一段段傳說，通過昌耀的詩意渲染和戲劇加工，這些他人的戀愛故事大都帶上了理想主義色彩，它是詩人對人間愛情的善良想像。以這些或婉約或熱烈的愛情話語為背景，昌耀也試圖去描寫一種在自我意識參與下的戀愛體驗。她戀的詩人穿越濕漉漉的陰性寫作時期，轉向對嶄新對象的尋覓之中。詩人因長久被壓抑而蠢蠢欲動的愛情幼芽，也迫不及待地破土而出：

> 但不要以為我的愛情已生滿菌斑，
>
> 我從空氣攝取養料，經由陽光提取鈣質，
>
> 我的鬚髯如同劍毛，
>
> 而我的愛情卻如夜色一樣羞澀。
>
> （昌耀，《良宵》）

為了她戀格局的需要，堅硬鬍鬚的亮相，正式奠定了「我」的男性慾望主體身份：「荒原注意到了一個走來的強男子。」（昌耀，《斷章》）詩人這樣想像自己的男性形象，並通過扎人的鬍鬚來喚起少女對戀人的生理感覺，藉此傳播他的求愛信號。然而「我」依然是一個保留著植物般羞澀的索愛者，「我」對愛情的理解是光合作用式的、是自給自足的、是情慾的欠發達形式，並未完全徹底地過渡到她戀階段。為此，詩人羞澀地選擇進入黑夜來抑制光合作用的發生，切斷植物性的求愛途徑。他把黑夜當作一個她戀意識的培養基，在無邊

無際的夜色中，詩人獨自演奏著他的求愛練習曲。「不時，我看見大山的絕壁／推開一扇窗洞，像夜的／櫻桃小口，要對我說些什麼，／驀地又沈默不語了。」（昌耀，《夜行在西部高原》）黑夜的私密性和夢幻性，促使了詩人她戀意識的覺醒，他開始在慣常謳歌的宏大形象中間窺見一道細細的裂紋，他發現了「夜的櫻桃小口」，並形成一個心理和言語上的期待；他希望聽到對方的聲音，用對方的言辭來彌補自身的羞澀，然而聽到的卻是一片黑夜中的緘默。這就是轉入她戀階段的詩人在黑夜狀態下的精神癥結。櫻桃的一點紅色是詩人心頭的一粒朱砂痣，暗示了一種植物性的、匱乏的慾望形式。

　　昌耀對沈默的敏感實際是在掩藏自己在她戀階段初期的失語困境，這使得每次傳入他耳中的那些細微聲響，都在痛擊他的胸口：「在我之前不遠有一匹跛行的瘦馬。／聽它一步步落下的蹄足／沉重有如戀人之咯血。」（昌耀，《踏著蝕洞斑駁的岩原》）早在聖戀時期的尾聲，我們看到了「西還的教主查拉圖斯特拉累倒在巉岩大口吐血」，此刻，我們同樣看到，戀人咯血的鮮紅來自求愛的心靈創傷，詩人在她戀的怪獸面前變得孤弱無援，長滿堅硬鬍鬚的強男子在這裏早洩般癱軟委地。詩人再次誤認了自己進入她戀階段的形象，因此在書寫自我的戀慕經驗時，他袒露了自己的羞澀和脆弱，這種姿態長期伴隨在詩人的她戀旅途上。昌耀憑藉他的想像力將這種誤認一直進行到底。在他一生的愛情遭遇中，自始至終希望實現他的自為存在（黑格爾語），但總是在慢一拍的精神氣質中迎來最後的撲空：

　　一襲血跡隨你鋪向湖心。

　　但你已轉身折向更其高遠的一處水上臺階。

　　（昌耀，《聖桑〈天鵝〉》）

　　儘管在昌耀晚年經歷的一場熾烈的戀愛獨角戲中，他一度放棄了羞澀和脆弱，對心中傾慕的對象展開近乎瘋狂的追求。[1]「你」的出現就是對夢中情人的直陳和傾訴，但這位女主角耽於周轉而拒絕登場，就像詩人心中幻化出的美麗天鵝，總是棲息在對面的湖岸。昌耀在聖桑的天籟之音中抒寫他獨戀的悲情，「站在柳堤的老人慈眉善目／這時默默想起了自己少年時光，／覺著那花兒的韻致仍舊漫在水上不差毫釐，／熱身子感動得一陣抖動。」（昌耀，《水色朦朧的黃河晨渡》）那個當年的水邊少年或許把最美的夢想投遞給對天鵝的遙遠注目上，如今，當他步入寂寞的晚景，在瘦削的生命燃燒後的灰燼裏，只剩下這個神聖而空靈的形象在水面掠過。

　　值得注意的是，此刻詩人書寫的「血」，已迥異於前文提到的「血氣」之血。換句話說，昌耀詩歌童年期的幾次心理進化，幾乎成為他一生命運遭際的縮微地圖，而每一次心理進化和慾望形式的更迭都意味著一次**換血**。從聖戀到自戀，從血戀到父戀，直到最後的她戀，詩人的慾望結構經歷了幾次換血，這也同時幫助他的寫作系統進行內部的調適和更新。隨著年齡的增長和世界觀的變遷，兒時的「紅

---

[1]　詳請可參閱昌耀「致SY21封」書信，《昌耀詩文總集》，前揭，第800-852頁；燎原，《昌耀評傳》，前揭，第372-386頁。

骨髓」被成年後的「黃骨髓」所代替，詩人也漸漸從詩歌寫作的充血期走向了**失血**期。可以認為，昌耀在進入她戀階段之前（即處於聖戀、自戀、血戀、父戀四個創作波段內），是世界在為詩人的創作生命輸血，詩歌寫作的精神狀態也較為充沛和飽滿，英雄主義的語調十分明顯且擲地有聲；在隨後所經歷的她戀階段中，昌耀的創作轉而顯出失血的狀態，抒情主體越來越呈現出一副受傷的面孔，大量的心血被灌輸給他的情愛對象，空耗給許多無聊的時光，彷彿只有失血，才是那個時期唯一有意義的行動。

在失血的痛楚中，詩人卻將血的功能貫穿、升級，形成他詩歌體系中一條**血的邏輯**：從早期櫻桃狀的似血非血（《夜行在西部高原》），到口中咯出的鮮紅汁液（《踏著蝕洞斑駁的岩原》），屢次重創的詩人在這裏已將自己直接說成一襲血跡，沒有了名字，也沒有了稱謂，只有拼死掙扎的血跡頑固地追及天鵝的行蹤（《聖桑，〈天鵝〉》）。然而這個捉摸不定的形體輕盈地飛向更高的一點，把那灘未涼的血跡永遠留在了身後。在詩人眼中，天鵝的逃遁無異於天鵝的死亡。歐陽江河說：「天鵝之死是一段水的渴意／嗜血的姿勢流出海倫」[1]（歐陽江河，《天鵝之死》）在死這種終極狀態裏，戀愛的慾望對象走向破碎，愛情原來是一場虛無的搏鬥，昌耀詩歌中的血的邏輯必定演變為對嗜血本身的追逐。嗜血是生命最大的慾望，也是虛無的慾望。作為一個像人性一樣難纏的概念，慾望的對象在烏托邦理想、

---

[1]　歐陽江河，《透過詞語的玻璃——歐陽江河詩選》，改革出版社，1997年，第24頁。

身份認同、浩然血氣和父性原則等問題上兜轉一圈後，終於指向了慾望本身，展現了一個悖論性的命題。

　　而在此處，我們有理由相信，正是水的**渴意**詮釋了生命的嗜血性，就像水的淨化力詮釋了生命的屬靈極性，水的反射力詮釋了生命的自我意識，水的波浪型詮釋了生命中充溢的血氣，水的至柔性詮釋了生命中隱含的陰性氣質一樣，昌耀用他逐漸消沉的慾望在最後時刻申明了生命本身的渴意，它連同以上提及的所有要素，一同構成了水的方法論的基本內涵。焦渴難耐的昌耀寫道：「到處都找不到純淨的水。／難耐的渴意從每一處毛孔呼喊。」（昌耀，《生命的渴意》）外部世界的烘烤直接誘發了詩人的渴意，但這只屬於小渴的範疇，它無法揭示靈魂深處的匱乏；詩人生命內部無休止的嚎叫，讓他患有「口吃」的唇舌湧出了焦渴感，這是關於存在的焦渴，它最終造成了詩人的大渴。不論是年輕，還是年老；鮮嫩光潔，還是槁木死灰，這一生命的大渴時刻，促使著詩人祈求著水的降臨：

　　　　我是一個渴飲的人。

　　　　盲者，請給我水。請給我如水滋補的教誨。

　　　　（昌耀，《給我如水的絲竹》）

　　昌耀的詩歌唇舌坦陳著巨大的渴意，因此它對灌溉生命的水展開致命的追求。這種大渴也同時道出了詩歌本身的焦渴感，構成了詩歌價值規律得以生效的肉體緣由。詩人向一位盲者討水消渴，來澆息心底難耐的炙熱和寫作的匱乏。「又一次在曾汲水喝的地方我看到／她

杯子上一句《聖經》的訓戒，／記住施與者正在杯口處褪色。」（希尼，《飲水》）[1]希尼（Seamus Heaney）描畫了一個逐漸褪色的施與者形象。在這裏，昌耀把盲者奉為水的施與者，這或許是在與荷馬展開遙遠的時空對話，與日益消逝的詩歌精神對話，是小寫的語言與大寫的語言之間的對話。這個古希臘的盲詩人是昌耀心中的詩神，是一切詩人的典範。昌耀向荷馬索取教誨，就像一個焦渴的人在井邊掬水痛飲。昌耀渴望痛飲的是語言形式的水，是滋補靈魂的水，他的夢想是「追求至善／渴飲豪言」（昌耀，《一代》）。實際上，詩人祈求的是一種可以拯救生命的語言。他艱難地表達了一個「溺水者」的焦渴：儘管身處層層波浪之中，但把身體包圍起來的水，卻並不是可供飲用的水；「溺水者」的焦渴象徵了語言的焦渴：儘管詩人擁有最豐富的語言礦藏，但那些不斷噴薄出的言詞，卻是無法穿透生命的言詞，是「無人領會的言詞」。在如今這個被林林總總的各色話語包裹身心的時代，作為一個運用生命體驗寫作的詩人，不論處於生命慾望的哪個波段，昌耀追求的始終是一種指向生命的語言，一種解渴的語言。

這種詩歌理想突破了大寫的語言和小寫的語言之間的僵硬劃分，讓我們期待一種揭示事物本質的、稀有的語言，也是無處不在的語言。它類似於母音，是我們發音的內核。這些母音由水的活力奏響，也在水的靜止中沈默。昌耀在詩歌中表達的焦渴，是在努力發出他生命中的母音，它能給詩人如水的滋補。然而，這種充滿弔詭意味的母

---

[1]　（愛爾蘭）希尼，《希尼詩文集》，吳德安等譯，作家出版社，2000年，第105頁。

音，卻一直行走在路上，始終處於被追逐和待說出的狀態，始終召喚著詩人向它偏移，始終分佈在詩意波浪線的軌跡上：它發出的聲響，也要麼高亢，要麼低沉。它既像生命中的鹽，又像生命中的水，它們的混合物構成了詩人慾望的內驅力。在某種程度上，語言就好比象徵慾望的鹽水，越渴就越喝，越喝就越渴；這是一個永遠走不出的怪圈，在這裏，詩歌寫作與邏輯和宿命相等同。而那些可供滋補的教誨和箴言，那些隨風飄散的人和事，此刻，正溶化進一杯放了鹽的水中，擺放在我們每個人的面前：

> 與激流拼命周旋，
> 原是為的崖畔
> 那一扇窗口。那裏
> 有一朵盛開的
> 牡丹。
> （昌耀，《筏子客》）

在眾多形式的渴中，有一種渴被昌耀捕捉，放進了一個疲倦的、輝煌的背影裏。這副背影從水上歸來，在落日中扛著皮筏，向一扇窗口走去，構成了一幅在每個人的腦海裏都藏著的畫面。這便是對家宅的戀慕。它逗引出每個人內心徹底的、厚重的渴意，也綻放了每一種語言中原始的、永恆的詩意。按照詩意波浪線的指示，這種渴意無法用水來解除，因為水已沉入波谷，像神一樣休息去了；另一種元素卻滿足了這種詩意的要求，它正悄悄地向著波峰崛起。

第二章　建築師的空間語法（1978－1984）

> 吾兒！如（識）一泥團也，
> 一切泥所製器皆可知；分異在語言
> 之所繫，名而已，實，唯泥也。
>
> ——《五十奧義書》

第一節　空白練習曲

「我從菱形的草原那邊來。／我在那裏結識了昆侖山無言的沈默。」（昌耀，《一九七九年歲杪途次北京吟作》）同大多數中國作家一樣，昌耀在「文革」十年中經歷了曠日持久的沈默。[1]沈默的原因不言自明，它讓昌耀成為一個時代的「溺水者」（林賢治語），遭遇

---

[1]　據《昌耀詩文總集》統計顯示，詩人在1968至1977年間無任何作品收錄。在《〈昌耀抒情詩集〉初版後記》中，詩人有這樣的交待：「本集就是在這幾個廢集的基礎上篩選增補擴充而成。寫作年代上限1956年，下界1984年，跨度有二十八年之遙。換言之，在這樣長的時間跨度裏（其間有若干年創作空白）我可選送於讀者諸君之前的詩作大體已囊括於此了。」參閱昌耀，《昌耀抒情詩集》，青海人民出版社，1986年，第182頁。

了一段創作上的「休克」期，並因此帶給他終生未癒的後遺症。十年的沈默圈出了一個巨大的空白。或許這空白本身就可以看作是一首別致的詩歌，一個意指豐富的符號。詩人的零創作記錄，讓這段空白期具有特殊的觀瞻價值，也讓這片誘人的空白區域誕生了一門關於沈默的考古學，它一方面顯示出巨大的斷裂，另一方面也蘊含了隱秘的傳承。「在白頭的日子我看見岸邊的水手削製槳葉了，／如在溫習他們黃金般的吆喝。」（昌耀，《冰河期》）昌耀將他的溺水生涯稱為**冰河期**，把那段沈默的時間叫做「白頭的日子」。空白的意義只能交給後來的言辭慢慢填滿。經歷了十年的創作空白之後，昌耀終於在中國政治的解凍期得以書寫他的冰河期，在這首1979年創作的作品中，我們驚訝地發現了那個當年站在碼頭上召喚詩人搏戰激流的水手形象，這個老朋友在冰河期裏隻身離開心愛的渡船，在岸邊頗具自慰性的動作裏品嘗著消沉的滋味。昌耀也學著那位岸邊的水手，用緘默把「黃金般的吆喝」演奏成一段**空白練習曲**。冰河期是一個語言真空，國家政治極端的浪漫主義空氣將個體言說逼入絕境，如同光明殿裏的玻璃人體，只能承受永恆的晾曬：「天下奇寒，雛鳥／在暗夜裏敲不醒一扇／庇身的門竇。」（昌耀，《慈航》）冰河期裏允許無言的動作，於是就有了數不清揮舞的手臂和僵硬的姿態，有了水手獨自削制槳葉、默習吆喝，有了偽英雄情結，有了昌耀的「休克」……毋寧說，在當時文壇的詩意波浪線上，寄居著大量的寫作者，對於他們的位置來說，要麼是上得去，下不來；要麼是下得來，上不去。冰河期裏特殊的生存局面徹底攪亂了詩歌的價值規律，讓每一個處於那個時代的詩人都難以完成自身的循環。在這條慘遭斷裂的波浪線上，他們每一

個人的動作都是知行分離的動作，是無法返回自身的動作，因而都成為了假動作。

　　昌耀「溺水」多年後的甦醒意味著對沈默的打破，詩人的喉嚨在吞下大量的歷史苦水之後，居然陰差陽錯地解決了他的焦渴問題，這個被苦水灌飽的詩人，在夢魘的潮汐退去之後，同黑暗的礁石一起在岸邊顯形。那個背著皮筏的弄潮兒登山江岸，尋找為他點亮燈火的那扇視窗，尋找庇護他、溫暖他的那間家宅。在這裏，他本能地開始了源源不斷的傾吐，不再乾渴的喉嚨隨即啟動了它的言說功能。吞進去的是沈默，吐出來的是語言，這便是那片空白的魔力。詩人從而進入他寫作的**後冰河期**（這裏可以認為是「文革」之後到1980年代中期以前的寫作時段），重拾語言的權柄，並用它來啟動冰河期的沈默，讓那片沈默開口說話，讓一度崩毀的寫作迅速恢復元氣，並繼續展開它波浪式的詩意運動。岸邊的水手夢想著邊劃槳邊吆喝，達成知行合一；同樣，從「休克」中復甦語言能力的詩人，也夢想著用詩歌的飛矢擊中他身後那片神秘的空白，為詩人的工作再次按下開關。正如張棗詩云：「只有連擊空白才彷彿是我。／我有多少工作，我就有多少／幻覺。請叫我準時顯現。」（張棗，《空白練習曲》）[1]

　　昌耀的詩歌以另一副模樣適時顯現在他後冰河期的創作裏，這體現為一次破冰的努力，一種回溯的能力，一項在以空白為表徵的記憶沼澤裏打撈沉船的行動，甚至是一次死裏逃生的歷險記。「一個地址有一次死亡」（柏樺語），昌耀的這片空白最直接的指向就是死亡。

---

[1]　張棗，《春秋來信》，文化藝術出版社，1998年，第76頁。

或許可以認為，昌耀已經在那片空白之中隨著千千萬萬的人死去了，他有著千千萬萬種隨時死去的可能。[1]但不知是幸運還是不幸，昌耀還是在他的後冰河期裏獲得了生命的再次甦醒。主張「回憶說」的柏拉圖（Plato）認為，一個人只能學習他從前已經知道的東西，這種知識是在死亡之後、再生之前那一段時間裏獲得的。在這段時間裏，靈魂生活在冥界。於是，他在冥界裏描述了一條叫做「忘川」的河流（阿米勒斯河），人們必須泅渡「忘川」才能走出冥界，實現再生。然而，如果人們因為不堪忍受冥界裏的炙熱乾渴，而急於喝下了「忘

---

[1] 關於昌耀在流放期間瀕死的殘酷遭遇，燎原在《昌耀評傳》中已描述得足夠詳細。在這裏有必要引用一段昌耀自己的回憶文字：「1958年5月，我們一群囚犯從湟源看守所里拉出來驅往北山崖頭開鑿一座土方工程。我氣喘吁吁與前面的犯人共抬一副馱桶（這是甘青一帶特有的扁圓形長腰吊桶，原為架在驢馬鞍捎運水使用，滿載約可二百餘斤）。我們被夾擠在爬坡的行列中間，槍口下的囚徒們緊張而竦然地默默登行著。看守人員前後左右一聲聲地喝斥。這是十足的驅趕。我用雙手緊緊撐著因坡度升起從抬杠滑落到這一側而抵住了我胸口的吊桶，像一個絕望的人意識到末日將臨，我帶著一身泥水、汗水不斷踏空腳底鬆動的土石，趔趄著，送出艱難的每一步。感到再也吃不消，感到肺葉的喘息嗆出了血腥。感到不如死去，而有心即刻栽倒以葬身背後的深淵……」參閱昌耀，《艱難之思》，《昌耀詩文總集》，前揭，第402頁。另外，詩人風馬在為昌耀某詩集撰寫的序言中也有如下描述：「在看守所裏，二十一歲的昌耀每天要幹十幾個小時的苦活。而食物卻只有被人為地放酸了的雜糧乾饃饃（新饃饃非要放到十來天直到變質了才讓吃）。每到吃飯時，昌耀就蹲在牆角啃那些饃饃，讓肚皮鼓起來。到了夜裏，昌耀還不得不睡在那個一米高的馬桶旁，他將同犯的鞋子悄悄收攏到一起，填在腦後當枕頭。如果能這樣睡到天亮當然好，可是同犯要大小便，一次一次排著隊伍輪流便溺。那些黃色湯汁就四濺起來，濺入一個詩人的靈夢之中……」參閱風馬，《漫話昌耀》，《一個挑戰的旅行者步行在上帝的沙盤》，敦煌文藝出版社，1996年，第4頁。

川」之水，就會立刻喪失他所有的記憶。在他們中間，只有具備自律能力、忍住焦渴的人，才能把冥界裏的寶貴記憶帶回人間[1]。

　　「二十三年高原客，多驚夢——／哪能不說長道短！」（昌耀，《秋之聲》）昌耀被放逐高原的二十三年，無異於一次闖蕩冥界的旅程，是一系列在死神注目下的艱苦勞役，而詩人卻在這一切磨難之上撐起了一把空白之傘。在柏拉圖的意義上，昌耀極有可能是一位懷有節制精神的哲學家，他在汎渡冥河時忍耐了極大的乾渴，奮力書寫出他的一片空白。他登岸還陽後的「說長道短」，也極有可能不是在傾倒肚中苦水，而是在宣講他未被「忘川」奪去的冥界記憶，那是柏拉圖所稱重的知識的原型。於是，無論是十年的沈默期，還是二十三年的高原客，詩人找到的是他可堪回憶的權利。昌耀的空白就這樣詭秘地閃爍著兩種截然相反的記憶來源。一種來自飽滿的記憶之腹，另一種來自褶皺的記憶之腦；一種是經驗之傾訴，一種是先驗之漫溯。昌耀由是慨歎道：

> 是時候了。
>
> 該復活的已復活。
>
> 該出生的已出生。
>
> （昌耀，《慈航》）

---

[1]　（古希臘）柏拉圖，《理想國》，郭斌和、張竹明譯，商務印書館，1986年，第426頁。

　　「主啊！是時候了。夏日曾經很盛大。／把你的陰影落在日規上，讓秋風刮過田野。」（里爾克，《秋日》）[1]昌耀適時喚醒了里爾克，里爾克適時喚醒了神，修復完畢的詩意波浪線就在這種繼承、傳遞和詩人間的口耳互喚中向前推進。日規上的陰影最準確地詮釋了昌耀的空白。不論是詩人在空白處喚醒的是經驗記憶還是先驗記憶，它們都成為昌耀有意識打撈的深海沉船，兩者一齊見證了昌耀詩歌在後冰河期的轉向，即轉向一種特別的**回憶模式**。它既承載了個人記憶，也同時收納了集體記憶，並把這些記憶一直追溯到遙遠的百花深處：「我們從殷墟的龜甲查看一次古老的日食。／我們從聖賢的典籍搜尋湮塞的古河。／我們不斷在歷史中校準歷史。／我們在歷史中不斷變作歷史。／我們得以領略其全部悲壯的使命感／是巨靈的召喚。」（昌耀，《巨靈》）「巨靈」充當了昌耀們的神，歷史給他們安排好位置來呈交記憶。就像「我們」力圖從殷墟的龜甲和聖賢的典籍中探尋歷史的謎底一樣，詩人也將那些四處收集來的、不斷死去的、紛繁雜亂的集體記憶梳理出一條清晰的脈絡[2]。

　　在綜合考察了多種記憶神話之後，布魯斯・林肯（Bruce Lincoln）指出了關於通往記憶的第三條道路：「在去往冥界的路上，死者的靈

---

[1]　此處採自馮至譯文。參閱（奧）里爾克，《里爾克精選集》，前揭，第54頁。

[2]　昌耀詩歌中滲透了眾多集體記憶，這裏可以參照詩人對他的代表作《慈航》的理解加以佐證，他說：「《慈航》有自傳的成分，但也不完全是自傳。這裏涉及我的生活，也有我周圍的一些同難者，對他們被當地牧民善待的經歷，我都把這些素材揉和到一起融進了這首詩裏。所以詩裏表現的生活是綜合性的，基本上是以我為中心，寫出了我對藏族群眾的一種感激之情。」參閱昌耀，《答記者張曉穎問》，《昌耀詩文總集》，前揭，第782頁。

魂必須經過一條河，河水會把它們的記憶力抹去。然而這些記憶並沒有被毀壞，而是隨著河水流入一眼泉水，泉水湧動，供那些受到特別恩寵的人飲用，他們飲用之後的效果就是獲得了靈感，被灌注了超自然的知識。」[1]換句話說，死者的記憶並非毫無價值，正是這些不斷積累起來的死者記憶，才構成了人類歷史的整體。無可厚非的是，昌耀有幸成為了那個「受到特別恩寵的人」，他的創作靈感得利於堆積在逝去年代裏層出不窮的記憶，這種記憶基本上呈陰性，因為它面向的是過去的生命，是不斷退後並移入黑暗的風景。置身於冰河期的空白之傘下的昌耀，不但小心安放好他的個人記憶，而且還騰出手來悉心搜集了千千萬萬種他人的記憶。詩人的沈默反向庇護了它們，讓他沒有成為一個詞不達意的發言者，而是扮演了一位知行合一的實幹家。站在沉睡的歷史廢墟之上，詩人如同一個敬業而專注的「拾垃圾者」[2]，在仔細辨認著死者集團遺留下來的龐雜思緒中寶貴的記憶成分：「我怎能忘記往日／這山路兩旁／倚著拐杖長眠的同年，／喝了『忘川之水』，／卻仍向人世睜著／永不闔目的笑眼。」（昌耀，《山旅》）[3]

---

[1]　（美）布魯斯・林肯，《死亡、戰爭與獻祭》，晏可佳譯，冀方震校，上海人民出版社，2002年，第85頁。

[2]　本雅明從波德賴爾的詩歌《拾垃圾者的酒》中發現了文學家的「拾垃圾者」身影：「每個人都多多少少模糊地反抗著社會，面對著飄忽不定的未來。在適當的時候，他能夠與那些正在撼動這個社會根基的人產生共鳴。」參閱（德）瓦爾特・本雅明，《巴黎，19世紀的首都》，劉北成譯，上海人民出版社，2006年，第71頁。

[3]　此處引用了《山旅》的原始版本中的詩句，最初收入《昌耀抒情詩集》，但在其後出版的詩集中，這幾行詩句被詩人刪除，詳情見第四章的相關論述。參閱昌耀，《昌耀抒情詩集》，前揭，第55頁。

　　昌耀在他撐起的空白之傘下，演習著一種對死亡的訓練。在死神的十面埋伏下，昌耀通過搜集**記憶之水**來實現他對生存問題的隱形書寫。作為一種異質物，死亡標誌了生命過程的終結，它讓如流水般綿延一體的生命終止於某一時刻，將一條完整的線性時間軌跡在某一處截斷，從而使得一個生命整體面臨破碎和斷裂。昌耀的寫作空白期籠罩著這種死亡的幻影，它悄悄地在詩人的觀念中植入一種迥然不同的參照系，讓昌耀在訓練死亡的過程中獲得一種思想上的空間意識，讓他學會用轉換和斷裂的方式來處理危機，進而無需裹足在綿延的時間觀念中坐以待斃。值得注意的是，昌耀創作歷程中的這段空白本身就顯明了這種空間意識，空白就是轉換，就是斷裂，就是由死亡召喚出的記憶，就是另一種意義上的講述。這種空間意識受到邏各斯精神的支配，在這片迷人的空白中，它開始介入對時間意識的校正和診斷過程，讓我們在概念世界裏審度、解析和重組詩人曾經大一統式的生命神話。於是，昌耀用自己背負的記憶之水灌注了一塊讓空間與時間展開對話的語言平臺，也在對生命的講述中促成了邏各斯對神話的制衡。在詩人後冰河期的創作中，回憶模式被空間意識開啟，也被記憶之水染成了陰性的色彩，預示了昌耀詩歌的精神氣質必將經歷一次重要的轉換。

　　米蘭‧昆德拉曾無奈地辯解道，無論這個世界是多麼地令人不齒，它仍然是我們話題的中心。那些遠去的靈魂把四處飛濺的記憶統統寄往它們曾經居住過的世界，寄給死裏逃生的詩人。昌耀如同一個宦遊多年的旅人，他經過長途跋涉返回故鄉，也捎來那些回不了家的旅伴的消息。在返鄉途中，詩人彷彿聽到了這樣的吶喊：「你回到這兒──那就儘早吞下／列寧格勒河燈的魚肝油，／……彼得堡！我還不

想死去：／你還存有我電話的號碼本。／彼得堡！我還保留著那些地址，／借助它們，我能找到死者的聲音。」（曼傑什坦姆，《列寧格勒》）[1]思鄉是人們最敏感的情感內容之一，在詩人離去的日子裏，它是封凍、靜止的；當詩人再次回到最初站立的地方，那裏已然形成了另一片空白：

「……29年之後我有幸在桃源城關逗留半日。桃源已面目全非，我尋訪的我們一家住過的那座小木屋也已歷史地消失了，在看似是舊址的地方惟見一片煤場。我疲憊地坐在街邊樹陰。那是清明後的多雨季節，初晴才不久，我看著春水恣流的沅江從腳下浩蕩而去。埠頭有幾隻航船已升起炊煙，晾曬的花衣衫在船篷的繩索上搖擺，一切顯得平和而靜謐。我感到自己彷彿是一個不該介入其間的外鄉客了。」（昌耀，《艱難之思》）

在這段憂傷的文字中，詩人描繪了一幅庸常而陌生的圖景：走了，就死了一點點（哈羅古爾語）。故鄉桃源在昌耀的家書裏成為了一個空白的地址，一封迷失在時間裏的信。在這次對故鄉的孤獨造訪中，詩人只記住了春水、炊煙、船篷、花衣衫……在這些時間帶不走的痕跡中，「一切顯得平和而靜謐」。被詩人背負而來的記憶之水，無法還原到最初的面目，只能在「看似是舊址的地方」悄悄滲入他腳下的大地。伴著記憶之水的傾注，詩人說：「我彷彿看到自己還是一

1　（俄）曼傑什坦姆，《曼傑什坦姆詩全集》，前揭，第134-135頁。

個英俊少年……」（昌耀，《我留連……》）在這片大地之上，順著
昌耀的目光，我們隱約看到了更多：「遙遠的夏季，一個老人被往事
糾纏／上溯300年時幾個男人在豪飲／上溯3000年時一家數口在耕種」
（西川，《虛構的家譜》）[1]。昌耀力圖描述的正是這樣一片滲進記
憶之水的大地。如同曼德爾施塔姆讓自己吞下「列寧格勒河燈的魚肝
油」一樣，昌耀寫道：「——我不就是那個／在街燈下思鄉的牧人，／
夢遊與我共命運的土地」（昌耀，《鄉愁》）；「在古原騎車旅行我
記起許多優秀的死者。」（昌耀，《在古原騎車旅行》）

　　土地，無疑透露出一個暗中支配昌耀後冰河期寫作最有效的物
性法則，它向詩人展示了一種充滿革命意味的空間意識。詩人就這樣
將奔流在他身體裏的無數支骨肉之血匯入他腳下的土地，轉化為大地
之血，完成了昌耀詩歌體系在新時期的一次換血。這項拔地而起的**土
地法則**，不但詮釋了昌耀在流放時期對西部那片荒蠻土地的由衷眷
戀，如「不錯，這是赭黃色的土地，／有如象牙般的堅實、緻密和華
貴，／經受得了最沉重的愛情的磨礪」（昌耀，《這是赭黃色的土
地》）；「我是這土地的兒子。／我懂得每一方言的情感細節」（昌
耀，《凶年逸稿》）；也讓他流放歸來後的詩歌表現出艾青式的對土
地的一往情深，[2]如「——生長吧，一縷春暉，你們和大地同時復甦」

---

[1]　西川，《西川的詩》，人民文學出版社，1999年，第202頁。

[2]　「土地」是艾青作品中一個重要的詩歌意象，如「因為，我們的曾經死了的大
　　地，在明朗的天空下已復活了！」（《復活的土地》）；「雪落在中國的土地
　　上，寒冷在封鎖著中國呀……」（《雪落在中國的土地上》）；「為什麼我的
　　眼裏常含淚水？／因為我對這土地愛得深沉……」（《我愛這土地》）等。參閱
　　艾青，《中國當代名詩人選集·艾青》，人民文學出版社，2006年，第55-56頁，

（昌耀，《一九七九年歲杪途次北京吟作》）；「我因你而聽到季節
轉換的雷霆在河床上滾動。／因你而聽到土地的甦醒。聽到我的心
悸」（昌耀，《她站在劇院臨街的前庭》）。

　　在以上這種對土地直抒胸臆的基礎上，昌耀循著土地的物性法
則，辨認出了它身上那些突出、美麗、性感的部分，於是找到了高
原、曠野、山巒、沙漠，就像他發現「木馱桶」正「高踞在少壯女子
微微撅起的腰臀」（昌耀，《背水女》）；同時，他也找到了「與新
石器時代遺址……相切的」現代鐵塔林（昌耀，《讚美：在新的風
景線》），找到了「曠古未聞的一幢鋼鐵樹」（昌耀，《邊關：24部
燈》），找到了「草原的一個壯觀的結構」（昌耀，《城市》），就
像找到了從土地身上崛起的一條勃動的根莖，一種嶄新文明的產物。
昌耀將他負載的記憶之水灑向西部這片廣袤的土地。

　　水與土的結合，便誕生了泥團。**泥團**是唯物主義的基本脈絡之
一（巴什拉語），也是土地法則最直接的創生物，是大地之上的元建
築，是建築的原子。無論這些建築是出於自然的神力，還是人間的凡
力，泥團都足以充當一切建築物的原始胚胎：

> 後來建築師用圖板在山邊構思出了
>
> 許多許多的紅色屋頂，從此
>
> 駱駝隊跨過沙漠走在瀝青路的魚形脊背。
>
> （昌耀，《凶年逸稿》）

第57-60頁，第92頁。

在這種意義上，處於後冰河期的昌耀搖身變成了一個喜愛捏泥團的孩子，在他手中揉搓出了一個**建築師**的夢想。他也在一切泥團的造型中，穿透了泥土的記憶，「破譯出那泥土絕密的啞語」（昌耀，《慈航》），並像女媧補天一般，用五色的泥團將他身後那個巨大的空白填滿。因此，在這裏，土地法則不僅包含著回憶模式，一種務虛的、呈陰性的、活躍在記憶領地裏的追尋方式，而且還代表了一種**建築模式**，一種空間的陽性邏輯。它是一種務實精神，是在西部山河地理之間萌生的建構意志。作為一種強大的空間觀念，土地法則讓昌耀的寫作在精神氣質上告別了水的方法論所啟迪的各項基本特徵，告別了時間意識的綿延不絕。以空間觀念為內核的新式美學原則，在土地法則的運作下迅速崛起，詩人在他筆下的詩歌形象上率先發動了這場觀念革命。昌耀，這個水邊的詩歌少年，在捏泥團的遊戲中步入了一個嶄新的成長序列。

第二節　建築學轉向

「回憶中無用的白銀啊／輕柔的無辜的命運啊／這又一年白色的春夜／我決定自暴自棄／我決定遠走他鄉」（柏樺，《回憶》）[1]。在這樣一個「白色的春夜」，昌耀塵土滿面地走出那片空白的地址。在土地法則的作用下，詩人在白色的噩夢中培養了他對空間的最初體驗：「他走出來的那個處所，不是禪房。不是花室。／為著必然的歷

---

[1]　柏樺，《往事》，河北教育出版社，2002年，第110頁。

史，他佩戴鐵的鎖環枯守柵欄／戲看螞蟻築巢二十餘秋。」（昌耀，
《歸客》）昌耀付出二十多年的時間與一種陰暗、狹小、被囚禁的空
間體驗朝夕相伴，這也成為他有意識地感知空間的漫長開端，也是創
作的空白之傘下保持的一種經驗延續。這二十餘年刻骨銘心的空間體
驗，與昌耀在1967年以前的作品中所描述到的高原風景迥然不同。在
昌耀空白期之前的作品中，儘管詩人著力描寫諸如黃河、雪峰、岩原
等空間物象帶給自己的主觀感受，但從昌耀整體創作生涯上來看，這
一時期的作品尚處於自發的抒情階段，是憑藉才華寫作的詩歌青春
期，它們如同流水般靈光乍現、氾濫無形。

　　毋寧說，此時的昌耀尚未習得一種叫做**「認知測繪」**[1]的能力，年
輕的詩人還不能通過他筆下的空間物象展開對自我的定位和對世界總
體空間的勘測。耐人尋味的是，真正意義上的「認知測繪」，是昌耀
在二十餘載監禁生活裏通過觀看螞蟻築巢才學到的本領。與當年在西
寧大街的櫥窗裏瞥見「木製女郎」時所獲得的自我意識相比，這種在
詩人的後冰河期浮出水面的「認知測繪」能力要顯得更加的成熟和睿
智。也就是說，他在一間極端狹小封閉的囚室內，探明了自己在這個世
界上的位置，也漸漸充滿了感知總體空間的精神能量。在那裏，他領悟
到了「必然的歷史」的偉大邏輯，學會了運用土地法則來認識世界。

　　以這個漫長而卑微的時期為起點，昌耀獲得了對空間的判斷力，
當「他走出那個處所」，走出那片神秘的空白，再一次將自由的視野

---

[1] 「認知測繪」一語出自詹姆遜。參閱（美）詹姆遜，《認知的測繪》，《詹姆
　　遜文集（1）：新馬克思主義》，王逢振主編，中國社會科學出版社，2004年，
　　第293-307頁。

投向那些曾經歌頌過的高原風景時，便立刻帶上了一種別樣的認知情懷。正所謂「參禪之初，看山是山，看水是水；禪有悟時，看山不是山，看水不是水；禪中徹悟，看山仍然是山，看水仍然是水。」（青原行思語）昌耀對空間認知能力的習得過程，也基本呈現出這種「否定之否定」的辯證法，同時，被修復一新的詩意波浪線也在暗中助了他一臂之力。

　　熱衷於觀看螞蟻築巢的昌耀也必定對泥團懷有好感，泥團不但庇護了那些勤奮力大的小生靈，而且幫助被囚禁的詩人像螞蟻搬家一樣打發掉那段冗長乏味的流放歲月。更重要的是，蘊含著土地法則的泥團，帶給了昌耀對空間的感知和對建築的夢想：「這裏是使愛的胚珠萌發的／泥土。是黑土的海。是溫床。／是大地一齊舒開的毛孔。／是可塑的意念。」（昌耀，《墾區》）建築即是這股對空間中的事物可塑的意念，是土地法則的實現，它意味著一種創造精神，一種對空白的反叛力量。在這裏，我們驚奇地發現，波浪式的抒情方式開始與新崛起的土地法則通力合作，煥發出充滿建構意志的嶄新風采。在昌耀的觀念中，建築的概念不僅包括人工建築物，他也將天然建築物（如土地、山巒、高原、河床等）納入他的空間視野。也就是說，詩人筆下的建築物既包括人造物，又包括神造物。熱衷於觀看螞蟻築巢的昌耀由此經歷了一個**建築學轉向**。這種轉向讓詩人在這一期間的創作引入了一種建築模式，即一種空間生產模式。這當然不是指詩人在政治解凍後將志趣轉向了工程建設領域，以遠離意識形態的瓜葛，而是表明詩人在步入後冰河期寫作之時，開始正面、主動、自為地涉及到廣博的空間題材，以一位建築師的眼界來參與詩歌形象的遴選和經營，

並為每一組空間形象注入物質想像的激素：「不是無端地記起了刨具和斧斤。／是匠人鐵的啄木鳥和木的紡織娘／為我留下了世間獨有的韻致。」（昌耀，《建築》）

　　儘管遭遇了空白期寫作經驗的斷裂，但詩人從來都不缺乏靈動之語，它們來自詩人的內在氣質和天生的匠心所在。構造詩句和構造房屋似乎具有相同的建築學元素。保羅・雷比諾（Paul Rabinow）藉採訪福柯之際提到：「建築的知識，部分屬於專業的歷史，部分屬於營造科學的演化，部分屬於美學理論的重寫。」[1]建築無疑是美學的愛子。儘管現實生活中的詩人並未受過專業的建築學訓練，但他獨有的美學判斷力卻通過物質想像的翅膀實現了他的空間藍圖。並且，從這種轉向的一開始，詩人就完成了一次內部轉向，即由空間中事物的生產轉向空間本身的生產，它帶來的是詩人在認識論上的一次革新。這種空間的生產以昌耀筆下著力刻畫的建築物形象作為人間代理，在土地法則的啟發下，詩人將這些形象視為一種聖跡，以生命的姿態對它們表達敬畏和慨歎：「黎明的高崖，最早／有一馭夫／朝向東方頂禮。」（昌耀，《紀歷》）；而當他面對詩歌本身的空間特質時，則「意識到自己是處在另一種引力範圍，／感受到的已是另一種聖跡。」（昌耀，《聖跡》）

---

[1]　（法）蜜雪兒・福柯、保羅・雷比諾，《空間、知識、權力——福柯訪談錄》，《後現代性與地理學的政治》，包亞明主編，上海教育出版社，2001年，第16頁。

　　聞一多在語言的空間維度上曾提出過新詩的「建築美」觀念[1]，建議書寫勻稱的詩節和詩句，倡導新式格律。儘管這些主張最終並未走出多遠，然而卻為漢語新詩的空間形式提供了一次自省的契機。在這場由聞一多發起的、不太成功的新詩「建築學轉向」中，我們注意到了一種詩歌與建築展開對話的可能性。在這種意義上，昌耀在後冰河期的詩歌創作中大規模地引進了更多富含意味的空間形象，它們標誌著一種支配著空間法則的邏各斯精神的現身。在這種力量的鼓舞下，昌耀開始了他對詩歌語言形式方面更有力的探索和實驗：

　　　　戈壁。九千里方圓內

　　　　僅有一個販賣醉瓜的老頭兒：

　　　　　　一輛篷車、

　　　　　　一柄彎刀、

　　　　　　一輪白日，

　　　　佇候在駝隊窺望的烽火墩旁。

　　　　（昌耀，《戈壁紀事》）

---

[1]　聞一多重視新詩視覺方面的特質，認為文學是既占時間又占空間的一種藝術。歐洲文字占了空間，而不能在視覺上引起一種具體的印象，是一個缺憾；而中國文字卻有引起這種印象的可能，他建議新詩的特點中增加一種建築美的可能性。在與古典律詩的比較中，他認為律詩永遠只有一個格式，但是新詩的格式是層出不窮的；律詩的格律與內容不發生關係，新詩的格式是根據內容的精神製造成的；律詩的格式是別人替我們定的，新詩的格式可以由我們自己的意匠來隨時構造。參閱聞一多，《詩的格律》，《聞一多全集（2）》，湖北人民出版社，1993年，第137-144頁。

　　和華萊士・史蒂文斯（Wallace Stevens）放在田納西州的那隻著名的罐子一樣[1]，在這裏，茫茫大漠上驚現了一處芝麻粒大小的瓜攤，它安靜地守在炎熱的驛路旁，等待著隨時可能光顧的旅人。昌耀對瓜攤的點染之功，讓整個戈壁裏無邊無際的荒涼和燥熱，有機會轉化成可觸可感的精確體驗，成為了這片荒漠的中心。在這個廣袤的空間裏，漸漸諳熟土地法則的昌耀，成功地動用了他在囚徒時代自修來的「認知測繪」能力，在「另一種引力範圍」裏，讓這片中國西部的典型空間瞬刻顯形，具有了它獨異的面目。那個由篷車搭建的一個簡陋的瓜攤，也同時獲得了一種建築物的尊嚴。它屹立在烈日之下、大漠之上，成為戈壁的一個生命地標。瓜攤定義了這片空間，為那些圍繞著大漠飄忽不定的現實經驗賦形；它也命名了這種戈壁經驗，並將它們安放在人們對西部空間的物質想像和期待視野之中。

　　這個九千里方圓內的瓜攤之於戈壁的意義，接近於梅洛－龐蒂（Maurece Merleau－Ponty）提到過的一種「處境的空間性」，他說：「如果我站著，手中緊握煙斗，那麼我的手的位置不是根據我的手與我的前臂，我的前臂與我的胳膊，我的胳膊與我的軀幹，我的軀幹與地面形成的角度推斷出來的。我以一種絕對能力知道我的煙斗的位置，並由此知道我的手的位置，我的身體的位置，就像在荒野中的原

[1]　史蒂文斯，《罐子軼事》（陳東飆譯）全詩如下：「我在田納西放了一個罐子，／它渾圓，在一座山上。／它使得零亂的荒野／環繞那山。／荒野向它升起，／在周圍蔓生，不再荒野。／罐子在地面上渾圓／高大，如空氣中的一個港口。／它統治每一處。／罐子灰暗而空虛。／它並不釋放飛鳥或樹叢，／不像田納西別的事物。」參閱（美）華萊士・史蒂文斯，《最高虛構筆記：史蒂文斯詩文集》，陳東飆、張棗譯，華東師範大學出版社，2008年，第65頁。

始人每時每刻都能一下子確定方位,根本不需要回憶和計算走過的路程和偏離出發點的角度。」[1]按照這種神奇的認知序列,我們找到了一處瓜攤,就等於擁抱了整個大漠,在這座地標式的建築物身上,詩人可以徑直閱讀到雪藏在那裏的眾多經驗和記憶。通過辨認流淌在這片熱土上的大地之血,進而開掘出更多、更溫潔的骨肉之血。建築、大地和空間成為儲存人類經驗和記憶的銀行,它將融化在時間中的生命體驗轉化為一種穩固的資本形式,一種精神不動產。仰仗著詩歌價值規律,依靠經驗的詩歌寫作,也就好比是對以上生命財富的零存整取,將其壘砌成一種文字的建築物。昌耀練就了這樣的本領,也善於發現、抓取每一處空間裏的「煙斗」。他用這種方式為這片西部空間的煙斗擦亮了火星:「從你火光薰蒸的煙斗/我已瞻仰英雄時代的/一個個通紅的夕照。」(昌耀,《草原》)

　　作為一種有靈性的建築物,戈壁瓜攤可以看成土地法則的一個象徵符號,它是詩人對整個西部空間的一個寫意式的定義。在這個定義之下,昌耀開始了他對西部空間排山倒海般的闡釋工程。[2]作為一個前現代形態的傳統社會,西部基本保持著農耕與遊牧相結合的文明樣式,那裏保留著英雄時代的遺跡,當昌耀懷著濃厚古典主義情愫身臨其境之時,中國文化上千年的歷史底蘊和人文積澱如同高原之風撲面而來:

---

[1]　(法)梅洛-龐蒂,《知覺現象學》,薑志輝譯,商務印書館,2001年,第138頁。

[2]　1982年5月,昌耀隨青海省美術家協會的幾位畫家乘吉普車去蘭州、張掖和祁連山區採風旅行,創作出大量西部題材的作品,對中國西部的歷史地理展開深刻的思索和曠達的抒情。這類作品的寫作特徵體現出這一時期的主導詩風。

歷史太古老：草場移牧——

西羌人的營地之上已栽種了吐蕃人的火種，而在吐谷渾

人的水罐旁邊留下了蒙古騎士的側影……

（昌耀，《尋找黃河正源卡日曲：銅色河》）

黃河，作為一種氣勢磅礴的大地之血，在詩人眼前奔湧沸騰。這是昌耀在尋找黃河正源途中再現的奇幻歷史景觀，是民族記憶的出神狀態。在沿著黃河河道逆流而上的探源行動中，詩人也同時展開他的文化尋根想像，吟詠出他「**西行弔古**」[1]的詩篇。對於中國二十世紀八十年代的文化界來說，這股內心激情是與之合拍的，這裏天然是昌耀

---

[1]　《西行弔古》是昌耀1984年創作的一首短詩。本書在這裏用以指代他這一階段創作的、具有懷古氣息或風格題材與之相近的一批作品。它們大致包括，《駐馬於赤嶺之敖包》（1981）、《丹噶爾》（1981）、《太息》（1982）、《所思：在西部高原》（1982）、《紀歷》（1982）、《河西走廊古意》（1982）、《在敦煌名勝地聽駝鈴尋唐夢》（1982）、《戈壁紀事》（1982）、《青峰》（1982）、《聽曾侯乙編鐘奏〈楚殤〉》（1983）、《驛途：落日在望》（1983）、《草原》（1983）、《背水女》（1983）、《天籟》（1983）、《放牧的多羅姆女神》（1983）、《雪鄉》（1983）、《曠原之野》（1983）、《高大阪》（1983）、《河床》（1984）、《地站在劇院臨街的前庭》（1984）、《古本尖喬——魯沙爾鎮的民間節日》（1984）、《尋找黃河正源卡日曲：銅色河》（1984）、《巨靈》（1984）、《思》（1984）、《西行弔古》（1984）、《邂逅》（1984）、《牛王》（1985）、《夷》（1985）、《人·花與黑陶沙罐》（1985）、《秦陵兵馬俑館古原野》（1985）、《某夜唐城》（1985）、《忘形之美：霍去病墓西漢古石刻》（1985）、《招魂之鼓》（1985）、《和鳴之象》（1985）、《懸棺與隨想》（1985）、《東方之門》（1985）、《我們無可回歸》（1985）等。

表露英雄情結的用武之地。但我們同時可以覺察到，昌耀的激情更多地來自他對土地法則的遵從，來自他對西部空間原發性的生命體驗，這實際上是他自己面向自己發起的文化尋根，是相遇了的骨肉之血和大地之血經過激烈碰撞翻捲出的浪花。歷史的輾轉，草場的枯榮，豪族的輪替……無論是自然建築，還是人工建築，站在它們面前的昌耀將這些敏銳的感受統統拉進自己的空間想像，展示在同一方舞臺之上：「那時我們的街衢在鐵軌上馳騁──／是穆天子西行駐蹕的地方。／是匈奴日逐王牧馬的地方。／是漢家宜禾都尉屯田的地方」（昌耀，《曠原之野》）；「看不出我們是誰的後裔了？／我們的先人或是戍卒。或是邊民。或是刑徒。／或是歌女。或是行商賈客。或是公子王孫。／但我們畢竟是我們自己。／我們都是如此英俊。」（昌耀，《邊關：24部燈》）這種夢遊般的出神狀態，幾乎成為了昌耀寫作中一個最大的癖好，他在詩中如同幻燈片一樣為我們展示了一個個歷史想像空間，一塊塊滲透著英雄熱血的土地，一段段淹沒在時間煙塵中的故事。

在這種充滿想像力的回憶模式下，昌耀固有的英雄情結，連同他擅長的波浪式修辭法寶，一齊牢牢地擁抱住了土地法則。這個迅速結合的神聖同盟，不失時機地在昌耀筆下派生出一種充滿陽剛意志的**父性空間**。那些組建父性空間的物象群，在昌耀建築學轉向後的創作中廣泛地崛起，成為他在遊歷祖國西部山河歷程中最鍾情的一類形象。在土地法則的作用下，詩人借助天馬行空的歷史想像，不斷將英雄情結外向化、對象化、空間化，造就了父性空間的誕生。父性空間是昌耀此刻熱烈頌揚的一種典型的空間形象的統稱，是一個拓展為宏大空

間形式的父親之名。它穿越了歷史煙塵，將英雄時代的烽火傳遞給現今這塊不變的土地，召喚著一種與大自然同樣偉大的英雄精神，也同樣激蕩著綿延不絕的血氣。昌耀相信，對於每一個時代裏那些歷經磨難的人們，只有真正具備這種精神才能獲得拯救。於是，詩人為每一個具有陰性人格底色的人們構築了一個陽性的庇護空間，這種父性空間彰顯的是一種空間救贖的力量：「那土地是為萬千牝牛的乳房所澆灌。／那土地是為萬千雄性血牲的頭蹄所祭祀。／那土地是為萬千處女的秋波所潮動。」（昌耀，《她站在劇院臨街的前庭》）昌耀把目光投向了歷史深處，希望將令人神往的父性空間拉進當下，讓湮沒許久的英雄精神來救治現代文明的脆弱，用詩歌的湯勺為他的同代人補血，從而求得體魄和心靈上的豐沛和安寧。

　　除了實現英雄情結的空間化，父性空間也讓我們明顯分辨出它欲將「時間空間化」的傾向。T.S.艾略特（T.S. Eliot）提醒我們，不但要理解過去的過去性，而且還要理解過去的現存性。[1]這種過去的現存性以建築的形式呈現給世人，以對空間形式的構造來傳達它的價值。卡斯騰・哈利斯（Karsten Harries）主張，建築不僅僅是定居在空間裏，從空無到空間中拉扯、塑造出一個生活的地方。它也是對於「時間的恐怖」的一項深刻抵拒。美的語言是一種永恆現實的語言。創造一個美的物體，就是去連接時間與永恆，並據此把我們從時間的暴虐中救贖出來。空間構造物的目的「不是闡明時間的實體，使我們或許可以更

---

[1] 參閱（英）T.S.艾略特，《傳統與個人才能》，卞之琳譯，《艾略特詩學文集》，王恩衷編譯，樊心民校，國際文化出版公司，1989年，第2頁。

適意地悠遊其中,而是……在時間中廢除時間,即使只是暫時的」。[1]
於是,我們發現了昌耀在土地法則的指引下,寄情於父性空間書寫、
謳歌奇偉建築的一條潛意識:他正是希望以這種「時間空間化」的方
式,釋放他筆下空間形象的巨大能量,讓血氣奔湧匯聚,讓那些矗立
在深層記憶中敦實、凝滯、牢固的建築物成為一根根中流砥柱,讓它
們抵擋住時間洪水的無情流瀉,讓時空雙方對峙的一刻閃現出更多生
命的尊嚴和價值:

> 沒有恐懼。沒有傷感。沒有……懷鄉病。
>
> 一切為時間所建樹、所湮沒、所證明。
>
> 凡已逝去的必將留下永久的信息。
>
> (昌耀,《曠原之野》)

昌耀以空間抵抗時間的潛意識維持了一種**詩性正義**,這是土地
法則在政治哲學上的價值訴求,是詩歌價值規律的天平和良心,這也
是一個在歷史上遭受不公正對待卻申訴無門的詩人發自內心的動情呼
喚。這種在建築學轉向之後樹立起來的詩性正義,讓詩人對一切空間
構造物懷有好感。這一創作傾向一方面繼承了中國古代文人的「比
興」傳統和「田園山水」情結;另一方面,在詩人深層的觀念結構
中,這意味著空間的方位性有意制衡時間的綿延性,鼓勵邏各斯精神

---

[1] 轉引自(英)大衛・哈威,《時空之間——關於地理學想像的反思》,《現代
性與空間的生產》,包亞明主編,上海教育出版社,2003年,第397頁。

向神話思維發出挑戰。

　　作為一個當代的空間歌頌者，昌耀不但在自然風景和歷史遺跡上抒發他的「西行弔古」情懷，在歷史的長廊中傾力構築父性空間，與此同時，他還將寫作視野投射到西部地區**「新的風景線」**上。[1]「有什麼東西正被毀滅。有什麼東西正被創造。」（昌耀，《讚美：在新的風景線》）土地法則暗示昌耀要在創造中挽救毀滅，這一意念就要求他在有限的人生中目睹它的實現，要求他讚美現世的創造力量和速度，以實現他堅持的詩性正義。於是，昌耀的建築概念的外延由漫長累積的歷史場景擴展至拔地而起的現代工程。

　　「我不是朝聖者，／但有朝聖者的虔誠。／你看：從東方棧橋，／中國的獵裝／升起了夢一樣的／笑容。」（昌耀，《印象：龍羊峽水電站工程》）詩人對現代建築報以朝聖者的虔誠。但值得注意的是，昌耀始終沒有忽視，在雄偉建築所創造的奇跡身後那些遭到「歷史的必然」毀滅的人和事物。昌耀認為，自己在過去二十餘年經歷的災難歲月中，「毀去的是天真爛漫，／不化的／是我的迂腐。」（昌耀，

---

[1]　《讚美：在新的風景線》是昌耀1983年的作品。本書在這裏用以指代詩人謳歌現代化建築工程或現代生活內容的一系列作品。它們大致包括，《劃呀，劃呀，父親們！》（1981）、《建築》（1981）、《軌道》（1981）、《城市》（1981）、《在玉門：一個意念》（1982）、《花海》（1982）、《城》（1982）、《野橋》（1982）、《母親的鷹》（1983）、《讚美：在新的風景線》（1983）、《騰格裏沙漠的樹》（1983）、《墾區》（1983）、《印象：龍羊峽水電站工程》（1983）、《晚會》（1983）、《邊關：24部燈》（1983）、《荒漠與晨光》（1983）、《聖跡》（1984）、《陽光下的路》（1984）、《去格爾木之路》（1984）、（黃海二首）（1984）、《時裝的節奏》（1984）、《大潮流》（1984）、《即景：五路口》（1984）、《色的爆破》（1985）等。

《隨筆》)作為一個有過毀棄經歷的復活者,詩人把這些現代犧牲引為同類,在他們的創造物中歌頌一種引以為豪的悲劇精神:「那時,他們明白決無退路。/那時,五個水壩澆築工同時張開雙臂,/抱作一座森嚴的城……」(昌耀,《城》);「他們是六個年青人。/他們沉重的帽盔有如山岩雕鑄的一座/鷹之巢。」(昌耀,《母親的鷹》)詩人不禁再次流露出他的英雄情結,把這些創造過程中的犧牲者視為英雄加以稱頌。骨肉之血終於悲壯地匯入大地之血。在這裏,昌耀通過對空間犧牲者的讚美來抒發他對「新的風景線」的褒揚,他依然承襲著構築父性空間的夢想。

詩人暗中進行了一次類比,他將這些不幸殉職的建築工人與拔地而起的現代工程的關係,隱約比作聖子耶穌與聖父上帝的關係,聖子對聖父的愛與死可以認為是建築工人對現代工程的愛與死的原型事件。由此可知,「新的風景線」實際上是昌耀所創造的父性空間反轉的現代形式,是土地法則的現代衍生物,「新的風景線」中的現代工程改變了人與自然的關係,卻延續了昌耀的空間物質想像,從而使得他的英雄情結和詩性正義一以貫之,成為一種空間生產的強力語法。

昌耀筆下聖子般高尚的犧牲者正體現了這種空間語法,此岸世界的苦難命運呼喚著象徵父親之名的宏大空間施以救援。詩人動情地歌頌著眼前這片神奇的土地,歌頌著歷史和現實在土地法則運作下的空間塑形,這種衝動與他長期堅持的烏托邦理想是一脈相承的。由此,這一強烈的情感衝動締造了昌耀的**戀父期聲調**,無論在他的「西行弔古」題材中,還是「在新的風景線」系列裏,戀父期聲調一以貫之地保存在詩人的胸腔內,時刻準備向它筆下的空間形象頂禮致敬,

它的核心便是不遺餘力地讚美或歌頌（但卻迥異於同時期的政治抒情詩）。作為一枚戀父期聲調中持久存在的母音，這種讚美之詞讓處於戀父期的詩人血氣飽滿、面色紅潤、聲音高亢，他的詩歌寫作經過造血和換血，如今也幾乎達到了**充血**的狀態。昌耀的抒情力度和密度，也在這種聲調此起彼伏的助推下達到一個又一個高潮。

　　對於這種戀父期聲調，我們毫不質疑詩人的真情實感，但他在抒情力度上也不免存在過激之虞。伯里克利（Pericles）在陣亡將士國葬典禮上宣稱：「頌揚他人，只有在一定的界線以內，才能使人容忍；這個界線就是一個人還相信他所聽到的事務中，有一些他自己也可以做到。一旦超出了這個界線，人們就會嫉妒和懷疑了。」[1]昌耀的這種歌頌衝動，源於他在詩歌中長期堅持且顛簸不破的理想主義和英雄情結，源於他波浪式的本能想像力，源於他綿延不絕的血氣，也源於他對詩性正義的需要。早在1959年，他就曾創作過一首歌頌「大煉鋼鐵運動」的民歌體敘事長詩《哈拉庫圖人與鋼鐵》，將它歸在「一個理想主義者的心靈筆記」名下。而多年以後，詩人則做過這樣的反省：「我欣賞的是一種瞬刻可被動員起來的強大而健美的社會力量的運作。是這樣頑健的被理想規範、照亮的意志。這種精神終於在被導向極端後趨於式微，而成為又一種矯枉過正。」[2]這種「理想主義者的心靈筆記」的寫法，在昌耀詩歌的建築學轉向中達到空前繁榮，也在社

---

[1]　（古希臘）伯里克利，《在陣亡將士國葬典禮上的演說》，佚名譯，《紅爐：疼痛與憂傷‧最美的悼詞》，李曉琪編，海南出版社，2001年，第3-4頁。

[2]　昌耀，《一份「業務自傳」》，《詩探索》1997年第1期。

會的價值轉型中以另一種形式保存在他的作品中。[1]

　　從昌耀的個人經歷來看，1979年以後國家政治的巨大變遷，讓他從此結束了二十餘年的流放生涯，重新回歸普通人的生活行列，在十年的創作空白期後重新獲得寫作的權利。詩人個人的命運轉折是與整個國家逐漸晴朗的政治氣候相合拍的，通過對我國社會主義建設時期拔地而起的現代工程及其煥發的英雄氣概的描繪和歌頌，昌耀在發自肺腑地讚歎眼前這個撥雲見日的國家和這個蒸蒸日上的時代，因而自然讓這一時期的作品飽含自豪的血氣，戀父期聲調也適時地從天而降。於是，從荒原走出的詩人開始接觸國家建設時期湧現的新生事物，用一種讚歎的眼光來打量自己容身的這座城市，因為城市的面貌是時代建設的晴雨錶：「牧羊人的角笛愈來愈遠去了。／而新的城市站在值得驕傲的緯度／用鋼筋和混凝土確定自己的位置。」（昌耀，《城市》）昌耀的此番真情流露也參與到了當時詩壇的時代「共名」大合唱中，尤其對於在風雨如晦的年代裏蒙冤的「歸來者」詩群，他們對新生活的由衷歌頌是值得玩味的：「呵，這嶄新的東方大港，／巨人孫中山的藍圖在閃亮，／在我們面前閃璀璨的光芒，／多麼迷人的現代化的曙光！」（唐湜，《北侖港》）[2]不論是昌耀，還是唐

---

[1]　昌耀在1985年創作的一則短文中以寓言的形式繼續塑造了一個空間犧牲者形象，巴比倫少年發現國王加造的空中花園九層別館底座出現裂隙，勸阻未遂，在最後時刻，毅然縱然飛起，將自己當作一顆鉚釘鉚進牆隙。「至今駱駝商旅途經王城廢墟時還能在夕陽西照中看到少年的身子斜攀在殘壁像一柄懸劍，他對王國的耿耿忠介反倒給虛無主義的現代人留下了可為奚落的口實。」參閱昌耀，《巴比倫空中花園遺事》，《昌耀詩文總集》，前揭，第331頁。

[2]　唐湜，《唐湜詩卷》（下），人民文學出版社，2003年，第909-910頁。

湜，這種對新時代裏國家基礎設施建設的普遍歌頌與「十七年」期間的同類題材有所區別：從本質上講，前者是主動的、自發的、心甘情願的，而後者則帶有將信將疑和人云亦云的味道。所以，我們可以相信，昌耀在建築學轉向之後涉及歌頌題材的作品，以及他配套採用的戀父期聲調，能夠在一定程度上達到知行合一。

與「西行弔古」題材相比，對「新的風景線」的由衷讚美，才是符合詩人內心的真實選擇。昌耀堅信歷史規律和時間的威力，堅信它們要比他曾謳歌過的宏大物象更加強大。比起「時間的空間化」的反抗傾向，這種「空間的時間化」趨勢要更加沈著、穩健。時間才是最後的贏家，無孔不入的現代意識教導著昌耀，「新的風景線」才是時間的寵臣，也是他抹去創傷記憶的有力工具。在土地法則的暗示下，昌耀所有關於「記憶」題材的作品，其實潛意識裏都在表達他的對「遺忘」的慾望。只有做到對創傷記憶的遺忘，才符合詩人的生存意志，也是他與時間達成的秘密契約。

1979年之後的幾年裏，中國的改革開放政策猶如久旱逢甘霖一般深得人心，經歷過國家苦難歲月的知識份子們因此而歡欣鼓舞，期盼著這一絲曙光能夠為國家和個人開啟苦盡甘來的幸福時光。昌耀創作中的英雄情結也因此得以重新綻放，並將這一派「新的風景線」上的現代工程點化為父性空間，這也在一定程度上契合了中國傳統文化中的倫理觀念。在儒家思想設計下的中國傳統社會一直信奉著「君君臣臣父父子子」的人倫等級秩序，它在「國」和「家」這兩個層面上規定了人的話語和行動準則。因此，從傳統認識論角度看，家父必定等同於國君，詩學的最初功用也被解釋成「邇之事父，遠之事君」，

等等。於是，心懷家國意識的中國知識份子也必定在「父」的庇護之下，通過因地制宜的戀父期聲調，來開展對「國」之庇護的想像，這一信念也讓我們理解了昌耀在詩中努力構建父性空間的潛在動機，詩人正是在這種動機下不斷地在創作中進行自我闡釋：不論他描繪的是歷史想像空間還是現代建築空間，作為一個帶有陰性色彩的受難個體，詩人都試圖以召喚空間的父性尊嚴來挽回國家與民族的集體尊嚴，通過恢復父性空間的完整性來修復人的完整性，以期達到詩性正義的要求。在這種意義上，昌耀是在通過對土地法則的實現中來盡一個詩人的天職，在空間形象的描繪和讚美中探索一條危機中的解救之道。

第三節　空間諸形態

　　張檸將鄉土空間分為生產空間、生活空間和「死亡─不朽」空間三大類。[1]這種基於文化人類學的空間劃分方式，有助於我們梳理昌耀

---

[1]　張檸認為：「按照鄉土事物的存在方式，可以將這個空間分為三大類，第一類是生活空間，這是生產力再生產的空間，農民在其中補給能量、居住歇息、生育飼養，它處於內部空間的中心地帶。第二類是生產空間，也就是生活資料和生產資料再生產的空間，農民在其中通過農耕勞作，耗費身體能量而獲取自然產品和資源，它分佈在生活空間的四周。第三類是『死亡─不朽』空間，這是一種『虛實合一』的空間形式，儘管在宗族成員的內心它無處不在，但它還是佔據了一個現實空間的位置，也就是祖墳地（公共墓地）。它既是安置逝去成員的地方，又是在生成員祭祀的場所之一。它處於內部空間一隅的山林之中，農民認為它的位置（風水）的好壞，直接影響到生活的安定、生產的發達、子孫和六畜的興旺，特別是宗族未來的運程。實際上它就是生活空間和生產空間的一個『鏡像』。」參閱張檸，《土地的黃昏──鄉村經驗的微觀權力分

在建築學轉向期間的詩歌作品。除了涉及少數一部分城市題材，昌耀這一階段大部分作品都是圍繞著西部鄉土空間或自然空間展開的，縱觀這批頗成規模的鄉土空間題材創作，我們隱約可以分辨出上述三個空間類型的大體身形。

　　生產空間遍佈在山河湖海、高原山川、城市郊區、高樓低地等廣闊領域，在昌耀的作品中，我們可以更直接地將它理解為勞動空間。這類作品佔有相當大的比例，比如在描寫水手、牧人、苦役犯、煉鋼工人、建築工人的大量詩篇裏，詩人建構了各類場合下的勞動空間以及其中的代表形象。在戀父期聲調的激賞下，它們基本呈陽性，體現了詩人對創造力的讚美，對血氣的稱道和對英雄主義的表達。

　　生活空間的範圍更加寬泛，是昌耀處理那些非勞動生活經驗的地盤，便於詩人展現他的沉思默想和喜怒哀樂。每個人在自己的生活中，更多的時間往往不是與他人相處，享受集體主義，而是一個人面對自己時的獨處狀態。這個時候所出現的空間形式是多種多樣的，比如入睡之前、獨自散步、和家人在一起、埋頭寫作的時候，甚至在人群中體味到「過於喧囂的孤獨」（赫拉巴爾語）的時刻……這些都為生活空間提供了無窮無盡的造型。

　　「死亡—不朽」空間在昌耀的詩歌體系中形成頗具特色的一個類群，尤其是在一系列「西行弔古」主題的作品中，詩人再現了我們偉大的祖先在歷史上那些輝煌的瞬間，因此它們也常常被看做是神話空間。伴隨著斗轉星移下流轉的若干個世代，那些陳年沸騰的骨肉之血

　　析》，東方出版社，2005年，第47-48頁。

默默滲入了荒涼的大地,轉化成了無言的大地之血。「死亡─不朽」空間為大地之血回流為骨肉之血提供了通道,提供了死者們轉世還陽的可能。在這裏,詩人獻出了他對優秀死者和輝煌時代的追憶,完成了他對死亡的訓練。他提醒自己和讀者,我們同時生活在現世空間和「死亡─不朽」空間當中,前者在我們身邊,後者在我們頭頂,哪一個也不應忘記:「我不理解遺忘。/也不習慣麻木。/我不時展示狀如蘭花的五指/朝向空闊彈去──/觸痛了的是回聲。」(昌耀,《慈航》)

然而,在昌耀那些意義複雜的作品中,我們看到的可能不只是上述三者的各自體現,而是三種空間類型按照不同方式疊加所產生的嵌套結構。也就是說,我們會在一首複雜的詩歌中讀出不止一種空間類型,這大大增強了昌耀作品的思想內涵和審美意蘊,也體現了土地法則自身的複雜性。建築學轉向之後的昌耀,熟練掌握了土地法則的微言大義,面對著體積龐大的記憶和經驗,他雇傭了一支精明強幹的**語言工程隊**,以建築模式為旗幟,以詩人過往的豐富經歷和非凡的想像力為原材料,在他後冰河期的紙筆之間大興土木,用詩人極大的熱情澆灌他細心培植的空間形象。借助這種「場所分析」(巴什拉語)的方法,我們得以在空間這一認知維度上,深入地讀解昌耀在經歷建築學轉向之後寫就的幾部風格鮮明的重要作品。

昌耀描繪的生產空間形象應該是屢見不鮮的。那些氣勢如虹的山河湖海和雄偉挺拔的工程建築,紛紛有機會躋身詩人抒情對象的行列。其中,一首創作於1979年、長達五百餘行的長詩《大山的囚

徒》[1]，的確算是昌耀流放歸來後拋向文壇的一記重磅力作，這是一首正式為作者奠定名聲的作品，是語言工程隊在後冰河期第一個樣板作品，詩人希望借此為他過去二十餘年的流放生涯留下紀念，也為他能夠重獲新生而真誠獻禮。儘管它在創作思維和人物塑造上，依然採取從新中國建立直到「文革」時期統領文學界的「高大全」標準。然而，我們似乎可以理解，詩中極力凸顯的那種英雄主義和崇高化傾向，剛好與「百創一身」的詩人對自我苦難經驗的表達意願暗自合拍，也就自然成為昌耀首選的一種創作格調。同阿倫特細緻地講述了一個名叫拉赫爾·瓦倫哈根的德國猶太女性在浪漫主義時代的生活一樣[2]，這種以別傳代自傳的寫作手法在昌耀的筆下得到了回應。不同的是，阿倫特製造了一個與她本人若即若離的拉赫爾，而昌耀卻始終如一地將故事的主人公當作往事中的「第二個我」，兩個人幾乎就要合二為一。在本詩中，「大山」同時成為了敘述的起點和終點：

---

[1]　昌耀在該詩中轉述了一位前新四軍戰士，建國後的州委宣傳部長被錯劃為「右派」橫遭迫害的悲劇故事。主人公的原型是與昌耀一起在祁連山被流放的、中共海南州委前宣傳部長張觀生。詩歌中講述這位滿懷「赤子之心」的戰士，因堅持真理而成為「右派」，而淪為腳踝被銬上鐵鐐，在採石場掄錘服役的「大山的囚徒」。從未放棄申訴的他，在經過九死一生的災難而又申訴無望後，最終決定逃出流放地，到「紅星高照的京城」，「去公堂擊鼓」。他經歷了從大山腹地曲折的潛逃，終於在大山的出口看到一座喇嘛廟的金頂，拼出餘勇登上臺階，準備在廟中暫且喘息時，卻絕望地發現，自己遇上了早已張網以待的「天兵天將」。參閱燎原，《昌耀評傳》，前揭，第271-272頁。

[2]　這裏指阿倫特在1933年完成的一部傳記性作品《拉赫爾·瓦倫哈根：一個德國猶太女人在浪漫主義時代的生活》。參閱（法）茱莉亞·克利斯蒂瓦，《漢娜·阿倫特》，劉成富等譯，江蘇教育出版社，2006年，第45-67頁。

> 這四周巍峨的屏障，
>
> 本是祖國
>
> 值得驕傲的關隘，
>
> 而今，卻成了
>
> 幽閉真理的城堡。
>
> （昌耀，《大山的囚徒》）

　　在這首敘事長詩中，「大山」這一自然景觀已然抽掉了它的「生產空間」成份，轉而癌變為一種極為特殊的「生活空間」，即囚禁空間。它是土地法則的一種變態產物，類似於德國的「奧斯維辛」或前蘇聯的古拉格群島，但詩人在這裏僅用了「大山」這個泛指的名稱。這裏有必要提及的是，就在《大山的囚徒》問世的同一年，與昌耀同屬一條「歸來者」戰壕的前輩詩人艾青寫出了《古羅馬的大鬥技場》[1]，這一場所再現奴隸主通過觀看角鬥士生死搏擊來取樂的歷史場面，控訴世間的一切罪惡、奴役和不平等。儘管該詩運用了單一的階級分析眼光，但艾青貢獻了一個具有古典風格並充滿象徵色彩的空間形象──古羅馬的大鬥技場。這個圓形建築的主要功能是「使大批的人群能夠觀看少數對象」，因而整個共同體彰顯著公共生活的總體性能量，它也是誕生民主價值的天然溫床；與之相對照的是，昌耀作品中的「大山」則是一種現代空間形象。「大山」本是一個自然界的宏

---

[1]　參閱艾青，《歸來的歌》，四川人民出版社，1980年，第147-157頁。

觀場所，但在這裏，卻充當了一座巨大的、壁壘森嚴的、邊沁（Jeremy Bentham）所謂的全景敞視建築，一個超級空間。無論主人公如何歷盡艱辛地想要逃出這座集中營，等待他的，總是在最後一刻降臨到他面前、神通廣大的「天兵天將」。

在特殊的時代語境下，這一現代空間被組織進一套嚴格的規訓模式中，與「古羅馬的大鬥技場」相反，「大山」最顯著的功能是「使少數人甚至一個人能夠在瞬間看到一大群人」[1]，所以，「大山」形象的出現，暗示了整個現代社會進入了一個依靠技術達到全面控制的歷史階段，走進奧威爾（George Orwell）的「一九八四」[2]，也為現代國家提供了走向極權的硬體條件。甚至這種實現全面控制和極權可能性正

---

[1] 福柯在這裏轉述了朱利尤（Julius）的觀點，後者在談到全景敞視原則時認為，它包含的不只是建築學上的創新，它還是「人類思想史」上的一個事件。表面上，它僅僅是解決了一個技術問題，但是通過它，產生了一種全新的社會。古代社會曾經是一個講究宏偉場面的文明。「使大批的人群能夠觀看少數對象」，這是廟宇、劇場和競技場的建築所面臨的問題。因為場面宏大，便產生了公共生活的主導地位，熱烈的節日以及情感的接近。在這些熱血沸騰的儀式中，社會找到新的活力，並且在剎那間形成了一個統一的偉大實體。現代社會則提出了相反的問題：「使少數人甚至一個人能夠在瞬間看到一大群人」。當一個社會的主要因素不再是共同體和公共生活，而是以私人和國家各為一方時，人際關係只能以與公開場面相反的形式來調節：「為了適應現代要求，適應國家日益增長的影響及其對社會的一切細節和一切關係的日益深入地干預，就有必要保留增強和完善其保障的任務，利用旨在同時觀察一大群人的建築及其佈局來實現這個偉大目標。」參閱（法）蜜雪兒·福柯，《規訓與懲罰》，劉北城、楊遠嬰譯，三聯書店，2003年，第242-243頁。

[2] 在這裏指英國作家喬治·奧威爾於1948年創作完成的政治寓言小說《一九八四》。在小說中，作者預言了西元1984年將迎來一個技術全面統治人類的反烏托邦社會形態。

在暗自統領《大山的囚徒》的美學原則，所以，這首長詩在暴露了超級空間的集約性（totalitaristisch）色彩時，也聯合更多的空間頌歌在召喚著一種集約化（totalisierung）的整體秩序的回歸。[1]

　　總之，「大山」作為一個囚禁空間，它屬於一個惡意的敵對空間，一個變態的生活空間，生命在其中遭到的是威脅，而不是庇護。土地法則堅持的詩性正義遭到了權力的強暴。這一特殊的空間形象也幾乎成為昌耀詩歌中政治意指最為稠密的焦慮符號。在「大山」的形象中，我們驚歎於一種政治權力與自然建築物的聯合，前者運用老謀深算的眼光狡猾地將後者遴選為一種權力操縱的對象。在政治權力的作用下，作為自然物的「大山」把自身的封閉、險峻和惡劣的環境特徵租借給了權力主體，讓一套關於監禁與懲罰的體制在「大山」的自然條件的掩護下順利施行。所以，《大山的囚徒》講述了一則關於空間的政治寓言，同時我們可以發現，空間邏輯類似於亞里斯多德（Aristotle）所謂的「形式因」，它規定了一種思維觀念在結構和形態上的可能性，而蘊涵其中的「目的因」則時常處於待價而沽的缺席狀態。

　　「死亡—不朽」空間是昌耀最善於書寫的一種類型，在他大多數「西行弔古」類的作品中俯仰皆是，但這一空間類型在昌耀一首描寫「懸棺」的作品中體現得最為乾脆直接：「懸棺雲集，作不祥之鳥，作層層恐怖的抽屜，附著於絕／崖，以死為陳列照臨大江東去。以

---

[1]　顧彬（Wolfgang Kubin）指出，毛澤東的事業之所以被概括為現代性之一部分就在於，以政治規訓為目的的藝術在整個社會的貫徹，原則上只有在一個現代的、受全方位控制的社會構架中才有可能。參閱（德）顧彬，《20世紀中國文學史》，范勁等譯，華東師範大學出版社，2008年，第178-179頁。

亡靈橫空作死亡的建／築，靜觀世間眾生相。」（昌耀，《懸棺與隨想》）懸棺是人間與冥界的轉渡碼頭，是一種虛實結合的空間形式，它一頭連接著現世的生活空間和生產空間，另一頭掛靠在神秘的靈魂世界，因此成為昌耀詩歌中空間想像的樞紐。由於昌耀一貫浸透古典主義情愫和懷古氣息，他習慣於在作品中將處於樞紐地位的「死亡─不朽」空間進一步濃縮，將其作為一種特殊的裝飾物，安插進生產空間和生活空間內部。因此，當詩人每到一處宏偉建築面前，不論是人造物，還是神造物，總是不由自主地嗅出它們身上的歷史氣息，引發詩人的歷史幻象和闡釋衝動，調動他的血氣，並施展他擅長的、波浪式的修辭。

古羅馬的維特魯威（Marcus Vitruvius Pollio）建議建築師們要深悉各種歷史，並在建築作品中以裝飾物的形式向人們傳達各種遙遠的歷史訊息。[1]昌耀亦循此道，不忘在他的詩歌中透露出這種技術整合：「你壯實的肢體本身就是一幢動人心魄的建築，而你的門／牆為五彩吉祥的堆繡所雕飾。」（昌耀，《她站在劇院臨街的前庭》）這種雕飾具有紀念碑一樣的價值，它類似於艾青創造的「魚化石」形象[2]。為了抵抗迅速流逝的時間，為了給自己身後的苦難歲月建立意義，昌耀統領他的語言工程隊，希望通過這種意象整合的修辭手段，製造他詩歌

---

[1] （古羅馬）維特魯威，《建築十書》，高履泰譯，知識產權出版社，2001年，第5頁。

[2] 艾青的「魚化石」形象，在他的作品中指代著1957年以來遭受不公正待遇的人民群眾，本文在此處將「魚化石」的意義進一步深化，用以指代歷史記憶在固化的空間形式中的反應和濃縮。參閱艾青，《歸來的歌》，前揭，第12-13頁。

中的「化石」,將它們嵌入高原河床和現代工程中間,嵌入他一系列空間頌歌的詩行中間,達到對血氣的頌揚和對詩性正義的堅守。這種修辭「化石」是在土地法則作用下鍛造出的珍貴結晶,是泥團的另一種形式。昌耀就這樣指導他的語言工程隊,擺弄著文字的磚瓦、水泥和鋼筋,以一個建築師的才智和氣魄,營造出大批紀念碑式的詩歌空間。這種類型的空間生產,在一定程度上懸置了政治判斷,將詩人表達和闡釋的能量導向了歷史深處,釋放到虛擬的歷史空間中,因此,它是一種無風險的意見表達,是安全模式的文學生產。但昌耀在歷史意象中間貫穿的是一種民族認同性和文化歸屬感,這一思維反過來又在不知不覺中推進了「想像的共同體」的生成,也參與了現代中國意識形態建構上的集約化進程。

　　按照詩歌價值規律的提示,在詞語本身中上升和下降,這就是詩人的生活。登上詞語的閣樓就是一級一級走向抽象,下降到地窖就是一步一步走向夢想。[1]巴什拉如此這般地規定了詩人在空間中游走的兩極。在昌耀建築學轉向時期的大多數作品中,他似乎在自己定義的空間概念上攀登得太高了,場面也過於龐大,從河西走廊到敦煌名勝,從龍羊峽水電站到邊關的24部燈,仰視這些巨型建築,抒情者變得渺小無比,幾乎要被它們淹沒了。就在這些深遠宏大的抒情詩篇中間,昌耀在一首名為《雪。土伯特女人和她的男人及三個孩子之歌》的別致長詩中,描繪了一幅在他作品中難得一見的溫暖場景:

---

[1]　參閱(法)加斯東・巴什拉,《空間的詩學》,張逸婧譯,上海譯文出版社,2009年,第159頁。

西羌雪域。除夕。

一個土伯特女人立在雪花雕琢的窗口，

和她的瘦丈夫、她的三個孩子

同聲合唱著一首古歌：

　　——咕得爾咕，拉風匣，

　　鍋裏煮了個羊肋巴……

　　　詩中提及的這首淳樸的西北民謠被詩人稱作「夢一般的讚美詩」，它的發生地卻是在一間封凍、簡陋的土屋之內。外部環境的蕭條和物質條件的匱乏並非摧毀詩人意志的致命武器，相反，以合唱為表徵的精神生活充盈著詩人的整個家宅，像一盞小小的燭火，照亮了這方被詩人稱作「九九八十一層地下室」的陰暗角落。這個「雪花雕琢的窗口」，也許就是從水上歸來的筏子客一心嚮往的那扇窗口。夢想就誕生在這些絲毫不受重視的低矮角落裏。這是一個貧困家庭其樂融融的生活場景，是私人空間裏的隱秘狂歡。這個小天堂將陰謀與迫害拒之門外，與政治規訓和意識形態暫時絕緣，這裏就是每個人本該擁有又夢寐以求的家宅。在整首詩中，昌耀進行了節制的抒情，他只把空間類型的範圍理智地控制在生活空間，以及附屬於生活空間的生產空間（雪原、林間、田野等）以內，拒絕繼續延伸至「死亡—不朽」空間。因此，整首詩可以看做是語言工程隊的成員們為他們好心腸的工頭獻上的一個質量過硬的私活。它懸置了歷史的深沉厚重，顯得純粹、乾淨、邊界明朗，呈現了一個世俗家庭的日常生活神話。

　　以房屋為代表的這片私人空間，是土地法則的恩賜，它在眾多宏大渺遠的建築形式中，體現出一種獨立而堅韌的陽性特徵，父性空間的光輝在這裏得以片刻閃現。儘管在大自然的鬼斧神工和人間的千萬廣廈面前，房屋的陽性氣質是微乎其微的，然而正是這種弱陽性，才剛好與人性本質裏的弱陰性相匹配，與詩人的羔羊情結相耦合。它向居住其中的人們提供庇護，還原了靈魂的陰性色彩，為人們心中呈陰性的夢想提供了誕生之地。它在一定程度上滿足了巴什拉所謂的對「幸福空間」的期待，這裏是一個「受讚美的空間」，一個「被想像力所把握的空間」[1]，一個在最弱的程度上實現詩性正義的空間。在這片空間裏，人是中心，他（她）袒露出弱陰性的靈魂底色，是體驗的主體，也是受保護的對象。並且，在這首詩中，詩人習慣使用的戀父期聲調被降低到最小化，這裏沒有大開大合的濃烈抒情，只有平靜的溫暖敘述。這不得不讓我們承認，房間內的生活是被描述的，而不是被闡釋的。因為，「被描述的生活是指我們應該有足夠的耐心、韌性甚至勇氣，去面對生活的細節，去撫摸而不是忽略，或僅僅只是凝視細節。它是真實的生活，沒有虛構，沒有假想。在房屋內，生活不會被闡釋，闡釋意味著為生活虛構情節，假想另外的主人公。房屋不容忍這樣的事情發生，它倡導一種老老實實的生活。」[2]就是在這種踏踏實實的生活空間裏，安放和供奉著我們真實的人性，這裏因此也成為昌耀詩歌中難能可貴的動人場所。

---

[1]　參閱（法）加斯東·巴什拉，《空間的詩學》，前揭，第23頁。

[2]　敬文東，《面對讓我消失的力量》，《寫在學術邊上》，雲南人民出版社，2002年，第38頁。

　　「時間呵，／你主宰一切！」（昌耀，《雪。土伯特女人和她的男人及三個孩子之歌》）這是詩人基於日常生活描述而猛然發出的感慨。類似這樣畫龍點睛或總結式的詩句也同樣出現在昌耀諸多其他詩篇中。儘管在今天看來，它們幾乎可以判定為一種抒情的冗餘，一種昌耀式廢話，但我們相信這樣的感慨是貨真價實的，是詩人生命體驗的直白論斷，所以他會情不自禁地急於在詩句裏表露這一質樸的情感。詩人的土伯特妻子從娘家回來，「說我們遠在雪線那邊放牧的棚戶已經／坍塌，惟有築在崖畔的豬舍還完好如初。／說泥牆上仍舊嵌滿了我的手掌模印兒，／像一排排受難的貝殼，／浸透了苔絲。」（昌耀，《雪。土伯特女人和她的男人及三個孩子之歌》）曾經的居所已經消失，這個企圖用空間抵擋時間暴政的天真詩人，在他的私人空間裏不得不講出真理：主宰一切的是時間。儘管那些「手掌模印兒」還嵌在豬舍的泥牆上，儘管「故居才是我們共有的肌肉」（昌耀，《故居》），但它們只能以受難的姿態接受歲月的風化。詩人在努力實現「時間的空間化」的同時，不得不悲涼地承認一種更強勁的「空間的時間化」趨勢。在前者和後者的競賽中，後者似乎總是能夠毫無懸念地笑到最後。時間在每個人面前都是平等分配的，是無條件的，這似乎又在另一種意義上達乎了詩性正義。在昌耀的簡陋房屋內，所洋溢的幸福感是古典式的，當詩人越發沉醉於這種幸福感時，他迎頭撞見的現代性挑戰就越發嚴峻而慘烈。這一危機即將在幾年之後探出水面。

第四節　倫理學泥團

　　《雪。土伯特女人和他的男人及三個孩子之歌》是一首描繪「幸
福空間」的溫暖長詩，在這首作品中，我們看到的是空間的不斷收束
和內斂，詩人以生活空間為中心，將它固定在世俗凡人庸常瑣碎的活
動領域內。而對於另一首格調迥異且氣勢磅礴的長詩《慈航》來說，
昌耀卻把那些已然收束和內斂的情感褶皺在這裏做了一番總體的伸
展。在這種意義上，《慈航》從各種層面來看，都被認定為一個綜合
性的複雜文本，並且自始至終散發著佛性照臨的光芒。

　　《慈航》是評論界公認的昌耀最優秀的代表作，是他本人的得意
之作，是語言工程隊在後冰河期打造出的最為驕傲的傑作，是他「獻
給青海藏族同胞的在文學上的一個紀念品」[1]。青海是詩人的第二故
鄉，昌耀從19歲就踏上這片土地，並一直居住在那裏，直至去世。青
海同時給予昌耀的是苦難的經歷，以及苦難之後新生的快慰。作為詩
人生活和寫作的零點，在這片令他百感交集的土地上，複雜的生命體
驗在《慈航》中錘煉成一種召喚神性的寫作色彩。在這種色彩的渲染
下，詩人一唱三歎地講述著自己在人間盪氣迴腸的覺海慈航，它促成
了詩人向高處的逃遁，因而在眾多詩篇中獨樹一幟。作為昌耀的杠鼎
之作，《慈航》在寫作上取得了諸多方面的輝煌成就，也因此抵達了
一個全新的藝術境界，受到評論界的一致青睞和讀者們的長久熱愛。

---

[1]　昌耀，《答記者張曉穎問》，《昌耀詩文總集》，前揭，第780頁。

除此之外，我們或許可以猜測，《慈航》的成功還在於這樣一個事
實：詩人在高度詩化地耦合了生活空間、生產空間和「死亡－不朽」
空間之後，又懷著極大的感恩和虔誠，在前幾種空間之上開拓出一片
充溢著慈悲濟世情懷的**救贖空間**：

> 在不朽的荒原。
> 在荒野那個黎明的前夕，
> 有一頭難產的母牛
> 獨臥在凍土。
> 冷風蕭蕭，
> 只有一個路經這裏的流浪漢
> 看到那求助的雙眼
> 飽含了兩顆痛楚的淚珠。
> 只有他理解這淚珠特定的象徵。

　　昌耀用「一頭難產的母牛」的故事，呼應著耶穌講述的關於撒瑪
利亞人的寓言[1]。流浪漢（基督教精神）的出現意味著這頭可憐生靈在

---

[1] 關於撒瑪利亞人的寓言大意如下：有一個律法師問耶穌說，夫子，我該作什麼
才可以承受永生。耶穌對他說，律法上寫的是什麼。你念的是怎樣呢。他回答
說，你要盡心，盡性，盡力，盡意，愛主你的神。又要愛鄰舍如同自己。耶穌
說，你回答的是。你這樣行，就必得永生。那人要顯明自己有理，就對耶穌
說，誰是我的鄰舍呢。耶穌回答說，有一個人從耶路撒冷下耶利哥去，落在強
盜手中，他們剝去他的衣裳，把他打個半死，就丟下他走了。偶然有一個祭
司，從這條路下來。看見他就從那邊過去了。又有一個利未人，來到這地方，

精神上的得救，如同身陷囹圄的詩人受到了一個土伯特家庭（藏傳佛教精神）仁慈的接納。在談到《慈航》時，昌耀說：「在那樣一個時代裏，靈魂可能比肉體更需要一個安居的地方。所以我寫的是靈魂的棲所。」[1]昌耀在這個土伯特家庭中，甚至在這片赤裸的高原上找到了他靈魂的棲所。「彼方醒著的這一片良知／是他唯一的生之崖岸。／／他在這裏脫去垢辱的黑衣，／留在埠頭讓時光漂洗，／把遍體流血的傷口／裸陳於女性吹拂的輕風──」（昌耀，《慈航》）不幸中的大幸讓昌耀重新定義了這個給養他的空間，於是，不祥的荒原變成了不朽的荒原，不朽的荒原孕育出一片救贖的空間。

在這一空間裏，詩人把政治經驗轉化為宗教經驗，把特定時代裏近乎荒誕的痛苦遭遇轉化為生命苦海中的精神修煉，從而由必然王國進入了自由王國：「你既是犧牲品，又是享有者，／你既是苦行僧，又是歡樂佛。」（昌耀，《慈航》）在救贖空間的召喚下，詩人的人格提升到了一個至高的境界，如果土地法則賜予了詩人低矮的房屋以微弱的陽性氣質，為普通人在現世生活中提供了微小的幸福想像，那麼它賜予這片救贖空間的則是無限強大的、甚至是終極性的陽性力量，是一個巨大的父親之名。人在這裏獲得的是超越現世時間的拯

看見他，也照樣從那邊過去了。惟有一個撒瑪利亞人，行路來到那裏。看見他就動了慈心，上前用油和酒倒在他的傷處，包裹好了，扶他騎上自己的牲口，帶到店裏去照顧他。第二天拿出二錢銀子來，交給店主說，你且照應他。此外所費用的，我回來必還你。你想這三個人，哪一個是落在強盜手中的人的鄰舍呢。他說，是憐憫他的。耶穌說，你去照樣行吧。參閱《新約・路加福音》10：25-37。

[1]　昌耀，《答記者張曉穎問》，《昌耀詩文總集》，前揭，第782頁。

救，是靈魂永久的棲息。於是，詩人從「九九八十一層地下室」的私人空間裏騰空躍起，「依然穿過時光的孔隙，向上，向上，向上……／像一條被窒息的魚。」（昌耀，《陽光下的路》）充滿氧氣的地方，就是充滿救贖的地方；詩人從地窖走向閣樓，從空間的底部不斷攀登到頂端，從夢想之地步入抽象之地，最終把這片宇宙深處的救贖空間認定為他的極樂界。

　　這種永恆的上升運動，也為詩意波浪線的運行注入了超驗的動力，讓處於波谷的市井凡人有機會向充滿極樂光芒的波峰投以虔敬和感恩的目光，並付出誠實的努力。這種上升，既調動了骨肉之血，又調動了大地之血，讓每一個苦難的靈魂都感受到來自身體內部昂揚的生命力，和來自身體外部超拔的召喚力。比起在詩人那間暖意融融卻無比狹小的「地下室」，在這個虛擬的終極空間裏，昌耀的詩歌在最強程度上達到了詩性正義。在這裏，他既無須坦陳時間鐫刻在自己身心上的傷痕，也不必寄情於父性空間來抵抗時間的暴政，更不會淪為光明殿中經受長久晾曬的玻璃人體：

> 流浪漢，既然你是諸種元素的衍生物，
>
> 既然你是基本粒子的聚合體，
>
> 面對物質變幻的無涯的迷宮，
>
> 你似乎不應憂患，
>
> 　也無須欣喜。
>
> （昌耀，《慈航》）

在這種巔峰體驗中，土地法則使盡全力幫助昌耀修煉為一個通曉物性的詩人，宇宙的辯證法讓他一邊踏遍各類空間，一邊又從那些空間中走出來。就這樣，他抽身於苦難的現實世界，化為了一葉扁舟，進行著他靈魂的覺海慈航，既是空間中的一顆微粒，又代表著整個空間；既是封閉的，又是敞開的；既讓自己存身於有限的形體，又被大海賦予無窮的軌跡。昌耀在《慈航》中最終召喚著一個救贖空間的蒞臨，他就像一隻等待被拯救的羔羊或他筆下那頭「難產的母牛」，穿越了崇山峻嶺和荒原大漠，穿越鄉村和城市，穿越時間和空間，尋覓著一處靈魂的棲所。這片救贖空間是空間救贖的至高理想和終極境界，在對這個終極空間的追尋中，詩人告訴我們：「生之留戀將永恆、永恆……」（昌耀，《慈航》）

在語言工程隊心氣相投的通力合作之下，《慈航》全息式地闡釋了詩人的羔羊情結，讓整部作品瀰漫著濃郁的宗教意味。儘管昌耀歷盡人世滄桑，但他並未徹底皈依任何宗教，他一面呼喚著救贖力量的出現，一面又肯定現世生存的價值。這兩種訴求和判斷在《慈航》中得到了統一：「在善惡的角力中／愛的繁衍與生殖／比死亡的戕殘更古老、／更勇武百倍。」這如箴言般深刻有力的詩句在《慈航》中重複有六次之多，成為這首著名詩篇裏最為光彩奪目的部分。善與惡、愛與死，是人類談論不盡的話題，也是詩歌亙古不衰的主題。它們均勻地分佈在詩意波浪線的波峰和波谷，以及兩者之前崎嶇險峻、逶迤坎坷的曲線上，並沒有哪一個主題永久佔據著價值的制高點，也沒有哪一個主題註定要一直蜷縮在陰暗低窪的道德陰溝裏───切都是起伏、運動的──這也是詩意波浪線教給我們的正負辯證法。

　　昌耀在詩中著力突出了愛的力量，它是「古老」的，至今連綿
不絕；也是「勇武」的，勝過了陽剛的雄牛情結所釋放的威力。它是
四兩撥千斤的絕招，是專門針對靈魂的疑難雜症所開出的無色無味的
藥方。按照昌耀的理解，愛是可以在現實生活中實現給予和接受的，
同時它具備了超驗的救贖色彩，因而是值得充分肯定和傳承的。不
論詩人在作品中盛讚的土伯特家庭是否是在藏傳佛教的沐禮下拯救了
昌耀，愛這種東西是確鑿無疑的，我們甚至不需要調查它的來源和動
機，它已經可以讓一個九死一生、頭戴荊冠的流浪漢「重新領有自己
的運命」，它不言自明地存在於這個苦難、兇險的現實世界，並且煥
發出柔美絕倫光彩。

　　由此可見，愛融合了超驗的救贖力量（基督教精神）和世俗的悲
憫情懷（儒家的「仁」學），它也在更廣泛的意義上與善、惡、生、
死等根本性的倫理命題有著千絲萬縷的聯繫。作為一種運動，愛實現
了以上諸種元素的奇妙混合，借助於訓練有素的語言工程隊，昌耀在
《慈航》中攢成了一個**倫理學泥團**。詩人從一個現實泥沼風塵僕僕地
走來，泅渡過空白的冰河期，為了尋找那扇為他留著燈火的窗口，他
登上了這一片詩歌大陸。在這個晴朗的地帶裏，原本濕漉漉的水的方
法論，經由土地法則的烘乾和塑形，為倫理學泥團的誕生提供了物質
和邏輯上的原料。慾望的諸種形態也收起了散亂、不安和無定的天性，
與既古老又勇武的愛勝利會師。《慈航》見證了這個「嚴重的時刻」
（里爾克語），慾望的無政府主義開始自覺地接受愛的倫理學泥團的收
編，紛紛加入這個不純的、雜糅的、孔武有力的集合，參與進倫理學泥
團的價值空間生產大軍，幫助土地法則實現它訴諸建築的原始夢想。

　　倫理學泥團為詩歌價值規律樹立了一個溫良敦厚、面目可親的樣板，也是物質想像再加工的產品。在這只泥團五彩斑斕的外表面上，均勻分佈著人類社會從古至今不斷產生、不斷探討卻終究無法解決的各類倫理學問題。它們之間五味雜陳、犄角鼎足、莫衷一是，諸種問題猶如泥團外表面上無數個細密的質點，而每一個質點環繞泥團表面的運行軌跡，被我們單獨拆解下來，在同一個平面上展開之後，都可以看到它們各自的詩意波浪線。這情形，就像螺旋形的蘋果皮脫離蘋果的球體，呈現在我們眼前那樣。詩歌為每一條波浪線都提供了展開和運動的可能，為人類在倫理學問題上的自白、辯解和與他者的對話騰出了場域。在這種意義上，我們可以隨手為這只在《慈航》中橫空出世的倫理學泥團做一番成分鑑定。經過我們的詩學顯微鏡的觀察和甄別，我們會清楚地看到，皈依在愛的搖籃中的慾望，如何被漸漸清算出它的五重根，它們又如何各自以波浪線的形式，以對生存的堅持，一點點地向著愛靠近：

　　　　聖戀：「那些圍著篝火群舞的，／那些卵育了草原、耕作牧歌的，／猛獸的征服者，／飛禽的施主，／炊煙的鑑賞家，／大自然寵倖的自由民，／是我追隨的偶像。／／──眾神！眾神！／眾神當是你們！」（《慈航·眾神》）

　　　　自戀：「你是風雨雷電合乎邏輯的選擇。／你只當再現在這特定時空相交的一點。／但你畢竟是這星體賦予了感官的生物。／是歲月有意孕成的琴鍵。」（《慈航·愛的史書》）

血戀：「灶膛還醒著。／火光撩逗下的肉體／無須在夢中羞閉自己的貝殼。／這些高度完美的藝術品／正像他們無羈的靈魂一樣裸露／承受著夜的撫慰。//──生之留戀將永恆、永恆……」（《慈航·淨土（之二）》）

父戀：「當那個老人臨去天國之際／是這樣召見了自己的愛女和家族：／『聽吧，你們當和睦共處。／他是你們的親人、／你們的兄弟，／是我的朋友，和／──兒子！』」（《慈航·彼岸》）

她戀：「黃昏來了，／寧靜而柔和。／土伯特女兒墨黑的葡萄在星光下思索，／似乎向他表示：／──我懂。／我獻與。／我篤行……」（《慈航·邂逅》）

以上便是我們在《慈航》裏爬梳出的五條慾望線索，彷彿從倫理學泥團上削下來的那五條螺旋形的蘋果皮。在它們各自的曲線上，我們分別領略到了詩人對神聖事物的膜拜、對自我身份的堅信、對肉體價值的稱讚、對父性關懷的感恩，以及對異性情愛的陶醉。這些形態、風格、振幅、頻率相互迥異的慾望波浪線，分別在倫理學泥團上看到了它們共同的「超我」形式，經過各顯其能的表達之後，它們以愛的名義認出了彼此之間的家族相似，五條波浪線在運動中達到的共振，得以讓倫理學泥團發生轉動。在這種轉動中，五重慾望之根不約而同地進入一個愛的共名，它具有超強的闡釋功能，把攥在手中的能

量全部遞交給一個至大的境界──善的境界──正是這種由愛向善源源不斷地能量輸送，保證了倫理學泥團的運轉。在《慈航》烘托出的這個由愛向善的境界裏，屬靈和屬血氣的語言都得到了恰好的運用和表現，它們營造了一個關於愛和善的語境。這個散發著救贖意味的語境，輕柔地包裹住了昌耀詩歌體系中的倫理學泥團，以及各種類型的空間形象，讓它們在各自的運動和表達中洋溢出一種詩性正義。在詩性正義的呵護下，通過語言工程隊的日夜奮戰，由愛向善的語境得以形成，它將詩人締造的一座座駁雜、參差、猙獰的語言建築物，沉浸在一片物質想像的水澤和光暈之中，散發著恆久的魅力：

> 萬物本蘊涵著無盡的奧秘：
> 地慢由運動而矗起山嶽。
> 生命的暈環敢與日晃媲美。
> 原子的組合在微觀中自成星系。
> 芳草把層層色彩托出泥土。
> 刺蝟披一身銳利的箭簇⋯⋯
> （昌耀，《慈航》）

第五節　詩性微積分

無論是「死亡─不朽」空間，還是生產、生活空間；無論是歷史想像空間，還是現實建設空間；無論是苦難歲月裏的變態空間，還是和平年代裏的幸福空間；無論是孕育平凡夢想的私人空間，還是洋溢

英雄邏輯的公共空間……建築學轉向之後的昌耀，在他筆下的眾多空間形象中都施以了救贖的色彩，發出由愛向善的呼喚，保持著倫理學泥團這個詩歌小宇宙的轉動。詩人渴望通過構建不同類型的空間形象來抵抗時間的暴政，並以此保存下更多盛放在特定空間場所下的生命體驗，以此維持著詩性正義。

　　這些記憶也仰仗著自身發生空間（尤其是父性空間）的庇護之功而煥發著陰性的色澤，這是一種夢想的色澤，一種詩意的光彩。巴什拉注意到了記憶呈現的這種詩性質地，他說：「通常情況下，事實不能解釋價值。在詩歌想像力的作品中，價值具有這樣一種新穎的特性，它使一切屬於過去的東西相形之下都變得缺乏活力。一切記憶都是用來重新想像的。我們的記憶中有一些微縮膠片，它們只有接受了想像力的強烈光線才能被閱讀。」[1]我們可以猜想，昌耀在經歷創作空白期之後所啟用的回憶模式，或許與這種「想像力的強光」存在著深刻的淵源。也就是說，昌耀在他後冰河期的創作中，既是以一位受難者的身份盡力去保存下他非常時期的記憶，又是以一位詩人的身份去合理調動想像力，從而展開他廣博的回憶。昌耀希望用回憶的磚塊來擊中記憶的閘門，為幽閉在記憶峽谷中的如煙往事提供現身和綻放的形式。

　　較之於冷漠的「記憶」，克爾凱郭爾（Kierkegaard）更偏愛「回憶」，他認為回憶就是想像力，意味著努力與責任，它力圖施展人類生活的永恆連續性，確保人們在塵世中的存在能保持於同一個進程中，同一種呼吸裏，並能被表達於同一個字眼裏；而記憶就是直接

---

[1]　（法）加斯東・巴什拉，《空間的詩學》，前揭，第190頁。

性，它直接地幫上了忙，而回憶須經由反思，才會到來。昌耀詩歌中的回憶模式，猶如一隻盛放想像力的木桶伸向記憶之井，用舀出的記憶之水來灌溉腳下這塊精神貧瘠的土地。從歷史風浪裏走出的詩人站在記憶門外，深情地回眸注視著身後那片神話般的世界，那裏彷彿構成了一個意義的焦點，它像一個黑洞懸掛在詩人的意識深處。或許是英雄時代的整體幻象再度降臨，昌耀在揮舞語言的舟楫努力劃向那個記憶黑洞的時候，幾乎不知不覺地採取了一種統一的表達方式：

> 我總是記得紫曦初萌的地平線，／……我忘不了她們裝飾在衣袍後背的銀制蝸牛。／我忘不了她們感情沉重的春之舞……（昌耀，《山旅》）

> 我太記得那些個雄視闊步的駱駝了，／……我記得賣貨郎的玻璃匣子，／……我記得黃昏中走過去的／最後一頭馱水的毛驢。（昌耀，《丹噶爾》）

> 而我更願把她們想像作是在為搖籃中的乳兒／一次次彎腰哺食的母親。（昌耀，《在玉門：一個意念》）

> 我想起了白雪和雪地上的野火。／想起了西天沉落的火燒雲。／想起了火的溫暖。（昌耀，《雪。土伯特女人和她的丈夫及三個孩子之歌》）

但我忘不了鐵道邊，那個從落煙／簸揚煤屑的婦人，／彎起的雙臂／像依依的柳。（昌耀，《騰格裏沙漠的樹》）

而我永遠記得黎明時看到的那只野山羊……（昌耀，《高大阪》）

　　與其他創作時期的情形有所不同，這種以第一人稱「我」為抒情主人公展開的回憶題材，密集彙聚在了昌耀後冰河期的作品中。在這裏，我們會發現，詩人在寫作上採用了同一種格式來容納他百味雜陳的記憶話語，即「我記得（忘不了、想起了……）」句式在作品中的大量使用，並且實現了與波浪式修辭的密切合作。這類回憶模式的詩作可以高度凝練為以「我記得（忘不了、想起了……）」句式為主幹的一個**總句式**。儘管這種語法上的單一化不免導致昌耀的詩歌技藝趨於平庸，但這種以重複為特徵的總句式，卻將多種場合下表現的回憶努力調集在一處，實現在語言層面的一次整合。這種整合產生一個施加在回憶身上的合力，它命令回憶加速工作，就讓高速飛馳的回憶升級為追憶。

　　在這種意義上，昌耀在後冰河期引入的回憶模式，在這種高密度的情感語境中具體化為一種**追憶無意識**，它構成了詩人建築學轉向之後一種自動化的創作邏輯和表達習慣。在追憶無意識的磁性吸引下，清晨的地平線、雪地上的野火、藏女的裝飾、玻璃貨匣、哺乳的母親、勞作的婦人、駱駝、毛驢、野山羊……這些煥發著陰性光澤的物象被紛紛調集在詩人的回憶模式帳下。由於詩人的回憶天然帶有想像色彩，這也

讓追憶無意識的過程具有了夢想的質地，成為一種詩意的表達。而作為發出追憶無意識的「我」，也在回憶的場域中與那些被追憶起的陰性物象相類同，也無可厚非地成為一個具有陰性氣質的抒情主體。

這種浸透著陰性氣息的追憶活動，在默默籲請著父性空間的蒞臨，因為那些羔羊般的陰性物象、充溢想像力的回憶模式以及抒情主體周身遍佈的陰性感受力，必須在一種宏大、粗獷、令人徒生讚歎的庇護場所之下才能豐滿成形。這一內在邏輯向我們確鑿地解釋了，昌耀在遊歷西部壯美山河或面向現代工程建築的時刻，為何會激動地在回憶的密林中開闢一塊神話般的想像世界，也讓我們明白詩人為何要動用如此統一、如此具有依戀意味的追憶口吻，來呼喚記憶深處那些寄託夢想的事物在文本中現身。追憶無意識是語言的工程隊在建築學轉向之後打造的品牌工程，是戀父期聲調的深化和延宕。它同時也將戀父期聲調的內涵在讚美或歌頌的基礎上，又增補進追憶的動作。昌耀詩歌中騰空蒞臨的父性空間，是伴隨著帶有詩意色澤的陰性物象一同出現的。在追憶無意識的努力下，我們也同樣辨識出詩人投射在文本中的英雄情結和戀父情結的混合物，它們在昌耀意識深處主導著這類回憶題材作品的精神氣質。

在昌耀後冰河期的作品中，除了追憶無意識在詩句中規定的「我記得（忘不了、想起了……）」這一總句式，在它的根本立意下還出現一定數量的變體，如「我看見」、「我聽見」、「我嗅著」、「我獨愛」、「我鍾情（於）」、「我深信」、「我留連」、「我覺得」、「我猜想」、「我默誦」、「我尋找」等表達形式。儘管它們不再拘限於單純的回憶姿態裏，而是看似更為自由地開掘著主體各種

形式的感官和思維，窮盡想像世界的各個角落。然而，在上述每一種變體中，與回憶行為具有密切親緣關係的「想像力的強光」依然存在，各種變體句式與總句式在語法和情感兩個層面形成了相同的追憶無意識，兩者齊心協力地勘探通往夢想之境的回憶隧道。從根本上來看，不論是回憶模式的總句式，還是它的各種變體，這種追憶無意識均以一種「我思」的表述形態介入詩歌語言。據不完全統計，昌耀在1978—1984年間創作的作品中，有將近一半數量的作品，明顯地以這種「我思」句式呈示出各種類型的追憶無意識，除了呼喚父性空間的顯形之外，這種表述也在強烈地呼應著躲藏在父性空間身後不曾露面的「我在」。所以，追憶無意識鉤沉出的經驗和想像或許只是一個半成品，而它未曾吐露的醉翁之意，則是通過這種特殊的回憶模式尋找迷失在歷史幻象裏的自我意識。

　　探討至此，我們可以這樣猜測，昌耀在後冰河期作品中創立的土地法則蘊含著兩種精神向度。一種向度主張動用人的回憶機能，朝向意識的深處無限地追蹤、探測、解析，力圖打撈出過往經驗沼澤中的一針一線，並懷有向極限衝刺的野心。這一精神向度能夠在數學上找到相似的依據。在這裏，我們不妨把它稱為**詩性微分**，它表現為一種條分縷析、無窮細化、渴求極限的知識態度。詩性微分是「我思」的詩學鏡像，是每一個依靠歷史和經驗的寫作者不可或缺的一樣文具和儀器。它的潛在念頭是面向過去和歷史，因而演化為一種回歸事境的努力，這種強烈的動機促使它使盡渾身解數，兢兢業業、謹小慎微地搜羅著記憶領地的邊邊角角，因而它接近於一種邏各斯精神。由於詩性微分的作用，昌耀在後冰河的創作中有意識地開啟了回憶模式，服

膺了前者的野心，嬌縱著追憶無意識的濫觴。

　　作為詩性微分的逆運算和對稱式，**詩性積分**構成了土地法則的另一種精神態度。它是一種追求整體感、造型感和實在感的詩學努力，是「我在」的方法論，是一種神話思維，是面向未來的、熱切營造語境的意圖，因而它也被語言工程隊徵用為共同綱領。在標榜才華、技藝和創造力的寫作者那裏，詩性積分受到了頗高的禮遇。這種寫作傾向將目光投向語言，描繪出楚楚動人的形象，創造了意指豐富的符號和結構，承諾了可感知、可傳達的資訊載體。在建築學轉向之後的詩歌寫作中，詩性積分鍛造出了昌耀詩歌寫作中的建築模式，大張旗鼓地扶植了詩人對父性空間的生產和對一切宏大事物和新生力量的戀父期聲調。

　　誠如瓦萊里（Paul Valery）所發現的那樣：時而「我思」，時而「我在」。也就是說，當我們思考的時候，我們不存在；反之，當我們存在時，我們不思考。作為昌耀詩歌寫作的一對隱形的翅膀，詩性微分和詩性積分也如同太陽和月亮之間達成的輪班契約那樣，各自操縱著寫作實踐中的回憶模式和建築模式，在詩人後冰河期的作品中，上演著它們的兩黨制。如果前者佔據著記憶的一面，那麼後者便佔據著遺忘的一面。回憶的時候，語言不在場；寫作的時候，回憶也跟著退潮。詩歌就是在這兩股相悖的力量之間來回試推留下的痕跡，這也是**詩性微積分**所規定的應有之義。它更多的是作為讀者的我們投出的一種關注的結果：當我們認同自我身份時，我們便收起反思；而當身份確認完成後，我們禁不住開動大腦時，又對自己產生了懷疑：

　　我，就是這樣一部行動的情書。（昌耀，《慈航》）

我終究是這窮鄉僻壤——愛的奴僕。（昌耀，《山旅》）

我是一株／化歸北土的金橘……（昌耀，《南曲》）

我是十二肖獸恪守的古原。／我是古占卜家所曾描寫的天空。
（昌耀，《曠原之野》）

我是屈曲的峰巒。是下陷的斷層。是切開的地峽。／是眩暈的颶
風。／是縱的河床。是橫的河床。是總譜的主旋律。／我一身織
錦，一身珠寶，一身黃金。／我張弛如弓。我拓荒千里。／我是
時間，是古跡。是宇宙洪荒的一片顎骨化石。是始／皇帝。／我
是排列成陣的帆牆。是廣場。是通都大邑。是展開的／景觀。是
不可揣度的深淵。／是結構力，是馳道。是不可克的球門。（昌
耀，《河床》）

宇宙之輝煌恆有與我共振的頻率。（昌耀，《巨靈》）

　　在第一章的分析中，我們發現了「是」在昌耀詩歌寫作中所發
揮的創世功能。作為生存和語言的零點，「是」連接著天與地、神與
人，也連接著世界和自我、經驗和寫作。在這裏，它也同樣成為詩性
微積分的零點，成為調節兩種互逆價值的原點和樞紐。在追憶無意識
的想像氣氛中，為了追尋潛藏在父性空間某一個未知角落的自我意

識，詩人開始放棄那種追憶無意識御用的「我思」句式，直截了當地使用了判斷動詞「是」，來揣測「我在」所隱匿的可能地帶。為了提高搜索效率，他在不同的語境中不斷變換著對自我身份的定義，實踐著詩性微積分的試推策略。一方面，詩人認同自己是「一部行動的情書」，是「愛的奴僕」，是「化歸北土的金橘」……在這個陰性的物象體系中，他本能地辨認出自己靈魂的天然成色，辨認出自己身上的羔羊情結和戀父情結，這些深層記憶暗中支配著他詩歌的內在氣質，暗示了詩人在現實世界上的真實處境。然而，這種意義的「我在」總是在更為宏大的抒情主題面前處於隱蔽的位置，詩人的目光在這類形象身上蜻蜓點水般掠過，卻未做停留。因為，在缺乏安定感的現實世界裏，他更急於在文本語境中奔赴更為深邃的時空場景來尋求庇護，因而總是讓「我在」的身影幻化成鏡花水月，錯失了在追蹤自我身份的道路上繼續求索的時機。儘管如此，依然不妨礙詩人在他的作品裏炮製倫理學泥團，讓愛、悲憫、寬容等柔性價值在昌耀詩歌中獲得尊嚴，並保持著長久的生命力。

　　另一方面，詩人又為自己裝備好一身堅硬的鎧甲，將自己想像為古原、天空、峰巒、峽谷、颶風、河床、化石、風帆、廣場、都城等形象，總之，他相信「宇宙之輝煌恆有與我共振的頻率」。與上述陰性物象相反，這裏出現的種種彰顯自然神力和歷史滄桑的形象瀰漫著濃郁的陽性氣質，它們正是宏大、偉岸的父性空間的具體塑形，是土地法則最直觀的建構產物，是戀父期聲調最默契的合作夥伴。它們也是陰性的抒情主體在現實世界施展想像力的結果，這些陽性的雄偉空間為陰性的「我」和「我」謳歌的陰性物象體系提供了庇護的場所，

保存著它們陰性的夢想。詩人將自己想像為這一系列陽性形象，也是雄牛情結和英雄情結的邏輯使然，在不盡完美和充滿苦難的日常生活中間，那些張揚著沸騰血性和強力意志的神話場景令詩人深深著迷，他不願輕易地走出，於是漸漸將自我丟失其中。由於這種陽性原則在昌耀詩歌中處於顯要的位置，所以我們更容易憑藉諸多陽剛形象來強調詩人作品中的陽性夢想，從而幫助詩人在他自己建構的父性空間的具體塑形裏尋找「我在」的蹤跡，結果往往令詩人身份認同之路更加南轅北轍、撲朔迷離。

　　昌耀詩歌中存在大量的對自我身份的迷誤，這讓詩人無論在陰性物象還是父性空間面前舉棋不定，難以意度出「我在」的準確、合適的位置。尤其是類似「宇宙之光輝恆有與我共振的頻率」這樣的超級浪漫主義詩歌話語，幾乎把自我的形象逼入絕境。由此來看，昌耀的寫作不論是在「我思」與「我在」之間上演閃轉騰挪，還是令陰性物象與父性空間之間變亂叢生，都在無意識中驗證了詩性微積分的試推本性。在尋找自我身份的試推中，我們依然需要確定一個零點，從而依次為詩性微積分建立體系。於是，在昌耀後冰河期的很少一部分作品中，我們看到了與追憶無意識和空間生產絕緣的一類關於「我」的表述：

　　　　我誤殺了一隻蜜蜂，／一位來自百花村的姑娘。（昌耀，《寓言》）

　　　　而我一直緊貼車窗默數途中被當年的築路工們棄置於流／沙的一
　　　　隻隻柳筐，而今成了大漠景觀中具有生命力的標誌……（昌耀，
　　　　《去格爾木之路》）

　　　　我發誓：我將與孩子洗劫這一切！（昌耀，《空城堡》）

　　昌耀在這類作品中定義了一個有血有肉的、「天然去雕飾」的自我形象，將它放置在接近真實的日常生活空間裏面，就像把一條紅尾鯉魚放生在墨綠色池塘裏那般清新、自然、和諧。這種處理辦法就卸掉了詩人意識中的諸多情結所導致的矯情、做作和扭捏，也化解了非日常生活想像中許多認識論上的焦慮，歸還「我在」以自由的權利，讓夢想的光澤照臨鮮活的人們所居住的場所。我們願意把這類作品中的「我」定義為一個中性的「我」，它可以在此充當詩性微積分的零點，來維持和匡正這套方法論的平衡和規範。值得注意的是，作為標誌符號的「是」，如今可以隱居在「我」的幕後，因為在這種中性的語境裏，「是」已經統一了它的內部語調，它和「我」之間達成了一個共識：「我」不是物，也不是神，而是一個人。正是這種不斷試推之後對「人」的重新發現，才讓詩性微積分獲得了它一切行動的意義。

　　在以上例子中我們看到，家中的「我」為誤殺一隻蜜蜂而惋惜不已，火車上的「我」緊靠車窗張望外邊的景色，這些都是人們經驗範圍之內的可以感知的事件。這個詩性微積分的零點具有了糾偏的能力，也達到了詩性正義的內在要求。然而，昌耀又在經驗之上把蜜蜂喚作「一位來自百花村的姑娘」，把丟棄在路邊的柳筐看成「大漠景觀中具有生命力的標誌」……這一系列由經驗過渡而來的想像，在整個表述過程中顯得不慍不火、悠然自得，「我」在這裏也與蜜蜂、柳筐這些具有陰性色彩的事物達成了平淡沖和的對話，讓「我在」與

這些外表柔弱而心懷夢想的事物產生更為隱秘而悠遠的「共振的頻率」。這些都可以看做是詩人在零點的作用下，所邁出的修辭步伐。即使是在詩人幻象中的「空城堡」，因為「我」與一個「孩子」在一起，那麼即便發生多麼驚心動魄的「洗劫」，也不會令我們感到不諧和躁動，我們會自然地將「洗劫」理解為一種遊戲，「我」也和「孩子」一道分有了一顆童心。世界因此變得可以親近，詩人的「我在」也因為與「孩子」相對等而變得可以親近，可以交流，可以被閱讀。

　　然而，詩歌在昌耀手上遠未這般充滿童真、輕鬆愉快。在懂得了詩性微積分的作用機理及其零點的功能之後，生活本身並未變得簡化、可愛，而是更加顯出了它的猙獰面孔，它也同時成就了昌耀詩歌的獨特魅力。現實生活對於昌耀始終是舉步維艱的，那些苦難的經歷在向文字轉化時面臨著不可扭轉的失重，對自我意識的量度也時常面臨著失衡。昌耀的內心在歷史和現實層面都積聚了大量的創傷記憶，詩人帶著它們痛苦地泅渡過「忘川」之水，一次次撞擊著他潛意識中盤根錯節的情結之網。這帶給他在逃離噩夢的後冰河期裏無休止的後遺症，它們以各種各樣的方式進入他的詩歌文本。正是在這種意義上，昌耀的詩歌誠實地表達著自己佈滿了傷殘的情結之網和千瘡百孔的生命體驗。於是，鑑於對詩性微積分和詩人表現出的苦難後遺症的綜合考慮，我們可以對昌耀詩歌中的回憶模式和建築模式做出更加清晰的認識。

　　在中國現代史的知識話語譜系中，張志揚區分了**「情結記憶」**和**「創傷記憶」**兩種記憶類型：「如果『情結記憶』或大或小設置的是『意義中心』（情結），造成意識深部的障礙與匱乏，近似意識的無意識限制，那麼，『創傷記憶』可一般描述為不幸經歷的嵌入所造成

的『意義中心』的瓦解。『意義中心』是一個人的意識立義活動的生
存論參照，具有潛意識的『先驗性』與『自明性』。所以，『創傷記
憶』是意識的否定性因素。它既可以向『情結記憶』固置，也可破壞
意識的既與性而敞開某種偏離或越界的可能。與『情結記憶』的準無
意識限制不同，『創傷記憶』在意識中，而且帶有價值否定中的價值
傾向性。」¹按照張先生的這種劃分，我們漸漸可以認清，昌耀詩歌在
回憶模式中也同樣演繹著這兩種力量間的作用力和反作用力。如果把
昌耀後冰河期的作品看成一個詩歌共同體，那麼，在建築模式的空間
語法調遣之下，被詩人施與愛和悲憫之心的陰性物象關聯著他的羔羊
情結和戀父情結，讓詩人傾力讚美的、宏大而偉岸的父性空間則張揚
著他的雄牛情結和英雄情結，加之在上述兩者之間起中介作用的追憶
無意識，它們統統構成了詩人的「情結記憶」，它是昌耀詩歌先驗設
置的一個「意義中心」。這個「意義中心」，就是供給詩性微積分茁
壯成長的強大根系，它牢牢地置於詩人的創作潛意識裏，做垂簾聽政
之狀。「意義中心」通過它的零點（「是」）辦公室向詩性微積分發
出隱秘情報和最高指示：一邊指揮著追憶無意識，為呈陰性的回憶模
式加油充電；一邊雇傭了語言的工程隊，為呈陽性的建築模式招兵買
馬。在這個「意義中心」裏，既有陰性價值，又有陽性價值，還有中
間項，形成了一個穩定的情結之網，鬱結在詩人的潛意識中，那裏閃
爍著一個「超我」的幻影。

---

¹　張志揚，《創傷記憶──中國現代哲學的門檻》，上海三聯書店，1999年，第
　　42頁。

　　昌耀在現實生存中的不幸經歷和苦難經驗，全部轉化成了他意識領域的「創傷記憶」。作為一種極端活躍的記憶形式，它不斷地向潛意識中的「情結記憶」發出挑釁和衝撞，將自己身上的不安定因素傳遞給這個一度穩定的「意義中心」，讓「情結記憶」的內部格局面臨失重和失衡的危機，試圖以此瓦解軍心，令其不攻自破。異常活躍的「創傷記憶」也就此成為詩性微積分開展工作的初始動力和開採資源，它以一種負面意志建構了一個「自我」，這是一個殘損的、傷痕累累的形象，它迫切需要在「創傷記憶」與「情結記憶」的衝突中獲得「超我」的治療、給養和修飾。由此看來，兩種記憶類型間的砥礪也表現為「自我」努力克服萬難向著「超我」無限靠近卻從未企及的過程。尋找「自我」的漫漫征程也成為了昌耀詩歌的夢想之一。

　　在詩性微積分的試推理念下，受到衝撞的「情結記憶」不得不啟動防禦機制，這也讓它在正面催熟了土地法則，後者適時採用了各為其主、卻肝膽相照的回憶模式和建築模式──回憶模式是對苦難的銘記，建築模式是對苦難的遺忘──它們從虛實兩方面將由「創傷記憶」投來的干戈化為詩歌語言的玉帛，從陰陽兩方面讓動盪不止的「意義中心」和情結之網在這兩種模式的作用之下來回試推，借助戀父期聲調，一面生產出陰性物象，一面生產出父性空間。這種防禦中的生產過程也讓「情結記憶」和「創傷記憶」之間的角力成為一種話語循環，周而復始地強化著昌耀詩歌在認識論上的複雜性，和在美學上的猙獰感。

第三章　火的意志及其衰變
（1985－1993）

> 耶和華從西奈而來，從西
> 珥向他們顯現，從巴蘭山發出光
> 輝，從萬萬聖者中來臨，從他右
> 手為百姓傳出烈火的律法。
>
> ──《舊約・申命記》

第一節　淡季，或烘烤主義機器

> 靜極──誰的歎噓？
>
> 密西西比河此刻風雨，在那邊攀緣而走。
> 地球這壁，一人無語獨坐。
>
> （昌耀，《斯人》）

　　西元1985年，昌耀創作了短詩《斯人》。就在他的建築學轉向興味正濃之時，我們猛然撞見了一聲戛然而止的、對「靜極」的輕聲籲

請。詩人憑藉語言將世界的牢底坐穿，他的意識抵達了腳下的地球另一岸：一側是風雨大作的密西西比，一側是無語獨坐的塵世走卒，隔在兩者中間的地球，彷彿是一層脆弱而綿薄的牆壁。就這樣，昌耀發現了壘砌在每一件事物中的秘密圍牆，它讓分佈在牆壁兩側的部分承受著極大的斥力，暫且維繫著一種蠢蠢欲裂的統一感，就像詩人把那些水火不容的辭彙安排進他充滿欷噓的詩行裏。《斯人》寫意了一種空間的無奈狀態，流溢著一種亞熱帶的憂鬱，它力圖將空間的情感密度實現最大化，卻在極為簡練的表達中呈示出天地悠悠的渺遠意境。《斯人》是昌耀手中的一把微型的刻刀，他用它銳利的鋒刃在他此前構築的空間抒情大廈之上綻出一記鑿痕，又在鑿痕悲傷的寂靜中眺望危機。這首具有地平線意義的小詩，為昌耀獲得了至高的榮譽，它將抒情主體由充滿深刻透視感的歷史場景拉回到了當下的生活世界，也讓詩人終於有機會把自己遙遠的目光收斂在眼前的生存處境上。

　　敬文東將《斯人》看成昌耀創作生涯中一個里程碑式的作品，並建議借此將昌耀的創作標識為「斯人前」和「斯人後」兩個時期。[1]無疑，《斯人》的問世讓昌耀一度豪邁的空間理想走向瓦解，於是在他「斯人後」的作品中，無所依傍的詩人被一股緊迫的情緒所佔據：「時間躁動，不容人慢慢嚼食一部《奧義書》。」（昌耀，《意緒》）實體建築的奇偉身軀在「斯人前」作品中俯仰皆是，此刻卻在「斯人後」漸行漸遠，時間的消極面孔風化為一隻浮出水面的饕餮

---

[1]　參閱敬文東，《對一個口吃者的精神分析──詩人昌耀論》，《南方文壇》2000年第4期。

獸，它在「斯人後」平靜的水面甫一探頭，便迅速讓詩人目瞪口呆、奪魂攝魄，將他拋入一個時間黑洞，他發現自己身處一條「無燈的狹廊，一轉身南北莫辨，失去重回臥室的路，而有／了夢遊者的迷幻意識。／以手掌默誦四壁，大眼睛穿不透午夜的迷牆，而滋生無路／可尋者驟起的惶恐」（昌耀，《幻》）。

　　隨著「空間的時間化」進程逐步升級，作為一種路標，空間建築物在加速自身的廢墟化，已然失去了它的指示功能，頓然變異為一座詭秘的建築迷宮。**迷宮**是一種反建築，是對建築邏輯的背叛。在昌耀的詩歌體系中，它已經不再體現為先前的那種陽性的建構意志，以期達到對時間的征服，而是調轉了方向，突然轉向了建築本身的邏輯。它不再聽命於一個外部的、堅定的、激情四射的建築師的指示，不再有藍圖和追求，甚至不與記憶領域發生瓜葛，而是返回到土地法則的零點，但卻不是零點本身。迷宮是建築的中邪狀態，被罷黜的建築師在這裏揮霍著他的智慧和精力，做一場零點的噩夢。昌耀的詩歌也越來越體現為一種噩的結構，這是生活的本來面目嗎？它變得越來越難以理解。

　　這個與牆壁廝混了二十餘年、「忌諱鳥籠、魚缸及與幽囚有關名物」（昌耀，《歸客》）的前政治刑徒和被罷黜的建築師，一定對這場空間變形不會感到陌生。淪為禁忌的事物必然關涉著至為敏感的話題。浴火重生的詩人一度企圖把對牆的禁忌體驗，隱藏在西部建築群落的高大背影裏，通過對氣勢磅礴的空間抒情來暗自強化自己的遺忘力度——按照人類趨利避害的天性，詩人對苦難經歷的遺忘要比對它們的記憶表現得更強烈——這也正是昌耀詩歌中肩負密任的建築模式期望達到的效果。然而，在昌耀的「斯人後」時期，他對時間的消極體驗

在他的作品中四下瀰漫，於是，他無意間闖入了這座安放在生活世界
裏的、亦真亦幻卻無處不在的迷宮。這個特殊的場所屏蔽了他用來辨
識空間的信號，令他的「認知測繪」能力出現短路，失去了判別方位
的本領。懵懂之中的詩人躲閃不及，就這樣不偏不倚地與他所禁忌的
牆壁迎面相遇：

> 是以我感慨於立於時間斷層的跨世紀的壯士總有莫可名狀之悲
> 哀：前不遇古人，後無繼來者，既沒有可托生死的愛侶，更沒有
> 一擲頭顱可與之衝擊拼搏的仇敵，只餘隔代的荒誕，而感覺自己
> 是漏網之魚似的苟活者。（昌耀，《深巷‧軒車寶馬‧傷逝》）

　　喪失家宅的昌耀[1]在百無聊賴的情緒中，提筆記錄下了他在時間巷
口的窺望。他徘徊在這個漩渦般的時間迷宮裏，沒有出路，只有牆。
彷彿昨日那些被他仰視、讚美過的宏大建築，在一夜之間，在戈巴契
夫般的一紙佈告聲中，變形為一種猙獰的反建築，一座牆的瘋狂博覽
會。這個曾經沉醉在西部壯美空間中的謳歌者，終於在移交了個人空
間主權之後，馴服於另一股至柔至堅的反建築的破壞力，直到他兩手
空空撞見那面生命中必然出現的牆壁，便至此基本完成了對安插在他
潛意識中那些密密層層的建築構件的卸載工作。從長時段來看，時間
的強勁颶風逼退了空間建築物身上僅存的一點點陽性意志，以壓倒性

---

[1]　1992年底昌耀與他的土伯特妻子離婚，將房子留給妻兒使用，自己搬至青海省文
　　聯攝影家協會的一間不足十平方米的辦公室裏居住直至去世。參閱燎原，《昌
　　耀評傳》，前揭，第388頁。

的優勢讓空間避入一個史前的原點，讓呈負值（陰性）的回憶模式和呈正值（陽性）的建築模式相互抵消，抵達一個詩性微積分的零點。

　　迷宮，正體現出這一變化的最後一種形式，空間建構不免墮入的一種命運，這裏反覆播送著土地法則的遺言：那些曾經高大而堅固的形象，「如同蜂蠟般炫目，而終軟化，粉塵一般流失。／無論利劍，無論銅矢，無論先人的骨笛／都不容抗禦日輪輻射的魔法」（昌耀，《哈拉庫圖》）。這遺言就像一片來自天空的鴻毛飄落在泰山之巔，預告著一場即將到來的、天崩地裂的解體神話。

　　當昔日供夢想縱情馳騁的宏大空間，被碾成粉塵而消弭於無形之際，時間中的迷牆，卻以一種**淡季**的姿態顯出她佻薄的腰身。再炫目的宏大空間抒情也無法持久地支撐它的旺季，追憶無意識的飛簾終於在時間中漸漸鬆懈下來，開闢出一片喧囂中的緩衝地帶。這場悄無聲息的空間肅清運動導致的最直接後果，就是讓詩人赤裸裸地站立在一種疏淡、庸碌的世俗生活氛圍當中，獨自承擔時間的逼視，在迷宮中惆悵地摸索。昌耀遂以「淡季」命名了他此刻的時間體驗：

> 淡季是不流動的河。是靜止的湖。
> 淡季是走走停停的一列慢車。
> 淡季是人人必說的陳言套語。
> 淡季沒有引人入勝的劇情。沒有靈魂悸動。
> （昌耀，《小城淡季》）

　　在這一系列對「淡季」極富形象化的描摹中，判斷動詞「是」又

一次發揮了它歸零的作用。在這個突如其來的淡季中,「是」的運用更像是一次詩人時空體驗的格式化,將他從那些見證歷史劇情的「嚴重的時刻」,帶回到瑣碎、隱蔽的冗餘時刻,從參與到經驗建構的第一現場,帶回到那個劇情開始之前百無聊賴的後臺生活。詩人在那裏思前想後、坐立不安、反覆踱步,為了能夠再次被劇情的光線照耀,他需要付出漫長的等待。

　　淡季的照臨隱含著昌耀詩歌內在視角的又一次轉換,即從對消弭後的空間詠懷轉移到了對世俗時間的切身體驗:「淡淡的河以淡淡的影蹤流蕩原野,/使人覺著歲月悠久的一縷思緒。/像堤岸的樹無聲。」(昌耀,《淡淡的河》)這一體驗同樣是在「空間時間化」趨勢上的一種慣性滑行。時空本係一體,時間展露的淡季狀的端倪剛好配得上現實生存的迷宮化,這是一場宏大空間焚燒後的灰燼飄起的餘煙,成為詩人此刻的注視對象。一同被焚燒的還有昌耀經營多年的戀父期聲調,這讓詩人也隨即進入了讚美的淡季,追憶的淡季以及聲調的淡季。

　　淡季的餘煙籠蓋住一段寧靜的時間,它充當了昌耀返回內心生活的地平線。詩人面向著那一縷時間餘煙陷入沉思,就像凝視著燭火的巴什拉所感受到的那樣:「在一個平常的夜晚,燭火是寧靜、優雅的生活樣板。無疑,輕輕吹一口氣就會使它晃動,就像沉思的哲人的冥想中摻進了雜念。但是,當寧靜的時刻來臨,偉大的孤獨真的籠罩一切時,遐想者的內心與燭火的內心都擁有一種平靜,燭火保持著自身的形狀,像一種堅定不移的思想筆直地奔向它的垂直的命運。」[1]

---

[1]　(法)加斯東・巴什拉,《燭之火》,《火的精神分析》,前揭,第128頁。

　　淡季的色彩瀰漫在昌耀詩歌的後臺，為上演一出無主題的抽象舞
臺劇摩拳擦掌地做著準備。觀眾們在燈光下找不到詩人的身影，只能
看到舞臺上的道具在亂紛紛地輕舞飛揚。改革開放的衝擊波，讓20世
紀80年代中後期的中國社會發生著觸目驚心的變化，這讓昌耀經歷
著一種時間意識的錯裂感：「世俗化加速進程。／我遊畢大江返回
駁岸／不見了寄存的衣褲」（昌耀，《生命體驗》）；「三個嬰兒攜
手步出大門喃喃自語，／表情有了早熟的肅穆，／在身後投下了老人
的虛影。」（昌耀，《詩章》）詩人身上的古典主義惰性氣質，難以
跟進一個改換了的時間參考系，他的視野中只能識別出一幅淡季的、
迷宮式的圖畫，周圍的一切都更新了面孔，更新了話題，固執的詩人
卻插不上話，他只能用一種冥想中的聖物來填補心理上的缺位：「當
熱夜以漫長的痙攣觸殺我九歲的生命力／我在昏熱中向壁承飲到的那
股沁涼是紫金冠。」（昌耀，《紫金冠》）

　　淡季中呈現的是一個抵抗加速的虛妄概念，它是詩人在這團時
序迷霧中唯一能抓住的救命稻草。昌耀彷彿是「雙生子佯謬」（twin
paradox）[1]中留在原地的那個無辜的傢伙，當自己的雙胞胎兄弟乘坐

---

[1]　「雙生子佯謬」是狹義相對論中關於時間延緩的一個似是而非的疑難。按照狹
　　義相對論，運動的時鐘走得較慢是時間的性質，一切與時間有關的過程都因運
　　動而變慢，變慢的效應是相對的。於是有人設想一次假想的宇宙航行，雙生子
　　甲乘高速飛船到遠方宇宙空間去旅行，雙生子乙則留在地球上，經過若干年飛
　　船返回地球。按地球上的乙看來，甲處於運動之中，甲的生命過程進行得緩
　　慢，則甲比乙年輕；而按飛船上的甲看來，乙是運動的，則乙比較年輕。重返
　　相遇的比較，結果應該是唯一的，似乎狹義相對論遇到無法克服的難題。而實
　　際上這個佯謬是不存在的，具體論證過程從略。以上資料參閱「百度百科」中

飛船做太空旅行歸來之後,卻發現自己已經比他的兄弟衰老了。當我
們的詩人將自己的熱情和目光從高原物象、遊牧圖景上收回到他眼前
的生活世界裏的一刻,他著實為周身躁動不息的感官衝擊弄得心驚肉
跳了一把,在看過兩場時髦的南方歌舞表演後,昌耀寫下了這樣的詩
句:「──快節奏,快節奏,從此只當有快節奏……」(昌耀,《時裝
的節奏》);「色的爆破。──/色潮。/色浪。/色湧。」(昌耀,
《色的爆破》)眼前聞所未聞的節奏和令人血脈賁張的色調,不斷襲
擊著昌耀的視聽神經,他不得不動用他護身的波浪式修辭予以抵擋和
回應,像是在與一批強大的外星入侵者做出正面交鋒。後來,昌耀用
「一種『刺激的』文化心理狀態」來命名這股將他團團包圍的陌生
力量:「宇宙殿堂/光澤明滅時如戰車驛馳巨石堆壘的跑道,/時如
雷陣梭行捲風飄雨的無盡雲絮,/聽出是創造與毀滅之神朗朗大笑:
『窩──呵噢……哈哈哈哈……』」(昌耀,《翩翩鳥翼》)在「斯人
後」時期,一種叫做「『刺激的』文化心理狀態」的幽靈在中國城市
上空徘徊,並且一直徘徊到今天。這個幽靈,在改革開放後情慾勃發
的春天裏,一刻不停地刺激著這個國家和民族要快一點,再快一點:
「窩──呵噢……哈哈哈哈……」

就這樣,「斯人後」的昌耀迎來了他創作上的**相對論問題**:當
整個世界開始不斷加速的時候,自己卻相對變得無限的緩慢。當世界
在太空攀援而走,他卻在地球無語獨坐。「偶然抬頭,大半輪皓月

的「雙生子佯謬」詞條,http://baike.baidu.com/view/295855.htm?fr=ala0_1_1,2010年
3月5日訪問。此處只揀該佯謬的前一種情形比喻昌耀在急轉直下的現實時局中
湧出的一種極端的焦慮體驗,不涉及自然科學方面的探討。

正垂直吸附在鮮藍空際，／如門楣一隻吊絲的銅蜘蛛。不可療救的靜寂。／擰緊最後一隻螺母，艙門砰然關閉，／一切復成為記憶中的冒險。」（昌耀，《錨地》）飛速運轉的世界快車讓昌耀眩暈、噁心，心情頹喪，像一個被迫上車卻體質不佳的乘客。他焦急地期望這艘快車能夠減緩速度。因此，詩人要為這個世界尋找一個精神上的錨地，把自己和與自己同命相連的人們從眩暈和噁心中解救出來。至少要為這艘快車鋪就一條通往錨地的路，一條佈滿了摩擦力的精神緩衝之路：「我們所自歸來的地方，／是黃沙罡風的野地，／僅有駱駝的糞便為我們一粒一粒／在隆冬之夜保存滿含硝石氣味的／藍色火種。」（昌耀，《我們無可回歸》）這個「黃沙罡風的野地」，是昌耀最熟悉的地方之一。遵循建築學轉向的慣性，他依然希望通過開展空間想像來糾正這個世界的病態，救治城市的心率過速，來達到他一直夢想實現的詩性正義。

　　在尋找精神錨地的過程中，昌耀堅定地站在慢的一邊，為增強摩擦力，專心製造他詞語中的砂礫。與詩人早期作品中表現出的那種從容不迫、怡然自得的慢相比，此刻的「慢動作」則充滿了濃重的消極色彩。對於整個世界來說，昌耀也在反向做著同樣的加速運動，他只能用自己的身心與外部世界的摩擦，來呼喚世界的減速。一邊為尋找錨地而力主減速，一邊又因為與世界的觸碰而相對加速，這種錯裂的時間意識導致了相對論問題，使他詞語中大量堆壘的砂礫搭建起他摩擦體驗中的牆壁。這些因素讓詩人產生一種存在的隔絕感、體驗的碎片化和價值的不等式，同時也讓他經歷著一場動盪的精神失序：

> 時間啊，令人困惑的魔道，
>
> 我覺得兒時的一天漫長如綿綿幾個世紀。
>
> 我覺得成人的暮秋似一次未儘快意的聚飲。
>
> 我彷彿覺得遙遠的一切尚在昨日。
>
> 而生命脆薄本在轉瞬即逝。
>
> 我每攀登一級山梯都要重歷一次失落。
>
> （昌耀，《哈拉庫圖》）

　　阿格妮絲・赫勒（Agnes Heuer）發現，五分鐘的嚴刑拷打勝似數年，數小時的做愛卻好像只有五分鐘。一切都取決於我們談論的是什麼樣的體驗。[1]相對論問題，成為了昌耀在「斯人後」的作品中一系列經驗佯謬的開始。在這塊淡季圖畫的培養基上，詩人從此力圖表現的，不再是博大、完整的歷史場景，而是微觀、斷裂的超現實場景，也就是砂礫般的場景。錨地的最終形式就是迷宮。抒情者從台前隱入幕後，聲調也從讚美轉為眩惑：「激動不安的城市屋頂鋪滿砂礫，以群鳥方式存在。以群島／方式漂流。／叢林搖曳在十丈深淵。／秀髮湧起的黑濤中生命儘自泅渡。／沉沒的旗艦彈痕累累。／空中道路不再荒蕪。」（昌耀，《鋼琴與樂隊》）

　　與「斯人前」的宏大空間抒情相比，昌耀在「斯人後」開啟了一個全面革新的創作階段。這種由空間到時間的內在視野騰挪，也同時

---

[1]　參閱（匈）阿格妮絲・赫勒，《日常生活》，衣俊卿譯，重慶出版社，1990年，第266頁。

帶動了詩人外在視角的轉換，一個至關重要的標誌便是，昌耀的抒情客體由物的人化建築（山河地理和人造工程）置換為人的物化建築，後者可以更形象地理解為一種人群的建築：「人群：複眼潛生的森林。有所窺伺。有所期待。有所涵／蓄。」（昌耀，《人群站立》）這位曾經自信穿行在西部荒漠上的流放者，如今徹底迷失在城市攢動的人群當中。人群的建築是一片綴滿複眼的森林，這個奇異的意象在悄悄向埃茲拉・龐德（Ezra Pound）致敬，在後者走出的地鐵車站裏，同樣埋伏著另一片複眼潛生的森林：「人群中這些面孔幽靈一般顯現；／濕漉漉的黑色枝條上的許多花瓣。」（龐德，《在一個地鐵車站》）[1]

　　置身於這座人肉森林裏的詩人成為愛倫・坡（Edgar Allan Poe）所謂的「人群中的人」，在他的身上閃爍著「一大堆混亂而矛盾的概念：謹慎、吝嗇、貪婪、沈著、怨恨、兇殘、得意、快樂、緊張、過分的恐懼──極度的絕望」[2]。這個夜晚寄宿在簡陋的辦公室，白天穿行在人群中的詩人，註定成為「街邊的半失眠者」、「漏網之魚似的苟活者」，直至「順理成章地成為了大街的看守」（昌耀，《大街看守》），成為城市裏孤獨的遊蕩者，徜徉在人群的森林和街道的迷宮之中，獨享著那份只屬於他自己的淡季時間，留意到一種微妙的轉換：

---

[1]　此處採用杜運燮譯文。參閱《外國現代派作品選》（第一冊・上），袁可嘉等選編，上海文藝出版社，1980年，第130頁。

[2]　（美）愛倫・坡，《人群中的人》，《愛倫・坡作品精選》，曹明倫譯，長江文藝出版社，2007年，第41頁。

從臉孔似的面具直到面具似的臉孔，

從岩溶似的屋宇直到屋宇似的岩溶，

艱難的跋涉屬於心理的跋涉了。

（昌耀，《頭戴便帽從城市到城市的造訪》）

在這段被抽空了價值內容的時期裏，在頭上那頂「捲邊草帽」的掩護下，這個「大街看守」冷眼注視著周圍的人群：「他們以目暗暗相期或暗暗相斥。／他們僅只面面相覷，並無人聲。」（昌耀，《距離》）「捲邊草帽」拉開了人與人之間的距離，它將那些面面相覷的血肉之軀築成人們心中的一道道迷牆。昌耀如今面臨著一種離奇的體驗：在這片人群建築的海洋裏，他無法重新組織起崇尚宏大抒情的「斯人前」時期那種記憶與經驗的統一感。在對這種統一感的召喚中，無論是懷古的空間還是讚美的空間，無論是曠原之野還是龍羊峽水電站工程，「斯人前」的昌耀在面對它們的時候，都能自覺動用一種英雄主義的藝術指令。它讓這些巨大的建築空間中生產出正面而積極的情感方式，從而較為順利地進入他的寫作。這種穩定的能量形式，能夠使他的詩歌形象在物的人化建築中維持一種整體秩序。

當昌耀進入他寫作的「斯人後」時期，這種整體秩序則很難被再次建構起來。在四處遍佈著陌生人的大街上，在情緒昏瞶的淡季中，詩人忽然喪失了曾有的熱情和襟懷，遺棄了自己經年看守的集體偉力。他的內心不時出現了一陣價值觀的痙攣，彷彿重歷身後那片絕望的荒原，經受著「心理的跋涉」，於是詩人才會感到，「失去意義的日子無聊居多」（昌耀，《鶩》）。也就是說，詩人所認定的生活意

義，只存在於那些被他的語言建構出來的、形式各異的空間建築物之中。一旦它們遭到變形和破壞，居於其中的意義也便蕩然無存。按照昌耀的想法，建築充當了意義的載體，如同肉體可以充當靈魂的載體一樣。這也充分地表明，一切的意義，都像安置它們的空間建築物那樣，並不是從來就有的，而是被建構出來的，無論那些建築物是出自人為還是神造。這也同時暗示我們，儘管昌耀在新的現實境遇中改換了詩歌的聲調，但卻依然保留了他本人對時代和世界的闡釋能力。

　　「斯人後」的昌耀幾乎被閹割為一個喪失現實生殖力的人，在整體的精神秩序失落的年代裏，詩人把曾經作為現實中心的人偷換為了物，將物的人化建築改組為人的物化建築。彷彿只有物，或人的物化，才能拯救瀕臨喪失的意義。因此在「斯人後」的作品中，昌耀看到了一個在淡季中開闢的新戰場，在這裏，「人們必須重新奪取非現實，現實不再有什麼意義！」（穆齊爾語）在這裏，「理解今人遠比追悼古人痛楚」（昌耀，《在古原騎車旅行》）。

　　「大街看守」的悖謬體驗所導致的價值痙攣和心理跋涉，已經失去了在空間中自我恢復的能力，因而它們只能訴諸時間的維度，訴諸淡季的疏離氣氛。這一體驗醞釀出一種焦躁而渙散的能量，它拒絕屈服於某一價值向心力，而是像風中的煙火一樣在人群中逃逸，無法再造出一幅整體感的幻象。由此，昌耀在他作品的「斯人後」時期開創了一門**焦慮的動力學**。它與「斯人前」致力於維繫整體感的能量機制不同：建築學轉向階段的主要功能在於**生產**，其產物便是鍾情於整體秩序和價值統一的空間想像，以及各式各樣用於保存意義的人化建築；而焦慮的動力學體現出的主要功能卻是**耗費**，它既呼

應了佛洛伊德（Sigmund Freud）所謂的「白日夢」假說，也詮釋了莫斯（Marcel Mauss）的「誇富宴」分析，還與列維—斯特勞斯（Claude Levi—Strauss）的「剩餘能指」保持著家族相似。遵循這種焦慮的動力學，喪失意義感的詩人在白天扮演著「大街看守」，在城市街道的徘徊遊蕩中消耗著這股悖謬的能量，而在夜晚又變成了一個「半失眠者」、一架「金色發動機」，在那張安放於辦公室的小床上翻來覆去的開展「心理的跋涉」，在此過程中聚積足夠多焦慮的能量，以供第二天的充分消耗。焦慮的動力學機制就這樣維持著自身的運轉：

> 金色發動機懷著焦躁不安的衝動
> 像一隻撥水的金色鯨被湧起的岑寂吞沒。
> （昌耀，《金色發動機》）

「金色發動機」是焦慮的動力學的典範形象，它代表著一種以耗費為中心任務的秩序，是一種去整體化的詩歌律令，它的形象幾乎就等同於太陽。於是我們聽到了「太陽說：我召喚你」（昌耀，《聽候召喚：趕路》）。推崇「太陽經濟學」的巴塔耶（Georges Bataille）指出：「太陽輻射使地球表面產生過量的能量。但是，首先，生物接受了這種能量並在它所可能企及的空間界限內將能量積聚起來，然後，它對這種能量進行放射或耗費，但是，在釋放較大份額的能量之前，生物已經最大限度地利用了能量來促進它的生長。只是在增長不再可

能的情況下，才會出現能量浪費。」[1]或許昌耀在「斯人前」展開他
的建築學狂想時一再追求整體化的價值儲備，力主構築出理想化的宏
大空間，而當他決定寫出《斯人》的一刻，這種積累運動在他的詩意
波浪線上剛好達到飽和和頂峰，他的抒情性質開始由生產轉向耗費。
《斯人》將昌耀的詩歌寫作帶入了一個新的**半衰期**，在「斯人後」
這種疏淡的詩歌氣氛中，相對論問題和焦慮的動力學機制被暗地裏啟
動，疑似太陽的「金色發動機」將自己的細小零件植入詩人的胸腔，
它們自行組裝、相互廝磨、迸出火星，以耗費的態度重組著太陽的形
象，將私人性的焦慮上升為女店員式的形而上學[2]，借助這股能量來主
導他在「斯人後」這個半衰期內的創作風格：「啊，在那金色的晚鐘
鳴響著苦寒的秋霜，／是如何地令遲暮者驚覺呀。／那驚覺墜落如西
天一團火球。」（昌耀，《晚鐘》）

　　從能量損益的角度看，昌耀在「斯人後」的寫作中彰顯著一種**火
的意志**，它的生命就是耗費，在孤獨中瞬刻燃起，又緩慢熄滅。詩人
準確定義了這種體驗：「烘烤啊，烘烤啊，永懷的內熱如同地火。」
（昌耀，《烘烤》）作為昌耀在「斯人後」時期的核心體驗，**烘烤**在
淡季的背景下晉級為焦慮的別稱，它緩緩上升的熱度催化了空間向時
間的轉軌，又將生產導向耗費，最終把土地的法則更張為火的律令。
赫拉克利特讚頌了這種元素的萬能性：「萬物都等換為火，火又等換

1　（法）喬治・巴塔耶，《〈普遍經濟論〉：理論導言》，《色情、耗費與普遍
　　經濟：喬治・巴塔耶文選》，汪民安編，吉林人民出版社，2003年，第152頁。
2　參閱（法）列維-斯特勞斯，《憂鬱的熱帶》，王志明譯，三聯書店，2000年，
　　第59頁。

為萬物，猶如貨物換成黃金，黃金又換成貨物一樣。」[1]昌耀得令於這種火的意志，它萬能的兌換性教導詩人發現了生活世界的可燃性，並且狠狠逼視著深藏在事物中心那顆躁動而焦灼的物性內核。火的古怪面孔出現在昌耀詩歌的深景裏，一如殷周時期的貝殼貨幣，「酷似一篇回鶻文書」（昌耀，《齒貝》），彰顯著猙獰之美。

在這個嶄新的半衰期裏，耗費的精神態度和持續不斷的烘烤感，重新分配了昌耀詩歌寫作中的血氣成分。由於相對論問題愈演愈烈，昌耀的造血機制幾近解體，血氣不再進行大規模地湧動和噴薄，而是在詩人與世界的摩擦中漸漸地被消耗和揮霍。昌耀在時代的煎熬中艱難地為自己的寫作換血：「斯人後」的昌耀詩歌從此進入一種熱帶語境，火的意志讓他的文字變得乖戾、抽象，高度的內心化讓它們難以觸摸，極端的自卑感萌生了別樣的高傲，但這種熱帶般的書寫氣質，畢竟讓火成為了此時昌耀作品中通行的詩歌法則。火是向高處的逃逸，火苗的垂直性讓這種意志上升為人間七情六欲的一般等價物，上升為詩人對時間的消極體驗，上升為統攝昌耀詩歌在「斯人後」時期的一種烘烤主義的意識形態，它的炫目、炙熱、孤獨、絕望在此時的作品中比比呈現，具有普遍的交換能力。這種交換能力就是昌耀生命和創作裏的一場大火，這場大火也導致了他寫作中血氣的虧損和失調，導致了詩人的一場寫作高燒。

火的意志讓昌耀的文字赤裸裸地指向了生命本身，書寫著一種高燒的體驗。在失去了由土地法則所支配的宏大空間的想像性庇護之

---

[1]　參閱苗力田主編，《古希臘哲學》，中國人民大學出版社，1989年，第37頁。

後，貧困的詩人瀕臨失重的深淵，空間逃逸的失敗逼迫他選擇終極的逃逸方式，他期待火的拯救。在這場寫作高燒中，昌耀在「斯人後」時期引燃了自己嚮往豪邁、卻又走向衰老的生命，他在寫作中將自己對生活的悖謬體驗改造成一架**烘烤主義機器**：從外部來觸摸，它擁有一副高燒般滾燙的肉體，像往昔的理想主義香火在熊熊燃燒；從內部來量度，它卻傳來陣陣失血的寒意，製造出一個內心的淡季。這是一架力主消耗的機器，它成為詩人在「斯人後」的一種生命體驗的模型，用生命價值的自焚性詮釋了生活世界的可燃性，以耗費的精神態度促成了一席關於生命的詞語誇富宴。

第二節　認識論斷裂，或火的重建

　　阿爾都塞（Louis Althusser）信誓旦旦地指認出，馬克思的著作中存在著一個認識論斷裂。這一斷裂的位置，就發生在後者生前沒有發表過的、用於批判他過去哲學信仰的著作《德意志意識形態》上，並據此將馬克思的思想劃分為「意識形態」階段和「科學」階段[1]。若借用阿爾都塞的這一判斷，我們更有理由相信，問世於1985年的《斯人》，將昌耀的創作劃分為「斯人前」和「斯人後」兩種判然有別的詩歌風景。因此，我們或許可以斷定，這裏同樣發生了昌耀詩歌理念的一次**認識論斷裂**，它也成為詩人對過去信仰的一次清算：

---

[1]　參閱（法）路易‧阿爾都塞，《保衛馬克思》，顧良譯，商務印書館，2007年，第14-21頁。

> 那是一種悠長的爆炸。但絕無硝煙。因之也不見火耀。但我感覺
> 那聲響具足藍色冷光。
> 那是一種破裂。但卻是在空際間歇性地進行著,因之有著撕碎宇
> 宙般的延展、邃深。(昌耀,《純粹美之模擬》)

　　在「斯人後」時期,我們可以越來越明顯地體會到,昌耀在作品中開始釋放出陣陣懷疑主義的煙幕彈,尤其是在他奠定了詩人聲譽後的兩次「故地重遊」過程中,一股濃烈的否定情緒油然而生:當昌耀首部詩集出版後,甘肅電視臺計畫拍攝一部關於他的紀錄片,詩人藉此機會重訪了當年的流放之地[1],得以重新打量他寄存在那片土地上的青春、夢想和無法還原的生存體驗。昌耀在歸來後寫道:「再也尋找不回那些純金。/紅嘴鴉飛失了。/泥土隱去許多重要情節。/血肉材料已摶塑成器。/素秋在臉孔揭開一場殘局」(昌耀,《眩惑》)。1989年的昌耀正癡迷於攝影和騎單車旅行,當這兩股衝動驅使他探遊早年參加「大煉鋼鐵運動」的哈拉庫圖村時,詩人卻疑竇叢生:「果真有過被火焰烤紅的天空?/果真有過為鋼鐵而鏖戰的不眠之夜?/果真有過如花的喜娘?/果真有過哈拉庫圖之鷹?/果真有

---

[1] 1986年10月,昌耀與甘肅電視臺工作人員乘坐一輛豐田越野吉普車,分別探訪了青海省湟源縣下若約村、日月山以西的青海湖、新哲農場和八寶農場等地。「這是昌耀1966年底離開祁連整整二十年後的故地重走。」參閱燎原,《昌耀評傳》,前揭,第331頁。

過流寓邊關的詩人？／是這樣的寂寞啊寂寞啊寂寞啊，／像一隻嗡嗡飛遠的蜜蜂，寂寞與喧嘩同樣真實。／而命運的汰選與機會同樣不可理喻。」（昌耀，《哈拉庫圖》）

　　無論是被泥土掩埋在歲月道旁的純金，還是薰烤了半邊天的超現實鋼鐵，與其說詩人在以空間的扳手重置時間的齒輪，不如說他是在對火的經驗的回訪。昌耀乘吉普車或自行車重走當年的流放之路，拾起的並非只是往昔時光裏的人與事，而是一種個人化的煉獄體驗。與在土地法則支配下、血氣十足的回憶模式不同，昌耀此刻懷著已然消歇的血氣，逆著時間的航向返回舊地。他不再對宏大空間抱有激情，從而不知疲倦地放任他的追憶無意識，喊出一句句「我記得（忘不了，想起了）……」；而是彷彿不知不覺地踏入了一座迷宮，再也看不到鐫刻到古老建築上的往昔圖景，只有不斷湧出的眩惑和悵惘：「果真有……」？認識論斷裂之後的昌耀，在火的意志的烘烤下，由一個經驗主義者變成一個懷疑主義者，由一個可知論者變成一個不可知論者，由一個表像論者變成一個意志論者。對於昌耀來說，過去的一切僅僅是一座熔爐，那些熔鑄了記憶的純金和鋼鐵，是伴隨著個人的歡樂和痛感一同析出的產物。詩人諳熟刻舟求劍的諧謔劇，即使昌耀如今站在了相同的地方，那些記憶的析出物也早已在時間的手上改換了容顏：

　　　　衰亡的只有物質，慾望之火卻仍自熾烈。

　　　　無所謂今古。無所謂趨時。

　　　　所有的面孔都只是昨日的面孔。

> 所有的時間都只是原有的時間。
>
> （昌耀，《哈拉庫圖》）

物質終將衰亡，哪怕它是純金和鋼鐵。「原有的時間」以絕對的權力掌控著詩人的命運，並在詩人對火的經驗中展開他的生命敘事，映照出一張「昨日的面孔」。早在《哈拉庫圖》問世前三十年，正投身於「大煉鋼鐵運動」的年輕詩人，懷著對這場浪漫神話的真情實感創作了敘事體長詩《哈拉庫圖人與鋼鐵》，昌耀將主人公喜娘和洛洛的愛情和婚姻糅合進了煉鋼運動的政治敘事當中，這一共名題材讓該詩成為了當時較為常見的一類政治抒情作品。與詩人大多數作品相比較，《哈拉庫圖人與鋼鐵》並沒有體現出昌耀與眾不同的卓越詩才，只是一次在時代語法驅策下對「高大全」創作思維的詩歌操練。「哈拉庫圖人就要開爐放鐵了。就擇這個吉日給你們合婚吧。」（昌耀，《哈拉庫圖人與鋼鐵》）

儘管在昌耀公開出版的作品中，這類作品並不多見，但可以想像得出，這股強勁的美學風尚曾經讓詩人深深地浸淫其中。因為，年輕的昌耀無法抗拒招搖在這股風尚裏的浪漫主義面紗的誘惑。愛情想像的力比多和改造世界的力比多聯手在昌耀23歲的身體內部流蕩撞擊，製造出了詩人早年的血氣，並以一種英雄主義的筆調抒發著內心無處釋放的激情，而特殊年代裏充滿政治意味的全民運動為詩人提供了一個突破口。在意識形態催化劑的作用下，他不可遏止地對日常生活進行著「詩化」。當貧困和饑餓的現實體驗與浪漫主義理想生活甫一交火，詩人的美學視野裏立即發生了一種神奇的化學反應，它點引了昌

耀作品中最初的烏托邦火種。昌耀彷彿正端坐在柏拉圖的洞穴裏，那團交鋒之火熊熊燃燒，在牆壁上投射出信仰的幻影。於是，心生盪漾的年輕詩人就將那些誘人的幻影誤認為真實的世界了。

在血氣亢奮的煉鋼年代，火的意志不但提供了製造鋼鐵的熱能來源，而且一手促成了浪漫主義豪情火苗般的扶搖直上，它在某種程度上暗合了昌耀當時作品中的**高爐美學**。甘迺迪（Ellen Kennedy）為我們詳細剖析了這種迷人力量的工作原理：「詩化可以表現為所有文化領域都被轉化到審美領域中。科學、宗教、政治和倫理，都被化約到情感領域中。有益的生產活動和有道德的責任行為，都由於『詩化』的原因而失去了價值。理論和實踐被化約為審美沉思，理論矛盾和實踐衝突被化約為審美差異，激發起愉悅快適、激動人心的種種體驗。詩化過程始於浪漫主義者在真實世界中面對衝突的時候。他並不試圖解決這個衝突，甚至不承認它是真實的選擇物間的實質性衝突。相反，他把它看作一個幸運的偶因，以喚起一個情感上令人滿足的情緒、一次審美機會。為了刺激出這個情緒，他把衝突轉變成一種情感上的不和諧狀態。真實的選擇被『解釋』為情感上的衝突，現實被變換為情感音樂的審美語言。因此，這一解釋服從於想像力的創造性遊戲，其結果是，衝突被和解了。這就是浪漫主義的提純過程。詩化並不解決衝突，毋寧是通過把對立因素吸納入一個更高的和諧中來懸置衝突。」[1]在這種意義上，火的意志雖然在對過往經驗的回訪上遭遇了

---

[1]　（美）甘迺迪，《智性的「我控訴」模式：施米特與思想的論辯風格──論施米特的〈政治的浪漫派〉》，張文濤譯，《施米特與政治的現代性》，劉小楓選編，華東師範大學出版社，2007年，第171頁。

無可挽回的失敗，曾經被火焰照亮的夢想和臉膛，如今再也無跡可尋了。然而，這條令人沮喪的追憶之旅卻成功地表達了詩人對日常生活的「詩化」渴望。作為回訪的唯一紀念品，高爐美學成為昌耀在「斯人前」寫作中長期信奉並忠貞不渝的詩歌理念，是「原有的時間」裏一枚審美標籤；在進入新的半衰期後，高爐美學並非瞬刻轟然坍塌，而是以另一種形式繼續延續著「詩化」的夙願：當年大煉鋼鐵時巨型的共產主義高爐，如今被無限縮小，置入詩人體內，搖身演變為一架依靠焦慮的動力學運轉的烘烤主義機器，它同時經營著酷熱和寒冷兩重世界。依賴火的破壞性、消解性和轉化性，詩人為這個眼前的現實世界即將上演「諸神之戰」找到了一條象徵性的解決途徑。

在昌耀作品的「斯人前」時期，在以生產為精神態度的創作階段，這條由火傳授給詩人的寶貴經驗，在與世界的意義交換中一直處於一種**順差**的地位，它一度幫助昌耀建立了神聖的烏托邦理想和貌似真實的自我意識，因此這種經驗常常處於波瀾不驚、隱而不現的狀態；然而，隨著昌耀創作進入「斯人後」這個寫作的半衰期，詩人在時間上的淡季體驗和空間上的迷宮體驗愈發深刻，與現實世界的矛盾日漸突出，這導致了其作品的精神態度經歷了由生產向耗費的轉換，火的經驗在與世界的意義交換格局中也相應地由順差變為**逆差**；一系列的相對論問題、焦慮問題和摩擦問題構成了詩人生命體驗的主要部分，於是，火的破壞性、消解性和轉化性開始在他的逆境中凸顯出來，並且蔓延為他在「斯人後」時期的整體創作心態。這種由生產向耗費，由順差向逆差，由火熱向涼意的轉換，在詩歌價值規律上也同樣能夠得到驗證。

　　詩人在境遇的更遷中轉變了對火的物質想像。在激情四射的政治美學背景下，昌耀透過這種經驗的浪漫主義提純過程和懸置衝突的解決策略，賦予了火以宗教般的神聖性和萬能性，炮製了令眾人歡騰的高爐美學。火用超自然的力量為詩人展示出一幅當今世界的圖像，奠定了它在「原有的時間」中的核心地位，並且鍛造了詩人一張「昨日的面孔」。儘管這張面孔長久地成為了詩人生命的底色，張揚了一種洋溢著鋼鐵意志的生命力，但時間絕不會為這張不變的面孔固守在這處封閉的洞穴。當流逝的時間違背詩人的意願不再扮演「原有的時間」時，當詩人逆著生命航線重回故地尋找「昨日的面孔」時，他發現自己站立在一片陌生的大地之上，如同他站在洞穴的出口，被太陽光照得神智迷離時所看到的那樣。在這裏，昌耀終於生出了懷疑。多少年來，「昨日的面孔」與「原有的時間」相互撫摸、相濡以沫，共同承續著詩人心中日漸枯萎的理想主義香火。它在許許多多驟然改換的時間和面孔面前苟延殘喘地齧噬著自身，終於在最初誕生的地點焚燒殆盡。

　　昌耀在對火的經驗的回訪過程中，無法還原由火帶給他的最初的統一感，無法接通早年單純而熾烈的烏托邦意念，空洞的時間置換了「原有的時間」，疑惑的面孔代替了「昨日的面孔」，烘烤主義機器摩拳擦掌地準備接管下高爐美學的精神高地。詩人就此面臨著火的經驗的斷裂。火不再能引導詩人回到往昔時空，也不再能為他繼續製造浪漫虛像，它只能與詩人一同困守於無地（魯迅語），在淡季的惆悵和迷宮的疏離中共享焦灼：「無話可說。／激情先於本體早死」（昌耀，《生命體驗》）；「而我們只可前行。／而我們無可回歸。」

（昌耀，《我們無可回歸》）火的經驗的斷裂是昌耀認識論斷裂的重要體現，這種斷裂感正顯現在詩人對於「言」的「無話可說」，和對於「行」的「無可回歸」上。基於話語和動作的雙重軌道，這兩種斷裂體驗成為時代迷宮裏的詩人在價值淡季期的生命直覺，成為相對論問題和焦慮動力學的內在誘因，成為了理性身體對時代語法的暗自突圍：

> 可歎啊，他終於無可逃亡。
> 可歎血溫就在歲月消歇。
> 喀斯特溶岩驚心的水滴貫通夜晚千年的乾旱。
> 就是這樣，時間咒語讓後來者醒來，
> 又復令前驅者神迷。
> （昌耀，《西鄉》）

　　儘管徘徊於無地的詩人自知「無可逃亡」，然而面對認識論斷裂的威脅，「逃」而不「亡」，或許正應該是詩人的一種主動防禦心態。這一兵家上策幻想為鋼鐵意志的再次勝利贏取時機，卻不得不委身於一種曲線式的柔性原則。「有人獨處：深感逃離亦乃生之圭臬。／逃入牆壁。逃入夾牆的夾層。逃入電梯。」（昌耀，《長篇小說》）**逃亡意識**為破除時間咒語提供了難得的機遇，因此逐漸成為此刻詩人生活的主題，成為「生之圭臬」。[1] 如果詩人情願逃入牆壁、夾

---

[1]　在這裏，「逃」這一動作不但是昌耀該階段作品中反覆提及的辭彙，而且也成

牆的夾層或電梯，那麼他一定不會拒絕逃入櫥窗、大山或囚室，逃入
曾經監禁過自己身體的狹小空間，逃入「原有的時間」。於是，詩人
的故地重遊權且可以看作是他突圍的可能路線之一：「遁逃的主題根
深蒂固。／遁逃的萌動滲透到血液。」（昌耀，《迷津的意味》）

　　由於認識論斷裂的作用和對火的經驗的還原失敗，此間的世界
隔絕了詩人的同步認知體驗，而強行將「無話可說」和「無可回歸」
填充其中，詩人陷入了孤獨狀態，因此具有較高的焦慮勢能；相對來
說，「原有的時間」儘管充滿創傷，但卻一度喚起過詩人的激情和對
世界的統一感，這種「過去時」包含了更多的可闡釋性記憶，因此它
的含義變得曖昧複雜，游離分散，焦慮勢能也相對較低。於是，認識
論斷裂造成了詩人的**心理勢差**，按照詩意波浪線的喻示，他勢必以逃
亡的姿態從高勢能的「現在」向低勢能的「過去」滑動，從生產性的

為詩人當時的一種生活態度。以下試從昌耀的幾封私人信函中得以求證。1990
年3月27日，昌耀在致張玞的信中稱：「我離開農場已10年了。10年裏我的夢境
始終留在農場不曾擺脫，是一種情感非常壓抑的夢，夢醒之後猶感餘悸，感到
活得很累。在那些年我也曾設法讓自己『孤獨』，將可利用的餘暇私自用於外
語學習，暫時忘懷環境。近年，我覺得自己或又有必要重新學習外語了？前兩
年學了一陣攝影，於今還想學油畫，還想騎車遠遊。」參閱昌耀，《昌耀詩文
總集》，前揭，第860頁；1990年9月20日，在寫給雷霆的信中，昌耀透露了他騎
車遠遊的計畫：「騎車環遊青海湖絕對沒有很大困難，但目前已是秋季，衣著
必然增加負擔，今年或許不便成行了。我的遠端目標是北京、上海、江浙……
謝謝你的誇獎。」參閱燎原，《昌耀評傳》，前揭，第350-351頁；另外，在
1997年寫給友人雪漢青的信中，昌耀提到了幫助他「逃脫」的新的業餘愛好：
「我終日都難擺脫焦慮。出於自我保護的本能需要，我將大部分時間用於練習
寫大楷，只在偶爾心有所動的時候寫點千字左右的小文章……」參閱燎原，
《昌耀評傳》，前揭，第427頁。

「原有的時間」向耗費性的淡季挺進,從物的人化建築向人的物化建築變形,從高溫的發膚向極寒的內心散熱失血……就像一塊安放在山尖的圓形石頭,隨時可能沿著任意一側斜坡滾落下來。這種心理勢差,就是趕路,就是行走,就是逃,就是退,就是火的經驗從順差向逆差轉變時的放熱過程,這部分熱能從昔日的共產主義高爐裏漸漸釋放,轉化為詩人烘烤主義機器的主要能源,供給了火的意志。

這些心理勢差的種種表現,在昌耀「斯人後」的作品中構成了焦慮動力學的主要形式:「誰與我同享暮色的金黃然後一起退入月亮寶石?/一個蓬頭的旅行者背負行囊穿行在高迴內陸。」(昌耀,《內陸高迴》)這個挑戰的旅行者形象,頻頻活躍在昌耀這一時期的作品中,成為一種信念的縮影:作為高爐美學的遺囑執行人,旅行者發動了自己身上的烘烤主義機器。他的生命就是行走,行走在另一片高高的無主之地。他不返回過去,也不走向未來,這裏沒有時間流逝,只有永在的漂流。他是詩人勾畫在上帝沙盤上的一個身形粗獷的知音,昌耀在他身上寄託了一貫崇尚的鋼鐵意志,將他留在高處,而自己卻施展了一回金蟬脫殼的**分身術**,從「原有的時間」中脫身而出,蛻化為庸常瑣碎的現實世界中一個孱弱書生,退回到了生活的低窪和逼仄處,退回內心孤獨的寒意。詩人的逃亡意識催生了他的分身術。與多年以前從流放地逃到省城申訴時的情形不同,此刻,他從自己身上逃了出來。在「無可回歸」的大前提下,高處和低處並無孰優孰劣之別,這一分身術的階段性成果,就是讓詩人在高處和低處各自保留著一部分靈魂,他讓自己體內的理想主義香火,繼續在文字中度過晦暗的晚年生涯,成功逃脫的柔軟肉身不得不做好準備迎接現實生活裏的

風雨雷電。

「多奇妙：人生實際上有著兩種自我，然而哪個更愜意或更真實我都難於啟齒。」（昌耀，《她》）詩人希望運用分身術來對他的認識論斷裂做出一種彌合嘗試，即用一種斷裂的方式來修復斷裂。原初的火種讓它自生自滅，昌耀飛蛾一般從美麗的意識形態牢籠裏鑽出，撲向了一團現實主義火焰，以絕望的動作來培植出一種對火的嶄新經驗。列維—斯特勞斯發現在南美洲的神話思維中存在著兩種類型的火：一種是天上的、破壞性的火，另一種是地上的、創造性的火，即燒煮用的火。[1]與之類似的是，昌耀也將自己生命的火焰從天上（高處）引到地上（低處），從烏托邦聖境導向市井凡塵，從共產主義高爐挪往油煙撲面的小鍋小灶。在詩性正義的秘密授意下，火的用途也增添了新的內容：高處的火是為道德理想國生產神聖的鋼鐵，低處的火則是為匱乏的人間貢獻出地上的糧食。

現實世界是強悍而殘酷的，在它面前，詩人只是一個脆弱的角色，對他來說，維持著現實火焰的燃燒成為了一項艱巨的任務。這一蜷縮在角落裏的孱弱主體，本能地流露出了生命底色上的陰性氣質，開始向詩歌裏那個行走在高處的強悍知音施展一種來自低處的柔韌力量：「現在我重又聽到大提琴對鋼琴的傾訴了。／揉啊，揉啊，一片風中的葉子柔柔地揉著」（昌耀，《這夜，額頭鋸痛》）；而文字中的英雄更有義務向現實中的詩人提供保護：「你顫慄的軟體／蜷縮

---

[1]　參閱（法）列維-斯特勞斯，《神話學：生食和熟食》，周昌忠譯，中國人民大學出版社，2007年，第251頁。

在我新月形的合抱／你是我宇宙的涵蘊／我是你外具的介殼。」（昌耀，《聽候召喚：趕路》）昌耀詩歌開始呈現出一種**交流模式**，為了應對愈演愈烈的認識論斷裂，我們聽到了燃燒在兩個世界上的兩團火焰之間的竊竊私語：「要麼那琴童是莫札特，身在春秋，／踮起腳／眺望千年後的對位法星空。／要麼電視開著，聽者子期遞過一個訓詁，一個／半音的上層建築。」（歐陽江河，《女兒初學鋼琴：莫札特彈，鍾子期聽》）[1]兩團肝膽相照的火焰燃起了一部溝通的神話，它為昌耀在新的半衰期裏的生活和創作打開了一個新局面。經歷了認識論斷裂的危機，習得分身術的詩人在他的生活世界裏實踐著**火的經驗重建**，它不同於原初的理想之火，而是對新誕生的體制做出的一種個人化認知，是對詩歌價值規律的回應：這是一團既熱又冷的火。與詩人在「原有的時間」裏從事的「詩化」過程相反，昌耀在斷裂後的淡季裏開啟了語言的「祛魅」過程。如同《斯人》劃清了「斯人前」與「斯人後」兩個創作階段的界線一樣，新經驗的建立劃清了斷裂的兩團火焰之間的界線：讓上帝的歸上帝，凱撒的歸凱撒。一方面，昌耀在他的作品中為理想主義的餘燼、為逐漸沉落的信仰保留了最後一片領地，直到它壽終正寢；另一方面，由於已經重建了關於火的新式經驗，在執行高爐美學的遺囑的同時，昌耀以斷裂的名義，從內容到形式向自己的寫作發動了一場革命。這場革命讓遠離現代主義寫作傳統的昌耀，在詩歌語言上接近了一種現代體驗：

---

[1]　歐陽江河，《事物的眼淚》，作家出版社，2008年，第146-147頁。

　　卵形太陽被黑眼珠焚燒

　　適從冰河剝離，金斑點點，粘連煙縷。

　　她說：冷——太——陽！……

　　（昌耀，《冷太陽》）

　　對火的經驗的斷裂和重建，集中表現在昌耀對太陽意象的處理
上，他不但將太陽改裝成支撐焦慮動力學的「金色發動機」，而且也
製造了另一種充滿悖謬張力的怪誕形象──「冷太陽」───架巨型的
烘烤主義機器。這個地道的矛盾修辭法令人想起了波德賴爾和保羅‧
策蘭[1]，昌耀以他堪稱偉大的想像力，在現代主義詩歌寫作譜系上承接
了這樣一條意象傳統：「惡之花」──「黑牛奶」──「冷太陽」。
「冷太陽」是突圍進生活世界的昌耀對火的新式經驗的典型描述，是
對現代社會的敏銳體認。「冷太陽」是現代人眼中被瘋狂焚燒後的殘
骸，是失去體溫的熱源，是處於終極逆差狀態的火的原型，就像天空
瞎掉的一隻眼睛，垂懸著一種可怖的圖畫。在這架烘烤主義機器面
前，詩人說：「我曾是亞熱帶陽光火爐下的一個孩子，在廟宇的蔭庇
底裏同母親一起仰慕神祇。我崇尚現實精神，我讓理性的光芒照徹我
的角膜，但我在經驗世界中並不一概排拒彼岸世界的超驗感知。悖論
式的生存實際，於我永遠具有現代性。」（昌耀，《91年殘稿》）

---

[1]　波德賴爾和保羅‧策蘭運用矛盾修辭法分別創造了「惡之花」和「黑牛奶」
　　（《死亡賦格》）這兩個意象。

在「冷太陽」照耀下的這個光怪陸離的世界上，火已經喪失了關於明亮、溫暖的幸福想像，昌耀體驗到的是一種冷焰的綻放，一種火的冷意，也是世界本身的冷意。與哈拉庫圖時期燃起的理想主義火焰不同，詩人此刻赤裸裸地獲得了一種對現實本身近乎殘忍的體驗，這種體驗並不以常識為認知工具，反而需要透過一種怪誕現實主義的詩歌手段才能得到辨識。昌耀說：「真實是一種角度。／史跡不具有恆久的貞操。」（昌耀，《眩惑》）由歷史知識積澱而成的常識只揭示了必然性的世界，而詩歌卻以夢幻般的語言呈現了可能性的仙境。因此，亞里斯多德告訴我們，詩比歷史更高、更嚴肅，因而也更接近真實。[1]詩歌是幫助我們接近真實的一種途徑，這個真實的世界對於昌耀來說已經火光沖天，這種重建的關於火的經驗，逐漸佔領了他「斯人後」的語言空間，並蔓延開來：「長途列車在每一個窗口的每一個黎明永遠燃燒。／我的胸口在燃燒，手心在燃燒。／我的呼吸在燃燒。」（昌耀，《盤庚》）

詩人感受著一種來自人間的烘烤、窒息和灼熱，還有因血氣的消歇而傳來的陣陣寒意，重建後的火的經驗帶給昌耀的是多元的價值體驗，這種體驗正是交流模式的產物。但與此同時，真實作為多元中的一項似乎已經不那麼重要了。斷裂乃是生活的常態：「你誤入攝影家的暗房。／人家不動聲色就將你半邊身子左右對換。／自此太陽從西邊出。／自此你的前胸變作後背。」（昌耀，《噱》）火的認識論

---

[1]　（古希臘）亞里斯多德，《詩學》，陳中梅譯注，商務印書館，1996年，第81頁。

最終撩撥的，是施展分身術後的詩人走向灰燼的意念，不論它是一種殉道者的宗教，還是失敗者的尊嚴，火的意志都要求我們保持一種純化的生命。在這個意義上，火也就等同於雪，它們還原了世界的單純性，正如昌耀在詩中所說：「雪風長驅也不過是風之長驅。／雪人啼號也不過是人之啼號。」（昌耀，《雪》）

第三節　魔鬼化，或以頭撞牆

對於這場認識論斷裂，昌耀承認：「每換一個視角都有一次殘酷的歷險。」（昌耀，《干戚舞》）一個詩人寫作生命中的每一次意味深長的轉向，每一次艱難的換血，其實都是與魔鬼達成契約的結果，都是一次**魔鬼化**的過程。哈樂德・布魯姆（Harold Bloom）認為：「使一個人成為詩人的力量是魔鬼的力量，因為那是一種分佈和分配的力量（這也是『魔鬼』一詞的原始含義）。它分佈我們的命運，分配我們的天賦，並在取走我們的命運和天賦而留下的空缺裏塞進它的貨色。這種『分配』帶來了秩序，傳授了知識，在他所知道的地方造成混亂，賜予無知以創立另一種秩序。」[1]同昌耀流放歸來後發起建築學轉向的情形類似，昌耀在「斯人後」寫作風格的驟變不妨視為「另一種秩序」的誕生，它象徵了昌耀詩歌的一次脫胎換骨般的魔鬼化。以《斯人》為界，長期盤踞在昌耀作品中那種占統治地位的、慣性十足

---

[1]　（美）哈樂德·布魯姆，《影響的焦慮》（修訂版），徐文博譯，江蘇教育出版社，2006年，第102頁。

的「高大全」式寫作思維宣告了它的終結，儘管由這種思維孕育的高爐美學長期被詩人視為一種「頑健的被理想規範、照亮的意志」[1]，並曾經在昌耀以及同時代的寫作者和藝術家那裏獲得了它無與倫比的光環，但它本質上依然是由國家理想主義操刀下的魔鬼化產物，有一種堪比魔鬼的力量在調遣著共產主義高爐下的熊熊烈火。

如果時機允許，愛因斯坦（Albert Einstein）一定不忘揶揄一把對中國人影響深遠的高爐美學，按照這位偉大的物理學家的邏輯，「高大全」思維無異於生命體在強制法則下做出高度整齊劃一的條件反射，而「一個人能夠洋洋得意地隨著軍樂隊在四列縱隊裏行進，單憑這一點就足以使我對他輕視。他所以長了一個大腦，只是出於誤會；單單一根脊髓就可滿足他的全部需要了。」[2]對於昌耀來說，儘管建築學轉向時期為他提供了一種生產和創造的契機，恢宏的空間抒情暗中構築了他個人的這種極權美學，然而，這其中也必然邀入時代的共鳴成分，敦促他編織出詩歌中脊髓的密林。此番「斯人後」的魔鬼化過程，就是他重新奠定大腦在他寫作中軸心地位的過程，是他力圖用大腦鋒刃挑戰並擊潰脊髓密林的過程，也是他秉承火的意志開創「另一種秩序」的過程：

騷動如雜訊。你一聲長歎，

以頭顱碰撞夢牆。

---

[1]　昌耀，《一份「業務自傳」》，《詩探索》1997年第1期。

[2]　（美）愛因斯坦，《我的世界觀》，《愛因斯坦文集》（第3卷），許良英等編譯，商務印書館，1979年，第45頁。

可你至今不醒。

（昌耀，《嚎》）

　　大腦保存著理性的能量，這股能量需要一種特殊的方式才能得以發揮和釋放。降落到現實世界中的詩人發現，理性的溫婉姿態在這裏是失效的，它無法救治那些昏迷不醒的靈魂。在這片鼾聲連天的大地上，昌耀懷有醒來的願望，就像洞穴裏的哲學家或鐵屋子裏的先覺者，夢想著獲得一種改造世界的力量。為了推翻眼前這套由來已久的壓抑秩序，實現自身及他人的解放，昌耀決計孤注一擲，主動去簽署魔鬼的契約，以求獲得超自然的能力。

　　既然以斷裂修復「斷裂」的策略為常年睡在高爐美學上的詩人重生了一堆人間煙火，那麼受此啟發，用魔鬼化的手段來駕馭魔鬼化的現實，也可認定為一種充滿勝算的解決之道。由於得到交流模式的鼎力鼓舞，詩人引入魔鬼化也就是引入火的意志。在焦慮的動力學和逃亡意識的驅動下，受虐的詩人加大了體內那架烘烤主義機器的馬力，猛地燃起一團暴虐之火，讓他在胸中迅速積聚起一股激憤的能量，昌耀決定用它來改造令人窒息的現實世界。[1]為了重新奪取大腦在他寫作中的領導權，為了衝破脊髓的藩籬，為了擊潰多年來在自己認知譜系

---

[1] 「以頭撞牆」的生命姿態可以看做是昌耀從20世紀80年代後半期以來對社會體制、民生態勢、感情生活和人際交往等方面的一種形象化的心理反應。昌耀越發顯得與自身處境格格不入，性格越發孤獨、傷感。這種受虐體驗讓詩人在心理上積聚了大量難以釋放的窒悶能量，在這種情況下，「以頭撞牆」即是詩人企求宣洩、找回心理平衡的一種消極自救手段。

中盤根錯節的高爐美學，為了拯救自己痛苦不堪的命運，昌耀適時調用了這股魔鬼化的力量——他將「以頭顱碰撞夢牆」——這被認為是一種最為簡單而行之有效的辦法。

在魔鬼化外衣的包裝下，碰壁不再是弱者在現實境況裏的可憐遭遇，而變成了一種英雄式的反抗姿態，在昂起的頭顱上掠過了一絲豪邁的幻影。詩人希望用這種方式，將駐紮在自己內心的認識論魔鬼一蹴而就地趕下臺，讓氣焰囂張的脊髓臣服於大腦的權威。「我的高溫膚體天生一副鎧甲。」（昌耀，《生命體驗》）在這場**以頭撞牆**的激戰中，詩人的頭顱被灌注了火的意志，如同帶上鋼盔的大腦，充當了整個身體的急先鋒。頭顱就這樣迫不及待地開始為這次暴力革命御駕親征，它用盡渾身解數，以求在密閉的意識形態高牆和脊髓的密林上撞開一個缺口。

「東方遊俠，滿懷烏托邦的幻覺，以獻身者自命。／這是最後的鬥爭。但是萬能的魔法又以萬能的名義捲土重／來。」（昌耀，堂‧吉訶德軍團還在前進》）挑戰風車的堂‧吉訶德騎士，無疑是以頭撞牆的傑出代表，是耗費的英雄，是昌耀在「斯人後」自我認同的形象。[1]詩人高溫的膚體內部充溢著火的破壞力，他堅硬的頭顱同樣渴

---

[1] 昌耀在一次採訪中談到：「實際上我對人生的看法是，從人生最初哇哇啼哭著降生到這個世界，彷彿就已被注入一個悲劇的命運。從生到死，在多數情況下，都是不順的，都充滿了苦鬥這樣一種精神。從這點來說，它是宿命的。但是，人只能向前走，不能向後退。我在詩裏表達過這樣的感覺：就像在同一條船上合激流搏鬥一樣。此外，就人類社會發展而言也不無血淚斑斑，許多思想家、宗教家、仁人志士都為人類的拯救或理想國的建立作出自己的努力，這種努力仍在繼續，如果說，這是善的精神，那麼，我一生實際上都在敬重這種精

望著堅硬的牆壁。火的意志融合進一道魔鬼化指令，讓詩人立即執行以頭撞牆的動作，以期實現一種「去魔鬼化」的目的。這是一種極端的交流模式，昌耀在作品中以聲音形象量度著這一系列撞擊的效應：「靜夜。／遠郊鐵砧每約五分鐘就被鍛錘掄擊一記，／迸出脆生生的一聲鋼音，婉切而孤單，／像是不貞的妻子蒙遭丈夫私刑拷打。／之後是短暫的沉寂」（昌耀，《人間》）；「驟然地三兩聲拍擊靈魂。情結詭譎。／空蕩蕩是影子，黑撑僵僕，倒地急促。」（昌耀，《聽到響板》）在這種局促不安的基調中，昌耀從悾悾的撞擊聲裏敏銳地捕捉到了細微的現代感受，這是頭顱和牆壁之間展開的犀利對談，詩人體內高溫的破壞力，讓碰撞時不斷迸濺的火花成為兩者交流的產物，成為昌耀炙熱而焦慮的文字，成為猙獰的聲音美學：

> 啊，我感覺那是天堂裏的藝術家按照一種獨出心裁的構思，將一摞白瓷盤三三兩兩疏朗有致地摔碎在玉石大廳從而伴生的音質樣本，有一種凌厲中的整肅，有一種粉碎中的完美。有著一種如水的清醒。（昌耀，《純粹美之模擬》）

神……然而善的道路是如何曲折多艱，我的《堂‧吉訶德軍團還在前進》正反映了我感受到的這種無奈。不管怎麼樣，人生總要有點苦鬥的精神，沒有退路可走，也就是說，痛苦是絕對的，但是鬥爭也是絕對的（所謂鬥爭，是向命運的鬥爭）。」參閱昌耀，《答記者張曉穎問》，《昌耀詩文總集》，前揭，第778頁。

　　以頭撞牆是用自虐的快感來抵消、麻醉受虐的疼痛，幾番撞擊之後，身心麻醉的詩人獲得了神經病人般異常敏感的聽覺：「那時即便一聲孩子的奶聲細語也會如同嚘嗊令男兒家動容」（昌耀，《悲愴》）；「難怪一聲破爛換錢的叫賣就讓你本能地憂鬱。」（昌耀，《僧人》）與其說這是以頭撞牆的後遺症，不如說詩人實際在進行著一種**聲學自虐**。在昌耀的秘密耳道裏，「孩子的奶聲細語」、「破爛換錢的叫賣」和詩人以頭撞牆的悾悾聲，在冥冥之中喚起了他的羔羊情結，因此它們都屬於羔羊式的聲學體系，它們都是與各自命運之牆撞擊時發出的音節，是生命的呻吟，是弱者的武器。昌耀通過這種聲音的秘密傳遞，在心靈內部找到了自己撞擊牆壁的回聲：「疑似之間，有一歎息近在耳旁。是發自一種活體？比決絕還要讓人心冷。比赴死還要讓人感到沉重。」（昌耀，《自審》）神經敏感的詩人在忍受這種聲學自虐的過程中，也把它改裝成一種**聲學自慰**，享受著從肉體到精神的多重體驗：「淘空是擊碎頭殼後的飽食。／處在淘空之中你不辨痛苦或淫樂。／當目擊了精神與事實的荒原才驚悚於淘空的意義」（昌耀，《淘空》）；「阿里露亞阿里露亞，那是何等動心的呼叫？／竟令彎身大道尋拾金幣的眾生一齊回首。」（昌耀，《螺髻》）

　　擊碎頭殼是自虐中的快慰、是淘空後的飽食、是體內湧出的阿里露亞。悖謬的現實體驗讓「撞牆」本身成為一個自反性概念，它意味著用一種瘋狂的舉止去挑戰已然瘋狂的傳統、現實和思維方式；牆成一個象徵圍困的符號，它以真實的身軀出現在詩人被流放的年代，又以一種空間倫理填充著他的建築學狂想，如今它以另一副虛擬的面孔

進駐了詩人對現實境況的真切感知。以頭撞牆的瘋狂舉動，也是詩人為了遏制世界之快而做出的極端反應。他在撞擊中呼喚著珍貴的摩擦力，並不可自拔。昌耀為穿透牆壁而殊死掙扎，他能夠找到自己的精神錨地嗎？儘管昌耀從如臨深淵的高處逃進了低矮冷酷的現實生活，在作品中力圖以直觀的體驗替代並剔除「高大全」思維的虛假激情，但現實的大地並不是一個安全地帶，也不可能為詩人提供寧靜的棲所。如果說詩人以「逃」的動作完成從高處向低處的位移，那麼如今又以「撞」的動作宣洩他對低處的倦怠。[1]

---

[1]　隨著昌耀的詩人身份被社會和他個人逐漸認同，他與現實處境的衝突就越發緊張。比如在創作方面，1984年，昌耀與青海省文聯一主要負責人就自己的寫作方向問題發生了激烈的爭執，隨後昌耀在《〈巨靈〉的創作》中寫道：「那些天我是如此的苦悶，且懷有幾分火氣。我鬱鬱不樂，有如害著一場大病，──我反思。我在心底設問。我相信自己之無可指責。終於我不能不稱對方為矯情者了……聲稱對方那種咄咄逼人的聒噪是我早在二十多年前就甚耳熟的了。豈止於耳熟？國家、民族為之蒙難。得到實惠的也許僅是矯情者？……」參閱燎原，《昌耀評傳》，前揭，第311頁。在工作方面，大量外界寄給昌耀的信件、電報和刊物被單位的好事者私自拆看，令昌耀著實惱怒：「你叩開牆壁。你入室無門。／你爬上氣窗看見房中郵件在你名下堆積／看見你的一頁電報攤開，早被強意姦淫」（昌耀《噢》）。參閱燎原，《昌耀評傳》，前揭，第313頁。在詩集出版方面，昌耀也是挫折連連：在昌耀早期出版《昌耀抒情詩集》和《命運之書》兩部詩集之外，更有《情感歷程》、《噩的結構》和《淘的流年》三部詩集因各種各樣的原因橫遭流產，待到出版《命運之書》時，昌耀不得不擔負起四處籌集書款、微集訂數出「編號本」等額外工作，並在1997年第十期《詩刊》雜誌上發表微訂廣告《詩人們只有自己起來救自己》。另外，就「出詩集難」的問題，昌耀曾在一封致友人的書信中談到：「……這就是『物化』帶來的問題了。本世紀中期還不是這樣，詩集的出版常是出版社編輯主動向詩人邀約，而今，多數詩人則需討出版社編輯喜歡。名詩人、港臺詩人不在其列。但我覺得魯迅、艾青、胡也頻、阿壟、惠特曼、聶魯達等名詩人

　　就這樣，焦慮的動力學讓詩人從一座圍城進入另一座圍城，一種
被海德格爾稱為「畏」的基本現身情態，讓昌耀不論走到哪裡，都無
法擺脫靈魂的煎熬，讓他的體內永遠攜帶著那架烘烤主義機器：「威
脅者乃是無何有之鄉，這一點標畫出畏之所畏者的特徵來。畏『不
知』其所畏者是什麼。但『無何有之鄉』並不意味著無，而是在其中
有著一般的場所，有著世界為本質上是空間性的『在之中』而展開了
的一般狀態。所以進行威脅的東西也不能在附近範圍之內從一個確定

都未免於受到委屈，市面就很難買到他們的詩集，而泰戈爾相較又太多地受到
了出版社垂青。另有所謂『席慕蓉熱』之類也讓人感覺到好似『丁冬來了』似
的哄傳、戲鬧，始作俑者又未必不開心。詩人忠於自己的感受足矣，無需與人
較一日之長。詩壇乃文明象徵，肅如也，穆如也，盡可少一點聒耳喧嘩。」參
閱1992年2月14日昌耀致SY書信，《昌耀詩文總集》，前揭，第828頁。在婚姻
家庭方面，昌耀與妻子楊尓三日益緊張的關係是導致他20世紀80年代中後期精
神苦悶的重要原因之一。由於性格和修養的差異，二人感情的裂痕在日常生活
層面逐漸暴露。處事活泛的妻子選擇了要求擅長交際應酬的材料員工作，經常
大擺家庭飯局，席間不免喝酒猜拳、放浪形骸，這些都令昌耀異常反感，也使
他堅定了提出離婚的決心。婚姻的破裂直接導致了昌耀寄居文聯辦公室，成為
「大街看守」，以及晚年陷入單戀，對愛情患得患失、痛心疾首的焦灼情緒。
參閱燎原，《昌耀評傳》，前揭，第363-366頁；在與子女的關係方面，昌耀既
對他們飽含憐愛，又透著幾分心寒和無奈，儘管昌耀一直承擔著對他們的撫養
權，但卻一度與兒女們斷絕了關係。由於昌耀和妻子衝突不斷，繼而遭到他的
土伯特女人的大打出手，並且昌耀十四五歲的大兒子王木蕭也會加入母親的拳
腳聯盟。參閱燎原，《昌耀評傳》，前揭，第363-364頁。貧窮的詩人也接到過
女兒這樣的「最後通牒」：「王昌耀——我現在所在的單位要精簡人員，我肯
定是在精簡之列的……憑著你現在的名氣，我想讓你將我調入稅務或鐵路等效
益比較好的單位……限你X天內給我答覆，否則我就要到南方的廣州或深圳去打
工。」而對於拮据度日的昌耀，讀到女兒給自己寫這樣的信，不知昌耀心中作
何滋味。參閱葉舟，《昌耀先生》，《詩探索》1997年第1期。

的方向臨近而來，它已經在『此』——然而又在無何有之鄉；它是這樣的近，以致它緊壓而使人屏息——然而又在無何有之鄉。」[1]昌耀以頭撞牆的激烈動作，再一次演繹了一種無可逃亡的命運，生活世界的無可逃亡正暗示了海德格爾宣稱的「畏」的無處不在，也預見了頭破血流的隨時發生。「於是最具本質的面譜遂成為與之共存亡的義士據守其間／的銅牆鐵壁：／許多具戰馬。許多具棄屍。／去吧，吾以頹喪。」（昌耀，《面譜》）

　　充滿威脅的「無何有之鄉」正是圍困詩人的銅牆鐵壁，它以遊擊戰的方式潛伏在他身旁，隨時對他施以顏色。酥麻後的頭顱在欲死欲生的自虐和自慰中草率收兵，以頭撞牆的失敗為昌耀換來了一種逐漸清醒的頹喪感，像麻醉劑失效後逐漸回歸體內的疼痛。描述過「狗魚實驗」的舍斯托夫（Lev Shestov）將以頭撞牆視為「惟其荒謬，故而力行」的頑固動作：他把人比作放養在玻璃器皿一側中的狗魚，另一側則是狗魚的獵物，兩者中間有一道玻璃隔板，無所察覺的狗魚一次次向獵物發起衝擊，都狠狠地撞在了透明隔板上，幾番嘗試之後，狗魚安靜了下來。即使把隔板去掉，狗魚依然無動於衷。「或許，的的確確是有那麼一塊隔板的，它使得人們日復一日地想要超越特定認識極限的努力歸於徒勞；然而，與此同時，也還有另一種可能，即在我們的生活中，終歸會有一段時間隔板被抽調了。可在那時，我們心中一種信念已然根深蒂固了，那就是特定界線是不可超越的，一旦超越

---

[1]　（德）馬丁・海德格爾，《存在與時間》（修訂譯本），陳嘉映、王慶節合譯，三聯書店，2006年，第216頁。

便會大禍臨頭。」[1]於是，我們陷入對善於打遊擊戰的牆壁撲朔迷離的認識當中，陷入了「畏」的「無何有之鄉」。昌耀在付出以頭撞牆的代價之後，在體驗了撞擊中的自虐和自慰之後，貌似渾然不知地中了**牆壁的木馬計**。牆壁並不固然強大，但惹來昌耀以頭顱相撞的，正是這種遊擊主義的牆壁，後者每得逞一次，便在火光的掩護下悄悄將「畏」的基本情態偷運進詩人的頭顱內部，不動聲色地解除了他精心佈置的魔鬼化武裝，致使昌耀的突圍計畫最終破產。

> 心源有火，肉體不燃自焚，
> 留下一顆不化的顱骨。
> （昌耀，《回憶》）

　　頭顱的魔鬼化不敵牆壁的木馬計，以頭撞牆的姿態預示了昌耀人生的失敗，然而這一堂·吉訶德式的壯舉，卻宣告了我們在認識論上的勝利。在認識論斷裂發生之後，昌耀對火的經驗被時代生活賦予了新的內容。一路逃亡的昌耀走進了一座命運的空城堡，他在這裏不但沒有找到「原有的時間」和他的精神錨地，反而被深深圍困。詩人格格不入的心態為火的重生提供了燃料，火的破壞性讓詩人積攢足夠多的能量與命運做殊死搏鬥。在這種高溫而強大的意志驅使下，啟用交流模式的詩人去和魔鬼簽訂契約，採取了消極的鬥爭姿態。為了維護頭

---

[1]　（俄）舍斯托夫，《以頭撞牆：舍斯托夫無根基生活集》，方珊等譯，陝西師範大學出版社，2003年，第183頁。

顯的至高尊嚴，撼動這片窒悶的生活空間，他不惜以頭撞牆，在空城堡中大喊：「我將與孩子洗劫這一切！」（昌耀，《空城堡》）

　　撞擊產生了疼痛，也產生了幻覺，火的意志在一路操縱著這股魔鬼化的力量。在頭顱與牆壁的猛烈碰撞中，就像詩人記住了那些聊以自慰的聲音一樣，他也彷彿看到了迸濺出的火花。值得注意的是，這些撞擊產生的火花不論來自幻覺深處，還是真實的迸發，它們都被詩人誤認為是他內在火焰的迅猛發洩，是高爐美學長久沈默之後發來的最新指示，是外界對內心產生的共鳴。詩人不知不覺地動用了對火的物質想像，讓自己浸淫在這種摻雜著疼痛的快慰幻覺裏。昌耀對火的形象的誤認，為現實牆壁的得勝敞開了大門。如果借用阿倫特評價海德格爾的話來說，在頭顱與牆壁撞出的火星面前，昌耀正是「用真理的激情抓住了假像」[1]，他沉迷於這種假像之中，也就默認了命運的無可逃亡，默認了威脅統統來自「無何有之鄉」，默認了火的意志自身的弔詭性。

　　不論圍困詩人的牆壁是否真的存在，或者是否永遠存在，昌耀都像那條實驗中的狗魚一樣慢慢安靜下來。火以它真假難辨的形象劃定了昌耀生存的界線，一邊以破壞的力量在他眼前展示牆壁，一邊又以虛幻的面孔在他心中取消牆壁。而失敗後的昌耀已經不在乎是否還有牆壁了，他默認了自己的生存空間：「思想者的圓顱頂馳去虛無的車馬。」（昌耀，《洞》）誠如張志揚指出：「在那六面牆的世界裏，

---

[1]　轉引自（美）馬克・里拉，《當知識份子遇到政治》，鄧曉菁、王笑紅譯，新星出版社，2005年，第39頁。此語最初是瓦倫哈根對歷史學家根茨的評價，阿倫特引用它來概括對海德爾格的看法。

需要的不是什麼善良和仁愛的申訴，也不是什麼無窮無盡的反省和想像，而是無視於牆的堅韌與毅力。只有它才能建立起與牆毫不相干的純屬自我的生存空間。這裏必須沒有牆，既沒有因牆的肯定而消沉，也沒有因牆的否定而亢奮。要知道，牆，僅僅是為消沉或亢奮的失常變態而設置的。」[1]詩人與牆壁一同上演了一台悲歡離合的命運動作片，他由此慨歎：「我覺得天地真小，人生舞臺可望充當的角色似也不外乎梨園弟子扮演的生旦淨丑諸種行當，果真是千古一式，絕少變化，難得『陌生化』。」[2]作為演出的酬勞，昌耀賺取了大量疼痛的金幣，以及疼痛消失後的精神嬗變：

> 那惡棍驕慢。他已探手囊中所得，
> 將那赤子心底型鑄的疼痛像金幣展示。
> 是這樣的疼痛之代金。
> 是這樣的疼痛之契約。
> 而如果麻木又意味著終已無可支付？
> 神說：赤子，請感謝惡。
>
> （昌耀，《痛·怵惕》）

　　在詩人與魔鬼訂立的契約面前，「無可支付」是繼「無話可說」和「無可回歸」命題之後的最新形式。「我可有隱身術？我可如脫衣

1　張志揚，《瀆神的節日》，上海三聯書店，1997年，第24頁。

2　昌耀，《〈命運之書〉自序》，《昌耀詩文總集》，前揭，第546頁。

一般拋卻身後的影子，我可否化入追逼的巉岩與追逼者合為一體！」
（昌耀，《聽候召喚：趕路》）疼痛的消失亦即牆壁的消失，昌耀已
經與牆壁融為一體，沒有愛，也沒有恨，只有麻木體驗掩護下的自虐
與自慰。以頭撞牆演變為詩人自導自演的一齣獨角戲，是自我的內部
交流。當痛感和快感漸漸退潮，昌耀發現與魔鬼的契約實際促成的是
自己與世界的象徵性和解。在火的弔詭原則下，詩人習得了這種麻
木，但他與睡在魯迅筆下的鐵屋子裏那些麻木的國民有所不同：後者
是一種無意識的麻木，因此並不會感到就死的悲哀；而昌耀卻在散盡
疼痛金幣之後換來了有意識的麻木，換來了衰老的預兆。作為一種生
存的秘密，「忍受著自己思想之擠壓、煎逼的精神果實，終於如沸煮
後的雞卵冷卻剝離物化。」（昌耀，《處子》）詩人服膺了火的弔
詭，既為它暴戾的破壞性去衝鋒陷陣，又為它隱蔽的消解性而默認衰
老。在昌耀的這場人生戲劇中，火才是真正的魔鬼力量，而在與火結
緣的詩人身上，隱約呈現出了浮士德的身影。

　　馬歇爾・伯曼（Marshall Berman）提醒我們感謝這種魔鬼的力量：
「看來矛盾的是，正如上帝的創造意志和創造行動從宇宙論上看是破
壞性的，魔鬼的破壞欲也會成為創造的力量。只有當浮士德運用並通
過這些破壞力量進行工作時，他才能在這個世界上創造出東西：事實
上，他只有與魔鬼合作，『除了作惡之外什麼都不想』，才能最終站
在上帝的一邊，『創造出善』。天堂之路由惡意鋪成。浮士德盼望接
觸到一切創造的源泉；現在他卻發現自己面對破壞的力量。更為深刻
的矛盾是：除非他準備任其自然，接受這樣的一個事實，即為了給進
一步的創造鋪平道路，必須摧毀迄今為止已創造出來的一切乃至他在

將來有可能創造出來的一切,否則他就無法創造任何東西。這就是現代人為了運動和生活必須接受的辯證法。」[1]昌耀成為堂‧吉訶德與浮士德兩種形象的合體。經過以頭撞牆的英雄壯舉之後,火的意志佔領了詩人的意識高地,他在讚揚耗費的同時,也深深地擁抱了惡的力量。曾幾何時,那只在詩人由愛向善的精神動作裏捏制的倫理學泥團,如今被他從共產主義高爐中救起,轉投進了烘烤主義機器。由於後者貢獻出了特產的寒意,淬火後的倫理學泥團顯示出了前所未有的圖案:「當倫理評價遮蔽五千年展開的視野,/歷史會將惡當作通向善的中介平復後人創痛。」(昌耀,《一天》)

倫理學泥團誕生於土地法則對善(愛)的讚美,卻翻轉於火的意志對惡的肯定。巴塔耶稱:「惡──尖銳形式的惡──是文學的表現;我認為,惡具有最高價值。但這一概念並不否定倫理道德,它要求的是『高超的道德』。」[2]詩意波浪線成為倫理學泥團的內在規律,它發現了「對立面」,除了對善(愛)的讚美,同時還將惡的價值推向了前臺,成為黑格爾所謂的歷史發展的動力,也成為一種「高超的道德」。按照威廉‧布萊克(William Blake)的說法:「善從屬於理性的消極面,惡是來自能量的積極面。」[3]這些都是以頭撞牆的昌耀用生命的冒險換來的認識論財富,它慢慢成為詩人在追尋精神錨地征途上的一

1　(美)馬歇爾‧伯曼,《一切堅固的東西都煙消雲散了──現代性體驗》,徐大建、張輯譯,商務印書館,2003年,第60頁。

2　(法)喬治‧巴塔耶,《文學與惡‧原序》,董澄波譯,北京燕山出版社,2006年,第2頁。

3　轉引自(法)喬治‧巴塔耶,《文學與惡》,前揭,第66頁。

種圖騰：在昌耀那裏，惡被置換為了「罷」—— 一種更加神秘的生存情境——綻放在他的詩句中，成為昌耀寫作的道德。昌耀的詩歌也從內部和外部一同鍛造成一種**罷的結構**，既類似圍困我們的世界之牆，又彷彿我們用以撞牆的頭顱裏存放的靈魂，但它最直觀的體現，則是每一副在這個世界上生活過的千瘡百孔的肉體。對於這副蒼涼的身體，不論是希臘式的，還是猶太式的；不論是雄牛式的，還是羔羊式的，在一團雪藏著「尖銳的惡」的熊熊烈火中，一切都走向對自身的否定。就在肯定和否定的兩極之間，詩歌講述著自己的故事。罷的結構就是詩歌本體的結構，它時時提醒自己與他物的卓然不同，就像波德賴爾揭示的那樣：「詩不能等同於科學和道德，否則詩就會衰退和死亡；它不以真實為對象，它只以自身為目的。」[1]

　　自身，是一個很難解釋的概念，它面臨邏輯和經驗上的悖謬。在昌耀那裏，我們將它訴諸罷的結構，訴諸超自然力量。這也讓我們相信，詩人很可能的確經歷了創作上的魔鬼化。他是一位試毒者，以此來達到免疫和自救。就像他描寫過的一種含有毒素的植物那樣，利用這種致命武器，為了個體生存向罷食它的昆蟲發起復仇：「以惡抗惡：植物可怖的宗教神話，魔力無邊的咒語。」（昌耀，《復仇》）昌耀同時也是一位歷盡艱辛的播種者，「而我前衝的撲跌都是一次完形的摩頂放踵。／還留有幾滴鮮血、幾瓣眼淚。／這樣的播種可看作自戕。／我自己似也未解這種類同苦修者的苦行。」（昌耀，《播種

---

[1] （法）波德賴爾，《1846年的沙龍——波德賴爾美學論文選》，郭宏安譯，廣西師範大學出版社，2002年，第181頁。

者》）不論魔鬼的力量帶給昌耀的是幸運還是磨難，在接受辯證法領導的同時，與魔鬼簽約的代價是讓生命走向衰老。如同昌耀的詩歌保存了他與魔鬼始亂終棄的故事痕跡那樣，時間或許是一個最大的魔鬼，衰老是這個驚心動魄的魔鬼在人們身上留下的唯一痕跡。昌耀說：「世間自必有真金。／而當死亡只是義務，／我們都是待決的人伕。」（昌耀，《浮雲何曾蒼老》）

第四節　詩歌月經期，或愛情話語

A.三十多年前我從湟源縣看守所被當作「有文化的犯人」選拔出來，寄押省垣一家監獄工廠並在那裏學習鋼鐵冶煉。我在化鐵爐幹活，任務是將焦炭、鑄鐵、廢鋼材裝筐從堆放場地搬運到化鐵爐跟前，過磅配料後由升降機提升到幾層樓高的投料口。這是一種簡單勞動。但這種前所未有的對於參與大工業操作的體驗甚至讓我感到有幾分豪邁：瞧，厚重的黑色原是我所追求。露天工廠到處都是這種黑色：煤粉、鐵屑、濃煙、灰渣、污泥，以至於雨天的黑雨、雪天的黑雪。以至於人們嘴臉黑色的汗漬。因之紅色的火焰就顯得更是我理想中那份撩動的樣子而感人肺腑了。（昌耀，《工廠：夢眼與現實》）

B.不一定是做夢。一定是陷入了那種類似做夢的昏迷。覺得自己在拼命排泄。那火焰，紅通通的，一塊一塊通紅的火炭。我那時拼命排泄。真不好意思，排泄物是紅通通的，金燦燦的，像

一瓢一瓢的金子沸滾、浮蕩、打著旋兒……一定是記憶作怪，也許是留下的創傷。一定是記起了那一爐沒有成熟的鐵……此後我只看到火。只看到火的河流。終於沒有鐵。而現在我自己在排泄這樣的鐵液了。真可怕，總也排泄不盡。（昌耀，《內心激情：光與影子的剪輯》）

以上兩段文字，分別出自昌耀寫於「斯人後」時期的兩篇帶有回憶性質的文章。在A中，作為毛時代的犯人兼煉鋼工人，昌耀深受高爐美學的鼓動，在「參與大工業的操作」中，為鋪天蓋地的黑色所深深著迷。黑色，是紅色的前夜，是火的史前狀態，是物質的現實主義，是革命的精子，是大地之糧。昌耀描述了一闋關於生產的交響史詩。在其中，我們看到石頭般堅硬的原料在民粹的容器裏手舞足蹈、徹夜狂歡，聽到固體的詞語在激情的伴奏下相互碰撞、隆隆作響。詩人的個人記憶也接通了整個民族在那一時期的集體記憶。那些黑色、堅硬、喧鬧的詞語，搭建起了毛時代的中國人共同的身體造型：搜集、破壞、搬運、投入、熔鑄、生產，然後是朝向那幾層樓高的投料口的深情仰望，如同面向一座聖像祈禱……這些動作可以最終概括為一個詞：吞咽。饑餓、貧弱的祖國在代替她的人民來吞咽，人民的吞咽在這裏並不構成一個問題。祖國就彷彿是一座高爐，疾風驟雨般地吞下黑色的米粒和藥丸，吞下人民的汗水和眼淚，吞下「無產者詩人的夢幻」[1]……祖國或高爐，在這裏成為一位蠻橫、貪婪、殘暴的國王，

---

[1]　昌耀在火的形象中寄寓一種「無產者詩人的夢幻」，這成為昌耀詩歌創作中的

是一個強悍的男性形象。站在他腳下的臣民們，都對他報以瞻仰的姿態，注目著他們的國王在大口吞咽著人民的骨肉之血。這種向上投去的物質和目光，構成了民族歷史的肌肉和衣裝，也構成大地之血。這是地道的高爐美學，它服務於以男性為中心的宏大歷史。

在B中，現實中的場景轉入了一種半夢半醒的超現實情境。A中作為中心的高爐如今已消失不見，代替它出場的是詩人的身體，一架烘烤主義機器。在昌耀的幻覺中，自己的身體儼然變成另一座高爐，這架體內的烘烤主義機器，在一絲不苟地執行著高爐美學的遺囑。只是因為「記起了那一爐沒有成熟的鐵」，它源源不斷地製造出紅通通的鐵液，來填補現實經驗的失敗。也就是說，現實世界中鐵的匱乏和缺席，成為了超現實世界中詩人遺泄行為的緣起。經過超現實情境的加工，黑色的交響樂被切換成紅色的低吟淺唱，喧囂抹平為獨白。身體代替高爐，「排泄」出未完成的、液體狀的、紅色的鐵，「排泄」出炙熱的火的餘孽。它一刻不停地流瀉、旋轉、翻滾，演繹著身體對高爐美學的哀悼，以及火對身體的幽思。詩人反覆強調這種特殊的遺泄物的顏色：通亮的紅色。這是詩人對黑色的緬懷，是對固態理想的軟化和焚燒。這裏沒有堅硬的詞語，只剩下對即時狀態的重複和絮叨。這裏也沒有祖國，沒有歷史，只有詩人對身體絕望的泣訴，這是身體

一個重要情結：「因之紅色的火焰就顯得更是我理想中那份撩動的樣子而感人肺腑了。理智與情感都讓我儘量在想像中否認這是事實上的一座監獄工廠。因之，諸如鼓風機與爐膛的吼聲都讓我看作是被無產者驅動的可感豪邁的自然力，一種詩意的節奏，全無今人作為雜訊公害對待所懷之嫌惡。」（昌耀，《工廠：夢眼與現實》）

內部的湧動和哀鳴，是骨肉之血的言辭。這裏一切赧然的紅色、一切流產的鐵、一切流瀉的火，都朝下施放，吸引著詩人向下垂憐的目光。

在這個超現實情境裏，他儼然成為一位女性，成為蒙羞的、纖弱的成熟女子。靈光乍泄的水的方法論和烜赫一時的土地法則，都曾經激發出昌耀詩歌中的陰性抒情主體形象，由此我們不難理解，在火的意志充滿弔詭的蠱惑下，創作主體再次變換了他的詩學性別，隱秘承續著詩人身體的雌性歷史。重新獲得女性氣質的詩人哀歎著自己的一場失敗的生產（未完成的鐵），卻炫耀著另一場灼眼的耗費（湧動的紅）。他的眼神是向下的，含羞地望著從自己身體裏流出的不潔之物。和A中的仰望姿態不同，這裏的姿態是上身前傾，眼神向下注視，甚至帶有些許偷窺的意味，像一個男人對女性身體具有穿透力的目光一樣。那目光正停留在女人的雙腿之間，停留在一顆轉喻的、流溢的卵子之上，它就無辜地躺在它的主人眼前。在那裏，在一灘漸涼的血泊中似乎躺著半條夭亡的、未知的生命。這個引得我們向下窺視的、神秘的、紅色的遺泄物，正是女人的月經。月經是女性最熟悉的身體經驗，是情人般的冤家，是內部小宇宙的潮汐。昌耀所描述的這場如夢似幻的身體旅程、這場植物般的代謝傳奇、這場對鋼鐵含羞的哀悼，最終表達為一次女人的月經，一場骨肉之血的潰散和流失，一冊關於耗費的讚詞和美學。

由A到B，從共產主義高爐到烘烤主義機器，從強權的男性身體到孱弱的女性身體，昌耀的人生和創作的卡帶統統翻轉到全新的一面。隨著認識論斷裂的發生，遵循這條生產—耗費的線索來看，在A中，詩人是用豪邁掩飾了艱辛；在B中，他則用蒙羞掩飾了快感。前者的姿態是朝向上

帝的，是堅貞的信仰；後者則是朝向撒旦，是突如其來的魔鬼化。詩人在B中展開的污穢敘述，是對火的剩餘物的窺視，是對紅色血衣的展示。激情和理想終於在它們的遺泄物中得到冷卻，雄性祖國體內那一股股彪悍的血氣，經過一個象徵意義上的雌性身體的烘烤、蒸乾，最終游離出體外，走向遺棄和消歇，像秋風中的紅色花瓣，在搖曳中墜落荒野。

往昔從沸騰的吞咽動作中發出的那些振奮而高亢的聲調，如今漸漸壓低，變成更為瑣碎、迂迴、渙散的絮咿之音。焦躁、混沌、敏感、疲倦、蒼白、疼痛成為詩人血氣喪失後的主要身心體驗，成為昌耀在這一時期反覆書寫的詩學主題。詩人此刻像一個處於月經期的女人那樣去感覺和寫作，根據這一發現，我們可以推斷，昌耀的創作至此進入了一個**詩歌月經期**，不論何種性別，這是一個潛伏在任何人身上的秘密，是生命中最脆弱、最易感的一段時間，是羞於公開的夢境；詩歌月經期可以名正言順地拋棄信仰、理想和工作，呼喚和接受給養、休憩和保護，這才是肉體的真實在場和確切狀態；詩歌月經期通常將偉大的雄性歷史擋在門外，拒絕後者堂而皇之的編碼，而偏偏困擾和眷顧歷史視野之外的雌性身體，為她們和煦而優雅的自然軀體蓋上溫暖的棉被，重新奪取非現實的領導權。

由此，我們或許可以推斷，最美的女人或許不是拈花微笑時的女人，不是性高潮中的女人，甚至不是懷孕、生產、哺乳時的女人，而是月經期的女人。此刻的女人如同自然節律灌溉的血之花，分別匯合了她在妙齡、銷魂、受難和安詳時的面孔，組成了一種複雜、多維的美。因而，對於昌耀來說，他最好的詩歌或許未必是那些在健朗、磅礴、強勁的創作心態下生成的篇章，而是他詩歌月經期的作品。這些

虛弱、多疑、敏感、絕望的文字，充滿了直面生命真相的勇氣，記錄
了時間中的疼痛，和泣血的鄉愁：

> 有一天你發現自己不復分辨夢與非夢的界限。
>
> 有一天你發現生死與否自己同樣活著。
>
> 有一天你發現所有的論辯都在捉著一個迷藏。
>
> 有一天你發現語言一經說出無異於自設陷阱。
>
> （昌耀，《意義空白》）

　　從血氣的運行邏輯來看，昌耀的詩歌月經期標誌著，此前凝聚在
昌耀詩歌體系中的大量血氣，將無可避免地迎接耗散的命運。詩人不
可救藥地迎接他生活中的意義空白。那些珍貴的、遍佈周身的骨肉之
血，在詩人體內的烘烤主義機器裏做著往復的漫遊。為了給新的生命
體提供必要的養分，在悄無聲息的革命前夜，詩歌的雌性荷爾蒙在火
的意志的秘密調度下，攜帶著豐富的歷史訊息和記憶、攜帶著大地之
血的負氧離子，潮水般地湧向子宮──一座袖珍的、肉體的高爐──它
為鍛造嶄新的生命提供了完美的搖籃和王座。然而，從時代到身體的
一系列斷裂事件，使得理想的、革命的精子從未成功著床，從未抵達
它們夢寐以求的終點，黑色的崇高原料一旦投入便不知所終，肉體的
高爐裏從未產出真正的鋼鐵，新的生命也從未瓜熟蒂落。

　　月經標誌了這種生命的未完成狀態，暗示著生命本質上的匱乏。
它是一次失敗、悲觀而絕望的臨盆儀式，就像詩人流浪在他的城市迷
宮裏，卻並未尋覓到自己理想的生活一樣：「終於能按照自己的內

心寫作了／卻不能按一個人的內心生活」（王家新，《帕斯捷爾納克》）[1]子宮中的精子和卵子，不幸地擦肩而過，錯失了相遇的因緣。歷史就是這種將錯就錯，只有詩人的一腔骨肉之血在言辭中整裝待發。那些經肉體高爐熔煉後的灰燼，僅僅是火的殘部，是血的老年。經過最後一次燦爛而努力的燃燒，它們從肉體中遺泄而出，迅速散熱，轉化為薄涼的晚景，向下緩慢遺失，重新回歸大地，成為血屍，像殘缺的花瓣一樣，等待被大地埋葬。

作為一種超驗的遺泄物，火在昌耀的幻覺裏變換著不同的形態，不論他遺泄出的是火焰、火炭、金子、還是鐵液，一方面，這種混合著液態、固態和等離子態的遺泄物，是焦慮的動力學的代謝終產物，「是歲月燒結的一爐礦石」（昌耀，《哈拉庫圖》），最終因為子宮的匱乏而成為殉葬的祭品；另一方面，它們間接成為詩人記憶再生產的能量儲備，是「宿命永恆不變的傷感主題」（昌耀，《哈拉庫圖》），火發出的光和熱直接接通的，不僅是詩人當年在哈拉庫圖村煉鋼高爐前的勞動現場和「無產者詩人的夢幻」，還有糾結在那個極端年代裏關於理想的困惑與無奈，儘管當事人極力迴避，但卻一觸即發，並且一發而不可收。

月經期的辛酸和空虛，成為詩人未了的夙願，成了精神缺失，成了心病。他的詩歌中一貫洋溢的密集、醲濃、高分貝的抒情音質，被一定程度地間斷、稀釋和下調，成為怪誕的、充滿黏性的、甚至極端任性的**月經期聲調**，變成昌耀在他的精神淡季裏炮製出的那些薄涼

---

[1]　王家新，《未完成的詩》，作家出版社，2008年，第11頁。

之詞、猩紅之詞和猙獰之詞。詩人的月經期聲調不同於他的戀父期聲
調，後者的任務是讚美和追憶，它的抒情視野是向上的，是朝向上帝
的，是仰望、舒張、預備向高潮衝刺的興奮姿態；而前者的內涵則是
牢騷和匱乏，詩人的目光投向下方，朝向撒旦，是蹙眉、蜷縮、顧影
自憐的哀戚姿態。月經期聲調忽略傾訴的對象，它僅僅關注身體內部
的晴雨和節律，掃描出詩人某個情感盤結時刻的思想光譜。這是一種
經過炫目的耗費之後餘留下的聲調，是被淘空後的詛咒，是燃燒後的
枯萎和抽搐，它以獨特的頻率切入世界內部的肌理，向我們展示了一
種噩的結構，在充斥著牢騷和易感的話語中，尋找到子宮與高爐、身
體與歷史、人與世界的共振：

　　　一切正在消失，一切透明

　　　但我最秘密的血液被公開

　　　是誰威脅我？

　　　比黑夜更有力地總結人們

　　　在我身體內隱藏著的永恆之物？

　　　（翟永明，《女人》）[1]

　　牢騷的、匱乏的月經期聲調，在反覆展示、陳說和包紮女人身
體上那個唯一的、流血的傷口。它一面守護著新生命的王座，一面迎
向家園般的大地。它在疼痛中交付出了「最秘密的血液」，在空虛的

---

[1]　翟永明，《翟永明詩集》，成都出版社，1994年，第41頁。

腹部召喚「永恆之物」的充盈。昌耀將這個傷口稱為「懷舊」，這是
一種月經期聲調裏的「懷舊」，它與戀父期聲調裏的「弔古」絕然不
同：「我的懷舊是獨有的、隱秘的，只有深深的傷口，輕易不敢主動
觸碰，也不忍對人言，只是那懷舊之情依然要心事重重地襲來，即便
是在浴室亦不容我有片刻逃避。」（昌耀，《我的懷舊是傷口》）

　　昌耀此刻的「懷舊」，是他身體裏「最秘密的血液」，也是一
個充滿女性色彩的「懷舊」。如果說戀父期聲調裏的「弔古」詩篇是
以一種女性的感受力來抒發男性的意志，與高爐美學相似，這類作品
始終將讚美和追憶的視點置於外部空間，它們是土地法則和戀父期聲
調悉心扶植的王儲，它們張揚的是向外伸展的意志；而在月經期聲調
裏，「懷舊」的主體變成一個受難的女性，她通過月經期體驗模擬著
生育的痛苦，像夏娃遭到上帝的懲罰一樣，表達著自己此刻煉獄般的
感受，一邊不停地牢騷絮叨，一邊又感到匱乏不滿。火的律令要求詩
人走進自己的內部，尋找那些詩歌荷爾蒙的行蹤，這種意志使得昌耀
在處理這一時期的作品時，統統將視點收攏在他自身的體驗上，組成
一個抒情的閉合線路。

　　約翰‧伯格（John Berger）告訴我們：「男人的風度基於他身上的
潛在力量……這種潛在的力量可以是道德的、體格的、氣質的、經濟
的、社會的、性的——但其力量的對象，總是外在的物象……相反，女
人的風度在於表達她對自己的看法，以及界定別人對待她的分寸。她
的風度從姿態、聲音、見解、表情、服飾、品味和選定的場合上體現
出來——實際上，她所做的一切，無一不為她的風度增色。女性的風
度是深深紮根於本人的，以致男性常認為那是發自女性體內的一種熱

情、氣味或香氣……於是，女性把內在於她的『觀察者』（surveyor）
與『被觀察者』（surveyed），看作構成其女性身份的兩個既有聯繫
又是截然不同的因素。」[1]伯格揭開了男女兩性在氣質上的秘密，簡言
之，男性的魅力在於他對外部事物的觀看，包括觀看女性；女性則首
先關注她本身，表現出她自己內部的觀看。

　　這一有趣的發現，也同樣可以運用到我們對戀父期聲調和月經
期聲調的進一步認識上。戀父期聲調依據男性心智敦促詩人展開朝向
外部的懷舊，此刻詩人對創傷記憶的處理方式也傾向於尋求外部的聲
援，即尋求空間的聲援。這種懷舊方式在昌耀的後冰河期寫作中表現
得尤為突出，為了及時處理囤積在他體內的那些早期的創傷記憶，詩
人在土地法則的保駕護航下，通過回憶模式將它們召喚出來，再仰仗
建築模式的圖紙，雇傭語言工程隊將其重新構築成值得稱道的空間形
象；這些形象與被湮滅的、蒼老的歷史重逢在文字中，從而達到對個
人創傷記憶的掩埋和遺忘。

　　月經期聲調則懷有地道的女性心態和雌性的詩歌荷爾蒙，因而
將現實經驗中的傷口轉化為一種**內部的懷舊**，在對牢騷和匱乏的書寫
中，詞語在詩人口中不斷重複，搏制出一劑時間良藥，借助它，詩人
渴望在自身內部實現對傷口的治癒和修復。如果說外部的懷舊最終選
擇在歷史的背影裏避難，那麼內部的懷舊則遵循自然的代謝。焦慮
的動力學受命於火的旨意，按月敲打詩人體內那座袖珍的、肉體的

---

[1]　（英）約翰·伯格，《觀看之道》，戴行鉞譯，廣西師範大學出版社，2007年，
　　第45-46頁。

高爐，提醒後者公開那些「最秘密的血液」，捨棄那些「不成熟的鐵」。內部的懷舊將創傷記憶交付給自然的節律和生理式的修復，用流血的方式來止血，這是它與時間達成的契約。

　　因而，昌耀作品中的懷舊主題，不論是外向的還是內向的，都關涉到寫作自身的姿態和目的。「堂堂男子漢應將柔美掩埋心間。」（昌耀，《蒼白》）寫作就是對過往記憶的招魂術。結合詩人擅長的兩種聲調，我們得以獲知，每一個寫作者身上都同時兼具男性和女性兩種氣質，或兩種懷舊，他們的作品既是一種對外部的觀察，也是一種對內部的關注。隨著兩種氣質中的各種成分在不同程度上的分佈和搭配，我們在他們的作品中，也就能夠讀出更多的、更富意蘊的聲調：

> 多奇妙：人生實際上有著兩種自我，然而哪個更愜意或更真實我都難於啟齒。但可肯定忘川是無處不有的存在，懸如瀑布，不僅要從我體表，且滲透到靈肉的每一切面將我過濾似地淘洗盡淨，最終的我也只將剩下一片沖淡的虛影而最終消弭於虛無。但我現在還確信記得那個她人，自信在我心間還保留著那個她人給予的一團莫名的溫熱，這事實究竟是幸福還是殘忍！這種情形讓我記起四十年前看到的一群死刑犯在處決前片刻的接耳交談，那時，我僅能從一個孩子的眼光思考，心想：他們的交談究竟還有什麼意義？（昌耀，《她》）

　　昌耀是一個身心上佈滿累累傷口的懷舊者，這本身就構成了他寫作上的一個矛盾。依據人類趨利避害的天性，任何人都不願揭開舊

傷疤，更何況對在傷口上撒鹽的忌諱。而昌耀儼然天生是一個懷舊者，一個伺弄詞語的中國文人，這個命定的身份不得不慫恿他用筆下文字，在空間和時間裏打撈記憶的沉船，在歷史和自然中間履行一個詩人的天職。他必然要觸碰自己的傷口，他的懷舊即是傷口之癢，就是情不自禁地再次抓痛傷口，讓傷口流血，讓痛苦再度降臨，同時體驗火焰灼燒的快感，即寫作的快感。懷舊與寫作就是這樣混合著自虐與自慰的雙子星座，昌耀以月經期聲調裏包含的各種聲音為信號，向我們講述了他的矛盾：「他感到一種快樂得近乎於痛楚的聲音。／他感到一種痛楚得近於快樂的聲音。／一種窸窣一種火花切割之聲。一種傳感。／一種為硬筆在紙上疾書的聲音。／如同指甲劃過平板玻璃引起的心底痙攣。／他感到一種不很銳利的呻吟在穿透宇宙。／他感到大浪拍來如肉芽沖決滿湖痂瓣，如花冠叢叢。」（昌耀，《冰湖坼裂・聖山・聖火》）

　　懷舊者的矛盾還體現在：詩人一面堅信「忘川」的存在，並且期待自己全部的身體和靈魂都被它「淘洗盡淨」，徒剩一片「沖淡的虛影」；一面又泅過「忘川」，卻只記得一個「她人」，成為詩人心頭吹不散的人影，徒留「一團莫名的溫熱」。昌耀在他的月經期聲調裏，正反覆咀嚼著這種矛盾，他的寫作變作一種旨在遺忘的懷舊，是痛癢莫辨的傷口。他在安享寂寞時呼喚那個「她人」，表達了一個手執倫理學泥團的詩人對柔情蜜意的需要，和對異性情愛的渴望。正像柏拉圖在《會飲》裏借阿裏斯托芬之口講述的那樣，人最初都如同被宙斯豎直切成兩半的比目魚，帶著各自的傷口，終生都在尋找自己的

另一半，渴望恢復原初的完整，這也便是愛情的由來。[1]昌耀心頭那個揮不去的「她人」，就是他在試圖抹去一切記憶時所呼喚的另一半，在他的作品中，這種呼喚就是牢騷，那個另一半就是匱乏，兩者是詩人月經期聲調中的兩枚母音。因此，月經期聲調可以理解為一種懷舊聲調，一種傷口的嗥叫：

> 靈魂的受難者是在天地的牢籠遊蕩。他的對著昏睡的街道施行的嗥叫，較之於對著關閉在岩峰的山魂又有何不同呢？（昌耀，《一種嗥叫》）

沒有什麼不同。這種嗥叫在水的啟示、土地法則與火的意志之間長久迴蕩。不論是「對著昏睡的街道」，還是「對著關閉在岩峰的山魂」，嗥叫永遠來自詩人的傷口，來自傷口上的匱乏，這是每一個「靈魂的受難者」共有的匱乏。這種匱乏與生俱來，直到瀕臨死亡的那一刻，它也依然存在。曾令詩人大惑不解的「死刑犯在處決前片刻的接耳交談」，正是這種匱乏的純粹形式，是生命的牢騷。在死亡面前，我們這些「待決的人佚」，就如同踏入「忘川」的靈魂，只有對匱乏的表達才是真實而不可泯滅的，就像泅過「忘川」而唯獨憶起的那個「她人」。詩人在死亡的底色上製造了他的**愛情話語**，即她戀話語。對「她人」的呼喚，就是一種靈魂的嗥叫，就是對完整的渴求。

1　（古希臘）柏拉圖，《柏拉圖的〈會飲〉》，劉小楓譯，華夏出版社，2003年，第48-51頁。

這種渴求發生在兩性之間：男人的最大的匱乏是女人，反之亦然。對於向死而在的詩人來說，異性情愛的匱乏成為他最長、最深的傷口，成為他的靈魂中最大的匱乏，是他最斷腸的懷舊，是對生的渴求：「你啊，如同每回已有過的感應，我及時聽到了你能帶給我走出危亡、給我信念與無窮幸福感的極為深邃的允諾。『請重複一次。再重複一次。』我懇請你。於是我重又聽到了那一份美麗。我立刻安寧了。這意味著生命已突破停滯的十字狀態而垂直地延續。而那橫向的蹄足已完全消失。」（昌耀，《你啊，極為深邃的允諾》）

　　對匱乏片刻的允諾和滿足讓詩人不再徘徊，並且指派給他一種火焰般垂直的命運。愛情話語誕生於詩人的月經期聲調裏，最精確地闡釋了牢騷和匱乏的含義，也讓詩人遵循一種神奇的血液節奏，產生前所未有的記憶。在火的見證下，這種話語構成一種特殊的交流模式，按照米什萊（Jules Michelet）的觀點：「愛情藝術的轉換要求具備一種特殊的風流倜儻。問題不在於愉悅女人的身體，而在於贏得她們的信任，使她們樂意向你敞開月經來潮的秘密。」[1]情人之間最默契的交流是分享月經來潮的秘密，分享女人緩慢失血帶來的獨特體驗，分享那些極端虛弱時刻的內在歷險。處於詩歌月經期的昌耀，在他的愛情話語中，對他的另一半坦陳了他「月經來潮的秘密」，坦陳他垂直的命運，坦陳從他體內流產的鐵和流瀉的火。這一秘密也揭示了詩人月經期聲調中包含的敏感、任性、尖銳、脆弱、瑣屑和哀戚，闡釋了他對血液的恐懼和欣快，對節律和重複的忠誠，以及對詞語的耗費。這種

---

[1]　轉引自（法）羅蘭・巴特，《米什萊》，前揭，第141頁。

特殊的交流模式，改寫了昌耀的詩意波浪線，後者不再向無盡的遠處散播，而是在詩人與他的「另一半」之間組成一個閉合的圓環，構築了一個愛情話語的迴路：

> 命運啊，你總讓一部分人終身不得安寧，
> 讓他們流血不死，然後又讓他們愈挫愈奮。
> 目的的意義似乎並不重要而貴在過程顯示。
> 日子就是這樣的魅力麼？
> （昌耀，《一滴英雄淚》）

柏拉圖認為，愛慾介於死與不死之間。月經正亮出了這種愛慾的信號，一邊是失血的恐懼，一邊是流血不死，總之，像命運一樣不得安寧。月經來潮的秘密就是流血不死的秘密，就是懷舊的秘密，就是愛情的秘密。昌耀的愛情話語同樣強調對過程的顯示，對自然節律的回應。毋寧說，月經來潮最大的秘密就是血液的潮汐，在愛情話語形成的閉合迴路中，詩人和他的「另一半」在情感潮汐的進退起落中，做著太極拳般的推手運動，聯合描繪著一幅㸌的結構，製造了詩人的月經期聲調：「他感到植入地殼的湖盆正為日月盈虧牽動，／即便一聲呢喃都如心悸具有血潮的活力。」（昌耀，《冰湖坼裂‧聖山‧聖火》）如同地球的潮汐源自月球引力的影響，詩人情感的潮汐在愛情話語中也受制於他的戀愛對象：一聲呢喃、一個微笑、一封信函，一件禮物……都調動著詩人的詩歌生理節奏，引來他的牢騷，或展示他的匱乏，牽動他的生命繩索。潮汐的湧動更加推動了焦慮的動力學機

制，在詩人體內的烘烤主義機器中燃起一團晚年的烈火，這讓昌耀的
作品也更像一個左右搖晃、幾近傾覆的火盆，一個內部的情感火山。
在詩人的愛情話語裏，他同意在裝滿潮汐的愛慾火盆裏，熔鑄他的倫
理學泥團，就像他再次在火的意志的激勵下，熔鑄他畢生熱愛的鋼鐵
一樣，詩人等待著這樣的熔鑄，他會自豪地宣稱：「我，就是這樣一
部行動的情書。」（昌耀，《慈航》）

第五節　雙重匱乏，或雙重火焰

　　作為一個貧困時代的詩人，昌耀的匱乏是無處不在的。在他的
「斯人後」時期，尤其是他的詩歌月經期，詩人諸多的匱乏之處都閃
現著火的意志。一方面，從火焰到鐵液的變形序列中，詩人觀念上的
身體遵循火的意志填充了鐵在生產上的空白，實現了「無產者詩人的
夢幻」，象徵性地滿足了一種公共領域的匱乏；另一方面，火的意志
也同樣進入了昌耀的私人領域，尤其是進入具有高度易燃危險的個人
情感領域，進入昌耀的愛情話語。帕斯（Octavio Pax）說：「愛情就
是受難和心痛，因為愛情就是一種缺乏，以及佔有我們所缺乏之物的
慾望；愛情反過來又是幸福，因為愛情就是佔有，即使是佔有一刻也
好。」[1]在這裏，火的意志熔鑄進愛情的雙刃劍中，同樣體現了它的弔
詭意味，既讓人尋覓戀愛的火種，又讓人忍耐戀愛的焦灼：

---

[1]　（墨西哥）奧克塔維奧・帕斯，《雙重火焰——愛與欲》，蔣顯璟、真漫亞
　　譯，東方出版社，1998年，第183頁。

> 如果人格的精義只在燃燒的意志，
>
> 我恰已期待你給予那一粒星火。
>
> 愛是源泉也會是歸宿。
>
> （昌耀，《涉江》）

　　這是時年55歲的昌耀，寫給他所鍾情的杭州女詩人SY的作品，他曾兩次把該詩抄錄在寫給後者的信中。昌耀至死也沒有等到對方給予他那一粒愛的「星火」，但卻被自己燃起的愛火燒得心力交瘁。愛情代表了最具弔詭意味的交流模式，是昌耀現實生活中間一個巨大的匱乏，也是他作品中一個「永恆的幻象」（耿占春語）。離婚後的詩人對當年那個土伯特女子的愛情早已煙消雲散，他渴望用愛情重燃他的生命之火。對於一個很早就離開母親闖蕩社會的孩子來說，昌耀所能得到的親情之愛少得可憐，以至於當他在淒清的晚年邂逅了餘生的伴侶修篁時，會由衷地喊出一句：「我真想叫你媽媽」[1]；而詩人遠方的單戀對象SY，則充當了他在另一種意義上的慰藉：「每有心情沉重的時候（鬱悶之極），但若一旦收到你的信函我即刻就會變得輕鬆，如同置身大自然而覺和風拂面，心曠神怡，以為世界原本就是這麼純淨、感人，而讓我恍如回到了童年。」[2]

---

[1]　修篁是昌耀1992年結識的女友，其後兩人關係時斷時續，昌耀患病期間修篁一直承擔照料工作，並締結了證實二人事實婚姻關係的聲明。參閱燎原，《昌耀評傳》，前揭，第393-400頁，第482-483頁。

[2]　1991年1月21日昌耀致SY書信，《昌耀詩文總集》，前揭，第804頁。

　　通過進入昌耀晚年生活的兩位女性：修篁和SY，我們可以辨析出，昌耀在他的愛情話語中表現出兩種不同層次的匱乏形態：修篁在一段時間內充當了詩人現實生活中的伴侶，她為昌耀提供了保護，昌耀對她也表現出依賴。對於這位眼前的戀愛對象，昌耀可以「將篁的手握得更緊一些」（昌耀，《傍晚。篁與我》），也大有機會實踐「親吻可以美容」（昌耀，《致修篁》）的慾念，因此詩人與修篁的交流方式是基本的、原初的，他們啟用的是第一信號系統。作為一個慈悲的女性，修篁的形象是切近而穩定的，因此，在昌耀的愛情話語中，她象徵一種**倫理式匱乏**，修篁為失去母親和家庭的詩人提供了母愛和家的想像，這些之於昌耀都是一種最為基本的需求；對於蝸居在西北內陸的昌耀來說，SY生活在濱海的外省，因此是超出了詩人實際生活範圍的臆想對象。作為昌耀眼中「兀傲的孤客」（昌耀，《聖桑〈天鵝〉》），SY的形象飄忽不定，甚至若即若離。兩人之間主要採用書信的交流方式，偶爾寄贈照片和禮品，所以詩人對於SY啟用的是第二信號系統，比第一信號系統進化了一步。空間上的距離經常被詩人的想像力填滿，SY在這種意義上表徵著昌耀愛情話語中的一種**審美式匱乏**。這一高級需求為詩人抵抗現實生活的意義空白和世俗倦怠提供了超越的契機，SY的出現激發了詩人久違的青春活力，並迅速躍升為一種男性專屬的求愛意識：

　　　像黑夜裏燃燒的野火痛苦地被我召喚

　　　而又不可被我尋找到的或是耶和華從被造者胸腔奪去的

　　　那一根肋骨？也是我的肋骨，所以呼喊著自己另一半

的河流才使我深深感動麼？

（昌耀，《呼喊的河流》）

　　與表達「無產者詩人的夢幻」中的匱乏情緒時所採取的方式相同，交流模式成為了昌耀書寫個人情感匱乏時的不二選擇。在這裏，昌耀利用身體的一種輸出物——肋骨——來呼喊自己的另一半，以求神跡實現他對匱乏的滿足。詩人同時糅合了《創世紀》和《會飲》中關於兩性起源的神話，動情地召喚著自己的愛人，就像召喚著黑夜裏痛苦燃燒的野火。當逐漸衰老的昌耀在政治理想、社會體制和家庭生活等方面紛紛碰壁而變得「安靜」的時刻，愛情的火焰在詩人的內心奇跡般地複燃。這股長久壓抑在他內心不得重生的激情，充當為一種救贖的信號，昌耀在經歷了諸多失敗之後，在烏托邦救贖、空間救贖，甚至自我救贖等機制在強大的現實力量面前紛紛失效後，百創一身的昌耀開始在愛情之火中尋求一種他者救贖。昌耀心理上的匱乏即是一種呼喚他者救贖的症候，昌耀希望在愛情中得到拯救。在昌耀的情感匱乏結構中，火的意志同樣寄託了詩人渴望滿足匱乏的願望。而這兩種匱乏層次又呈現出詩人不盡相同的愛情想像。

　　他者救贖要求他者在場，昌耀渴望在切近的愛情之火中取暖，並獲得重生。修篁所代表的倫理式匱乏，在昌耀心中燃起的是一團熾烈而暴躁的火焰，他發出的正是尖利而易怒的月經期聲調：「我亦勞乏，感受峻刻，別有隱痛／但若失去你的愛我將重歸粗俗。／……啊，原諒我欲以愛心將你裹挾了：是這樣的暴君。／僅只是這樣的暴君」（昌耀，《致修篁》）；「篁，與我對視。我們各自從對方的瞳

仁看到了躍動的鬥牛的激情：火的激情。」（昌耀，《傍晚：篁與我》）修篁站在昌耀感情世界的此岸一極，並且同樣以愛的方式做出了回應。以日常生活空間為支撐，她為昌耀提供了愛的反哺，因此修篁的愛是在場的，它被認定為一種母愛般的倫理式關懷，在一定程度上滿足了詩人情感的倫理式匱乏：「我本欲與宿命一決雌雄的壯志、一釋鬱積的大願、愛情告白、直面精神圍剿的那種堂·吉訶德的頑劣傻勁兒……等等，瞬刻間只剩下了頑童戲水的感覺。我似乎覺得河之幹立候的母親正憂心忡忡地召喚我回家。」（昌耀，《戲水頑童》）

　　昌耀在這種倫理式關懷下卻表現為一個任性的、脾氣頑劣的孩子。1993年的除夕之夜，獨自在冷清的辦公室，滿心期待修篁能夠前來與自己一起過年的昌耀狠心寫道：「今晚有無感應：卿若不至，吾將有意永訣。」（昌耀，《有感而發》）這番懷有賭氣成分的情感抒發，是對在場之愛的一種蠻橫籲請。因為在昌耀的理解中，修篁提供的倫理式關懷一直是一種在場的精神實體[1]，當他一旦發現這種關懷不在身邊時，敏感的匱乏感便會驅使他神經質般地要求將其索回，要求倫理式關懷的及

---

[1]　昌耀涉及修篁的作品中經常強調這種「在場性」，如「因此我為你解開辮髮周身擁抱你」（昌耀，《致修篁》）；「篁與我攜手坐在刈割後的田野」、「我與篁依偎得更緊了一些」（昌耀《傍晚。篁與我》）；「女伴與我偕同大麗花佇立路畔」（昌耀，《花朵受難》）；「女人枕著男人的腿股稍事歇息：做十分鐘的夢」（昌耀，《在一條大河的支流入口處》）；「我倆一身汗津登上山頂豁口」（昌耀，《迷津的意味》）；「愛我的人站在河之幹朝我啟動著誇張的口形」（昌耀，《戲水頑童》）；「我希望儘快結束這場對白，故暗自伸過手去，從被衾底下將愛人的腓腸肌捏了一把」（昌耀，《悒鬱的生命排練》）；「我陪伴修篁來訪時恰是在此後一個白日」（昌耀，《裸袒的橋》）；「我與她並肩沿著R腫瘤醫院的長廊往樓下走去」（昌耀，《風雨交加的晴天及瞬刻詩意》）等。

時歸位。而當這種暫時性缺位升級為背叛的時候，便直接促生了詩人的絕望：「今天是我最為痛苦的日子：我的戀人告訴我，她或要被一個走江湖的藥材商販選作新婦。她說，她是那個江湖客曆選到『第十八個』才被一眼看中的佳人……我以一生的蘊積──至誠、癡心、才情、氣質與漫長的等待以獲取她的芳心，而那個走江湖的藥材商販僅須說一句『第十八個』她已受寵若驚。」（昌耀，《無以名之的憂懷》）詩人索回缺位的失敗，表明了倫理式關懷的喪失。在昌耀患病以前，二人的交往經歷了諸多的羈絆和考驗，並曾一度斷絕了關係，家常便飯一般的戀愛風浪在昌耀與修篁之間如數上演，但卻難以激起詩人的浪漫情懷。倫理式匱乏以日常生活的庸碌狀態，抵制了詩化價值從愛情想像中滲透進來，對於二人疲憊的感情生活，昌耀感慨道：「不。沒有一點詩意，即便只在瞬刻。」（昌耀，《風雨交加的晴天及瞬刻詩意》）

　　與修篁的角色有所不同，SY無疑屬於昌耀情感匱乏結構的另一極，她所標識的審美式匱乏，則讓詩人萌生出傲立在某一峰頂的「聖火」形象：「暖冬的紅泥土在崖巔保留著聖火的意念。／……他獨自奔向雪野奔向雪野奔向情人的雪野。／他胸中火燎胸中火燎而迎向積雪撲倒有如猝死」（昌耀，《暖冬》）；「他看到採集聖火的女子在山麓前膝微踞，／……他感覺自己的指尖生煙／右臂堅挺如同湖邊祭祀的火把」（昌耀，《冰湖坼裂・聖山・聖火》）；「蒸發之血氣在亙古的冰峰燃燒／好像波斯宮廷詩人熱夢中尋求的鬱金香。／他感覺彌留時刻的生命重又投射出那一黎明色。」（昌耀，《偶像的黃昏》）可見，SY在詩人心中一直呈現為一種置身於千里之外的美麗，她花一般的形象高高地綻放在詩人觸及不到的山巔，對詩人構成一種絕

對的吸引力。SY生活於昌耀的彼岸世界，她理所應當地獲得了一個單戀中的男人對她的至高讚美。這種讚美實際上是月經期聲調對戀父期聲調的沿襲和挪用，是昌耀對傷口的唯美化處理，是對愛慾的詩學想像，是對情人之血的歌頌。SY是不在場的，是缺席的，她沒有進入到昌耀的現實生活領域。在二人的交往過程中也僅有三次謀面（包括SY在昌耀彌留之際的探望），所以他們不曾分享日常生活空間，也幾乎沒有面對面的交流。審美式救贖規定了戀愛雙方保持的距離，所以彼岸的他者對昌耀具有永恆的誘惑。這種兩地性得以讓昌耀單方面地投注感情，這種投注實際上是對審美式匱乏的單向投資和填充，體現了愛情話語的耗費精神。昌耀在這樣的動作中能夠獲得一種滿足匱乏的期待和幻象。

　　昌耀主要以書信的方式與SY展開交流。儘管昌耀臨終前奉還了SY寫給他的全部信件[1]，但從附於《昌耀詩文總集》中「致SY21封」書信中，我們基本可以理清，處於審美式匱乏中的詩人走出的一條求愛心路。[2]這21封書信具有情書的性質。在第一封信一開頭，昌耀就點名了「SY」這一特殊稱謂的含義：S和Y分別是「傻丫」的拼音首字母。[3]

---

[1]　SY在一篇回憶昌耀的文章中說：「我帶回了曾經寫給您的信。它們和信封一起被保存得那麼好……」參閱盧文麗，《懷念昌耀老師》，《綠風》2003年第2期。

[2]　原信內容可參閱昌耀：「致SY21封」，《昌耀詩文總集》，前揭，第800-852頁；另見燎原，《昌耀評傳》，前揭，第372-386頁。

[3]　昌耀在1990年12月24日致SY的信中寫道：「我想，我終究找到一個表意準確又頗傳神的詞兒來呼喚你了，是你在信中描述的『業餘回家折騰那種叫詩的東西的傻丫頭』給了我靈感，這樣的話，如我不用『女士』而改成『傻丫頭』並以杭州方言的兒化語音念出，你聽了不會提出抗議的吧？」昌耀在1991年1月21日的信中又對這一命名進行了補充說明：「至於『shayar』，你的理解完全正確，僅為『兒化韻』而多寫了一個『r』，故不是『shaya』，或另寫作『「shaya」

於是，「傻丫」成為了昌耀遠方的一個審美對象，詩人希望通過創造性的命名來打開一個嶄新的愛情話語空間，以期能夠在語言上奪取對審美對象的佔有權。情人間甜蜜的綽號是一種私人空間情慾化的符號，昌耀在這個意義上或許與魯迅之於許廣平（小鬼、乖姑、小刺蝟等）、薩特之於波伏娃（海狸）一樣，希望儘快製造出一個審美式的私人情慾空間，昌耀通過這一空間可以將SY直接想像為情人。

　　羅蘭‧巴特在讀完《少年維特之煩惱》後，從維特寫給夏洛蒂的信中提取了一個普遍的情書框架：「（1）想到你讓人多麼欣喜！（2）我處於一個瑣碎貧乏的境地裏，沒有你我孤獨極了。（3）我遇見了一個人，容貌很像你；我可以和她談論你。（4）我盼望與你重逢。──像音樂主題一樣，這一信息不斷被變化：我想你。」[1]這一概括能夠較為全面地反映情書的基本元素，並反覆地論證、強化著「我想你」這一主題。羅蘭‧巴特的藥方同樣適用於昌耀致SY的信，我們還可以從中發現，第（1）、（2）、（4）點都得到了充分的體現，而昌耀唯獨沒有提到第（3）點內容。由此我們似乎可以推斷，在昌耀切近的生活中並無類似SY這樣的女人出現，更無從展開談論，即便是修篡也無濟於事。這樣看來，SY在昌耀的情感匱乏結構中處於一個趨於絕對的地位，它更加顯示出昌耀愛情話語中存在一種獨特的審美式匱乏。由於現實生活中的無可尋覓，昌耀的詩人氣質令他在信中反覆加

---

　　er』。當然你的報復的危險不能說沒有，我且多加小心提防。」參閱昌耀，《昌耀詩文總集》，前揭，第800頁，第805頁。

[1]　（法）羅蘭‧巴特，《戀人絮語──一個解構主義的文本》，汪耀進、武佩榮譯，上海人民出版社，2004年，第192頁。

強著對SY的溢美之詞，並襯之以自己寂寞而糟糕的生活境遇。

　　審美式匱乏的負面效應與讚美言辭的正面效應之間產生了極大的張力，居於其間的詩人不得不以一種疑似意淫的方式對這種澀滯加以潤滑。由於現實中的缺位，昌耀則將SY比作陀思妥耶夫斯基的女速記員兼情人安娜小姐、希臘神話中的山林水澤之神緒任克斯（即Syrinx，可略作SY）等理想中的文學形象，並且經常「偷覽」SY的照片以解決思念問題[1]。在這種絕對的吸引力作用下，保持審美上的距離是短暫而艱難的，昌耀無法建立起情感世界裏的平衡關係，他開始考慮拋卻書信，醞釀出行計畫（二人交往後期會偶爾撥打電話），希望將自己幻化為「一部行動的情書」，藉此走進SY的生活，以消除距離帶來的焦慮，同時也將審美對象邀入自己的生活世界。[2]而一旦詩人產生這樣的

---

[1]　昌耀多次在致SY的信中流露出對其照片的珍視，如「SY，你能想像得出我自別後已在幾番捧閱你的玉照」。「照片底板由我在此地又擴印了一次，效果較上海為佳，尤其是那張『特寫頭像』，都顯出了色彩層次，細部清晰無比，表情逼真，——我說的是其中的兩張，我看作是自己比較成功地『作品』，愛不釋手，已將底版留了下來。我還想請你將那張在上海照相館加擴的底版以棉軟白紙包好郵寄給我保存，可以嗎」。「作家林語堂就寫有一篇《來台後二十四快事》，我似可以仿此列舉若干條，那第一條就該這樣寫：『關起門來，正襟危坐，品讀SHAYAR書信集，偷覽SY照相冊，如受幸寵漫遊無憂國，不亦快哉』。「我已見到你在彼地的兩幀留影，一幀憂鬱一些（類似穆斯林婦女打扮），一幀昂奮一些，一種躊躇滿志的樣子。我所熟悉的是前一種狀態，但我更願祈祝你保持後一種狀態。」參閱昌耀，《昌耀詩文總集》，前揭，第810頁，第816頁，第833頁，第847頁。

[2]　昌耀多次在致SY的信中提及他醞釀中的出行計畫，儘管中間一度放棄，但這一計畫始終作為詩人一種渴望救贖的希望而存在，如「我決計要從這種囚閉狀態走出，先擬在機關辦公室謀一鋪位。如可能，願在北京或上海謀一去就、樓止，一可供寄寓的蝸殼即可」。「因你之故，我對杭州也深有感情，但是那裏

想法，即輪番遭遇了愛情理想的幾度幻滅，SY在長期遊移的態度下最終拒絕了昌耀的求愛，宣告了審美式救贖的破產。

多年以後，當SY出現在病情噩化的昌耀病床前時，一直在昌耀身邊承擔照料工作的修篁歇斯底里般地大聲喊道：「SY來了，太好了！昌耀就交給你了！你們想上哪兒治療就上哪兒吧，不關我的事了！」[1]修篁的這一激烈反應包含了複雜的心理因素，是女人間的嫉妒？是對責任的推卸？是愛意的反諷？還是對憤懣的發洩？昌耀愛情話語中的審美符號終於和倫理符號相遇了，這個充滿象徵意味的相逢場面至少表明，昌耀情感匱乏結構中的兩個層次之間產生了無法消除的抵牾，並展開了相互的戕伐。

倫理式匱乏要求保持日常生活的在場性，因此拒絕詩意的降臨，也就排斥審美上的解決方式。在滿足倫理式匱乏的過程中，戀愛對象

又有我容身之地嗎？老實講，我極望走出青海……但你或可為我提供某種諮詢、幫助」。「我之願意與滬杭一帶謀事，也在於所謂的『向不可能挑戰』，因為，我是這樣地渴望與你在一起。你又能否為我提供一些諮詢」。「我早已羨慕做一個杭州人、上海人……了。請惠我佳音」。「今年我已無意去省外走動，既有公費原因，更有個人心境原因……也許三五年後我才有緣去滬杭一線」。「以後我會去杭州看你」。「我想在杭州謀一發揮『餘熱』之處（或購一可為『隱居』的一間郊區小屋）是否可得？仍盼復」。「近日收到南京一位隔絕音信多年的流浪朋友的信，他擬讓我春節期間去那裏聚聚。假如能夠成行，我將首先去杭州看望你，也僅只是為了看望你。但若你以為不可，我則哪兒也不去了。」參閱昌耀，《昌耀詩文總集》，前揭，第826頁，第831頁，第834-835頁，第838頁，第839頁，第840頁，第841頁，第844頁。

[1]　原文中提到了SY的真實姓名，這裏遵照昌耀的習慣，以字母SY代之。參閱盧文麗，《懷念昌耀老師》，《最輕之重——昌耀論壇五周年選集》，章治萍主編，電子稿。該文發表在2003年第2期《綠風》雜誌上時刪去了這一情節。

以母親的形象出現，詩人自己相應變作一個任性的、具有「戀母情結」的孩子。昌耀對倫理式匱乏的焦慮是由在場向缺位的遷移中產生的，它是一團**熱感型火焰**，因為高溫而暴虐、任性，因為切近而令當事人承受日常生活的烘烤。與之相反，審美式匱乏要求詩人與審美對象之間保持適當的距離，因此為詩意的降臨騰出了空間，審美對象的不在場，使得她與詩人無法經由日常生活的介質尋求倫理上的承認，自然也讓倫理式的解決方式無從插手。情書代替了日常生活成為詩人與審美對象交流的中介，情慾化的命名讓雙方在語言空間中各自扮演了情人的角色。對於審美式匱乏，昌耀的焦慮在於它從缺位向在場的滑動，它擦出了一團**光感型火焰**，由於明亮而謙卑、虔誠，由於遙遠而令詩人徒生膜拜的渴望。昌耀與修篁和SY的兩段感情廝磨，無論是倫理式匱乏，還是審美式匱乏，詩人都試圖超越各自的邊界，在愛情話語裏實現兩者間的互補，孰知這種對邊界的觸犯，勢必導致所有試圖超越的努力都歸於失敗。[1]昌耀沒能安於一個拜火者的角色，遵從一

---

[1]　昌耀試圖用倫理式匱乏的解決方式彌補審美式匱乏的努力體現在對SY在場性的邀請，一種表現是詩人自己希望主動靠近SY，這種努力在現實中是失敗的；另一種表現是詩人妄圖實現SY身體的微觀遷移和佔有，除了通過照片和禮品睹物思人之外，在1992年2月14日致SY的信中，昌耀更加大膽地提出：「敢請在寄我的信箋中贈以SY長長的七根或九根青絲？」這一心願最終未能實現，昌耀在1992年4月12日的信中稱：「你到底沒有將我在2月間向你討要的那幾根絲縷寄予，自然那情必是重如泰山，信箋又豈可載得動呢！」參閱昌耀，《昌耀詩文總集》，前揭，第829頁，第830頁。昌耀用審美式匱乏的解決方式彌補倫理式匱乏的努力體現在他對修篁棄置禮物的抱怨，如燎原在整理昌耀手稿時發現後者用鉛筆在半張紙片上寫下這樣的文字：「你有負於我一片愛心，試問：我給你贈送的禮品有哪一件你認真保存或使用了？鞋子你讓給了XX。保溫杯你讓

種圖騰的禁忌;他的詩人本性讓他成為一個玩火者,讓他服膺一種自
焚的命運,因而將兩種救贖方式都置於死地。

　　齊澤克(Slavoj Zizek)認為:「成功的藝術家的『訣竅』在於他能
把匱乏轉化為自己的優勢,以高超的技巧操縱、控制存在於核心的空
白及其在四周引發的效應。」[1]就像對待殘缺而匱乏的維納斯雕像,任
何一種彌補和填充都是失敗而可笑的。在昌耀的愛情話語中,儘管兩
種匱乏類型不盡相同,然而不論昌耀需要的是對哪一種匱乏的表達,
他的詩歌始終持守在匱乏的一邊,成為一種珍貴的匱乏之美。在這種
美的光暈中,詩人用文字為我們雕鑿了一個屬於他自己的維納斯,他

給了XX。包金石英坤錶你戴了不足一年,據說被偷或丟失了。為結婚準備的
銅床、組合傢俱、辦公桌等你全部變賣了。金筆你給了XX。……古人說,『禮
輕人情重』,又說,『人而無信不知其可』,你最後將自己的肉體也整個兒賣
給了一個不法商人——走江湖的粗俗男人。」這顯然是在表達對修篁的不滿。
參閱燎原,《昌耀評傳》,前揭,第399-400頁。而昌耀與SY則一直保持著順暢
的禮物交往渠道,昌耀主要為SY寄贈書籍,SY贈給昌耀賀卡、磁帶、音樂茶
杯、雨花石、絲帕和郵票等禮物。對此昌耀在信中交代:「你迄今所有給我的
書信、贈品、照片及底片均由我妥為珍藏,因為這都是我最為珍貴者,請放寬
心。」參閱1991年5月31日昌耀致SY書信,《昌耀詩文總集》,前揭,第810頁。
昌耀在彌留之際妥善處理了他們之間的禮物歸屬,SY就此回憶道:「我帶回了
曾經寫給您的信。它們和信封一起被保存得那麼好,以及曾經送給您的禮物:
一把檀香扇、幾塊雨花石和一隻音樂杯,它們被收藏在一隻多年前我給您寄月
餅用的郵政防水紙盒裏……我帶回了您留給我的禮物:一把石斧,一柄石鏟,
一隻紡輪……您執意送給我一尊距今逾五千年的青海大通縣出土的彩陶罐,並
囑修篁為我細心包紮好。」參閱盧文麗,《懷念昌耀老師》,《綠風》2003年
第2期。

[1]　(斯洛文尼亞)齊澤克,《幻想的瘟疫》,胡雨譚、葉肖譯,江蘇人民出版
社,2006年,第23頁。

深深擁抱了她，讓她與詩人的匱乏呈永恆的對稱之勢：

> 這是唯一的，最後的，抒情。
> 這是唯一的，最後的，草原。
> （海子《日記》）[1]

　　昌耀愛情話語中的雙重匱乏，燃起了他命運中的一團雙重火焰，它以一個詩意的原點為焰心組成同心圓。倫理式匱乏可視作外焰，它高溫炙熱，與日常生活的氧氣接觸；審美式匱乏可看成內焰，它明亮炫目，包裹著詩意的中心。外焰發生氧化作用，它隔絕了詩意的浸潤，讓詩人成為「天地間再現的一滴鏽跡」；內焰表達還原作用，它毗鄰詩意的源頭，讓詩人從此化作「一部行動的情書」。雙重火焰以相反相成的形式共存著，這也讓昌耀的雙重匱乏找到了一種消除芥蒂的可能。就像雙重火焰一道促成了詩人生命的燃燒，雙重匱乏也在昌耀身上描繪了一種充滿弔詭、緊張和鬥爭的命運圖式，它們常駐在詩人體內，成為烘烤主義機器的圖騰，聯步呈現、整理和調解日常生活與詩意之間的關係。既然雙重匱乏在昌耀的愛情話語裏展開，那麼它們就要隨時服從愛情的測不準原理，希望會隨時隨地萌發，絕望也會霎時間降臨，「不管戀人是要證明自己的愛情，還是竭盡全力要弄清對方是否愛他，反正他沒有任何可靠的符號的體系可以指望。」[2]面對

---

[2]　海子，《海子的詩》，人民文學出版社，1995年，第206頁。

[1]　（法）羅蘭・巴特，《戀人絮語——一個解構主義的文本》，前揭，第262頁。

由愛情燃起的這團雙重火焰,昌耀說:「都已蒼老。當一對情侶站立人群執迷如樹。」(昌耀,《涉江》)愛情之火照亮了人性,也焚燒了生命,匱乏中的他者形象如同「沙灘上的人臉」(福柯語)一樣模糊難辨,這也讓以愛情為靈魂的他者救贖像火焰一般虛無飄渺、居無定形。

雙重火焰不僅勾勒出昌耀創作心態上的匱乏結構,而且也導致了他作品中英雄情結的變形和分裂。隨著昌耀「斯人後」時期在現實境遇上的一系列悖謬體驗不斷升級,日常生活的外焰大有吞噬詩意內焰的趨勢,企圖讓詩人單純的內心世界全部氧化、變色、生鏽,將審美空間焚毀成灰。在這團猙獰之火的威脅面前,昌耀體會到了自身的真實處境:

> 面對一種冷場,朝觀生命寒射的光照,
> 如在燒紅的鐵板感應蹦起的魚。
> (昌耀,《場》)

「燒紅的鐵板」遠遠要比「寒射的光照」來得更為緊迫和猛烈,熱感型的火焰以絕對的優勢要脅、遮蓋住了光感型火焰,這也預示了日常生活有足夠的力量擊敗詩意的存在。這種外焰的最大化趨勢,讓一貫秉承古典主義英雄觀的昌耀,開始對他筆下的英雄形象做出一定的調適,以此為他難以為繼的神話書寫鋪就道路。在火的現實主義外焰的連年烘烤下,在「燒紅的鐵板」上「蹦起的魚」,成為昌耀塑造出的一個另類的英雄形象,即使刀俎俱足,也不忘做一次絕望的反

抗。「我們知其不可而為之，累累若喪家之狗。／悲壯啊，竟沒有一個落荒者。／悲壯啊，實不能有一個落荒者。」（昌耀，《堂·吉訶德軍團還在前進》）不論是「蹦起的魚」，還是「喪家之狗」，昌耀將這類形象都注入一種**反英雄**的元素，日常生活以烘烤的方式邀請它們在昌耀創作的「斯人後」時期現身。反英雄形象的出現，促使它們與以往昌耀筆下的英雄形象分庭抗禮，成為對古典英雄形象的戲仿：「堂·吉訶德軍團的閱兵式。／予人笑柄的族類，生生不息的種姓。／架子鼓、篳篥和軍號齊奏。／瘦馬、矮驢同駱駝排在一個佇列齊頭並進。」（昌耀，《堂·吉訶德軍團還在前進》）賽凡提斯（Cervantes）創造的堂·吉訶德這一文學形象本身就具有反英雄的色彩，他是一個迷戀騎士小說的偽騎士，終於在與現實之牆無數次喜劇性碰撞之後，承認了一種悲劇性的命運。昌耀如堂·吉訶德一般，同樣付出了以頭撞牆的慘痛代價，他終於承認：

> 沒有硬漢子。
>
> 只有羊腸小徑。
>
> 命運跳板的尖端
>
> 容不下第二種機緣。
>
> （昌耀，《嚎啕：後英雄行狀》）

嚎啕是詩人內心情感淤積的強烈爆發，也是對他長期賞識的抒情系統的一次大清洗，是被放大的、高音模式的月經期聲調。儘管這裏噴發出的消極見解，僅僅是詩人情緒波動時的過激之詞，但經過此

番格式化處理之後，昌耀開始認真反思自己在認知模式和情感結構中根深蒂固的英雄情結。在昌耀眾多的詩篇中，英雄一直是一個或一群「硬漢子」，是日夜奔騰、摧枯拉朽的一百頭雄牛，是青藏高原上恣意揮鞭的牧人，是滾滾黃河裏搏擊湍流的水手，是開國元勳，是草莽豪俠，是水壩工地上犧牲的澆築工人……英雄張揚的是一種頑強的生命力，是自然的原欲，是綿延不竭的血氣。

　　然而，在詩人的嚎啕聲中，不斷失衡又持續升溫的雙重火焰顯出了猙獰的面孔，彷彿施了某種巫術，硬漢子式的英雄們瞬間化為烏有：「大男子的嚎啕使世界崩潰癱軟為泥。／……硬漢子從此消失，／而嚎啕長遠震撼時空。」（昌耀，《嚎啕：後英雄行狀》）如果把昌耀詩歌中遍佈著「硬漢子」的創作階段想像為一個「英雄時代」，那麼如今這種嚎啕之聲便意味著英雄時代已然「崩潰癱軟為泥」，而宣告另一種昌耀所謂的「後英雄時代」的粉墨登場。昌耀進入「斯人後」創作初期經歷的那段淡季時間正是為這兩個寫作時代的接洽提供調適的時機。與「英雄時代」造就英雄形象的指令不同，「後英雄時代」創造的正是反英雄的形象，在這類形象身上，我們找不到絲毫整體感的光暈，找不到對正面宏觀價值的謳歌，找不到樂觀積極的抒情元素，它們被燃燒在「後英雄時代」裏的火焰統統消解、焚化，變成了對沒有英雄出現的平凡人間的片段式記錄，變成了一種灰燼中的敘述，變成充斥牢騷和匱乏的月經期聲調，變成詩人與生存本身的赤裸相見。

　　「有一天你發現自己不復分辨夢與非夢的界限。／有一天你發現生死與否自己同樣活著」（昌耀，《意義空白》）；「如果必要的死亡是一種壯美，／那麼苟活已使徒勞的拼搏失去英雄本色」（昌耀，

《一天》）；「大巫師詛咒了：那是致命的一擊。他將死。／不錯，從傷口鉗出的骨刺確屬蛇的毒牙。／血流洶湧。但人還活著。說也慚愧竟還活著。」（昌耀，《一滴英雄淚》）「後英雄時代」同樣也是一種魔鬼化過程的產物，確切地說，是詩人假借魔鬼化之舟楫，行「祛魅」之事功的結果，正是魔鬼的力量驅散了詩人以往施加於「英雄時代」的種種夢幻，消解了昌耀創作心理中的英雄情結，將他帶進了世俗、瑣碎的現實世界，並徑直把詩人推至生與死的臨界線上。「後英雄時代」讓昌耀的世界觀變得簡單，因而更接近命運的本色。

　　長期以來，支撐昌耀英雄情結的一條美學信條可以理解為：像英雄一樣生活（思考、說話、寫作、戀愛……），這讓他終生熱愛歌德、尼采、惠特曼、勃洛克和陀思妥耶夫斯基。這種美學標準也一直干預著昌耀的道德標準，讓他很早就樹立了烏托邦理想，懷有「政治情結」，在人們都趨於做一個經濟人的年代裏，他仍樂道於「卡斯楚氣節」、「以色列公社」、「鐮刀斧頭的古典圖式」等等左派精神符號，甚至昌耀把「像英雄一樣去死」這樣的美學信條奉為他在「英雄時代」的最高理想。然而，這些道德和審美價值在「後英雄時代」裏統統不再奏效，即使像堂・吉訶德那樣隨時準備行使一個騎士的光榮職責從容赴死，也不免會淪為「予人笑柄的族類」。在「後英雄時代」裏，如果一個人不能像英雄一樣去死，那麼就註定成為了一名苟活者。昌耀說：「日子是人人遵行的義務」（昌耀，《聖詠》），「後英雄時代」正是由無數個普普通通的日子構成，這裏「沒有硬漢子，只有羊腸小徑」，烘烤主義機器代替共產主義高爐，月經期聲調代替戀父期聲調，它唯一的意義就是讓人們直面眼前這個並不完美的生活世界，讓不能做英

雄的人們成為苟活者，讓耽於夢幻的人們嗅出人間的煙火氣息。

　　昌耀就是這樣一個懷有英雄情結的苟活者。在他「斯人後」的作品中，我們發現了從「英雄時代」向「後英雄時代」的轉軌過程，這種轉軌也折射出時代基本命題的轉換，即從前者的「像英雄一樣生活（思考、說話、寫作、戀愛……）」轉變為後者的「像人一樣生活（思考、說話、寫作、戀愛……）」。這種命題轉換，也是昌耀創作史上最大規模的一次換血，它徹底消除了昌耀以及他的同代人對英雄的崇高幻想，將自己還原為一個普通人的身份去感知世界、感知他人，這也讓他此間的作品中充滿了欷噓、疲憊和累累傷痕。現實主義外焰拼力撲滅詩意內焰，將後者逼入中心的孤島，如同鎖入一間世外的牢籠，那裏是昌耀內心裏冥頑不化的詩意中心，是最初的和最後的母音，它為詩人保存著對英雄的夢想。即便昌耀的英雄情結內核萎縮得多麼微小，他始終不肯接受苟活者的名號。然而英雄的時代早已成為過去，昌耀不得不在「後英雄時代」的基本命題下成為一名苟活者。觀念與境遇的廝磨也正是雙重火焰之間的抗衡，這讓詩人的內心徒生出曠日持久的烘烤感和離奇的悖謬體驗：

　　　　忍受著自己思想之擠壓、煎逼的精神果實，終於如沸煮後的雞卵
　　　　冷卻剝離物化。是對於生存的憎恨？是對於所愛之反哺？但那一
　　　　自我完成的毀滅也屬於熱情之火，而火又如何衰老？毀滅其於青
　　　　春的寓意又是如何地讓人深感愕然啊。（昌耀，《處子》）

　　值得慶幸的是，正如純淨、嬌嫩、鮮美的雞卵成為火的果實，生活對詩意的壓抑反而促成詩意的再生。於是，昌耀創作的「斯人後」時期呈現出了**火的衰變**歷程，讓我們從中也梳理出一條詩人英雄情結的衰變軌跡，一部血的耗散史。這個過程面目猙獰，充滿心靈的歷險和意志的修煉。然而昌耀的詩歌在抵擋消極命運的同時，為我們保留了一個詩意的內核、一條物化的生命、一顆如雞卵般聖潔、高貴、絕美的藝術之心，借助它，我們能夠穿透生活的迷霧，洞悉靈魂的底色。火燃燒了詩人的信念，燃燒後的灰燼繼續維繫著他作品的主題和形式，讓他從生活的地平線上來打量這個世界，讓他的眼光返回到人的自身。昌耀將他「斯人後」的創作納入到對火的物質想像中，由於英雄情結的衰變，詩人以一個在生活中苟活的挫敗者的態度，將火的焦灼傳遞進他的文字中間，主導著他作品的精神氣質。由於「後英雄時代」的基本命題變本加厲地在我們自己的生活空間發號施令，昌耀詩歌中透出的那些火一樣的焦灼，也傳遞到我們每一個人身上。鑑於「日子是人人遵行的義務」，我們有理由相信，在這個沒有英雄的時代裏，昌耀詩歌中那些坦陳的生命體驗，也構成了一卷我們用於揣測生活的不老神話。

第四章　遊吟之氣：詞的躍遷史（1994－2000）

　　　　　　　　　　　　　　　　讀我就是殺我。

　　　　　　　　　　　　　　　　　　　──張棗

第一節　散文時代，晚期風格

　　某年除夕，昌耀在百無聊賴中度過了這個新年裏最特別的「一天」。在他逐漸衰老的身體裏，同時容納著兩種時間體驗：一邊是年輕時代無限嚮往的慢，一邊是現實經歷中颶風般襲來的快，它們如同血管和神經在詩人體內廣泛分佈、相互糾纏，幫助詩人推演出一套關於時間的辯證法：「一天長及一生，千年不過一瞬」（昌耀，《一天》）。由於人類知覺範圍的有限性，不同的時間單位（如年、月、日等）會激起我們不同的內心感念。作為最長的一條時間生產線，「年」似乎被認定為一種神奇的力量，它無疑大大超出凡夫俗子們正常的感知界限，秘密進駐我們的體內，並悄悄安放了一種時間的緩釋炸藥，讓我們逐漸在它的懷抱裏眩暈、麻醉，最終沉睡在一架隱而不顯卻不斷悠蕩的年代學搖籃裏。

　　相傳，在中國的遠古時代，是一個名為「年」的孩子想出了制服怪獸「夕」的辦法，實現了百姓的安居樂業，因而後人才流傳下了「過年」、「除夕」的古老風俗。如同一個孩子的珍貴童真那樣，在辭舊迎新的爆竹和焰火中，「年」近似為一種時間的詩意單位，它驅趕了外來的怪獸，承諾了來日的幸福。「冰河與紅燈謹守著北方庭除」（昌耀，《極地居民》），這是一種經典意義上的詩意，與人類的想像力密不可分，它讓我們在「每逢佳節倍思親」的憂愁中陡然體味到一種缺位般的詩意充盈，在大年夜的飯桌前驚悸於闊別多年的父母額前難掩的幾縷白髮。

　　「年」突破了我們身體知覺的防守，在某一個召喚詩意的時刻亮出真身。一方面，這個隱匿的詩意符號將自身的色彩讓渡給一年中的「四季」，讓這四種異趣的格調來代理展示「年」的珍稀和神秘，「季節」由此成為一種顯性的詩學資源，成為「年」在場的化身和變體；另一方面，「年」的詩意從一開始就被自然界裏恆久的物象所共同分擔，因為悠遠遼闊的山河湖海，天然成為「年」的漫長詩意的空間投射，成為弱小的我們眼中強大的父親，它們為人類恆久的情感提供固定而不變的形式，守護著我們古老的慾望。人們對「年」的想像是闡釋性的，就像我們在一切宏大事物身上寄寓了太多的意義那樣，這種**闡釋性語氣**伴隨了昌耀寫作的大半個征程，成就了詩人縱橫捭闔的想像力和沈鬱雄渾的本文氣質，也構成他創作中最顯著的特色之一。作為一種最高限度的詩歌上層建築，闡釋性語氣所依託的物質基礎，必定是長期湧動、綿延在詩人身上的血氣。它潛藏於水的啟示，激越於土的法則，衰竭於火的意志，在物質想像的更迭和演進中書寫

了一出血氣與詩歌的羅曼史。

　　在人類的時間感知譜系中，「月」是在長度上遜色於「年」的時間單位，它力促對後者的換血，以及對血氣的分配和再造，以期實現「年」和「季節」的器官化。鑑於「二十四節氣」對國人農事經驗的影響，「月」的概念漸漸在人們的知覺體系中趨於明朗而固定。中國文人對於「月」的詩意表達，在「陰晴圓缺」的週期規律中找到各自的情感形態，它繼承和發揚了「年」的闡釋性語氣，成為對「春夏秋冬」的另一種演繹。「月」屬於一種節律性的時間單位，占星學上迷人的「十二星座」詮釋了一種「月」的運行機制。這種依重規矩的機構化氣質，也暗合了人類社會現代組織的基本原則，因此體制內的經濟人幾乎都是按月領取薪水。「月」的概念泡製在「金錢」的木桶中，成為了世俗的現代經驗可資佔有的一片疆域。然而，夜晚淒清皎潔的月光和令女人疼痛焦躁的月經，依然統治著人類亙古不變的內心世界，隱秘地調控著詩人的聲調。就像月亮盈虧交替的曼妙身姿所暗示的那樣，「月」的概念是詩意單位與世俗單位的接洽和混融，既為人提供飄渺的想像，又把人的命運釘在時間的十字架上。

　　在「月」治下的「周」（或「星期」）的概念，在一定程度上回應了人類的神性起源。據《舊約‧創世紀》記載，起初，神在創世的前六天造出了天地日月、山川河流、草木植被、鳥獸魚蟲以及人類自身。到了第七日，造物的工作完畢，神就安息去了，把其餘的事情留給了人。遵照神的安排，一個「周」（或「星期」）被工作和閒暇的主題所分享，血氣進一步得到分配和再造，這也關涉到詩人寫作體系中生產和耗費的問題，只是兩者的比例發生了微妙的傾斜。我們同樣

可以把昌耀作品中所描述的對象想像為一種造物的結果。那些曾經被讚美過的勞動者形象,分佈在昌耀寫作生命的前六天,成為血氣的主人翁。他們分擔著詩人的闡釋性語氣,將靈魂朝向上帝的方向。與勞動者形象不同的是,在昌耀寫作生命的第七日,他的詩歌大街上充斥著各類遊手好閒者,他們在淡季的時間裏行走、逃亡、顫抖,無端地消耗著血氣和精力,把靈魂袒露給撒旦。在他們中間,我們也找到了詩人自己的身影,他接替了神的工作,與他創造出的那些不幸的人們「在一個平面演示一台共時的戲/劇」(昌耀,《意義空白》)。

昌耀給闡釋性語氣放了假,代之以一種**描述性語氣**,這是一種最低限度的詩歌上層建築,是樸實而謙卑的口吻和氣質。它不再教諭我們那麼多的意義和價值,不再號召我們站在黎明的高崖向東方頂禮,它只負責呈現這個世界的眼袋、老繭和皺紋,告訴我們城市裏的黃昏和日出,記錄我們在一個下午的全部細節。描述性語氣善於報導一種反詩意的詩意,在這種講述中,我們「只剩下了活著的感覺」(昌耀,《答深圳友人HAO KING》)。

破除了「月」和「周」(或「星期」)的過渡性幻想,「一天」或「日子」的概念在市井的煙塵中無聲落地,成為時間體系中地地道道的世俗單位。「一天」中充斥著愉快、興奮、忙碌、疲勞、焦急、沮喪、憤懣、矛盾等細微瑣碎的生活體驗,也包含了工作和閒暇,它們隨時出現,又迅速消失,為我們的知覺系統所完整地佔有。無論是莫爾索式的荒誕(卡繆,《局外人》),還是小林式的清湯白水(劉震雲,《一地雞毛》),如同房屋劃出了我們生活的邊界一樣,在起床與入睡之間,「一天」規定了每一個弱小的生命所掙扎的尺度,

還原了我們需要面對的最真實的物質世界，因為「日子是人人遵行的義務」。宙斯將最初的人類切成兩半後，讓身體的長度等同於傷口的長度，而上帝把「周」進一步碎化成「日」後，也讓「一天」或「日子」的長度緊密地縫合了人類經驗的感知長度，此舉也剛好因地制宜地嚙合了描述性語氣。因此，就像房屋是屬人的空間單位一樣，「一天」也被命名為一種屬人的時間單位，儘管人們在「一天」中需要面對柴米油鹽的機會要勝過風花雪月，但我們還是無比真切地棲居在「一天」的房屋裏，感受著它與生命的對等，親身經歷著它帶來的工作和閒暇，以及描述性語氣所提供的、多如牛毛的生活細節。因為在這裏，有一個清醒的聲音告訴我們：「我必須勝任情感的多重體驗」（昌耀，《20世紀行將結束》）。

　　自稱具有「下午性格」的詩人柏樺，頗為贊同「一天」賜予給我們的此番「多重體驗」，他說：「下午（不像上午）是一天中最煩亂、最敏感同時也是最富於詩意的一段時間，它自身就孕育著對即將來臨的黃昏的神經質的絕望、囉囉嗦嗦的不安、尖銳刺耳的抗議、不顧一切的毀滅衝動，以及下午無事生非的表達慾、懷疑論、恐懼感，這一切都增加了下午性格複雜而神秘的色彩。」[1]柏樺通過對「下午」的「多重體驗」，揭示了「一天」中的詩意成分，依靠描述性語氣的傳達，我們得以獲知，這是一種來自日常生活的詩意，一種物質世界的詩意。「一天」不及「年」所具備的那種對時間充足的、長線的、抽象的想像力，相反，它的詩意是微觀的、即興的、隨身的、甚至是

---

[1]　柏樺，《左邊──毛澤東時代的抒情詩人》，前揭，第3頁。

脫口而出的，它的「多重體驗」是描述性的，而非闡釋性的。不同於「年」所戰勝的外在怪獸，「一天」要對付的是從無數個細瑣的毛孔中鑽出的內在怪獸，這幾乎是無處不在而難以消除的，構成了人類日復一日的生活圖案。在最逼仄的日常生活縫隙和地道中，帶著對內在怪獸的「多重體驗」，「一天」力圖擊潰血氣的總體性，讓它不再有凝聚和振作的機會，讓它必須接受破碎和斷裂的命運，承擔一種詩意的現實感。

　　昌耀的時間辯證法就在「一生」與「一天」，「千年」與「一瞬」之間痛苦地徘徊著。從詩人近半個世紀的詩歌創作生涯來看，我們隱約地發現了一條將「一生」看做「一天」，由「千年」走向「一瞬」的時間壓縮之路。一路走來的昌耀越來越明顯地生出「一輩子僅是一天」（昌耀，《眩惑》）的斯芬克斯體驗。昌耀在水邊迎來了他生命中一個詩歌的清晨，自然風物開啟了他原始的慾望和想像，也為他的寫作輸入大地之血，浸潤了詩人的骨肉。對大自然和生命力的自發詠讚和對理想生活的天真憧憬，賦予了詩人對時間的一個原始的體驗尺度，它幾乎與宇宙等同：「海頭戈壁／古事千年如水。／駝峰，／馬背，／盡付於了黃沙。」（昌耀，《海頭》）。命運中的飛來橫禍和時代的瘋狂失序，書寫了這個年輕詩人創作上的空白，也讓詩人的慾望遭受長久的壓抑。他錯過了整個上午的美麗風景，不得不在宏大空間裏迷路，不得不在午間熱風中呼喊：「總是拓殖的土地。總是以閱兵式橫隊前進的拓殖者的波浪／線。」（昌耀，《午間熱風》）昌耀力圖在對宏大事物的謳歌中挽回一度被熄滅的、波浪式的長線想像力，彌補曾被打碎的宇宙時間，修復不幸斷裂的恆久詩意，為骨肉之

血的奔湧、為與大地之血的匯合尋找機遇，並且命中註定地與「高爐
美學」擦出了火花。這一點星火得以在一個沉悶而乏味的下午安靜地
燃燒、蔓延。以一種解構和耗費的態度，火的意志焚燒了歷史空間裏
的宏大形象和寄寓其中的亙古夢想，也讓詩人的激情從此在緩慢的失
血中走向消歇和沉寂。在昌耀對「一天」的「多重體驗」中，烘烤主
義機器從內部被開動，他藉此機會瞥見了「瞬間」的詩意：「貿易風
從東南帶來騷擾的鰻魚」（昌耀，《剎那》）。詩人不再向偉岸的父
性空間尋求保護，而是在瑣屑的日常生活中獨飲詩歌月經期的陣陣烘
烤，他慢慢拋卻了對宇宙和歷史想像的虛妄懷念，熟悉了他生命中必
然來臨的每一天和每一個瞬間。

　　昌耀詩歌經歷了從「英雄時代」向「後英雄時代」的轉軌，
其實就是從對「千年」的神往轉向對「一天」的描述。按照黑格爾
（Hegel）的說法，是從史詩時代進入到散文時代。昌耀對「一天」的
細心體會帶領他的創作靜悄悄地開赴到一個**散文時代**[1]。此時，市場經
濟的旋風已經在中國登陸，迅速改變著中國社會的面貌和中國人的生
活方式，它強烈地衝擊著昌耀既有的思想觀念和美學立場。在這樣的
現實生存環境下，儘管昌耀越來越成為了一個格格不入的人、一個零
餘者、一個苟活者，但他依然希望通過自己的創作，來尋求與散文時
代的接洽方式。於是，他把在作品中塑造的反英雄形象置於「一天」

---

[1]　這裏所謂的「散文時代」有兩重含義：一是指昌耀的寫作情懷和格調從史詩式
　　的轉變為散文式的，即從闡釋性的轉變為描述性的，從宏觀抒情的轉變為微觀
　　敘事的；二是指昌耀在20世紀90年代以來的寫作中，開始自覺放棄了分行的詩
　　歌體裁，轉而逐漸採用了不分行的散文（詩）體裁。

的背景下，沒有高調的讚美，也沒有動情的回憶，只有平淡而冷靜的陳述，這讓一度在昌耀身體內部橫衝直撞的血氣紛紛偃旗息鼓，把一切都交付給與敘述平行的時間。一旦他採取了這樣的嘗試，那些城市街頭渺小的反英雄形象神奇地讓詩人眼前一亮，彷彿重臨了一種英雄式的光暈，昌耀在這種隱形的光亮中也似乎瞥見了自己找尋多年的面孔。在散文時代的「一天」中，昌耀偶然與自己的靈魂——一個與蟒蛇對吻的小男孩——在某個平凡的街巷中相遇了，這個街頭的賣藝少年出人意料製造的猙獰畫面———一個內在怪獸——或許就是詩人走失多年的自我形象，是焚燒之後氣化的生命形態：

> 那時，我視這位與蟒蛇對吻的小男孩是立於街頭的少年薩克斯管演奏家了。從這種方式，我感到圓轉的天空因這種呼吸而有了薩克斯管超低音的奏鳴，充溢著生命活力，是人神之諧和、物我之化一、天地之共振，帶著思維的美麗印痕擴散開去。（昌耀，《與蟒蛇對吻的小男孩》）

就這樣，昌耀帶著「一天」賜予他的現實感，帶著與靈魂對視那一刻最後的驚喜，奔向了他創作的晚期，奔向一個從「一生」到「一天」的滑翔跑道上。「此刻，我同意把速度加大到無限。」（西渡，《一個鐘錶匠人的記憶》）憑藉著火的意志最後一次努力焚燒，昌耀加足馬力闖進了他的散文時代。在風中的餘燼之上，只剩下殘喘在「一天」中的**呼吸**，像那個「少年薩克斯管演奏家」，他奏響了現實中的音樂，我們感受到的是人的呼吸，是羔羊般的氣息，是靈魂的

吐納。這種呼吸醞釀了詩人對氣的物質想像，也即是一種關於**氣的遊吟**。依靠這種遊吟，昌耀在寫作中希望重新把「生命活力」召喚出來，實現「人神之諧和、物我之化一、天地之共振」。

以呼吸為主要表徵形式的氣的遊吟，錘煉了昌耀作品的**晚期風格**，這一風格首先體現在他寫作中血與氣的分離上。長期以來，血與氣本係一體，從詩人寫作的造血期開始，血和氣就混合在一起，滋養著詩人律動的生命。這種血與氣的合唱，標誌著詩人迎來了他寫作上的黃金時代，同時也啟用了一套以血為顯性，以氣為隱形的搭配方案。昌耀的創作個性得益於這種方案在文字中的運作，它一度塑造了詩人的英雄情結和雄渾、蒼涼、遒勁的文風，也訓練了他的戀父期聲調和闡釋性語氣。在分別經歷了對水和土的物質想像之後，昌耀在火的意志新開啟的半衰期中，經歷了他的認識論斷裂，現實生活的焦慮開動了他體內的烘烤主義機器，後者以耗費的精神消解著詩人的血氣。尤其是在他的詩歌月經期內，昌耀的寫作直接表達為一種失血和匱乏，這一階段的愛情話語無可救藥地展示著一種絕望的苟活。血的耗散和喪失標誌著個體生命晚期的消極命運，它讓氣獨立於血開始了自足的呼吸，在月經期聲調的尾音和餘響中，描述性語氣召喚出詩人晚期風格的誕生，血與氣的合唱轉而變為了氣的獨自遊吟。

昌耀晚期風格的另一個標誌是對個性的消滅，這在一定程度上也回應了T.S.艾略特對「傳統與個人才能」的看法[1]。處於晚期風格中的

---

[1]　（英）T.S.艾略特，《傳統與個人才能》，卞之琳譯，《艾略特詩學文集》，前揭，第46頁。

詩人持有的法寶很可能並不是個性，而是一種特殊的詩學工具，一個艾略特意義上的「白金絲」：「詩人是時代能動的感受器，其感受本身，就是直接作為目的的作品。是以至今仍保留著對於『文以載道、詩以言志』古訓的敬重，主張每一位詩人在其生活的年代，都應是一部獨一無二的對於特定歷史時空做能動式反應的『音樂機器』，其藝術境界可成為同代人的精神需求與生命的驅動力。」（昌耀，《詩人寫詩》）散文時代的詩人由此變成了一個「沒有個性的人」（穆齊爾語），這種狀態在形式上對稱於他寫作初期那個尚未形成個性的階段，但卻在境界上發生了本質的提升和躍遷。

本書在閱讀昌耀的早期作品時曾援引過德勒茲的觀點，他傾向於把水視為一部慾望機器；而在昌耀的晚期作品中，我們有必要再次提及這位概念大師，他認為：「當人們寫作之時，唯一的問題正是要瞭解，為了使這部文學機器得以運轉，能夠、或必須將它與哪種其他的機器相連接。Kleist與一部瘋狂的戰爭機器，卡夫卡與一部聞所未聞的官僚機器……（如果一個人通過文學而生成為動物或植物，那會怎樣——當然並不是在文學的意義上來說？難道不首先通過語音，人們才能生成為動物？）文學就是一種配製，它與意識形態無關。沒有、也從未有過意識形態。」[1]晚期的昌耀積極地消滅了自己的寫作個性，以及關於個性的一切意識形態：水的、土的或火的。按照德勒茲的指引，我們發現，晚期的昌耀只嚮往把自己的文學機器與一部**音樂機器**相連

---

[1]　（法）德勒茲、加塔利，《資本主義與精神分裂（卷2）：千高原》，薑宇輝譯，上海書店出版社，2010年，第3-4頁。

接（就像他在焦慮年代裏接通體內的烘烤主義機器一樣），只依靠氣
的遊吟，依靠呼吸，來深化他在散文時代的寫作：

> 詩，不是可厭可鄙的說教，而是催人淚下的音樂，讓人在這種樂
> 音的浸潤中悄然感化，悄然超脫、再超脫。（昌耀，《與梅卓小
> 姐一同釋讀〈幸運神遠離〉》）

由此看來，昌耀的晚期作品徑直可以讀解成一種音樂。如果說
血是詞，那麼氣便是曲，伴隨著詩人晚期風格的生成，他的音樂機器
將樂曲從詞中剝離出來，成為獨立的、純化的音樂，成為氣的遊吟。
在昌耀的晚期作品《20世紀行將結束》中，他援引了海涅（Heinrich
Heine）的一句詩，作為該作品最後一個「殘編」的題記（該殘編只包
括這句題記），也作為整個作品的尾聲：「文詞結束之處，音樂即告
開始」。從血與氣的分離中，我們能夠傾聽到這種音樂在體內緩緩升
起，輕而易舉地溝通著人與神、物與我、靈魂與世界。昌耀正是在這
種蛻變中完成了血與氣的剝離，完成人的超脫以及對個性的消滅。從
總體上看，他的整個創作可以被視為一部音樂機器，通過它，我們能
夠較為清晰地分辨出昌耀作品中的調性和語氣，以便更加深入地理解
「文學是一種配製」的觀念。

作為一種血與氣的配製方案，昌耀的整個創作體系也是調性和語
氣兩種元素或單獨或組合的呈現過程，兩者也在另一種意義上凸顯了
詩人的個性和氣質。具體來講，昌耀作品中血的成分主導著他的寫作
調性，在他詩歌生命的充血期（它包括整個土地法則時期和部分水的

方法論時期），大量的詩篇沾染著戀父期聲調；相反，在高潮之後的失血期創作中（它包括整個火的意志時期和部分氣的遊吟時期），則表現為月經期聲調。由於血的顯性地位，不論它是否與氣相結合，這兩種寫作調性都能夠順利成全昌耀寫作的個性，這種個性在他的文字中被賦予了或激揚或傾頹的思想內容，構成他各個創作時期顯著的觀念學和認識論特徵。

另一方面，昌耀作品中氣的成分烘托著他的寫作語氣，它是一種處於隱性地位的詩學元素，像每一個生命體天然具有的呼吸本能一樣，幾乎令我們渾然不察。詩人文本中的語氣貫穿著他創作的始終。在與血結合的漫長時段裏，它體現為極具粘合性和想像力的闡釋性語氣，這是一種外焦點語氣，如同「年」所帶來的詩意，是一種超越時間之上的語氣；在尚未與血結合或與血分離的時段裏，氣的成分又體現為平滑而鬆散的描述性語氣，與闡釋性語氣不同，這是一種內焦點語氣，它謹守日子裏的反詩意的詩意，是回歸時間內部的語氣。詩人按比例對這兩種語氣的適時運用（包括與兩種聲調的結合），形成了他特定創作時期的文本氣質。

按照本書的構想，昌耀作品的文本氣質在不同時期分別表徵為對水、土、火、氣四種元素的物質想像。展開來說，在水的方法論時期和氣的遊吟時期，也即是昌耀創作的初期和晚期，他都自覺地選擇了描述性的語氣，來處理自然和人間的萬千物象。它們也是詩人的無個性時期，但前後兩個階段的情形卻完全不同，就像一個兒童的簡單與一個老人的簡單具有天壤之別一樣，前者等待著個性的蒞臨和凸顯，而後者是對個性的塗抹和罷黜；在土地法則和火的意志統攝時期，正

值昌耀寫作生命的壯年，他則相應採用了闡釋性語氣來應對他的創傷
記憶和焦慮體驗，並且讓這一語氣與在他壯年盛行的兩種聲調牢固地
結合在一起。

音樂機器的這種多重配製即生成了複調，它是血與氣的合唱，是
調性和語氣的混搭。這種從音樂中獲得靈感的配置方案，在一定程度
上成為詩歌價值規律的升級版和增強版，後者的主要表現方式是平面
起伏的波浪線，而前者已發明了立體式的複調和更加高級的綜合，因
而可以代替後者成為我們解讀昌耀詩歌更加有效的工具。在詩人創作
最為密集的那些年月，這種對複調的配製和演奏，也在反覆強化著他
的寫作個性和文本氣質，讓人們更多地記住了那個情感濃烈的、善於
製造強音的史詩時代的昌耀，而漸漸遺忘了這個氣若遊魂的、淹沒在
純粹音樂中的散文時代的詩人。

以上關於昌耀音樂機器配製方案的分析可參閱下表：

昌耀的音樂機器配製方案

物質想像	水	土	火	氣	元素
個性／調性		戀父期聲調（充血）		月經期聲調（失血）		血
氣質／語氣	描述性語氣（內焦點）	闡釋性語氣（外焦點）		描述性語氣（內焦點）	氣

第二節　晚期風格，千座高原

　　昌耀的晚期風格為我們提供了如下的論斷：全面開啟的散文時代（表現為分行文字篇幅的銳減和不分行文字的密集湧現），成分傾斜消長的複調（表現為月經期聲調的式微和描述性語氣的回歸），不斷喪失的個性（表現為血的耗散和氣的瀰漫）以及音樂機器終結樂章的蒞臨（表現為樂曲擊敗文詞而獲得勝利）。一切看上去似乎都在遵循一個既定的法度，朝著一個可以預測的目標前進──由於身體機能的衰竭和疾病的入侵，詩人昌耀將服膺於老年的安閒生活，接受一個成熟、飽滿、圓潤、和諧的晚期風格，他將深深受惠於他的年齡、經驗和智慧，重新讓作品變得平易、自如和通俗，滿足於精神上的淡泊、安寧和超然，最終找到一條與現實和解的途徑，平靜地等待著死亡──這些猜想固然都飽含道理，並且也會在昌耀的晚期作品中偶爾找到各自相應的體現。但是，我們要問，果真會是這樣嗎？這種順理成章的、人們依照常識對於晚年的推斷，是否的確能夠在昌耀身上奏效？

　　以上我們對於晚期的描述是合情合理的，也是大多數人願意接受的，尤其對於中國人來說，這種對於晚景的溫情想像，更加有力地佐證了孔老夫子的教諭：「吾十有五而志於學，三十而立，四十而不惑，五十而知天命，六十而耳順，七十而從心所欲，不逾矩。」[1]也就是說，在多數人眼中，年齡與身體經驗應當是彼此呼應的，不應容許

---

[1]　《論語・為政》。

存在停滯或越位的事情發生，否則便違背了天人合一的內在要求。這
種常識觀念，更傾向於將人的一生比作一組完整的樂譜，我們都期待
人生即將謝幕時所達到的圓滿。

　　在愛德華・薩義德看來，這種被大多數人認可的晚年想像，只
是一種普遍持久的「適時」觀念[1]，儒家的身體年代學是它最恰切的
體現。「適時」是晚期的第一種類型，也是通常的類型，它並不構成
一個問題，而是早就存在於那裏，等著我們走過去照亮它。這種對於
「適時」的蓋棺定論，無法取代我們對晚期風格的探討。薩義德提醒
我們，晚期的第二種類型更加值得認真對待。並非任何一位進入晚期
的藝術家都是「適時」的，真實的情況是，我們發現相當一部分大師
級的人物，在投入晚期創作時都選擇了一條充滿費解、古怪和晦澀的
幽冥小路，形成了他們並非「適時」的晚期風格：「啊，苦行中永在
的播種者，／你能預期怎樣的果實！」（昌耀，《播種者》）走在幽
冥小路上的人們將去向何方？或者依然是「啊，漂流，漂流，永在地
漂流」（昌耀，《涉江》）？

　　晚期風格是阿多諾在從事對貝多芬音樂的研究時首先提出的概
念。在前者看來，正當人們期盼平靜和成熟的時候，我們卻在貝多芬
的晚期作品裏碰到了聳立著的、艱難的和固執的野蠻挑戰。晚期作品
的成熟，並不像人們在果實中發現的那種成熟，它們並非是豐滿的，
而是起皺的，甚至似乎是被蹂躪過的。它們沒有甜味或苦味，也沒有

---

[2]　參閱（美）愛德華・薩義德，《論晚期風格——反本質的音樂與文學》，前揭，
　　第3-5頁。

棘刺，從不讓自身屈從於單純的享樂。[1]比起更多贏得了晚年美學光澤的藝術家們，在20世紀90年代步入晚期的昌耀何嘗不是一粒起皺的、乾癟的棗子？這位飽經滄桑、惡疾纏身的詩人，並沒有按我們臆測的那樣，去適時地實踐他的晚期風格，從而完成人們想像中、果實般的成熟，而是像那些頑固的、一反常態的貝多芬們，繼續與生活廝磨著，製造出更多的「不妥協、不情願和尚未解決的矛盾」[2]：

> 一個人這樣走向成熟。
> 當其緩緩轉過身去陌生的眼瞳
> 看山不是山，看水不是水。
> 成熟是生命隆重的秋景。
> 古瓷不會成熟。古瓷卻會老化。
> 磨合的痛苦使一組機輪配搭有序運作完美。
> 但僅僅是完美。而挫折、痛苦與素養
> 讓生命最終顯示遊刃有餘的魅力。
>
> （昌耀，《罹憂的日子》）

火的意志完整地詮釋了昌耀與這個世界「磨合的痛苦」，這似乎是詩人生命裏必經的階段，它能夠讓昌耀的音樂機器「配搭有序運作

---

[1]　參閱（美）愛德華・薩義德，《論晚期風格──反本質的音樂與文學》，前揭，第10-11頁。

[1]　（美）愛德華・薩義德，《論晚期風格──反本質的音樂與文學》，前揭，第5頁。

完美」，用最後的能量譜寫出他老年的、成熟的樂章。然而，這種理
念的創制也「僅僅是完美」，它並沒有讓詩人欣然接受音樂機器對自
己的裁決，從而用一句成熟的判詞來消解生存的痛苦。昌耀選擇了第
二種類型的晚期風格，這使他在自己的寫作中辨認出了古瓷的性徵：
不會成熟，卻會老化。我們可以認為，過早墜入人生厄運的詩人也讓
自己的寫作過早地達到**成熟**，他在詩歌中無限地嚮往著慢，卻遭遇著
世界施予他的無情的快。經歷了一場冰河期的煉獄，昌耀從共產主義
高爐中取出了沒有成熟的鐵，卻在生命的火窯裏燒制出了成熟的瓷——
一隻過早催熟的倫理學泥團——詩人在他寫作的後冰河期裏就已經步入
了成熟期，反覆在作品中進行著死亡的訓練：「是的，在善惡的角力
中／愛的繁衍與生殖／比死亡的戕殘更古老、／更勇武百倍！」儘管
處於寫作後冰河期的昌耀依然牢固地攜帶著戀父期聲調，但闡釋性語
氣的隨之誕生，標誌著他在氣質上的成熟。過早成熟的詩人也自然在
寫作上超前於他的同代人，他詩歌中的慢反而成就了他在寫作上的領
先地位。因而，隨著昌耀逐漸迎來創作上的晚期時，他也遇到了比同
代人更高級、更複雜，更難於處理的問題。

　　當戀父期聲調被月經期聲調代替的那一刻，也就宣告詩人在個
性和氣質上達到了雙重成熟，這也同時宣告昌耀作品抵達了成熟的完
成時。昌耀的月經期聲調沒能成功填充進他的晚期風格，前者本來打
算一蹴而就地把詩人最終推向人們期待著的成熟，但它卻在昌耀進入
創作晚期後沒多久，便改弦易轍，選擇了隱身、逃逸和不知所終的退
路。在生活的馬拉松賽場上，月經期聲調——這個疲倦的堂·吉訶德
——沒能堅持笑到最後，伴隨著血氣和個性的喪失，它最終將衣缽交付

給了自己的僮僕——不聲不響的描述性語氣——這個被委以重任的桑丘·潘沙，他將負責陪伴詩人完成最後的歷險，幫助他實現生命和寫作的老化，用遊吟之氣續寫出堂·吉訶德故事的後傳。至此，在昌耀的晚期風格中，成熟的問題已然終結，而**老化**的問題迎來了它的伊始。

描述性語氣撐起了昌耀晚期風格的大旗，在這面大旗之下，我們可以例舉卡夫卡講過的一個關於桑丘·潘沙的、超級袖珍的故事：

> 桑丘·潘沙——順便提一句，他從不誇耀自己的成就——幾年來利用黃昏和夜晚時分，講述了大量有關騎士和強盜的故事，成功地使他的魔鬼——他後來給它取名為「堂·吉訶德」——心猿意馬，以致這個魔鬼後來無端地做出了許多非常荒誕的行為，但是這些行為由於缺乏預定的目標——要說目標，本應當就是桑丘·潘沙——所以並沒有傷害任何人。桑丘·潘沙，一個自由自在的人，沈著地跟著這個堂·吉訶德——也許是出於某種責任感吧——四處漫遊，而且自始至終從中得到了巨大而有益的樂趣。[1]

在這則小故事中，卡夫卡重新發明了賽凡提斯的堂·吉訶德，並將格局倒轉：原著裏的二把手桑丘·潘沙如今反而當家做主，變成了一個講故事的人（莫非與賽凡提斯重合？）；堂·吉訶德成為這些故事的僮僕，也變成了桑丘·潘沙在他的故事裏釋放的一隻心猿意馬

---

[1] （奧）卡夫卡，《桑丘·潘沙真傳》，洪天富譯，《卡夫卡全集》（第1卷），葉廷芳主編，河北教育出版社，2000年，第513頁。

的幽靈（莫非是又一次魔鬼化？）：「永遠的不成熟。永遠的靈魂受難。／永遠的背負歷史的包袱。」（昌耀，《堂‧吉訶德軍團還在前進》）隨著血的喪失、個性的泯滅和英雄主義的衰落，在昌耀的堂‧吉訶德神話中，我們同樣看到了這種倒轉；這是一種內部結構的調整，一種新的平衡和詩性正義，對於古瓷來說，這個過程就是老化：一種訴諸自然的過程，它準確詮釋了昌耀的晚期風格。在卡夫卡的故事中，堂‧吉訶德的歸宿是成熟（儘管他終其一生也尚未達到），而桑丘‧潘沙的歸宿則是老化（這需要借助語言的神奇魔力）。晚期的昌耀就是這樣一個桑丘‧潘沙，一個「利用黃昏和夜晚時分」來講故事的人，一個現代社會的遊吟詩人；而他作品裏的「我」──詩人昌耀的一個似是而非的投影──則是一個充滿行動力的堂‧吉訶德：

> 我直覺他的饑渴也是我的饑渴。我直覺組成他的肉體的
> 一部分也曾是組成我的肉體的一部分。使他苦悶的原因
> 也是使我同樣苦悶的原因，而我感受到的歡樂卻未必是
> 他的歡樂。
> （昌耀，《內陸高迥》）

　　在青壯年時代，昌耀已在寫作上較之同代人提前成熟，卻依然追隨著不成熟的堂‧吉訶德，「出於某種責任感」，嫻熟地運用著戀父期聲調和闡釋性語氣，為他的美學理想與現實展開曠日持久的肉搏戰，他自己也因此而落得遍體鱗傷。經歷過認識論斷裂的失敗之痛後，戀父期聲調黯然失色，隨之，充滿牢騷和匱乏的月經期聲調，在

昌耀中後期的寫作中甚囂塵上，並與長期盤踞的闡釋性語氣開展合作。這種連袂「由於缺乏預定的目標」，並且它隨時有可能把矛頭指向詩人本人，在經過了無數次關於自戕的臆想之後，桑丘・潘沙式的詩人最終喚回了走失已久的描述性語氣——後者曾在昌耀學詩初期被自然而然地採用——它取代了闡釋性語氣中沾染的濃烈的血氣和個性，並且圓滿地使月經期聲調——它心猿意馬的幽靈，或舍斯托夫的狗魚——安靜下來。堂・吉訶德化為了幽靈，被桑丘・潘沙完整地控制著。昌耀作品中那些輝煌而焦躁的調性（戀父期聲調和月經期聲調）也統統被研磨、溶化、蒸餾，像古瓷一樣從容地走向老化，它們被匯入唯一的、最後的抒情，匯入描述性語氣，匯入氣的遊吟之中。唯有如此，詩人才能「讓生命最終顯示遊刃有餘的魅力」。

　　昌耀在他的音樂機器面前，最終選擇依靠氣質實現老化和飛躍。他的晚期風格旨在講述一個幽靈的故事，講述它在當代中國的歷險，在心靈世界的歷險。如同貝多芬在晚期所呈現的驚愕之作，「這構成了現代文化史上的一個事件：在那個時刻，這位仍然完全受到其媒介控制的藝術家，放棄了與那種已經確立的社會秩序進行交流，他作為那種秩序的一部分，與它達成了一種矛盾的、異化了的關係。他的晚期作品構成了一種放逐的形式。」[1]放逐——柏拉圖對詩人的審判——是薩義德對第二類晚期風格的主要概括。對於昌耀的晚期作品來說，它是氣對血的放逐，是語氣對調性的放逐，是氣質對個性的放逐，也

---

[1]　（美）愛德華・薩義德，《論晚期風格——反本質的音樂與文學》，前揭，第6頁。

是桑丘・潘沙對堂・吉訶德的放逐。在這層層放逐中間，詩人筆下的
「我」也似乎被命運放逐到了一個莊周夢蝶式的迷津當中：

> 突然，我被一種特定的感覺劫持：我已進入與兩岸隔絕的境況。
> 我只聽到水天隆隆的音響，並被這層隆隆厚厚包裹。陸地上的影
> 子別有一種虛幻。遠在河之干，那愛我的人揮動涼帽朝我大聲吆
> 喝，但我只感覺到那誇張的口形，什麼也無從聽清。我以為自己
> 的行為成了一個被無形的巨無霸所罩定的「罩中人」。（昌耀，
> 《戲水頑童》）

　　講故事的人昌耀製造了一個極富象徵意味的場景：「我」被戲劇
般地挪移進了一處「隔絕的境況」，被放逐進了描述性語氣的氤氳水
汽之中，成了一個無辜的、茫然的「罩中人」。這種境遇也成為昌耀
在散文時代的文本裏慣於製造的氛圍：故事的主人公皆「被一種特定
的感覺劫持」，感覺到「別有一種虛幻」和「誇張的口形」。帶著這
種異樣的直覺，仰仗愈益濃厚的描述性語氣的陳述，詩人在故事中驅
使著他的主人公「我」，像桑丘・潘沙驅使著堂・吉訶德那樣，在現
實與夢幻裏四處漫遊。

　　與早年的流放經歷類似，昌耀在他的晚期風格裏彷彿重新被發
配、放逐到了非現實的高原上。一邊是真實的荒原，一邊是命運的迷
津；一邊是從事體力勞動的囚徒，一邊是忍受精神歷險的浪人；一邊
是在山地中的跋涉，一邊是在文本中的兜轉。昌耀創作軌跡的中間位
置彷彿擺放了一面鏡子（《斯人》？），讓他的經驗與寫作之間呈現

出鏡面對稱，讓我們重新破譯時空的啞語：「密西西比河此刻風雨，
在那邊攀緣而走。／地球這壁，一人無語獨坐。」浩瀚無垠的青藏高
原曾經是昌耀詩歌寫作的起點和搖籃，詩人在這塊蒼涼、貧瘠的土地
上度過了最寶貴的青春時代；如今，在他晚期風格的作品裏，在走向
老化的藝術進程中，撥開同樣空闊的描述性語氣的霧靄，我們驚異地
發現了昌耀散文時代裏的**千座高原**。作為一個步入晚年卻無意於妥協
的詩人，他將自由歸還給了筆下的「我」——一個獨立思想的旁觀者。
這個旁觀者就這樣帶著他尚未混沌的視聽，跋涉在他生活世界裏連綿
起伏的高原屋脊之上：

> 人所敬畏的無常本是人所敬畏的宿命，
>
> 惟九死九生者可得而輕言貧富貴賤悲喜禍福。
>
> 趨奉死而平等是古往今來不刊之論，
>
> 喜馬拉雅一個背屍的仵工穿透靜物背景。
>
> （昌耀，《主角引去的舞臺》）

昌耀的晚期作品中崛起了宿命裏的千座高原，這是一座座「主角
引去的舞臺」，上演著罷黜了慾望、個性和衝突的生命戲劇，這裏只
有無窮的背景，和向死而在的意志。任何主角都成為背景的一部分，
成為被描述的對象。喜馬拉雅一個背屍的仵工，成為昌耀晚期作品裏
的敘述者形象的濃縮。這是一個將死亡貼在背上行走的旁觀者，他距
離死亡是那樣近，他知道人的「死是很容易的事」（昌耀，《這夜，
額頭鋸痛》），但他依然背著屍體一步一步艱難地跋涉，最終將其安

放在高高的天葬臺上，如同一個高原上推石上山的西緒弗斯。他用嚴肅的生對待嚴肅的死，這似乎是他的使命，就像我們每一個人都註定要化作這背景的一部分——變成風景中黑暗的部分——這也同樣是我們每個人的使命。「正如阿多諾就貝多芬所說的那樣，晚期風格並不承認死亡的最終步調；相反，死亡以一種折射的方式顯現出來，像是反諷。」[1]對於我們這些倖存著的人們，死亡並非一個靜止的終點，等待我們向它投以一道長度未知的射線；與之相反，我們每一條掙扎在這世間的生命，都在默默承接著由死亡投來的射線，死亡的面孔在我們身上被折射出來，落在他人身上（比如那個在喜馬拉雅背屍的仵工），落在藝術作品中間（比如貝多芬和昌耀的晚期作品）。

　　昌耀晚期作品裏的千座高原，迴蕩著這股被折射出的死亡氣息，但卻絕少流露出蕭殺、膽怯和無望，更多的則是冷靜、沈著的描述：從近在天堂入口處瀕臨的災難，到憑弔曠地中央一座棄屋；從享受鷹翔時的快感，到開啟火柴的多米諾骨牌遊戲；從在落日餘暉中遇挽車馬隊，到觀見地底如歌如哦三聖者；從與梅卓小姐一同釋讀《幸運神遠離》，到讚美史前期一對嬌小的彩陶罐……在一座座主角引去的舞臺上，死亡如同老化，是一件稀鬆平常的事情。衰朽與希望就在一念之間，生存的意志正是死亡永恆的折射：

　　　　一個蓬頭的旅行者背負行囊穿行在高迴內陸。

　　　　不見村莊。不見田壘。不見井垣。

---

[1]　（美）愛德華・薩義德，《論晚期風格——反本質的音樂與文學》，前揭，第22頁。

遠山粗陋如同防水布繃緊在巨型動物骨架。

沼澤散佈如同鮮綠的蛙皮。

一個挑戰的旅行者步行在上帝的沙盤。

（昌耀，《內陸高迴》）

　　一個幽靈，游走於生死之間的幽靈，在昌耀的千座高原上徘徊。這個挑戰的旅行者──桑丘・潘沙的堂・吉訶德──在上帝的沙盤上留下了一串串曲折、凌亂、沉重的腳印。它們正是老化的古瓷所綻出的紋理，是時間在生命裏鐫刻下的圖案。猶如透過死亡來反觀生存，我們透過昌耀流傳下來的、畢生的作品來觀察他本人，那些腳印、紋理和圖案也隨之化為了他身體的一部分，化為上帝之手留在他肌膚上的**刺青**，它既代表那些無法褪去的創傷記憶和肉身疼痛（如中國古代犯人的黥刑或墨刑），又暗示了一種神奇而超驗的信仰力量（如一些土著民族的面部彩繪）。刺青就是每一個人背負的一具平面的死屍，是供奉在肌膚上隨身的鬼神，是從死亡的方向射來的一道光亮。昌耀的作品正是這些刺青的折射，是幽靈的足跡，是魔鬼化日誌，因而呈現出雜亂、古怪、猙獰的紋理，成為靈的結構：「鎖吶終於吹得天花亂墜，陪送靈車趕往西天。／安寢的嬰兒躺臥在搖籃回味前世的歡樂。／只有半失眠者最為不幸，他的噩夢／通通是其永劫回歸的人生。」（昌耀，《大街看守》）刺青不但游走於生死兩界，而且也穿行於現實和夢境之間，一邊是昌耀的「噩夢」，一邊是「永劫回歸的人生」，兩者之間無窮的引力和斥力，幫助命運的針腳勾畫出詩人行走塵世所留下的巨大刺青，勾畫出昌耀一生中的千座高原。

　　少年時代的詩人把自己天真的夢想從桃源祖宅指向了國境之外的
朝鮮，在河北榮軍學校畢業後又把命運的指標指向了遙遠的青海，在
高原腹地周轉了大半生之後又老夫聊發少年狂，在人生最困頓的時刻
將自己指向上海或杭州（卻未能成行）……但昌耀終究孤老於青海——
他人生的牢獄和錨地，他的失敗與重生之地。因而，與本雅明自謂在
他每個句子後面都有轉折類似，如果細讀昌耀的詩文，我們方才撥雲
見日，他作品裏的每一個句子都指向他宿命的西北角，接受源自那裏
的神秘召喚。正是這個擁有千座高原的西北角，隆重地獻給了昌耀最
寶貴的禮物——由他一生的苦難、血氣和才情所紋寫的一部刺青簡史
——它將供我們每一個向死而在的普通讀者花足夠的時間去閱讀：

　　　　將會有愉悅的鮮血從對方的大傷口淌出。將會有鮮血蹦跳著，好似
　　　　一群自長久羞閉中一旦逃逸而出的幼獸，初始喜悅，繼而驚訝，而
　　　　後是對於失去了遮罩保護的悔恨：血的死亡。（昌耀，《夢非夢》）

　　刺青的過程是暴虐和隱忍的漫長苦旅，是與死神結伴的摒息夜
遊，它見證著氣從血中的分離，瞥見了囚禁在肉體中的幽靈在蠢蠢欲
動：「的確，我感到自己像是意外地遊歷了一次但丁的地府，目睹披
枷戴鐐而行的幽靈承受酷刑，蓬頭垢面，灰色的形體結滿血的痂瓣。
聽到它們內心渴求拯救，———一種在我聽來不僅僅只在生理層面，且
是直達於渴求涅槃之境的為人類靈魂的拯救。」（昌耀，《風雨交加
的晴天及瞬刻詩意》）年輕時代的詩人像一頭單純、莽撞的幼獸，帶
著一腔血氣，在青海這片土地上找到了放養它的家園，經歷了長久的

災變,耗盡了許多光陰,歲月在它身上留下了累累傷口,這些橫七豎八的創傷記憶共同圍起了一道道困獸的血腥柵欄,它們冰河般監禁了詩人身體裏的小生靈。在昌耀晚期作品中崛起的千座高原上,曾經鼓蕩、噴薄的熱血漸漸消歇、變涼,傷口也慢慢結痂,覆蓋住重生的肌膚。刺青時用力屏住的一口長氣,如今得以緩緩地吐出,它霎時間沖決了肉體的藩籬,褪掉那些陳年的血痂,重新袒露出留在皮膚上猙獰詭異的圖案,形成了崢嶸歲月留在詩人身上的刺青。這口長氣,喚醒了「一群自長久羞閉中一旦逃逸而出的幼獸」,像「一百頭雄牛揚起一百九十九種威猛」(昌耀,《一百頭雄牛》),它們最為振奮的面孔和姿態,也在突出重圍的一剎那永久地保留在重新敞開的門庭前,化為刺青裏的眾神和英雄,沐浴著美和自由的光輝。

這些狂歡的眾神和英雄們,從囚禁它們的肉體牢籠逃進了昌耀的晚期作品,成為了千座高原上來去無蹤的幽靈,形成了與死亡對稱的圖案。在主角引去的舞臺上,這口長氣也渲染著古瓷般老化的紋理,那個洗去鉛華的講故事的人,驅使著他的主人公,在靈魂的高原上與那些轉世的眾神們相遇了,就像他多年以前,在廣袤的青藏高原和雄壯的黃河岸邊,遇到了眾神一般的牧人、水手和雄鷹一樣。

在昌耀寫作的壯年時期,在戀父期聲調與闡釋性語氣迎來合作上的高潮前後,英雄般的形象和天地之間的宏大事物成為詩人熱情吟詠的對象,昌耀對這類形象引起了強烈的自我認同,利用他擅長的波浪式抒情,詩人向全世界宣佈:「他們說我是巨人般躺倒的河床。/他們說我是巨人般屹立的河床。」(昌耀,《河床》)這裏的「我」成為一個巨人,一個開天闢地的英雄,是血氣最完美的凝聚者和體現

者。相比之下，在昌耀的晚期作品中，這類形象早已蕩然無存，詩人
轉而使用單純的描述性語氣，來刻畫千座高原上的幽靈群體和反英
雄。他們遊牧在人生的茫茫戈壁上，看不到起點和終點，只有漫無邊
際的行走和跋涉，成為一團遊吟之氣。晚年的昌耀深刻地認同於這類
形象，成為城市幽靈中的一員，成為大街看守。

按照齊澤克的建議，我們把前一種情形稱為想像性認同，即一
種**理想自我**；把後一種情形稱為符號性認同，即一種**自我理想**[1]。具
體來講，「想像性認同是對這樣一種意象的認同，在那裏，我們自討
歡心：是對表現『我們想成為什麼』這樣一種意象的認同。符號性認
同則是對某一位置的認同，從那裏我們被人觀察，從那裏我們注視自
己，以便令我們更可愛一些，更值得去愛。」[2]如此說來，昌耀作品裏
被讚美和謳歌的英雄和宏大事物，是昌耀的理想自我，他渴望超越現
實原則，在語言中實現這種想像中的自我形象。而那些逡巡在千座高
原上的幽靈和反英雄，成為昌耀的自我理想，在他們身上，詩人最終
看到了自己的形象，通過他（它）們，昌耀在世界上找到了自己的位
置，一個結構性的網路結點。在這個位置上，他和別人都可以觀察到
他自己，那裏有一道光照在詩人身上，照亮了他身上的刺青和紋理，
照亮了他真實的面孔和境遇。這些一旦被照亮，詩人便不再掙扎，也
不再反抗，因為他彷彿得知了以下問題的答案：自己是誰？自己從哪
裡來？又要到哪裡去？

---

[1] （斯洛文尼亞）齊澤克，《意識形態的崇高客體》，季廣茂譯，中央編譯出版
社，2001年，第145頁。

[2] （斯洛文尼亞）齊澤克，《意識形態的崇高客體》，前揭，第145頁。

第三節　千座高原，呼吸之間

　　在昌耀晚期風格裏崛起的千座高原上，埋藏了一部刺青簡史，這部簡史的作者因為洞悉了命運而決定置身局外，變身為一個講故事的人，依靠著隨身攜帶的描述性語氣，他走進了那些高原幽靈中間，走進晝與夜的旋轉門，將自己也扮成幽靈，分享著它們共同的氣息。本雅明在閱讀列斯科夫的作品時，區分了講故事的人的兩種類型：水手和農夫。前者在海上冒險，從遠方歸來時也帶回了異鄉的珍聞軼事，因此受人擁戴；然而他們同樣喜歡聽安安分分守在家裏的後者講出的，那些不為人知的本地掌故和傳說[1]。對於昌耀來說，他早年的大半個光陰都是在顛沛流離中度過的，這些漫長的流放歲月使他的故事洋溢著**水手口吻**：嚮往崇高，渴慕遠方，讚美英雄，充滿血氣、活力和膽識，它與波浪式的想像力、高爐美學和戀父期聲調不謀而合。詩人操持著水手口吻，為我們繪聲繪色地講述著《慈航》、《山旅》、《劃呀，劃呀，父親們！》、《曠原之野》、《青藏高原的形體》（組詩）等耳熟能詳的神奇故事。高分貝的音量，健闊的肺活量，強勁的闡釋衝動，逡巡在自然和歷史間的宏大視野，共同協助水手口吻問鼎它的黃金時代，由此奠定了昌耀作品的主要風格特徵。

　　伴隨著詩人踏進「後英雄時代」愈來愈近的腳步聲，水手口吻反

---

[1]　（德）瓦爾特・本雅明，《歌德的〈親和力〉》，《本雅明文選》，前揭，第292頁。

而日漸稀薄。開始城市定居生活多年的昌耀，在無奈中擺渡著自己孤獨的晚景，這迫使他成為一名土地測量員、一個大街看守、一個城市高原的遊蕩者和街景的職業觀察家。因而，詩人在散文時代講出的故事，幾乎成為他晚年生活的副產品和兼職作業。這份略帶恍惚和疲倦的工作，讓這些故事沾染了一份**農夫口音**：質樸、細膩、憂鬱。像一個兢兢業業的老農民終生呵護、伺弄著他的土地那樣，晚年昌耀用他慢慢學會的農夫口音，來講述「我」本人或發生在「我」身邊的微型見聞：以《火柴的多米諾骨牌遊戲》、《街頭流浪漢在落日餘暉中遇挽車馬隊》、《地底如歌如哦三聖者》、《與蟒蛇對吻的小男孩》和《冷風中的街晨空蕩蕩》等作品為代表，農夫口音為昌耀的散文時代製造了視角獨特的本地傳奇。福克納（William Faulkner）在他郵票般大小的故鄉，花了畢生的筆墨構建了一個「約克納帕塔法世系」，它正坐落於昌耀無語獨坐處的「地球那壁」──密西西比──它與在西寧城裏徘徊的詩人共用著這份農夫口音。與嚮往崇高和遠方的水手口吻大不相同，農夫口音以超近距離的視野，關心在這個城市屋簷下生長的一切卑微、低矮的人與事。與詩歌月經期的垂憐姿態相似，詩人同樣用瑣屑的目光，專注人在失血和老化時所顯出的微妙的心理匱乏，關懷在與「我」擦肩而過的人物身上體現出的人類普遍的生存境況。這種靜觀視野也在一定程度上符合了描述性語氣的內在要求。

　　不難理解，水手口吻根植於雄牛情結，把講故事的人的目光引向遠方和高處，引向歷史、記憶和想像的海洋和深景裏，敘述和抒情的對象大都綻放著英雄式的光芒和陽剛之美，它們的形象要絕對地大於「我」的形象，而「我」對它們始終報以敬仰、讚歎和懷念的姿態，

將它們定義為理想自我。詩人的水手口吻是闡釋性語氣同父異母的胞弟，它寄託著人們對自身之外的所有宏大事物的熱愛，滿足著人們對完整性的幻想和好奇心，彌補著自我有限的生存世界裏的缺憾。倘若水手口吻猶如對「千年」的勾畫和問詢，那麼農夫口音就是對「一天」的描摹和見證。羔羊情結扶住了農夫口音臂膀，幫助它收納那些來自街頭巷尾、犄角旮旯兒的微弱聲音，潛心輕叩那些低矮、貧困而堅韌的事物，像一個拾荒者全神貫注地搜尋著廢墟裏的寶藏。詩人用他的農夫口音切入了生活的褶皺、死角和洞穴，發現了講述對象身上散發的陰性光澤，就像看到了金黃、飽滿、低下頭去的麥穗閃爍著太陽的光亮。它們的形象幾乎是小於或等於「我」的形象，因為它們才是「我」的自我理想。作為一個城市的土地測量員，「我」與他（它）們沐浴著相同的色彩，交換著內心的言辭，呼吸著同一片空氣：「他微微閉合了眼睛。那一刻，天空有大悲憫關注，而我相信自己正臨近於開啟人性之鐵幕。」（昌耀，《夢非夢》）

喜愛在晚年講故事的昌耀體驗到上天降臨的悲憫力量，在眾多的幽靈中間，這種力量指引著他的故事從水手口吻向農夫口音的轉換。詩人像一個在海上搏擊驚濤駭浪的水手，渴望解甲歸田，決心登上陸地，回到家鄉（省城西寧），從此做一個地道的農夫。然而他在返鄉途中卻迷失在了漫無邊際的千座高原上，他發現了高原上的眾神，領略到了一種似曾相識的、靜止的、出神的意境：「那時我恰從三者之間穿行而過，感覺到了高山、流水與風。感受到一種超拔之美，一種無以名之的憂懷。」（昌耀，《地底如歌如哦三聖者》）與在廣袤的西北荒甸上伸開雙腿、等待大熊星座的年輕詩人一樣，晚年的昌耀也駐

足在城市的千座高原上，「感覺到了高山、流水和風」，他幾乎不想往前走了，不想找到千座高原的邊界和出口，他渴望停留在這裏，彷彿找到了寫作發軔時的零點，發覺了一線追尋已久的、自我理想的亮光。

　　如同逐漸空疏的血的世界不斷被遊吟之氣灌滿、充盈，隨著水手口吻不斷地替換為農夫口音，昌耀在作品中冥想的自我形象也在不斷縮小，從渴望與高大事物對齊，還原為與「泥土的動物」等高，將自己傷口的尺度從「千年」壓縮為「一天」或「一瞬」：「我們雖然也力求超然獨舉，在高遠、虛幻、淡泊、自視的無功利中玩賞物事，而更多的時候，我們仍要羈縻內中，感受物事的繁富無常與欲念之魅力。」（昌耀，《我們仍是泥土的動物》）千座高原看上去是詩人跋涉不盡的瀚海，是長及千年的哀愁，然而行至此地的昌耀，卻比任何人更加清醒而強烈地體會到，那個近在咫尺的零點向他發來的召喚，宛若置身「近在天堂的入口處」，他深感時間在那一瞬刻裏向他傳遞的永恆含義：

> 人啊，人是一種什麼樣的動物呢？在異類的眼裏，人也未始不被當作一頭怪物。走在熙來攘往的大街，盯視前方行人背影，有時會令我尷尬地想：看啊，兩肩胛之間端立的那一棱狀突起物與烏龜頭何異？不也同樣形穢而可憎？請看「首級」一詞的創制與運用豈止於血淋淋，不亦透露了人對自身形體（器物的一段）的輕賤與嫌惡？——恥為人種，苦為生靈。那時，猶如夢中驚醒的悉達多王子，因見周圍流涎酣臥的舞女醜態而有了赴「永生之河」尋求解脫之志，我恍若也在一刻獲致了什麼「頓悟」……然而，又莫不是陷入了另一種迷惘？（昌耀，《顧八荒》）

　　靜觀，悲憫，迷惘，構成了昌耀晚年在城市的千座高原上——也是人生的千座高原上——輾轉苦行的內心律法，它們融合進詩人晚期風格的描述性語氣和農夫口音，融合進音樂機器的配製方案，融合進他接受老化和刺青的身心歷程，融合進浩然之氣的迂迴遊吟。詩人的這種佛禪境界，在日常生活的千座高原上得以修煉而成，幾乎是無師自通、自我完成的。千座高原教會了詩人轉化苦難的道理，這讓昌耀在時間面前獲得了更高的智慧。

　　曾幾何時，創傷記憶一直是詩人在作品中與之博弈的兇險對手：在土地法則時期，他希望在空間建築物的宏大抒情中悄悄將之掩埋、遺忘，以期等待時間去兌現曾經許給他的、除舊佈新的承諾：「想到在常新的風景線／永遠有什麼東西被創造。／永遠有什麼東西正被毀滅。」（昌耀，《讚美：在新的風景線》）在火的意志時期，遭遇認識論斷裂的詩人，放棄了此前對總體性的幻想，代之以對創傷記憶和焦慮體驗的消極展示、解析和耗費，這種與時間達成的嶄新的合作方式，卻以從肉體到精神的徹底失血和淘空為代價，詩人被迫以頭撞牆，淪為在風暴中扭打的「空心人」：「它寧可被撕裂四散，也不要完整地受辱。」（昌耀，《我見一空心人在風暴中扭打》）由此可見，不論是寄情於空間救贖（生產），還是投身於孤注一擲（耗費），都未能與時間達成共識，反而引得身心俱損。於是，昌耀在他的創作晚期，在氣的遊吟階段，找到了對弈時間的第三條道路。作為一種更高的智慧，詩人直接把世界理解為千座高原，而人在世界上最本質的生存形式，就是遊牧——純粹的、在精神高原上的遊牧——沒有來由，也沒有目的；沒有起點，也沒有終點；沒有過去，也沒有未

來。只有不停地出走，和不停地歸來——「是啊，我又來了。永遠都說不完的再見。」（讓・科克托語）

　　千座高原決定了詩人一生的遊牧命運，他從降生就開始了一場沒有終點的旅行，這也讓經歷過「逃亡」和「無可逃亡」之後的昌耀，經常慨歎他的「無家可歸」。在《百年焦慮》一文中，他以寓言的形式道出了「我」和鄰里老D對待「進城」問題的不同態度：「不能確定的意願，如同目標未明的操作，雖進城又何益。而你背負著自家的門板上路，路雖遠，你仍在自家門前操心著呢。而我，是一個無家可歸者，只是無謂地揮霍著自己的焦慮，當作精神的口糧。我又如何不聰明，我又如何不犯傻呢。」在《我的懷舊是傷口》中，靜臥在公共浴室中的「我」滿腹惆悵，袒露了他內心的倫理式匱乏，在水汽朦朧之中，彷彿再次被拋入「與兩岸隔絕的境況」，一邊聽著旁人的談話，一邊喟歎著：「如能像一位詩人所云：『讓世上最美的婦人／再懷孕自己一次』，——我實在寧肯再做一次孩子，使有機會彌補前生憾事。或者，永遠回到無憂宮——人生所自由來處，而這，是一個更為複雜深邃的有關『回家』的主題。但目前，我僅是浴室中一個心事浩茫的天涯遊子，尚不知鄉關何處、前景幾許，而聽著老人們的絮叨。」一個天涯遊子，一個無家可歸者，一個遊牧在千座高原上的幽靈，吐出了農夫口音中最低沉、喑啞的和絃：**歎息**，老年的歎息，它將詩人一生羈旅都在這瞬間鬆綁、釋然，投入天地之間的浩然之氣：

　　　　靜極——誰的歎噓？

　　　　（昌耀，《斯人》）

　　一聲歎息取消了我們對千年的幻想，同時讓我們感受到剎那間人類真實的存在。這是千座高原上的遊牧者發出的唯一的、最後的聲音。在戀父期語調和水手口吻一統江湖的年代，歎息常被詩人寫作它的先祖形式，即「太息」：「去。馬駒尚在陽關蹀躞。／沒有功夫為敝屣喟歎了。」（昌耀，《太息》）隨著骨肉之血的不斷耗散，月經期聲調的消沉和農夫口音行情的看漲，這腔迅疾、綿長的氣流，即刻從飽滿的丹田啟程，裹挾著失血後的體溫一路上升，最後從我們的口鼻輕輕地解脫，像一個跳水運動員，瞬間帶給我們一種重新跌入世俗塵埃裏的快感，完成了一次氣的遊吟。至此，這股丹田之氣得以穿越我們一生的風景：「使紅葉興奮，／使綠葉感受威脅，／使黃葉猛悟老之將至，／使灰葉安然坦然。」（昌耀，《稚嫩之為聲息》）歎息，是被放逐的詩人在進入氣的遊吟歷程中，哼唱出的最美麗、最動情的一段旋律，它喚起了人類身上柔軟部分的震顫，像高山、流水和風，霎時間匯聚在我們微小的肉體內部，為我們施展出靈魂的按摩術，讓緊繃的神經鬆弛下來，感應著高山、流水和風的召喚和輕撫；歎息，這股輕緩的氣流，在沒有終點的旅途中，賜給高原上的遊牧者一道終點式的光線，在任何一塊他鄉的土地上帶領我們回到原點。

　　我們這些在人間逗留的、平凡的人們，正充滿性感地活在每一個生活的瞬間和細節裏，活在每一次**呼吸之間**，活在每一聲歎息裏。一次深長的歎息，就是身體的一次呼氣運動，這股通向外部的氣流，也為靈魂做了一次臨時解壓。由此，我們似乎可以這樣理解，歎息構成了一次精神上的呼氣事件，是講故事的「我」情不自禁的心緒流露。歎息是一個含義豐富的意指，因此不同於呼喊、嚎啕、咒罵、吐血或

以頭撞牆等其他情緒表現方式。或者說，歎息是以上情感動作的一個剩餘姿態。它正面回應了擺在我們面前的一出無可奈何、悲喜交加的人生戲劇：壓抑後的輕鬆？憤懣後的解脫？毀滅後的憐惜？挫敗後的自嘲？意義像氣體一樣游離四散，沒有最終的答案。我們都是生存於世界上的渺小個體，歎息恢復了我們每個人身上的羔羊本色，讓我們收起虛偽的強大，退回到被保護的樹蔭下，呈現出靈魂的陰性質地。面對生活給予的、苦辣酸甜的饋贈，歎息替我們為生活奉上了異常珍貴的氣體酬謝，它被一天中眾多瑣碎、難纏、匪夷所思的問題不懷好意地召集而出，卻在完成一次歎息之後拍拍塵土，全身而退。

　　作為一種舉重若輕的遊吟之氣，歎息將過去和將來鎖定在某一個意味無限的禪機，將千年之夢壓縮進某一瞬間，如同「把最後的甘甜釀入濃酒」（里爾克，《秋日》）。昌耀的晚期作品被這種歎息貫穿始終，伸入「我」的每一次遊歷和沉思，讓「我」在這遠離詩意的年代和城市裏，陡然被一支隱形的鋼針無端地刺痛：

在暑熱難耐的七月，我立刻感覺到這種意蘊方式讓一切嘈雜退向遙遠，而為生命的鎮定自若感受到一份振作。（昌耀，《街頭流浪漢在落日餘暉中遇挽車馬隊》）

他微微啟開圓唇讓對方頭頸逐漸進入自己身體。人們看到是一種深刻而驚世駭俗的靈與肉的體驗方式。片刻，那男孩因愛戀而光彩奪人的黑眸有了一種超然自足，並以睥睨一切俗物的姿容背轉身去。（昌耀，《與蟒蛇對吻的小男孩》）

正是如此,一個個嬰兒就這樣抵達了邁入真正的小夥子行列的最
後一刻鐘。在這個夏天的溽暑期,我看到你們身著短袖衫抱膝踞
坐階沿,一種心猿意馬,一種對未知的遠方的窺視,一種複雜的心
緒:蛻變,可喜可哀,而又可怖。(昌耀,《鐘聲啊,前進!》)

但那時,我本欲與宿命一決雌雄的壯志、一釋鬱積的大願、愛情
表白、直面精神圍剿的那種堂·吉訶德的頑劣傻勁兒……等等,
瞬刻間只剩下了頑童戲水的感覺。(昌耀,《戲水頑童》)

幸好,當此之時,我已從痛楚之中猛然醒覺,蒸汽瀰漫的店堂、
人眾以及懸掛在樑柱吊鉤的鮮牛肉也即全部消失。時間何異?機
會何異?過客何異?客店何異?沉淪與得救又何異?從一扇門走
進另一扇門,忽忽然而已。(昌耀,《時間客店》)

甚巧,在他倆偶爾回頭的一瞬,我們目光相交:輕輕一笑,點點
頭。愜意莫過於心領神會,窾隙之間刀之所至遊刃有餘,不然,
縱然是萬語千言,如風過耳。(昌耀,《紫紅絲絨簾幕背景裏的
頭像》)

　　昌耀在「後英雄時代」講述的大多數故事裏,敘述者「我」經常
會被這種「立刻」、「片刻」、「瞬刻」、「瞬間」等詞語螫痛,猛
然間被帶進一種清醒的反思性語境。「我」開始突然將話頭轉向了更

開闊處，轉向全世界，轉向人的靈魂，進而鄭重地袒露出「我」的**頓悟**。當頓悟來臨的時刻，伴隨它產生的是身體的一個定神和寒噤，是渾身毛孔的收縮，是迅速聚焦的眼神，是「我」倒吸的一口冷氣……這幾乎成為昌耀晚期敘述風格裏一種無意識行為。在迷失了線性時間意識的千座高原上，這種頓悟的無意識像是從貧瘠、荒涼的土地上鑽出的、充滿靈性的香草，「正如幽室蘭花不經意間驀然開放」（昌耀，《罹憂的日子》）。頓悟是驚詫後的自覺，是頹喪後的重新振作，在詩人對氣的遊吟和呼吸之中，這種頻繁發生的頓悟，剛好構成了歎息的倒影和逆過程。如果我們把歎息想像成靈魂的呼氣，那麼，頓悟則成為一種精神上的吸氣行為，一次即興的自我教育。與傾心於世俗的歎息不同，頓悟表達了力圖引導我們重返神聖世界的決心。彷彿高原上的牧羊人，剎那間看見了神向他顯現的光芒和異象，全然進入一個茅塞頓開的澄明境界，他在這裏找到了自我理想，進而從頭到腳更新了身上所有的塵世細胞：

> 危機與肉慾四伏的天底，行者眾中
> 智勇無雙一隻白色羊沉思著匆行在蕭蕭路途。
> 而我同時聽到靈魂的樂音湧流滔滔無止。
> 當驚叫孤獨的白色羊我正體悟一場既定的歷險。
> （昌耀，《感受白色羊時的一刻》）

在塵世的千座高原上，無詞的音樂悠然升起，作為存在的牧羊人，我們在生活中驅趕著自己的羊群，同時也被神的皮鞭驅趕著。我

們並沒有一個起跑線和一個非要到達的目的地，沒有最初的伊甸園和
最終的樂園，只有高原，只有戈壁，只有靈魂的一呼一吸，剎那間呈
現對生命的完整演繹。千座高原修改了我們對時間慣常的體驗，或
者說，它還原了我們對時間的原始體驗，收起了起點和終點、過去和
未來，將血的書寫轉換為氣的書寫，將歷史觀和生命觀中的線性觀念
（以土地法則為代表）轉換為交替體驗（以氣的遊吟為代表），後者
告訴我們，生活就是一架鐘擺所劃過的軌跡：「夏天去了，夏天還會
回來。秋天去了，秋天還會回來。現在是冬天，那麼春天還會回來吧。
既然春天仍再，那麼夏天還會遠嗎？」（昌耀，《戲劇場效應》）

　　線性觀念的內核是一種西方式的、現代的進步觀，它在1949年之
後的中國詩歌界取得了全面、輝煌的勝利，強制性地改變了詩歌自身
的使命。昌耀的作品曾深深受惠於這種線性觀念，它激盪起詩人的血
氣，藉此奠定了他作品中長期堅持的思想基調和藝術風格。同時，線
性觀念作為一種人生觀，也給詩人的精神生活帶來了巨大的痛苦，比
如他的認識論斷裂和情急之下的以頭撞牆，徹底粉碎了他前半生對總
體性的信仰。

　　交替體驗的發掘為昌耀走出困局提供了一份越獄指南，儘管他
已近風燭殘年，但這一體驗卻刷新和洗滌了線性觀念的意識痕跡，像
海浪抹平了我們在沙灘上留下的足跡。比起舶來的線性觀念，交替體
驗更加接近中國的傳統智慧，接近一個漢語寫作者的思維原點。正如
趙汀陽指出的那樣：「在中國的知識裏我們幾乎沒有想到進步、目的
地和歷史終點這樣的問題，歷史根本沒有使命和義務。中國思維的核
心問題是『生命』以及生命的各種隱喻，不管是個人的生命還是國家

的生命甚至文化的生命，總之，一個歷程的意義落實在這個生命自身中，並且必須在這個歷程自身中實現，生命永遠為了生命的存在，而不是服務於生命之外的什麼東西。因此，生命本身就是目的和意義。」[1]在昌耀的作品中，交替體驗是一種生命哲學，氣成為生命的重要隱喻。在以氣代血的創作時期，它支配了講故事的人的創作意識，讓找到自我理想的昌耀在作品的各個層面上都能夠張開鼻翼、暢快呼吸。

　　呼吸運動是生命體最熟悉的交替體驗，這種體驗也深刻地關懷著詩人的描述性語氣和農夫口音，關懷著我們在生活面前的歎息和頓悟。作為呼吸運動的精神對應物，歎息和頓悟，成為發生在昌耀晚期風格裏的深層呼吸事件，是遊吟之氣的詩學標誌。從呼吸運動的運行規律來看，兩者同樣形成了鐘擺式的交替運動，建立了一個完整的循環：詩人的寫作中往復進行著從歎息到頓悟，再從頓悟到歎息的過程；這也是氣體從呼出到吸入，再從吸入到呼出的過程；是肺從收縮到舒張，再從舒張到收縮的過程——肺的呼吸運動成為破解昌耀晚期作品的一把鑰匙。「連環套式折疊一片金箔感受物事起滅輪迴，／花之夢，夢之花如此地異質同構映襯圓滿。」（昌耀，《折疊金箔》）參悟生命就像折疊金箔，在縱橫交錯的痕跡和褶皺中，我們察看到了命運的脈絡。在肺的一呼一吸之間，如同金箔折疊之後又展開，我們逐漸辨清了生命逐漸老化的紋理，辨清了幽靈的面孔和神秘刺青的圖案。隨著線性觀念在千座高原上的廢黜，由呼吸運動帶來的交替體

---

[1]　趙汀陽，《歷史知識是否能夠從地方的變成普遍的？》，《沒有世界觀的世界——政治哲學和文化哲學文集》（第二版），中國人民大學出版社，2010年，第133頁。

驗，成為散文時代裏昌耀寫作的自然律法：

> 夜與晝自當引動著。設想的破曉仍晦暗莫辨（或許更幽深了）。
> 聽見人海裏那個磨刀匠人唱偈似的吆喝聲忽隱忽沒在市闤仍十分
> 真切。院子內鈍器的撞擊仍響動如初。心想：我還是繼續躺下去
> 或是出外投入夜裏的「白晝」運作？我記不清自己的前生，亦把
> 握不準是繼續和衣而臥還是即刻起床梳洗盥沐。因之未來也暫處
> 於停滯。人，而一旦失去前生怕也未必只是一件憾事，當別有一
> 種詩意的沉重。當然，只有「醒著」時才能作如是之想，可一旦
> 醒來，我復歸茫然。（昌耀，《醒來》）

> 與其清醒的承受痛苦，我實在情願重新進入到昏睡狀態，即便是
> 一種偷安、一種藏匿、一種真正的死亡。死，也是一種自我保
> 護。不然，我以何種方式強迫將痛苦的時空壓縮為我所稱之的失
> 去厚度的「薄片」，以達自我之消泯，歸於虛無。（昌耀，《我
> 的死亡》）

交替體驗讓詩人重新修葺了他心目中的自然現象和生命現象，它
揭示了生命的一種原型狀態——夜與晝，夢與醒，死與生——這類題材
在昌耀的晚期作品裏層出不窮，記錄著他晚年的孤獨、迷惘和虛無：
「套不盡的無窮套。扣不盡的連環扣。／遺忘在遺忘裏。追憶在追憶
中。」（昌耀，《百年焦慮》）交替體驗最終呈現給我們的是兩面相
對擺放的鏡子，我們在鏡子中間觀察到自己的形象（群），就是這個

世界把我們塑造成的形象（群）。伴隨著極端豐富的生命體驗，昌耀在他的晚期作品中試圖回答著這些古老的問題，但終究沒有答案，也不必有答案。詩人的闡釋性語氣早已被描述性語氣替換，在氣的遊吟階段，展示問題比解決問題更加重要。昌耀作品中的呼吸運動幫助我們實現了對問題的展示，帶領我們重返中國人思維的零點。

　　二十世紀末的人生問題，和兩千餘年前的人生問題，是同一個問題。在莊子的時代，它就已經被完美地提出來。然而，在若干代裏出生和死去的人們，必須經過若干次的歡息和頓悟，經過若干次的出走和歸來，在形形色色的聲調、語氣、口吻或口音的密集叢林中，在一望無際的千座高原上，在羊群般的幽靈中間，在夜與晝、夢與醒、死與生的極限體驗裏，方才能認領到自己的命運，辨認出自己老化的紋理和切膚的刺青，找到自我理想，才能理解「愛的繁衍與生殖／比死亡的戕殘更古老、／更勇武百倍」，品嘗到痛苦和麻木中的毒藥和解藥，才能勾銷掉莊周與蝴蝶、卡夫卡與甲蟲、昌耀與氣之間的界線，達到物我兩忘，以及身心、群己和天人之間的和諧──儘管這種和諧在昌耀的生活裏幾乎不存在，但他和我們同樣獻出了焦灼的期待。歡息彷彿是酒帶來的麻醉、致幻和快慰，頓悟是猛然鑽出的、「今宵酒醒何處」式的捫心自問。於是，在詩人交替往復的蝴蝶夢中，他如是說道：「死亡倒可能是一種解脫或淨化。我的終點早已確定，處之坦然。但是有一種徵象卻是同樣真切：幼嬰在，人世將無窮盡，即便仍不免於痛苦；燧石存，火種也不會死滅，──而這一定理現今似乎成了一個隻可意會而恥於言傳的秘密。」（昌耀，《秋之季，因亡蝶而萌生慨歎》）

　　在昌耀的晚期作品中，再沒有對「明天會更好」的激情闡釋，詩人也對他早已告別的、充滿苦楚的黃金時代大為疑惑。他將目光折回到現在，專注於當下，深入到複雜的現實生活的內部和深處，甚至潛入夢境，那裏或許蘊藏著等待他開採的秘密：「所謂未來，不過是往昔／所謂希望，不過是命運」（西川，《杜甫》）[1]。伊格爾頓（Terry Eagleton）對馬克思的著名辯護，似乎也同樣可以幫助我們，像昌耀那樣從歎息走向頓悟。這位英國批評家認為，一種真正艱難的未來局面，不是對現在的單純延續，也不是與現在的徹底決裂。如果未來與現在徹底決裂，我們又怎能分清它到底是不是未來呢？然而，如果我們可以簡單地用現在的語言描述未來，那未來與現在又有什麼區別呢？從可能發生的變化的角度看待現實。就是實事求是地面對現實。否則你就無法正確地看待現實，就像除非你認識到嬰兒終將長大成人，否則你根本無法真正明白作為一個嬰兒究竟意味著什麼。[2]與深不可測的過去一樣，遙不可及的未來依舊是一個烏托邦，我們對兩者存在著太多的錯覺，但它們又無時無刻不在影響、再造著當下的我們——這些此時此刻的、「無辜的使者」（柏樺語），讓我們對彙聚在自己身上的兩道光線徒生幻想——文學的幻想。昌耀的整個創作為我們展示了這種幻想的足跡，一部刺青簡史。誠如年輕時代的別林斯基（Belinsky）宣告的那樣：

---

[1]　西川，《西川的詩》，人民文學出版社，1999年，第108頁。
[2]　參閱（英）特里・伊格爾頓，《馬克思為什麼是對的？》，李楊等譯，新星出版社，2011年，第80-81頁。

整個無限的美好的大千世界，不過是統一的、永恆的理念（統一的、永恆的上帝的意思）的呼吸而已，這理念表現在數計不清的形式中，正像絕對統一的奇景表現在無邊的多樣性中一樣。只有凡人的火熱的心，在其明徹的瞬間，才能夠懂得，以龐大的太陽為心、銀河為脈、純粹的乙太為血的那個宇宙的靈魂的胴體有多麼偉大。這個理念不知道安息，它不斷地生活著，就是說，它不斷地創造，然後破壞；破壞，然後再創造。它寓形於光亮的太陽，瑰麗的行星，飄忽的彗星；它生活並呼吸在大海的澎湃洶湧的潮汐中，荒野的猛烈的颶風中，樹葉的簌簌聲中，小溪的淙淙聲中，猛獅的怒吼中，嬰兒的眼淚中，美人的微笑中，人的意志中，天才的嚴整的創作中……[1]

第四節　呼吸之間，雙軸範式

以呼吸運動為傑出代表的交替體驗，啟示了昌耀對吐故納新的實踐。吐故納新不同於除舊佈新，後者顯然在線性觀念中起到了模範帶頭作用，而前者似乎是智慧和理性的近鄰。這種吐故納新的智慧也存在於人們對水、土、火、氣這四種物質想像之間，它把詩歌中的個性、氣質、聲調、語氣、現實、夢境、生存和死亡等問題都遊刃有餘地轉化為呼吸問題。這種轉化的思維也常常被詩人帶進他對詩歌形式

---

[1]　（俄）別林斯基，《文學的幻想》，《別林斯基選集》（第一卷），滿濤譯，上海文藝出版社，1963年，第18-19頁。

的思考當中。

　　昌耀在結束漫長的流放生涯、回歸常態生活之後，開始以一種審慎的態度對待自己的作品。在經歷了他人生中最重要的苦難歲月之後，一股強大的干預力逐漸在詩人心中豐滿成型。在這種破壞力的鼓勵下，昌耀大規模地修整了他的詩歌鬢髮，將他此前和此後的作品都統合進一種再生產的觀念裏，讓創作史漸漸成為形式史，讓詩歌自身做深呼吸，希望以此符合吐故納新的規律。這股強勁的改革熱情，支配詩人對自己的作品進行大面積地修繕、改寫或重寫[1]，在這種二度創作的焦慮中，我們可以約略觀察出昌耀潛意識結構中對待寫作和生存問題的兩種極限向度。同時，我們也注意到，在昌耀作品漫長的創作和修改歷程中，這兩種極限向度之間發生了頗具意味的傾斜。

　　《昌耀詩文總集》收錄的第一首作品為《船，或工程腳手架》，儘管詩的末尾標明的寫作時間是「1955年9月」，然而這卻是一首昌耀1979年復出後根據另一個母本刪改而成的作品[2]。相對於母本來說，《船，或工程腳手架》具有一副更加簡練的外觀形式：

---

[1]　據燎原考證，除了1957年的《林中試笛》（二首）外，收錄在《昌耀詩文總集》中1979年之前的所有作品，包括1979年之後的諸多詩作中，其末尾注明是「改舊作」的一類作品，多存在這種改寫或重寫的現象。而那些末尾沒有做出這種標注說明的，也僅只能表明修改時保留了原作的基本框架，而絕不意味著沒有進行過修改，乃至重寫。參閱燎原，《昌耀評傳》，前揭，第259-264頁。

[2]　根據燎原查證，該母本是昌耀的組詩《高原散詩》中的一首，發表在瀋陽作協主辦的《文學月刊》1956年4月號上。原詩全文可參閱燎原，《昌耀評傳》，前揭，第260-261頁。

高原之秋

船房

與

桅

雲集

濛濛雨霧

淹留不發。

水手的身條

悠遠

如在

邃古

兀自搖動

長峽隘路

濕了

空空

青山。

　　這是一種在昌耀作品中罕見的詩歌造型，每行多則五字，少則一字，極為精簡洗練。[1]昌耀將該詩置於《昌耀詩文總集》的卷首，猶

<hr>

[1]　《昌耀詩文總集》中還有另外一首名為《一代》（1986年）的作品，與該詩的造型特點類似，此處不予以討論。

如化石一般令人為之一振，又在情感上高度節制。從整體上看，因為抽象的筆觸實現了每一詩行字數的最小化，視覺上就造成一種將文字縱向排列的趨勢，讓整首詩接近於一條豎直的軸線。這類造型在昌耀作品中儘管少見，但卻揭示了詩人通過文字形式而表達的一種潛在的生存焦慮。《船，或工程腳手架》奠定了昌耀創作的一種**縱軸範式**，這種創作範式力圖用最簡練的文字占滿一個詩行，就像釋放少數幾個原子就占滿了一條原子軌道一樣。這種佈局讓閒置下來的大量空白，來開門迎接人類情感中含義無窮的詩意內容，因此以每一個詩行為單位，詩行彼此之間就保持著一種寧靜的平行關係。在我們閱讀縱軸範式的作品時，每一詩行中的詩學原子都與臨近詩行中的原子維持著等距的直線式下落運動。這種詩學運動建立了一個共時性的詩歌場，它最顯著地特徵就是超越了時間的線性觀念，彼此平行的詩行維持一種縱向的空間排列，像一棵筆直挺立的樹，沿著一個縱向的主軸生長。

共時性詩歌場的建立與古希臘的城邦格局極為相似，每一個從容不迫的詩行都是一座人口稀少且制度完善的袖珍城邦，而縱軸範式的使命就是建立這樣一個詩歌的理想國，它要求詩歌寫作者通過不斷的寫作實踐，努力實現一種完美的詩歌結構，即一種善的結構。這種結構如音樂般肅穆而安詳，幾乎抵達了一種神聖的靜止，踐行一種空間原則。以此為目標，對詩行間關係的考量又可以誕生出一門詩行的政治學，縱軸範式正是以詩行的政治學為圭臬來操持著它們的善治。

我們不妨將《船，或工程腳手架》作為昌耀作品視覺形態的一極，而以這種極限的思想來觀察昌耀作品的流變歷程，往往令我們深受啟發。當我們以這樣的態度閱讀昌耀晚年的作品時，一種文字形式

的激變正在回應著我們的假設。一個有目共睹的事實是，昌耀進入20
世紀90年代以來開始自覺地放棄分行詩歌的創作，代之以不分行的短
文體裁。或許是受到魯迅的散文詩《野草》的影響[1]，昌耀在散文時代
開啟的這類創作，在1993之後開始成為一種占主流地位的寫作樣式。
這種從分行到不分行的文體革命，無疑是昌耀詩歌造型史上的一次飛
躍，既然分行的文字利用詩行間的平行排列關係，創造了共時性的詩
歌場，那麼不分行的文字因為取消了詩行的獨立性而趨於一體化，這
樣就形成了一種線性結構，一種歷時性的文字流。在這種意義上，作
為詩歌體裁的變更形式，不分行的文字已經獲得了一副散文的面孔。
它遵循時間的邏輯，具有了閱讀上水平的方向感和內驅力，因此，
與縱軸範式相反，昌耀在散文時代的不分行的文字造就了一個**橫軸範
式**，它要求詩人的創作慾念中像原子般散亂的文字，都在它的規定下
排列在同一條敘述軌道上，這也形成了一條類比時間特徵的文字流
體，它具有一個開端和一個結尾，敘述活動就在這兩者之間開展。於
是，在縱軸範式下並行不悖的詩學原子開始發生偏移，偏移必然導致

---

[1]　這裏不僅指昌耀在進入散文時代的創作與魯迅的《野草》在體裁和思想旨趣上
　　極為類似，此外，在一些具體的語句和運思邏輯上，兩者也十分相像。如魯迅
　　在《野草·題辭》（1927.4.26）中開篇即寫道：「當我沈默著的時候，我覺得充
　　實；我將開口，同時感到空虛。」參閱魯迅，《野草·題辭》，《魯迅全集》
　　（第二卷），人民文學出版社，2005年，第163頁。而昌耀在《蘇動的大地詩
　　意》（1997.4.19）一文的開頭是這樣的：「當大地沉睡著的時候，我們感覺到大
　　地倒像是蘇醒著。而當大地蘇醒的時候，我們自己倒是睡著了。不常常是如此
　　嗎？」參閱昌耀，《昌耀詩文總集》，前揭，第699頁。由此可見，相差70年光
　　景，兩位作者在寫作時都面臨著相似的精神境遇。

原子間的撞擊,撞擊的結果就是聚集成一個新的共同體。

昌耀談到:「詩,自然也可看作是一種『空間結構』,但我更願將詩視作氣質、意緒、靈氣的流動,乃至一種單純的節律。」[1]橫軸範式打破了詩歌的分行原則,詩行不再成為文字共同體的單位。這一範式號召詩歌結構中每一個獨立的詩行與它們鄰近的詩行首尾相連,並被時間流一以貫之地串製成文字流,文字流中的語詞成為了橫軸範式裏新的單位。這種歷時性的敘述形態酷似古羅馬的帝國制度,它力圖在寫作中實現一種大一統的集權夢想。在這裏,詩行的城邦消失了,善的結構被打破、碾碎、擠壓,被安排進新生的文字流裏,善治的夢想和重任落在了詞語的肩上,猶如帝國治下的家族或家庭的角色。由此,在昌耀的文字帝國體系內部,調解詞與詞之間關係的問題成為一門顯學,我們不妨稱它為詞語的家政學。

對於轉向這種不分行文字創作的文體革命,昌耀提供了自己的邏輯:「我是一個『大詩歌觀』的主張者與實行者。我曾寫道:『我並不強調詩的分行……也不認為詩定要分行,沒有詩性的文字即便分行也終難稱作詩。相反,某些有意味的文字即便不分行也未嘗不配稱作詩。詩之與否,我以心性去體味而不以貌取。』……我將自己一些不分行的文字收入這本詩集正是基於上述鄭重理解。我曾說過:我並不貶斥分行,只是想留予分行以更多珍惜與真實感。就是說,務使壓縮的文字更具情韻與詩的張力。隨著歲月的遞增,對世事的洞明、了悟,激情每會呈沉潛趨勢,寫作也會變得理由不足——固然內質涵容

---

[1]　昌耀,《我的詩學觀》,《昌耀詩文總集》,前揭,第323頁。

並不一定變得更單薄。在這種情況下，寫作『不分行』的文字會是詩人更為方便、樂意的選擇。」[1]經過這一通大段辯白，我們得知，昌耀作品分行與否的判斷標準是「詩性」的有無，而昌耀聲稱是在用「心性」體味「詩性」。昌耀「想留予分行以更多珍惜與真實感」，實際上也就承認了分行文字終歸是寄託「詩性」的王道面孔。分行文字的寫作必然要強調詩行間的共時性，強調詩行間組建的詩歌場，也就必然要強調縱軸範式。

作為一門詩行的政治學，縱軸範式是詩人寫作分行文字的無意識，也即一般意義上的詩歌寫作的無意識，它在寫作中的秘密運作促成了「詩性」的生成。於是，昌耀正是在用「心性」來匡定他寫作意識中的縱軸範式，並完善詩行的政治學。「心性」是一種無形的力量，是勘測靈魂的工具，就像蝙蝠發出超聲波來探明去路一樣，「心性」在縱軸範式形成的共時性詩歌場中得以傳遞和強化，希望用一種善的詩歌結構來照亮一種理想的生存形式。

從《斯人》之後的作品風格來看，日常生活作為一種解構的力量在逐步蠶食昌耀一度高調的寫作氣勢。現實世界這頭兇猛的怪獸令詩人陷入焦躁、苦悶和虛無的生存狀態。在公共生活和私人生活中的許多期待和夢想紛紛落馬之後，昌耀試圖用文字作為自衛的短刃組織一場江湖救急。他的寫作策略也隨之改變，試圖將以往安放在不同詩行中的文字資源，統一調集進同一個總詩行，以組建一條龐大的文字陣線，藉此作為抗禦日常生活勁敵的主力武裝。「你想從危機逃亡。／

---

[1]　昌耀，《昌耀的詩·後記》，前揭，第423頁。

你掙扎。你強化呼吸。／你已如涸澤之魚誤食陽光如同吞沒空氣。」
（昌耀，《僧人》）仰仗自己對文字的調遣權，昌耀在日常生活面前
成為了一個被動的防禦者。他的「戰時政策」破壞了縱軸範式的理想
模式和善的結構，打破了詩行間完美的佈局。對於一首詩的讀者來說
（包括昌耀本人在內），它也同時打破了理想詩歌模式中的呼吸節
律：讓吐故納新變成了除舊佈新，讓改革升級為革命。

　　詩人在現實中的掙扎，讓詩歌中的呼吸節奏失去平衡，進而發生
了傾斜；他在文字上的調兵遣將讓原來分為幾次的呼吸運動，強行合
併成一次，無異於一次「強化呼吸」，像一條缺氧的魚在窒悶中用力
地翻騰跳躍。「強化呼吸」的策略是昌耀作品形式革命的巨大動力，
詩人開始全面倡導普及並加快推進詞語的家政學，重新安排詞與詞，
詞與文字流，詞與時間的關係。「強化呼吸」也重新定義了詞與呼吸
之間的關係，它勢必增加肺的負荷，而這種負荷量往往隨現實生活的
惡劣程度的升級而呈正比例增長。於是，**肺**成為了量度橫軸範式的詩
學器官，日常生活的焦慮體驗向橫軸範式求救，橫軸範式越發強化，
敏感柔弱的肺葉就越發緊迫地進行舒張和收縮。同「心性」代表詩歌
的理想原則一樣，肺宣告了詩歌的現實原則，它象徵了詩歌在日常生
活中的呼吸和節律，在嚴酷的命運流徙中，它甚至指代著生命本身：

　　　　我奇怪的肺朝向您的手，

　　　　像孔雀開屏，乞求著讚美。

　　　　您的影在鋼琴架上顫抖。

　　　　朝向您的夜，我奇怪的肺。

（張棗，《卡夫卡致菲麗絲》）[1]

　　肺的病變幾乎成為現代知識份子的共同厄運。昌耀的晚年寫作呈現了橫軸範式的壟斷局面，這或許正意味著他在用肺與現實世界開展著膠著而慘烈的鬥爭。他在拼命強化呼吸，讓柔弱的肺葉獨自抵抗現實生活更加惡劣的空氣，在戰鬥中千瘡百孔，他的晚期寫作正如同在病態地展示著他孔雀開屏般的肺。詩人將自己降低到一個最低層次的生活體驗者，用他日漸殘損的肺苟延殘喘地呼吸著自己剩餘的生命，展開灰燼中的獨白。昌耀寫作的橫軸範式充滿了一種求生的渴望，這讓以這種範式指導下的寫作，也傾向於捕捉相同類型的題材：火柴的多米諾骨牌遊戲、街頭流浪漢在落日餘暉中遇挽車馬隊、地底如歌如哦三聖者、與蟒蛇對吻的小男孩、一個青年朝覲鷹巢、冷風中的街晨空蕩蕩、載運罐裝液體化工原料的卡車司機、紫紅絲絨簾幕背景裏的頭像、挽一個樹懶似的小人物並自挽、從酷熱之昨日進入到這個涼晨……這些日常生活中的平凡物象在昌耀的橫軸範式作用下都帶上了些許魔幻色彩，描述性的生活場景成為了昌耀此時創作的源泉。這種生活的描述性質或許正來自昌耀敏感的「孔雀肺」，它以一種得意忘形的姿態宣揚著詩人的躁動和頹廢，經營著一種反詩意的詩意。在不斷加強的呼吸運動中，昌耀的「孔雀肺」敏感得近乎病態，好像一張飄揚在獵獵西風中的殘破戰旗，始終不肯向現實困境屈服，這也成為昌耀晚期風格的器質根源。

---

[1]　張棗，《春秋來信》，前揭，第97頁。

　　縱軸範式和橫軸範式共存於昌耀的創作歷程當中,並展開相互間的拉鋸和角力。前者寄寓了昌耀對「千年」的夢幻,傾向於一種長線的詩意;後者常常瞥見「瞬間」的光環,綴滿了即興的真實。詩人從「千年」彙成「一瞬」的創作嬗變,也在推動著縱軸範式和橫軸範式之間的抵牾生出端倪。我們從昌耀創作於1980年的長詩《山旅》中,可以搜羅到這種端倪有力的佐證。《山旅》在歷次收進昌耀陸續出版的幾部詩集時均遭到不同程度的修改[1],從總體趨勢上看,幾番頗費心思的修改過程已經充分暗示了,詩人潛意識中對寫作形式的自主選擇。除了大段的刪減詩行,昌耀主要採取一種詩行合併的策略,將原詩中大量較短的鄰近詩行相互合併,組成一個新的詩行。略去中間形式,以下羅列《山旅》中一處修改前的初始形態和修改後的最終形

---

[1] 據燎原考證,該詩首刊於《青海湖》1980年第11期,共十四節近四百行。在收入昌耀1986年出版的第一部詩集《昌耀抒情詩集》時,僅做了個別的詞句改動,基本上保持原貌。到了昌耀的第三部詩集、1994年出版的《命運之書》時,這首長詩沒有了,卻出現了一首題名為《馬的沈默》的短詩。而這首短詩,正是從《山旅》中節選出來的一個片段,它在《山旅》中分成三段,共二十五行。至此一字未改,卻折並成了不分段的十三行。在昌耀的第四部詩集、1996年出版的《一個挑戰的旅行者步行在上帝的沙盤》中,這首《山旅》再次出現,但其局部的詩行排列形式卻頗為奇特,為了節省篇幅,原詩中許多較短的自然詩行,都由兩至三行折並成一行,但彼此間卻以斜槓——「/」分隔開來……於是,這首長詩就通過這樣的詩行折並,更加上諸多部分的詩句刪除,被壓縮成了七節共二百一十行左右的篇幅。到了昌耀的第五部詩集、1998年出版的《昌耀的詩》中,這個版本被原封不動地移植了過來。而在他的最後一部詩集、2000年出版的《昌耀詩文總集》中,這首詩仍保留著前一個版本的形態,但所有並行中的斜杠——「/」,卻被全部剔除。參閱燎原,《昌耀評傳》,前揭,第268-269頁。

態，以資對照：

　　A.修改前：

　　　哪怕是——

　　　　我感知世事前

　　　　　　初嚐的苦果；

　　　哪怕是——

　　　　我披覽人生後

　　　　　　乍來的失戀

　　……

　　B.修改後：

　　　哪怕是我感知世事前初戀的苦果，

　　　哪怕是我披覽人生後乍來的失戀，

　　　……

　　通過詩行的幾經修改，我們可以明顯地發現昌耀詩歌在結構上的
演變趨勢，即由縱軸範式逐漸向橫軸範式遞變。作為一種自主選擇，
這種變化趨勢貫穿於昌耀的整個創作歷程，它決定了昌耀詩歌獨特的
風貌：在由詩行的政治學向詞語的家政學改組的願望之下，詩歌的縱
軸不斷地向橫軸輸送文字，語詞像著魔的原子一般從縱軸不斷躍遷到
橫軸。這種躍遷運動將共時性的詩行強行捆綁成一體，搖身變為歷時

性的敘述文字,讓詩歌場改組為文字流,這種近乎生硬的語詞嫁接,造就了昌耀詩歌的澀滯美學。這種澀滯來自個體與世界的摩擦,來自命運中冥頑不化的體驗,來自生存和言說的艱難。與縱軸範式創制出善的結構相反,這種由縱軸向橫軸的聚集和錯動最終催生出了一種結果,即噩的結構:「噩的結構正是如此先驗地存在,/以猙獰之美隱喻人性對自身時時的拯救,/而成為時時可被欣賞的是非善惡。」昌耀詩歌中意味深長的澀滯即是一種猙獰之美,是語詞躍遷過程中產生的奇特的詩學效果,它準確地描述了詩人的「孔雀肺」,道出了詩人呼吸和生命中的澀滯體驗。

　　昌耀對詩歌形式的修改習慣,暴露出了他詩歌語言中一個長期、普遍的特徵。每一個讀過昌耀詩歌的讀者,幾乎都會在唇舌上體會到一種難以忍受的艱澀、拗口、障礙甚至間斷。這是一種閱讀上的斷裂,是氣的打斷。如果誰試圖勉強一口氣讀完整個詩句,除非他具有超強的肺活量,否則正常的讀者都很難做到。比如下面這個例子:

　　A.

　　太陽沉落時我永在嚮往的海就已在西天短暫地顯現那一時
　　　的榮華。榮華。榮華。
　　我遙望紅色海流不斷升起來的暗影依時序幻化流變漸遠如
　　　我們無聞的島嶼,如村煙紛揚零落。如靛藍染布一匹匹
　　　攤曬海塗。如鍛錘下一串串鐵屑飛迸冷卻變色。
　　(昌耀,《聽候召喚:趕路‧水月》)

　　類似這樣如經文般冗長、緊湊的詩句，在昌耀很多的作品中都能
看到。根據上文對昌耀詩歌形式修繕史的簡略考察，我們是否可以做
出如下的猜測：除了學詩早期的習作，和晚期的不分行文字，居於其間
的昌耀作品的主幹部分，或許都是從縱軸範式向橫軸方式的過渡形式。
也就是說，對於上面作品中的那種超級長句，在昌耀的腹稿中，它可能
是由若干分行的短句組成的，並且極有可能寫成一種原始的縱軸模式：

　　　　B.
　　　　太陽沉落時
　　　　我永在嚮往的海
　　　　就已在西天
　　　　短暫地顯現
　　　　那一時
　　　　的榮華。
　　　　榮華。
　　　　榮華。
　　　　我遙望紅色海流
　　　　不斷升起來的暗影
　　　　依時序幻化
　　　　流變漸遠
　　　　如我們無聞的島嶼，
　　　　如村煙紛揚零落。
　　　　如靛藍染布

> 一匹匹攤曬海塗。
>
> 如鍛錘下一串串鐵屑
>
> 飛迸
>
> 冷卻
>
> 變色。
>
> （昌耀《聽候召喚：趕路‧水月》）

　　面對像《聽候召喚：趕路‧水月》這樣的作品中的複雜長句，以上便是本書為昌耀猜測的一種極有可能的縱軸範式，其中個別字詞位置的調整，還會衍變出其他若干種形式，此處就不一一討論了。在這裏，我們代替詩人對原作中的複雜長句做了向縱軸範式的還原，可以看出，從B到A的形式演變，或許正是昌耀從腹稿到下筆，或從初稿到定稿，或從定稿到發表，或從發表到結集出版等任何一個過程中，對詩歌形式的修繕、轉換過程。這一過程體現了昌耀詩歌從縱軸範式向橫軸範式投射、過渡和躍遷的總體趨勢。它的最初形態和最終形態已被我們把握，而其中經歷的漫長的過渡形態，便體現在昌耀大部分作品中出現的那種複雜長句上。

　　對這種複雜長句的寫作和閱讀，需要的是充沛強勁的肺活量，需要一口長足的氣息，才能適合與這種形式相匹配。對於每一個正常的讀者來說，這種過渡形態也暗自對我們的肺提出了高級的要求，佈置了高難度的任務，要求我們強化呼吸，以期儘量多地爭取到氧氣——儘管這是一種令人難以理解的方式。對於昌耀來說，這種氧氣就是他渴望用「心性」體味到的「詩性」，是他窘迫人生在紙張上投下的陰影

（比如為出版時節省紙張而對詩歌形式做出煞費苦心的改動）。為了追求「詩性」，他不惜苦吟推敲，經營複雜的長句和結構，製造精緻磅礴的物象和場景，構思意味深長的典故，寧為雅言而陽春白雪，不為流俗而下里巴人。他寧願濫用自己的肺，也不濫用漢語之美。越是那些生僻、古奧、匪夷所思的作品，就越凝聚了詩人的良苦用心。

昌耀的這種詩學志趣，總體上被他表達為猙獰之美。這種美是詩人與時代、政治、體制和日常生活凌厲交鋒後的奇怪產物。對於這部被上帝之手鐫刻在祖國西北角的命運之書，昌耀運足畢生的氣力渴望製造幾許偏移，渴望實現朝向他的零點做永劫的回歸，因而，他的作品都統統帶上了偏移的痕跡和躍遷的夙願，形成一種**西北偏北之詩**。這部獨一無二的傑作，是昌耀在身上早已發現的、關於命運的刺青，是人逐漸走向老化時留下的紋理。這種猙獰之美並非只存在於縱軸範式向橫軸範式投射的完成時裏，而是以一種折射的方式瀰漫在昌耀的整個作品系統中，是他在寫作中綻放的、珍貴而罕見的光澤，昌耀渴望在這道蜿蜒、傾斜、佈滿雜質的光線裏找到並實現他的自我理想。

昌耀作品中的這種怪異風格，經常被解釋為偏僻的、異域的、洋溢著獵奇感的作品，是非主流的藝術，是填補差異的詩歌，是邊陲小鎮上的一壇怪味酒，是野蠻人部落裏的一杯蘭姆酒……持這種觀點的人讀昌耀，或許是因為對其他詩人的作品讀得太多，而這些人彼此又寫得太相似了。他們把昌耀的詩想像成街邊攤販端出來的一盤開胃小菜，嚐上幾口後再繼續著每天不變的一日三餐。讀者只注意到他偏離主流的迥異風格，而忽略這種風格內部的複雜性；只注意到了詞的徵象，而無意於物的機理。許多人不知道，昌耀雖身在外省，但他的詩

歌創作和理念卻並不生澀、偏僻。如同上帝是一個理念的圓球，它的圓心無處不在，而圓周卻不在任何地方，對待昌耀也是一樣，這個跋涉於千座高原上的詩人，他牢牢地抓住了他詩歌的圓心，他就居住在詩歌的中心地帶，而他的多數讀者卻無法把握這顆詩性之心的邊界：以為他身在西北，便只做地域之詩，著實狹隘而可笑。昌耀的詩歌圓球或許也相當於一種噩的結構，出神時是「藍煙」一縷，倍感駭異，定睛時無色無相，天下太平：

> 趕路的人永是天地間再現的一滴鏽跡
>
> 慨歎無可自拔的壅滯。
>
> （昌耀，《聽候召喚：趕路‧水月》）

昌耀是在文字中永遠趕路的人。從《船，或工程腳手架》中表現出的縱軸特徵，中經《山旅》的躍遷樞紐，最後形成晚期不分行文字中成熟的橫軸範式，昌耀的創作歷程可以形象地視為語詞由縱軸範式向橫軸範式的**躍遷史**。在結構語言學背景下，如果我們進一步把主張共時性的縱軸定義為聯想軸（選擇關係），把承認歷時性的橫軸定義為組合軸（句段關係），那麼按照結構主義千里馬雅各布森（Roman Jakobson）的說法，昌耀創作中體現的這種整體趨勢，實際上實現了一個最大的詩學功能，即存在一種把聯想軸投射到組合軸的語言事件。[1]

---

[1] 參閱（俄）羅曼‧雅各布森，《語言學與詩學》，《符號學文學論文集》，趙毅衡編選，百花文藝出版社，2004年，第182頁。

這種投射的後果會將隱喻導向轉喻，也就同時將分行的詩歌導向不分行的散文，把詩行的政治學改組為詞語的家政學，這正是一種最廣義的詩意生產機制。

在精神分析的語境中，由於昌耀作品中的縱軸範式傾向於興建一種詩歌的善的結構，像浮士德喊出的那句「真美啊，停一停吧」一樣，它召喚完美的瞬間蒞臨，因此象徵了「死的本能」[1]；而橫軸範式則向一種惡的結構敞開，它揭示了人性的澀滯、缺憾甚至猙獰，所以體現為「生的本能」。而語詞由縱軸向橫軸的躍遷運動，也暗示了詩人潛意識裏存在著從「死的本能」向「生的本能」的投射，正如薩義德所言，死亡以一種折射的方式在晚期風格裏體現出來。這種投射和折射炮製了詩人的「孔雀肺」，以及他詩歌中的猙獰之美。肺濫用了詩人的呼吸，也加劇了他的咳喘，讓他的生活籠罩上死神的陰霾，預示了詩人必將在惡的結構中讀懂命運，從詩歌到生命，從精神到肉體，逐一接受死亡之光的折射：

> 清醒的多重人生體驗，
> 無疑是一種折壽的行為。
> （昌耀，《20世紀行將結束》）

---

[1]　參閱（奧）佛洛伊德，《超越唯樂原則》，《佛洛伊德後期著作選》，林塵等譯，上海譯文出版社，1986年，第36-70頁。

　　昌耀以一個不合時宜者的身份出現在當代中國，極左年代的「右派」身份，市場經濟時期的保守性格讓他的一生飽受摧殘。他在中國西部找到了寫作的家園，卻最終落得無家可歸。他的生命體驗造就了他的創作風格，讓他生前艱難出版的幾部詩集成了他生命的另冊。他的詩就如同他的「孔雀肺」，唯美、敏感、澀滯，讀上一句，如同召喚那團不曾遠離的氣狀遊魂。昌耀晚年罹患肺癌，尚不等癌細胞吞噬他蒼老的肌體，這個站在三樓的痛苦生命，用盡生平最後一絲氣力完成了從生到死的跨越。就像他畢生都在推動詞的躍遷一樣，昌耀的整個生命也在經歷著艱澀的躍遷，不論對於生命還是語言，是千年還是一瞬，這種躍遷的速度在最後的一刻加大到了無限。在這相同的動作中間，詩人只留下了他的故事和文字，我們卻迷失於昌耀的迷宮和千座高原，分不清究竟是語言救贖了生命，還是生命救贖了語言？時至今日，這依然是一個問題。

第五節　雙軸範式，目光之城

　　昌耀寫作中的雙軸範式有助於我們理解和闡釋他作品中的諸多問題。除了詩歌形式上的投射和躍遷外，運用一種長時段的觀察方法，我們還將發現，在昌耀的詩學情結上，它體現為從羔羊情結向雄牛情結的投射；在講述方式上，體現為從邏各斯向神話的投射；在詩意構造上，體現為從「心性」向「詩性」的投射；在倫理取向上，體現為從惡向善的投射；在先驗直觀上，體現為從時間向空間的投射；在時間意識上，體現為從「千年」向「一瞬」的投射；在空間語法上，體

現為從回憶模式向建築模式的投射；在語言哲學上，體現為從事境向
語境的投射；在詩學性別上，體現為從陰性氣質到陽性氣質的投射；
在血的轉換上，體現為從大地之血向骨肉之血的投射；在詩性微積分
上，體現為從詩性微分向詩性積分的投射；在審美模型上，體現為從
共產主義高爐向烘烤主義機器的投射；在英雄形象上，體現為從英雄
向反英雄的投射；在她戀結構上，體現為從審美式匱乏向倫理式匱乏
的投射；在雙重火焰中，體現為從光感型火焰向熱感型火焰的投射；
在晚期風格上，體現為從死向生的投射……

　　在詩歌經濟學上，體現為從生產到耗費的躍遷；在詩歌地理學
上，體現為從現實的青藏高原向非現實的千座高原的躍遷；在詩歌幾
何學上，體現為從創作的零點向命運的零點的躍遷；從抒情客體上，
體現為從物的人化建築向人的物化建築的躍遷；在心理勢差上，體現
為從心理順差向心理逆差的躍遷；在個性氣質上，體現為從血向氣的躍
遷；在作品調性上，體現為從戀父期聲調向月經期聲調的躍遷；在作品
語氣上，體現為從描述性語氣向闡釋性語氣，再向描述性語氣的兩次躍
遷；在敘事音色上，體現為從水手口吻向農夫口音的躍遷；在藝術境界
上，體現為從成熟向老化的躍遷；在呼吸隱喻上，體現為從歎息向頓悟
的躍遷；在身份認同上，體現了從理想自我向自我理想的躍遷；在物質
想像上，體現為從水到土，從土到火，從火到氣的逐層躍遷……

　　無論是何種形式的投射和躍遷，都體現了昌耀作品在不同層面和
角度上發生的複雜轉換。雙軸範式均可以在以上各個方面給予讀者較
為形象、合理的解釋。這些轉換的內在創生動力是他日復一日的呼吸，
是詩人對氣的吐納和遊吟。尤其對於昌耀晚期風格的奠定，這一機制的

形成幾乎成為一個決定性的因素,既表達了他渴望回歸和超越的心願,從而抵達一種萬事皆空的心境;又進一步讓他認清凡塵物事的變化和紋理,認清人的終極命運,因此將自己引向更深的迷惘和最終的風暴。

作為一個城市高原的遊蕩者和觀察家,昌耀說:「我已看慣許多的人生。我已看慣許多的人死。我已經飽經滄桑。」(昌耀,《與梅卓小姐一同釋讀〈幸運神遠離〉》看,是一個令詩人飽經滄桑的重要理由。在詩人顛簸的一生中間,他看到了許多幅只屬於他所生活的時代裏的圖景:從年幼時看到祖宅裏城堡般的空蕩,到多年後再度探訪時惟見的一片煤場;從火樹交織背景下的朝鮮農家菜園裏的綠色豆莢,到廣袤無邊的高原上悄然軋過的青海高車;從哈拉庫圖高爐前的礦石、焦炭、汗水和笑臉,到小城淡季裏的燈光、店鋪、烘烤和蒼涼;從天地河漢間的水手、牧人和父親們,到流落街巷的乞討者、拾荒者和無家可歸的人們……詩人看到的不只是這些逼真的具象,他同時看到的是與每個時代一同變化的面孔和表情,看到了時代的呼吸中起伏的胸膛和翕張的鼻翼。「誰看見了現在,誰就看見了一切。」(奧勒留語)看,成為一個詩人的必修課,它將時代的色彩和線條鑄就為作品的骨骼和肌肉,把眼前這個世界的脾性和風貌化為作品中的血和氣。在昌耀所觀看的事物裏,精確地傳達了一個特定的時代生活裏人們心照不宣、獨一無二的感覺和體驗。這獨有的感覺和體驗將留存在他的文字中間,化為若干年後人們重返那個時代的月亮寶石,它將比歷史更加長久。

隨著昌耀晚期風格的奠定,除了看的對象在與時俱變之外,看的方式也隨之得到調整。在普遍的描述性語氣中,昌耀作為講故事的

人，把水手口吻逐漸改換為農夫口音，這也同時更換了「我」的觀看
視角：將目光從自然和歷史中的宏大事物身上收回，落放在城市屋簷
下那些「泥土的動物」身上，停留在柔弱、卑微的生命之上。換句話
說，「我」的目光從理想自我身上移開，最終停留在了自我理想上。
從過去的向上看，到如今的向下看或平視。昌耀在散文時代裏的寫
作，為這種視角轉變騰出了足夠的地盤，從詩歌時代那種遠景的蒙太
奇（如《河床》中的波浪式修辭），轉變為散文時代的長鏡頭特寫或
白描（如《與蟒蛇對吻的小男孩》中的細緻刻畫），描述性語氣為這
種轉變提供了全天候的保障。

　　無論是觀看宏大事物，還是端詳卑微事物，無論是仰視、俯視，
還是平視，它們都體現為**昌耀的目光**，即昌耀的觀看方式。正如一時
代有一時代之文學，每個不同的時代也具有各自不同的**時代的目光**，
即時代的觀看方式。昌耀的視角轉換背後，必然隱藏著整個時代對事
物的觀看方式。昌耀的目光中根深蒂固地帶有英雄情結，在高爐美學
大行其道的年代，他的觀看方式與他當時所處的時代的觀看方式是一
致的，後者培訓了詩人的波浪式修辭、戀父期聲調和水手口吻。在這
種與時代吻合的目光中，洋溢著對「瞬刻可被動員起來的強大而健美
的社會力量的運作」的肯定、讚歎和歌頌，洋溢著樂觀的、受控的自
我說服和積極詮釋，以及對未來的滿腔憧憬（儘管詩人深受右派之冤
苦）。這種與時代同步的觀看方式，大大影響了1949年以後的幾代中
國人，包括昌耀在內，他們與自己的時代都一同練就了一種**未來主義
的目光**，這種未來主義的觀看方式的內在邏輯是：有人承諾我們的未
來註定是幸福美好的，而我們所處的現實中正包孕著通往這種未來的

因子,所以我們要絕對讚美、擁護甚至容忍這個現實中給人以信心和希望的一切形式、口號和事物,哪怕它們只是表面上的。[1]

　　未來主義的目光時刻需要闡釋性語氣的親密陪伴和鋪路搭橋,並常常要從後者那裏獲取自信、理由和正當性。在土地法則時期,這種未來主義的目光深深地教導並感化了昌耀,並擢升他為「義子」和「贅婿」。詩人也不負重恩,識實務地把時代的問題轉化為時代的風格,果斷提取了在未來主義健康體檢中達標的一類美學標籤,如豪邁、宏大、激情、粗獷、雄渾、蒼勁、血性、磅礴、樂觀等風格特徵,昌耀將它們植入自己一系列特色鮮明的詩作中。這種風格的形成,首先是詩人的目光對時代目光的積極回應——這也是對知遇之恩的率性報償。其次才是詩人的審美旨趣與地理環境、歷史意識和鄉野民風的精神契合。昌耀的觀看方式在未來主義身上看到了重放的曙光,這個從荒原流放歸來、深感錯過日出的血性青年,在修完了波浪式修辭、戀父期聲調和水手口吻等幾門功課之後,又快馬加鞭地自修了深得未來主義器重和寵愛的闡釋性語氣,並且與這位紹興師爺保持著長

---

[1] 　與這種未來主義論調持相反態度的是一種「歷史的懷疑論原理」,它被趙汀陽表述為:任何一個事件e,不管是過去的或現在的,都不可能給自身定位,不能確定自身的歷史意義,e只是具有某種歷史意義的「勢」,而這個「勢」是否能夠實現為意義,要取決於未來的後繼事件f是否表現了e的「勢」,而f的意義又取決於未來後繼事件g的表現,如此等等。趙先生還例舉了不同時期對文化大革命這一事件的態度變化,來佐證這一原理,意在說明,任何一個歷史事實的意義是由未來的某些實踐來定義的,因此它的意義也就永遠開放著。參閱趙汀陽,《歷史知識是否能夠從地方的變成普遍的?》,《沒有世界觀的世界——政治哲學和文化哲學文集》(第二版),前揭,第146-147頁。

期的、良好的、亦師亦友的關係。

作為一種時代的觀看方式，未來主義的目光廣泛影響著當代中國人的心態史。根據時代劇情的需要，它可以進一步劃分為**生產主義的目光和消費主義的目光**，前者成為未來主義的一種積累和支付形式，懷有英雄情結的昌耀長期陶醉於它的美感之中；後者成為未來主義在想像中的達成和階段性的實現，但卻與詩人的觀看習性大相異趣。生產主義的目光與詩人的波浪式修辭、戀父期聲調以及水手口吻同氣連枝，在闡釋性語氣的出謀劃策下，這一觀看方式讚賞無窮的創造力和生產的美學（比如高爐美學），歌頌英雄般的勞動者，並以詩性微積分的方式，組建了昌耀土地法則時期的建築模式和回憶模式，來負責解釋、處理歷史遺留下來的創傷記憶。

詩人本人一度就是頭戴荊冠的囚徒，是一類特殊身份的勞動者。帶上這頂特殊的帽子，成為他在決定性的年齡裏遇到的決定性事件。直到他流放歸來，重返正常公民的生活隊伍中間，出於對信仰和恩主的忠貞，生產主義的目光一直被昌耀完整地保存著。作為這種忠貞的賞酬，生產主義的目光在闡釋性語氣的參謀下，也適時為摘掉荊冠的昌耀施加了「無產者詩人」的光環，這也讓他終生在創作中頂著這只曖昧的桂冠：「真的，有一段時間我以為自己對過去的種種——包括工廠及那一同犯的微笑是淡忘了，其實不，既已殘存下來的印象每每是以一種更頑強，更帶自覺的精神重被記起。是一種痛苦。是一種信仰。是一種夢覺。是一種執著。是一種更帶自覺的精神。」（昌耀，《工廠：夢眼與現實》）當逐漸進入晚年的昌耀渴望再度亮出他「無產者詩人」的身份時，他覺得頭頂還得戴點什麼，他需要一個不言自

明的符號，於是，他選擇了鏟形便帽：

> 這個世界再沒有嚮導能夠為我指明這塊門牌了。
>
> 他們不喜歡我的便帽。這裏不記得便帽。
>
> 然而那頭戴便帽的一代已去往何處？
>
> 感覺眼中升起一種憔悴。
>
> 我的便帽也蓦然衰老了。
>
> （昌耀，《頭戴便帽從城市到城市的造訪》）

從最初刺入皮肉的荊冠，到揮之不去的「無產者詩人」的桂冠，再到遭人冷落的鏟形便帽，組成了一部中國當代詩人的精神冠冕史，其中鎸刻著諸多創傷記憶。在冠冕符號的整個變形歷程中，我們看到，時代的觀看方式已經發生了變異，生產主義的目光似乎面臨著窮途末路的危機，當初的波浪式修辭、戀父期聲調和水手口吻都紛紛折戟沉沙、不知所終，最慘烈的要數闡釋性語氣，它在選擇舊東家和新朋友之間舉棋不定，最終在兩者激烈的爭搶中不幸被撕成兩半，一半被時代擄走，繼續陪伴未來主義的目光摸石頭過河，另一半則跟隨昌耀踏上了精神流亡之旅。「這個世界再沒有嚮導能夠為我指明這塊門牌了」，時代輪換如同軍閥易幟，令世人應接不暇。「這裏不記得便帽」，那後一半闡釋性語氣，在跟隨詩人上路不久便因傷勢過重而命喪黃泉。喪失了公共闡釋資源的詩人，不得不在闡釋性語氣殘存的教誨中，練就一套私人的自我闡釋術，它重新向昌耀的頭頂賦予意義，為他灌輸繼續前行的理由，負責報導、解釋他的新境遇，並且讓這種被時代

拋棄並視為異端的自我闡釋性語氣，與詩人在不久的將來習得的新式聲調擊掌會盟，讓「高貴的後鼻音隨草廬歸隱」（昌耀，《洞》）。

以鏟形便帽為代表的這種頑強但被世人遺忘的信仰符號，如同堂·吉訶德陳年的甲冑，一直被昌耀攜帶進中國社會下一個嶄新階段。經過一番疾風驟雨般的過渡，時代的目光已從生產主義變為消費主義，人們物質生活的極大滿足和共同體的虛假繁榮，貌似讓曾經拋出的未來主義承諾部分地得到了兌現，時代的目光唆使琳琅滿目的物質，以堂而皇之的名義，將人類膨脹的慾望無道德地刺激出來，讓這個摩登時代的人們裹足於消費主義的泥潭不可自拔：「這個時代，無一不可成為商品，從性、靈魂、海洛因、機密文件、明星私語、人體器官、月球主權……直到炒作新聞。」（昌耀，《一個中國詩人在俄羅斯》）這也是一個十足的「後英雄時代」。生存在這個時代裏的人們，也漸漸被身邊湧現出的全新的、充滿魅惑的事物所吸引，從而徹底修改和規訓了他們的觀看方式，使之與時代目光相重合。昌耀描寫的一個「過客」的經歷，似乎也是生活在這個時代裏的每一個人的經歷：「這些商店都嬌小而別致，分屬兩種行業：風味小吃和泳裝服飾。他僅對後者持有興趣。他喜歡那些滿天星斗似的鑲嵌在店堂內壁的女人胴體模型，由於穿著各式各色的緊身泳裝而格外鮮活、逼真。不過，有時也使他產生如同突然面對滿牆京劇臉譜那樣的錯覺。他迷惑不解：這裏既不瀕臨內湖亦不靠近江海河塘，泳裝業何以會如此發達？暗暗有些激動。」（昌耀，《過客》）如同人人都打心眼裏不喜歡勞動和受苦，但都無條件地熱愛聲光食色和好吃懶做一樣，消費主義的目光為人性的表達鋪就了一條毫不費力的下坡路，我們在這條不

能自已的路上經常被弄得肥腸滿腦、頭暈目眩。

在這裏，時代的目光耍了一個障眼法的鬼把戲。在飽食終日的小康生活裏逐漸恢復元氣的闡釋性語氣，將繼續效忠未來主義，重拾它一貫的使命。它將目前消費主義時代裏物質生活的豐富和繁榮，故意闡釋為前期生產主義的結果，讓未來主義的目光有效地、順理成章地承擔了實現這一歷史任務的責任，以此證明時代決策的無比正確和英明，證明未來主義的目光既合邏輯又合目的，維持著一個關於資本原始積累的、虛偽的道德神話。然而，昌耀的目光並沒有因時代目光的變化而做出同步的調整，他依舊忠實於他自己的觀看方式，因而使兩者出現了間隙，拉開了距離，也造就了詩人在特定年代創作中的慢。昌耀的觀看方式並非全然聽憑時代的風向標。在生產主義的旗幟下，詩人的目光的確在一段時間內與它相重合，但昌耀堅持和踐行的觀看方式，則一直端賴於他自修的道德原則和美學立場——它們始終是與時代保持距離的，是慢於時代的。

作為一個堅定的「無產者詩人」，在消費主義濫觴的時代裏，他的目光與時代的目光發生了激烈的抵牾和撞擊，終於釀成一場**目光的交通事故**。在兩者迅猛的撞擊過程中，昌耀突然瞥見了更加驚魂的一幕：在闡釋性語氣的神奇斗篷之下，時代的目光無意間撞破了自己的未來主義外衣，露出了它重重包裹中的真實肉身——現實主義。詩人意外地發現了這個秘密，所謂的未來主義目光的內核，其實是一種不折不扣的**現實主義的目光**，這一發現才是用於拆穿時代迷局最有效的闡釋性武器。幾乎就在秘密被發現的瞬間，這場力量懸殊的撞擊如同雞蛋碰石頭，率先導致了昌耀在精神上的昏迷、傷殘和漫無邊際的痛

苦，以及自我身份的混沌和錯亂：

> 我回味自己的一生，短短的一瞬，竟也滄海桑田。我親眼目睹僕
> 人變作主人，主人變作公僕，公僕變作老爺，老爺復又變作僕人
> 的主人。我思考自己的一生，一個隨遇而安的人，智力不足穿透
> 「宇宙邊緣」，惟執信私有制是罪惡的淵藪，在叫作「左」傾的
> 年代，周體披覆以「右派」獸皮，在精神貶值的今日，自許為一
> 個「堅守者」，有什麼光環值得覬覦者忌刻？是被喪失的機遇？
> 是不改的天真？或者，是額際歲月的丘壑？脫落的牙齒？走近的
> 墓穴？……啊，是所謂遲到的「美譽」？那又怎樣？當我表明所
> 謂的「結束」業已結束，就不必再煩我證實所謂的「完畢」已經
> 完畢。一切流動不居，惟有永在的變，沒有「不散的筵席」。當喧
> 囂一旦沉寂，泰然處之僅有作人的本分。（昌耀，《一個早晨》）

　　詩人這段真摯、理性的內心剖白，詳細地詮釋了發生在他個人觀
念史上的認識論斷裂。這一斷裂讓他迅速與自己一直奔馳其上的跑道
發生脫軌，體驗到強烈的精神失重。昌耀彷彿是連遭時代開除的倒楣
蛋，成為又一個高歌猛進、寸陰寸金的時代裏的遊手好閒者。在這個
新時代面前，詩人明確表示痛恨私有制，認清了20世紀末在中國成長
起來的消費主義——這個最本色的現實主義——乃是他一生信奉的生
產主義信仰在混亂的時局裏不幸抱錯的嬰兒，後者迅速成長為一個調
皮任性、貪得無饜、面目可憎的惡童，嚴重攪擾著他（她）無辜、憤
懣、頹喪的保姆，卻深受更多縱情在現實主義下坡路上的人們的歡迎

和喜愛。出於對生產主義目光的忠誠，命運坎坷的「無產者詩人」不得不面對這個早逝的恩主饋贈給他的、令他尷尬無比的「禮物」。

就像降生在中國當代的消費主義惡童錯認了它的父親一樣，經歷了認識論斷裂的昌耀，也把信仰體系的家破人亡歸咎於這個不祥的「禮物」。這是時代與個體的相互錯認和誤讀，這直接釀成了兩者目光的交通事故，製造了昌耀一生的厄運和不合時宜的身份。消費主義惡童逼迫詩人成為一個歇斯底里的「怨婦」，消極地調動了他詩歌中雌性荷爾蒙的分泌，當詩人甫一開口，竟吐出了抓心撓肝的月經期聲調──一種在時代的現實主義面前嚴重跑調的不諧之音。學會了自我闡釋的詩人依舊與時代格格不入，黯然修建自己的詩歌獨木橋，將自產自銷的闡釋性語氣直接調進這種充滿焦躁、任性的聲調裏，與自己的新拍檔一同表達了火的意志，並在詩人體內的烘烤主義機器中實現了再就業。

在昌耀與時代製造的這場目光的交通事故中，時代的和諧號列車毫髮無損地在重傷的詩人身旁呼嘯駛過，將他遺留在荒蕪、空曠、淩亂的鐵道旁，無人前來搭救。昌耀無數次面臨這種「前不遇古人，後無繼來者」、「與兩岸隔絕的境況」，體味這種絕望、荒誕的現實主義。他終其一生都在反覆體驗著這種被時代遺棄的孤獨──一種真實的、曠代的、詩人的孤獨。這種孤獨在詩人本有的目光搜尋之下，尋覓到了他晚期風格裏情有獨鍾的形象：

> 這個流落到城市的農民對著一隻冰凍的麥餅反覆揣摩、探研。我想起不久前在聖彼德堡俄羅斯國家博物館見到的一幅極盡詩意構想的油畫，描繪的是一對身著民族豔麗服裝的農家姐妹勾肩搭背

> 品擦手中握著的刀鐮：在那刀鐮如兩輪彎月交映的輝光中有一雙
> 花蝴蝶翩翩翔舞。這個手捧麥餅的拾荒者在其靈視中或也見到了
> 那一雙麥地上久別的花蝴蝶？而我覺得那麥餅就是無垠的麥地，
> 但我感覺到了一種荒寂。（昌耀，《想見蝴蝶》）

　　這種孤獨由來已久，尤其是在詩人的晚年，他充滿悲憫地認同那些城市的乞兒、流浪漢和遊手好閒者，發現他們身上被塵世的污穢掩蓋住的高潔之美，這也是昌耀本人審美旨趣的體現。這種被詩人用一生的時光倍加呵護和欣賞的美，經過了風霜歲月的洗禮，經過與時代目光的相撞，居然愈發澄明鋥亮，像一盞遠古時代鑄造的青銅器，像史前期一對嬌小的彩陶罐，予人以幽深的意境和健朗的生命力：「我不學而能的人性醒覺是紫金冠。／我無慮被人劫掠的秘藏只有紫金冠。／不可窮盡的高峻或冷寂唯有紫金冠。」（昌耀，《紫金冠》）紫金冠是昌耀畢生羈旅中頭頂的無形冠冕，它在特定的時代、特定的語境中分別變形為囚徒享有的荊冠、「無產者詩人」的桂冠以及無人問津的鏟形便帽。紫金冠成為一種不能描摹的無上榮譽。質言之，昌耀一貫秉承的是一種**古典主義的目光**，他的身上流淌著的是古典主義的血液。古典主義才是他遙遠、健康的父親，但卻無緣認領這個漢語世界的不幸兒子。讓不斷成長的詩人把太多的信任和熱情都獻給了他的時代，將何其嘹亮的戀父期聲調獻給了那些他生不逢辰的年月。

　　波蘭大詩人米沃什（Czesiaw Miiosz）在他的一次諾頓講座中這樣描述古典主義：

對我們來說，古典主義是一個失樂園，因為它暗示一個由信仰和情感構成的社區，這個社區把詩人與公眾聯成一體……如果古典主義只是一種過去的東西，則這一切都不值一哂。但事實上，古典主義不斷以一種誘惑的方式回來，誘惑人們屈服於僅僅是優雅的寫作。這是因為，我們畢竟可以作如下推論：所有想用文字把世界圍住的企圖，都是徒勞的，並將繼續是徒勞的；語言與現實之間有一種基本的不可兼容性，如同這樣一些人的絕望追求所表明的——他們都想捕捉現實，甚至不惜通過「使所有感覺失去秩序」或者說通過使用毒品來達到目的。如果是這樣，那麼我們倒不如遵守共識所採用並且適合於某個特定歷史時期的遊戲規則，該走車就走車，該走馬就走馬，而不是把車當成馬來走。換句話說，讓我們利用傳統手法，意識到它們是傳統手法，僅此而已。[1]

在20世紀的中國詩壇上，昌耀的古典主義目光顯現出了它在時代面前的獨異、罕見和執著。在一定時期內，它弔詭般地披上了現代的外衣，與更多的同胞一道信仰寄託大同理想的未來主義，擁護時代的觀看方式，成為當時權傾朝野的生產主義目光的幕僚、義子或贅婿，由衷地歌頌著一種不斷向前和除舊佈新的創造力和生命力。隨著認識論斷裂的發生，以及時代的生產主義目光迅速改旗易幟，這個古典主義的遺腹子，帶著他純正而高貴的血統，倉皇逃亡，並與急速奔馳的

---

[1] （波蘭）切斯瓦夫·米沃什，《詩的見證》，黃燦然譯，廣西師範大學出版社，2011年，第89-90頁。

未來主義目光迎面相撞。這起目光的交通事故是本質的、必然的矛盾
爆發，直接揭示了詩人痛苦生活的謎底，並且在月經期聲調和闡釋性
語氣中不斷強化。失血不止的詩人最終選擇用呼吸運動，來成全他的
觀看方式，把自己放逐在精神的千座高原上，與時代更新的觀看方式
——被洩露的現實主義目光——不斷摩擦、碰撞。面對時代長期租借來
的未來主義皮囊，昌耀洞穿了它的現實主義真身，它已與自己的目光水
火難容，兩者恰成犄角之勢：「一對暴躁的青羊在互相格殺／誰知它們
角鬥了多少個回合／犄角相抵，快要觸出火花」（昌耀，《林中試笛‧
野羊》）在渲染著騰騰殺氣的猙獰之境中，古典主義與現實主義是兩種
截然對立的美學立場，前者的現代歷險在昌耀的文字中得到完備的保
存，而後者的真實聲音逐漸融化進中國人每天日新月異的生活內容裏。

　　如同《舊約‧創世紀》所記載的那樣，挪亞的小兒子倒退著走向
他的父親。在當代中國，昌耀也是一個倒退著走路的人。[1]他降生到了
一個多災多難的世紀和國度裏，把胸口永遠地朝向一個古典主義的夢
鄉，一個悠久、輝煌的過去，一個失樂園，一個由信仰和情感構成的
幸福社區，詩人充滿惰性的靈魂一直居住在那裏。這也註定讓詩人與
絕大多數的同代人格格不入，後者正緊密追隨著時代的目光，朝著一
個美好的未來加速前進。而詩人目光所及的事物都是不斷遠離、不斷
消逝的風景：從水的方法論啟迪慾望的詩歌清晨，到土地法則催喚出
宏大空間的詩歌正午，從展演弔詭、焦躁、頹喪和匱乏的火的意志，
到充滿老化、刺青、歎息和頓悟的氣的遊吟，詩人在踉蹌倒退的行走

---

[1]　參閱《舊約‧創世紀》9:20-23。

中完整地看到了自己的一生，看到了他命運的曲線和足跡。他在留給世間的作品中，像感受四季輪換一樣，體驗著水、土、火、氣四種物質想像的美妙運轉。古典主義就是對千年的長線想像力，是人類酣睡的搖籃，詩人面向它走得越久越遠，就能看到更多的事物，經歷更多的悲喜，參悟更多的道理，這些都共存在他的視野裏，一同醞釀著更加芳醇的漫長詩意。唯有如此，他在作品中攢製的倫理學泥團才會愈發渾圓、飽滿，他才會愈發在對美的凝視中接近終極之善。

　　然而，無論昌耀對他面前的風景和事物做如何深情的凝視，對古典主義有多麼真摯的眷戀，他不得不做出的行動是──必須與他的同代人朝一個方向走去，哪怕是背對著它。他必須參與進時代生活，必須解決自己的吃飯問題，必須成家立業⋯⋯換言之，詩人必須如此真實地去面對他的每一天，去打發每一個窒悶的下午。這裏沒有經典意義上的詩意，沒有令人陶醉的想像，只有被現實切碎的自我，一日三餐，洗洗涮涮，鍋碗瓢盆，喜怒哀樂──而每一次試圖超離時代、體制或現實生活的努力，都無異於引來一場災難。古典主義無法養活昌耀，這是昌耀身上地地道道的現實主義問題。它根源於自己無法超脫和遺棄的身體，他必須作為一個世俗的人與其他人站在一起，呼吸同一片空氣。必要的時候，他也須懂得這個時代裏的惡，試著去理解他勉強收養卻毫不喜歡的惡童：「只有這一次我聽到晨報登載一條驚人消息，／說是昨夜人們看到詩人隻身翱翔在南疆天宇。／我懷著一個壞孩子的快樂佯裝什麼也不曾得知。」（昌耀，《享受鷹翔時的快感》）也就是說，在昌耀以大無畏的英雄氣概亮出他至善至美的古典主義目光的同時，一道同時射來的現實主義目光也牢牢地落在了他的

身上。這是一個倒退著行走的人身上必然體現的矛盾，是無法消除的靈肉衝突，是一場自我目光的交通事故：

> 這是在一個暖人的正午，我走在融雪的街頭，當行至婚紗影樓一間春色滿目的櫥窗，見他手捂前襟一副凝神專注的樣子，望著陳列其間的一幀紅粉佳人的玉照。這使我大感意外，他還保留著對於美的感受能力。他從玻璃的反照中注意到了我的存在，驀然回頭朝我一瞥。我怔住了：見他燒得火紅的白眼仁裏心靈的炭火竟噴發出輕蔑與憤怒。的確是輕蔑與憤怒——理性無可置疑的覺醒。一顆被社會折磨得太長久了的心靈已經忍無可忍。（昌耀，《靈魂無蔽》）

　　在昌耀晚年講述的這個故事中，一個落魄的街頭流浪漢被「一幀紅粉佳人的玉照」深深吸引，他以古典主義的目光，代替「我」顯現出了「對美的感受能力」——詩人在若干年前的西寧大街上看見櫥窗裏的「木製女郎」時的情形想必也是如此吧。「我」與他的目光是同一的。在這裏，除了對古典主義目光和永恆之美的讚賞之外，作為旁觀者的「我」，突然感覺到了「驀然回頭」的他向我投來了完全異樣的目光，令「我」出奇震怖。那是一種「輕蔑與憤怒」的目光，裏面包含了非常複雜的含義。是對自身悲慘處境的抗議？是對我善意關注的誤解？是為心中美神免遭褻瀆而激起的鬥志？還是對缺乏審美素質的路人表達的嘲諷？無論是哪種含義，這道目光在最初發出時，似乎都先行穿過了一隻現實主義的透鏡，因而使它增加或刪除了一些成分，因而顯得愈加撲朔迷離。在流浪漢眼中，「我」或許並不是「我」原

本想像自己的樣子，因為他所捕捉到的「我」的目光並非「我」出於善意而獻給他的那道目光。在這道目光投出之際，它已經發生了變化。也就是說，「我」的目光必須要接受時代的調整和修正，帶上一副時代為「我」配製的眼鏡。而他向我投來的那種「輕蔑和憤怒」的目光，正是對「我」被處理過的那道目光的回應，也同樣是被現實主義調整和修正後的產物。

正像「我」此刻在凝視他一樣，他現在也在轉過頭來凝視「我」，兩種目光交彙在一起。目光的交通事故又發生了，秘密也隨之被發現：「我」在他向我投來的目光中剎那間發現了一個事實——「我」意識到「我」在凝視。作為在昌耀作品中時隱時現的觀察者或抒情者，「我」究竟在凝視什麼？在一段時間裏，「我」在凝視自然，凝視歷史，在另一段時間裏，「我」在凝視自我，過去的或現在的。而此刻，在昌耀的晚期風格裏，作為一個千座高原上的遊牧者，「我」看到了完全不同的東西，「我」開始凝視別人的凝視，「我」在他者的目光裏辨別出了「我」自己的目光，那感覺就像「我」在凝視自己的夢，凝視夢中的自己，那是如此的古怪、荒誕、猙獰。當這個熟視無睹的目光在流浪漢的目光裏重新被「我」發現時，「我」才恍然大悟，它竟然那樣陌生。「我」長期對自己向世界亮出的目光毫不懷疑，認為那完全是出於「我」個人的信仰、立場和志趣，完全受「我」理性的支配，具有絕對的自主性，就像我凝視自然、歷史和自我時一樣。然而，在流浪漢與「我」對視的目光中，「我」終於明白了，自己的目光也同樣是被時代目光調整和修正的產物，是被現實主義透鏡處理和加工過的二手貨，它也被時代增加或刪除了一些成分，

從而變得撲朔迷離，而「我」之前對這些竟然毫無察覺：

> 一種話語被另一種話語進入體內
> 類似燈頭雙影疊生而無計剝離或逃脫，
> 可比之與最無恥的性騷擾。
> 那時我承重了迷亂——內省，
> 而在病態中感受失卻平衡的孤獨。
> （昌耀，《話語狀態》）

　　這是一場自我目光的交通事故。一邊是「我」未經時代處理的、原生態的目光，另一邊是被時代處理過的、從他者眼中返回的目光，兩者就在不經意的一剎那相撞了，讓「我」「無計剝離或逃脫」。猶如在雙重火焰的結構中，現實的外焰妄圖猛烈地吞噬掉詩意的內焰，在時代的、現實主義的觀看方式面前，由於昌耀的目光是古典主義的，所以被時代診斷為異己分子，是一個時代病歷上的眼病患者，因而必須佩戴一副由時代為昌耀特製的眼鏡，接受這副眼鏡對他目光的矯正。透過它，詩人才能在必不可少的現實主義介質中順利而合理地向世界亮出自己的目光，給予對世界的凝視，也同時接受世界對他的凝視。但此刻這種目光和凝視，已變得曖昧而混沌。昌耀投出的目光也不再意味著是他個人在看，不再是純一的、單數的看，而是在時代的目光參與下的雙重的、複數的看。

　　時代似乎是一個大型的眼科診所，在它預設的邏輯裏，每一個人的目光都千差萬別，它們與時代的目光也存在各種各樣的差異。所

以，在時代的診斷下，每一個人都患有眼病，每一個人都需要治療。於是，時代便以一種人道主義的名義，為生活在這個時代裏的每一個人都佩戴上一副眼鏡，從而試圖矯正在這個時代裏出現的每一道目光，讓它們趨向於同一種目光──現實主義的目光──只有與時代的目光相吻合，我們才被時代診斷為健康、達標、合格的人，我們才能正當地投出我們的目光，開展我們的生活。在這其間，時代的目光卻時刻參與進每個人的每一種凝視之中，令我們猝不及防，也令我們習以為常。

我們的世界因此成為一座龐大的**目光之城**。放眼望去，我們的周圍充盈交織著甲乙丙丁、林林總總的各式目光，也存在著不同等級的目光的交通事故。對於昌耀本人來說，他天生秉有一道古典主義目光，但卻被周身世界投來的現實主義目光包裹著。兩者彙聚在了昌耀一個人身上，成為他靈魂中一對相向而視的目光。它們也在昌耀體內發生著永無寧日的爭吵，就像夜與晝，夢與醒，死與生之間的爭吵一樣，這種爭吵也是不可調和的。「一天長及一生，千年不過一瞬」。晚期的昌耀遊蕩在他的千座高原上，也周轉在這座目光之城裏，向天地間的萬事萬物投去自己的目光，也接受形形色色的他者目光的打量。漫長的古典主義目光會瞬刻間被銅豌豆大小的現實主義目光擊潰，而一釐米的現實主義視野或許有機會目睹到永恆之物靈光乍泄的腰身。在這種看與被看、千年一瞬的情境當中，作為一個詩人，昌耀是不幸的，也是幸運的；他是困窘的，也是自由的。他的厄運早已形成，易於認識，卻難以改造。在這座目光之城中，詩人只能用他優雅的寫作來描繪一種噩的結構，「感受失卻平衡的孤獨」。

　　對於每一個閱讀過昌耀的人來說，他們與昌耀的目光在文本中匯
合，也同時建起一座詩歌中的目光之城。面對著作品中昌耀的影子，
我們向它投去敬仰、讚歎、同情和悲憫的目光，我們甚至把它想像為
生活中的父親，一位中國父親；相反，昌耀的目光也心有靈犀地穿過
他的詩歌，穿過時間和空間，停留在他的讀者身上。那會是一種什麼
樣的目光呢？面對著我們這些平庸、卑微、不幸的兒子們，面對這個
災變頻發的世界，面對這個繼續著未來主義夢幻的國家，面對如今這
個像愛情一樣測不准的時代，我們在這位倒退著行走的詩人投來的目
光中，究竟可以看到什麼？這個艱巨的問題恐怕是本書難以回答的，
但至少，昌耀的讀者們會清楚，在這種目光中，我們會重新認識我們
自己。

結語　漢語好人

> 我只在吹西北風時發瘋……
>
> ——《哈姆雷特》

　　我們似乎可以停在這裏了。一個關於詩歌和詩人的故事也即將接近尾聲。站在這卷命運之書的最後一個詞上，我們沿著昌耀的古典主義目光一路回望，那些不斷遠逝的、有意或無意被遺忘的風景和故事，都在這停下的片刻重新回到我們面前。昌耀的一生，走完了中國20世紀裏大半個時代征程，在讚美了那麼多的「父親們」之後，他自己也終於成為了我們的父親。那些短暫的歡樂和悠長的痛苦，依然被他身後眾多的同胞和兒子們所分享和承擔，誰也不知道明天的生活會更加美好，還是更加糟糕。只有那些「沒有人讀的詩」（茨維塔耶娃語）會留下來，留在中國人的語言中，變成這種語言的一部分。它讓我們的生命愈益豐富，讓我們的靈魂在語言中接受沐浴、建構、焚燒和吐納的多重體驗。語言會像蠟塊一樣，為我們保存下活著的痕跡。

　　這種痕跡在昌耀的作品裏體現為一種複雜的猙獰之美。在幽獨的大西北，在萬馬齊喑的寫作年代裏，他重新喚回了漢語身上厚重的歷史感和無常的神秘性，發現了它們鐫刻在人類身體上的刺青。像一座

覆滿積雪的銅鐘,在詩人孤獨的敲打中,不斷抖落身上的積雪,讓走
調的鐘聲恢復如初。他混合並調勻了漢語中的靈氣和血氣,鬼神性和
肉身性,地緣感和血緣感,讓他的整個作品體系猶如生命體一般,有
了它自己的血液、呼吸、信仰和夢想,即使在時代的滄海桑田面前也
矢志不渝。昌耀深受中國傳統文化的洗染,在對現代漢語虔敬而熟練
的操作和調遣中,依然保存著對古漢語的熱忱,這種混搭的心態造就
了詩句中的冗長、拗口和澀滯,讓讀者踟躕於古今兩重語境之中而不
知歸路,製造了怪誕、陌生、峻峭的文風,如同化石般堅硬、粗糲、
體態蒼涼。這種文風引起了氣息的間斷和停頓,強迫著呼吸運動,模
擬了詩人在時代生活中的言說之難和呼吸之難,以及奮力向詩意的富
氧層突圍的決心。

在雄渾、孤絕、縱橫恣肆的詩句中,詩人將人類本能的慾望,攢
製成他作品中的倫理學泥團,並且目睹著它的旋轉、熔鑄和變形。昌
耀在畢生的創作實踐中,力圖用一種噩的結構,成全一種善的詩歌。
不論他處於人生的高潮還是低谷,幸福的幻景還是痛苦的現實,也不
論他生逢的時代給予他何種饋贈和懲罰,他都在堅持做一個好人,為
世界講述一個好的故事。這故事的情節儘管猙獰、跌宕、充滿褶皺,
但它始終擁有一個溝通真與善的夢想,這個關於詩歌的故事以自身的
扭曲為代價,試圖旋開整個世界的結。詩人醞釀著一種關於美德的知
識,他那隻飽經憂患的倫理學泥團,同時也是一隻美學泥團。它在一
些時候分解為若干條詩意波浪線,而在另一些時候,又搭配、組裝成
一架奏響複調的音樂機器。這只美學泥團包含了一個好人對世間一切
美好事物坦蕩、直白、熱情的稱頌,也蘊藏著他在一個壞的世界面前

流露出的焦慮、憂鬱、匱乏和無奈，以及從文字中分泌出的詩人之血和羔羊之淚。

　　昌耀的寫作在「物質性航程」中幾經轉換，在不同的創作階段，他的作品分別成為水的方法論、土地法則、火的意志以及氣的遊吟四種物性法則的生動演繹。這一航程也風格鮮明地標的出詩人生命敘事中的起承轉合，詮釋了他文本中的個性和氣質，用詩人寫作中適時更換的聲調和語氣，表達了一道命運的四元一次方程的求解過程。為了將這道方程的四重根獻給詩人親手製造的物神——他所熱愛的漢語，昌耀被物神放逐在了這條漫長、曲折、迂迴的航線上，他倒退著前行，把目光投向遙遠的起點，將一路的風景和足跡盡收眼底。作為一種在無間斷的歷史中綿延不絕的文字，漢語創造了中國人的宗教，也成為詩人發明的物神。昌耀猶如一個高原上的牧羊人，一邊用皮鞭驅策著自己的詩歌，一邊又接受物神的驅策：他降生在漢語中，也生下了漢語。

　　哲學家夏可君為我們貢獻了他對漢語的卓越觀察：「在詩學的意義上，漢語，無論是古代漢語還是現代漢語，都是作為神奇的禮物被給予我們的，給予那些以漢語來書寫的人們。如果你出生在漢語之中，你得到的將是雙重的禮物：你的生命作為中國人（漢語人）而出生，你的身體作為禮物給予的姿勢而出生。」[1]昌耀的生命和身體就出生在這架漢語的搖籃裏，是漢語送給我們的禮物。在漢語中，他的生

---

[1]　夏可君，《身體姿勢與漢詩寫作》，《姿勢的詩學》，中國社會出版社，2012年，第3頁。

命被四種物性法則所書寫，他的身體向世界展示出凝視的姿態。不論是朝上的凝視，還是朝下的凝視，也不論是向外的凝視，還是向內的凝視，具有千年生命力的漢語，為中國人的夢想營造了一個基本而珍貴的情境，一個最終的搖籃：

> 寺，非關建築。非關公署。超乎物質材料。
> 甚至與獨身者的修行無關。也不涉及守靈。
> 甚至超乎語言。
> 寺在彼岸為一隻豐腴的素手托承於彤色天底。
> 甚至超乎動與靜，無關功利。
> 我以全部身心這樣凝視並感受著一種原始本義。
> 這一境界我勉為稱作——「典」。
>
> （昌耀，《寺》）

在一系列否定性的判斷中，昌耀描繪了一種非現實的境界：「寺」。這是一個無法用其他知識來理解的詞，我們只能用漢語切中它。它不是物質世界裏一個具體可觸的事物，它只存在於「彼岸」，存在於一道目光裏——「我以全部身心這樣凝視並感受著一種原始本義」——它是詩人凝視的結果，是漢語送給詩人、詩人又送給我們的禮物：「典」。同樣，正如這個詞所標明的，「典」也成為昌耀一貫秉有的古典主義目光的產物，它道出了漢語高貴的血統和文雅的氣質，揭示了方塊字的內涵和美感，呈現了文字裏充盈的天人合一和浩然正氣，也保存了傳統中國人「不以物喜，不以己悲」的世界觀和歷史

觀。昌耀發明了「寺」的嶄新含義，他在漢語中締造了自己的宗教，卻與歷史上的各類宗教都無關。這是一種中國人對漢語的信仰、守望和敬重，前者從後者那裏源源不斷地汲取著生命的意志、生活的智慧以及對命運的闡釋。在這個沒有拜物教的物神面前，詩人勘探、拓展和修繕著漢語，也在漢語中修煉自己的人格，認識自己的人性，鍛造自己的靈魂。

在這種意義上，昌耀可以被視為一個**漢語好人**。他在現實生活中經受了難以言表的苦難和摧殘，付出了超乎尋常的毅力和艱辛，他在自己信奉的宗教裏找到了失落已久的家園。昌耀，這個漢語好人，就棲居在他用語言締造的「寺」裏，那是昌耀寄寓詩意的大地。「寺」乃無言之「詩」，它有兩層含義：作為一個詩人，昌耀無法與此岸的現實世界押韻，因而苦於言說，甚至無法言說，他具有一切好人身上的憨厚、木訥和寡言，他的生命被如潮的痛苦覆蓋、拍打和侵蝕，被他的時代遺棄在退潮後的沙灘上，只留下古瓷般的紋理；彼岸的詩意大地承接了昌耀遙遠的凝視，他心愛的漢語是他唯一涉渡的皮筏，詩人乘坐這一葉扁舟，向著他永恆的棲息地開始了覺海慈航，他不再深受言說之難，而是主動選擇了沈默，大地般的沈默，一種語言的高級狀態。「寺」的境界，就是用沈默的凝視取代難言的掙扎，用語言的方式（詩）來取消、超乎語言（寺）。

一個好人與這個世界是什麼關係？是人改變了世界？還是世界改變了人？在兩者之間，漢語究竟能夠做什麼？在烏托邦救贖、自我救贖、空間救贖和他者救贖等方式紛紛失效之後，在苦海中迷途的昌耀最終獲得了漢語的救贖。漢語詩歌樹立了詩人的信仰，賦予他生存和

寫作的尊嚴，此外，這種古老的語言還賜給他的好人一股巨大的內心能量，讓身在祖國西北腹地的昌耀，頑強地扳動命運的指針，讓它努力向世界永恆的本源靠近：「在善惡的角力中／愛的繁衍與生殖／比死亡的戕殘更古老、／更勇武百倍。」昌耀在他的詩歌中艱難地進行著這種推動，他想借此告訴全世界：一個壞的世界消滅不了好人，因為壞人也喜歡好人；一個好人的潛力是不可限量的，給他一個支點，他可以撬動全世界。

2010年5月，北京魏公村，初稿；
2012年3月，北京法華寺，改定。

昌耀簡明年譜[1]

昌耀，本名王昌耀，祖籍湖南省常德市桃源縣三陽港鎮王家坪村（今紅岩壋村）。

1936年　0歲

6月27日　昌耀出生於湖南省常德縣城關大西門內育嬰街17號。

父親：王其桂，先後就讀於北京弘達中學和延安抗日軍政大學。據《桃源縣誌·黨派群團·共產黨》記載，1939年「3月，在延安抗日軍政大學第四期學習的桃源籍學員王其桂、姚中雄等共產黨員回縣，建立中共桃源特別支部，王其桂任書記，有黨員11名。」約1940年之後，參加抗日的國民黨整編師，從事文書工作。1941年，回桃源鄉下修建「金城灣別宅」。1947年初，入豫皖蘇邊區的「豫東軍分區」任作戰參謀。同年夏天，因賭氣獨自跑回桃源老家，被認為是「叛變革命」。1949年在桃源縣城家中開設圖書閱覽室。1950年，在「土改運

---

[1]　該簡明年譜主要依據燎原出版於2008年的著作《昌耀評傳》而編訂，旨在為讀者勾勒出一個昌耀生平和創作的基本梗概，在此特向燎原先生表示感謝。作品部分基本參考了《昌耀詩文總集》中提供的篇目和相關寫作資訊。

動」中接受批鬥。1951年初,到北京的五弟王其楘處避難,在後者的規勸下,前往北京市公安局自首,被判兩年徒刑,送往天津蘆台清河農場進行勞動改造。1953年刑滿後,以就業人員身份被安排進清河農場,同時獲得公民權。1955年調往黑龍江省密山縣興凱湖農場墾荒,負責測量和統計等工作。1967年,在興凱湖墜船身亡。

母親:吳先譽,畢業於湖南常德女子職業學校。王其桂在外的時日,昌耀及其弟妹在母親身邊度過童年生活。王其桂逃往北京後,她代替丈夫接受抄家、批鬥,後被「農會」關押在板倉。絕望之時,她將昌耀最小的妹妹託付給故鄉一農婦。關押期間的折磨導致其精神崩潰,1951年,她從家中2樓跳下,致殘,後去世,享年40歲。2000年3月,遵照昌耀生前立下的遺囑,將他的骨灰運回桃源故里與母親合葬一處。

1941年　5歲

昌耀入王家宗祠(後更名為尚忠小學)讀初小。

1946年　10歲

昌耀入常德縣雋新小學讀高小。

1948年　12歲

昌耀從雋新小學畢業。因湖南臨近「和平解放」,校舍暫作軍營,無處升學。

1949年　13歲

秋　昌耀考入桃源縣立中學。後又報考湘西軍政幹校，被錄取。因夜裏怕鬼不敢起夜而尿床，校方將其遣送回桃源縣立中學。

1950年　14歲

4月　昌耀瞞著家人報考中國人民解放軍第38軍114師政治部，被錄取，入該師文工隊。在部隊準備開赴遼東邊防的前幾日，兩個多月未見兒子的母親，打聽到昌耀所在部隊駐紮的一處臨街店鋪的小閣樓，前去探望。昌耀來不及逃脫，只好躺在床鋪上佯睡，任憑母親呼喚卻緊閉雙眼裝著「醒不來」。母親為其搖蒲扇，不願讓兒子難堪而無聲地離去，把蒲扇留在床頭。這是昌耀與母親最後一次見面。

春夏之際　昌耀隨38軍114師在湘西地區剿匪，隨即北上。

7月底　昌耀在遼寧省鐵嶺第38軍留守處政文大隊學習。

1951年　15歲

昌耀隨軍赴朝作戰。先後操演過軍鼓、曼陀鈴和二胡等樂器。其間兩度回國參加文化培訓。

1953年　17歲

6月初　昌耀在朝鮮元山前線遭轟炸機空襲，負傷。後被送回國內，入長春第18陸軍醫院治療。診斷為「腦顱顱骨凹陷骨折」，《革命殘廢人員證》中的殘廢等級為「三等乙級」。

秋　昌耀進入河北保定的榮軍學校學習。

該年發表的主要作品有：

《人橋》（寫作日期不詳）。

1954年　18歲

該年發表的主要作品有：

《你為什麼這般倔強──獻給朝鮮人民訪華代表團》（寫作日期不詳）。

《我不回來了》（寫作日期不詳）。

《放出的尖刀》（寫作日期不詳）。

1955年　19歲

初夏　昌耀在河北榮軍學校畢業。

6月　昌耀響應國家號召，赴青海西寧參加大西北開發建設，被分配到青海省貿易公司擔任秘書。

該年創作的主要作品有：

《船，或工程腳手架》（1955年9月）。

《高原散詩》（1955年9月，青海）。

1956年　20歲

4月　昌耀加入中國作家協會西安分會。

6月　昌耀調入青海省文聯任編輯，同時在《青海文藝》（後更名為《青海湖》）兼任創作員。

該年創作的主要作品有：

《魯沙爾燈節速寫》（1956年2月-3月，西寧）。

《山村夜話》（1956年5月27日）。

《鷹・雪・牧人》（1956年11月23日，興海縣阿曲乎草原）。

《彎彎山道》（1956年）。

1957年　21歲

8月　《青海湖》第8期刊登了昌耀的詩歌《林中試笛》（二首），遂被打成「右派」。該詩編者按稱：「這兩首詩，反映作者的惡毒性陰險情緒，編輯部的絕大多數同志，認為它是毒草。鑑於在反右鬥爭中，毒草亦可起肥田的作用；因而把它發表出來，以便展開爭鳴。」

8月16日　昌耀向單位遞交辭職報告，後被以大字報的形式公佈。

9月　《青海湖》1957年第9期上刊登署名秀山的批評文章《斥反動詩──「林中試笛」》。該文作者稱：「昌耀是惡霸地主家庭出身，他父親已被勞改，他母親在土改中畏罪自殺，殘廢後病死，昌耀對家庭被鬥母親死去，一直心懷不滿，繼續對黨對人民懷恨在心。」

10月　《青海湖》1957年第10期上刊登署名裴然的批評文章《折斷這只毒箭──批判「林中試笛」》，以及署名楊俊生的批評文章《「林中試笛」試的是反社會主義的「笛」》。

11月20日　青海省文聯整風領導小組就昌耀的「右派」定性問題，做出《結論材料》。在該結論中，昌耀被定為「一般右派分子，混入革命隊伍的階級異己分子」，並做出「送農業生產合作社監督勞動，以觀後效」的決定。

該年創作的主要作品有：

《林中試笛（二首）》（1957年夏）。

《邊城》（1957年7月25日）。

《月亮與少女》（1957年7月27日）。

《高車》（1957年7月30日初稿）。

《海翅》（1957年7月31日）。

《水鳥》（1957年8月20日-21日）。

《水色朦朧的黃河晨渡》（1957年）。

《寄語三章》（1957年10月28日－11月26日）。

《激流》（1957年11月19日）。

《群山》（1957年12月7日）。

《風景》（1957年12月21日）。

1958年　22歲

3月　昌耀由青海省文聯辦公室的專門人員陪送，下放到青海省湟源縣日月鄉下若約村勞動，勞動期限為3個月。昌耀被安排住在鄉政府武裝幹事楊公保在下若約村的家中，參加當地生產勞動。

5月1日　昌耀因一時難以承擔艱苦的勞動，屢次遭到下若約村村

支書的嘲諷，二人矛盾逐漸尖銳。昌耀聽從楊公保的建議，裝病不出工，還在住處擺弄樂器，被村支書發現，並發生摩擦，後者即向有關上級做了彙報。當晚，湟源縣公安局一輛吉普車將昌耀押解到縣看守所，從此淪為囚徒，開始了艱苦的勞役生涯。

據昌耀回憶：「1958年5月，我們一群囚徒從湟源看守所里拉出來驅往北山崖頭開鑿一座土方工程。」（昌耀，《艱難之思》）這是湟源縣一項重點水利工程，在槍支的監押下，昌耀與其他各類囚犯一起從事重體力勞動。

隨後，昌耀作為看守所中「有文化的犯人」被選拔出來，送往西寧南灘的青海省第一勞教所的新生鑄件廠學習鋼鐵冶煉技術。後被羈押到日月鄉距下若約村以南不到8公里的哈拉庫圖村，作為「戴罪」的技術人員進行鋼鐵冶煉工作。

10月4日　湟源縣人民法院對昌耀下達了「刑事判決書」。

判決書中稱：「查被告王昌耀，原在青海省文學藝術工作者聯合會工作，該犯在解放後，思想一貫反動，仇視我黨和社會主義制度，抗拒黨對知識份子的改造，1957年整風運動中該犯又公開寫反動文章（事實在卷），向黨向社會主義進攻，不滿黨的反右鬥爭，1958年3月間將其送來本縣下匿（註：為「下若約」之筆誤）要農業合作社監督生產，該犯在此期間不但不悔改自新，反而說：『右派這個帽子對我太大了』，裝病不參加勞動，並在群眾中冒充其是下放幹部。」

湟源縣人民法院認為昌耀已構成犯罪，根據中華人民共和國管制反革命分子暫行辦法，第三條，第六項，原第六條規定，判決昌耀「管制三年，送去勞教（自1958年5月1日起，至1961年4月29日止）。」

判決做出後，昌耀即被送往西寧市南灘，關押在寄設於新生木材廠內的青海省第一勞教所，同時從事勞動改造。

11月　昌耀被分到青海祁連山腹地的八寶農場夏塘台隊。

1959年　23歲

我國遭遇所謂的「三年自然災害」。

春　昌耀被調遣到牛心山後約30公里的鉛鋅礦為冶煉廠搬運礦石。

夏　因八寶農場冶煉計畫失敗，昌耀一行人從冶煉廠撤出，返回夏塘台農業隊。

該年創作的主要作品有：

《哈拉庫圖人與鋼鐵》（1959年3月）。

1961年　25歲

年底　昌耀從八寶農場最西端的夏塘台隊，轉到位於農場場部附近的拉洞台一隊。

該年創作的主要作品有：

《鼓與鼓手》（1961年）。

《踏著蝕洞斑駁的岩原》（1961年）。

《這是褐黃色的土地》（1961年初稿）。

《荒甸》（1961年）。

《筏子客》（1961年夏初寫；1981年9月2日重寫）。

《夜行在西部高原》（1961年初稿）。

《凶年逸稿（在饑饉的年代）》（1961年-1962年，祁連山）。

1962年　26歲

湟源縣人民法院意識到對昌耀的判決不當。在對該判決進行複審後又專門做了一個改正文書，稱「原判不當，故予撤銷」。

下半年起，昌耀開始針對自己的「右派」問題進行持續的申訴。在昌耀「管制三年、送去勞教」的期限已經到期，且湟源縣法院又撤銷了他們的錯誤判決後，青海省文聯似乎對此毫不知情，竟然一直把昌耀當成一個「勞教分子」。直到1979年，全國所有「右派」的遺留問題都在徹底解決時，當時的「青海省革委會勞動教育工作委員會」，才收到省文聯上報的「關於撤銷王昌耀勞動教養的報告」，並做出「同意」的批復。

7月-8月　昌耀寫出了一份兩萬多字的《甄別材料》。在這份材料中，他將自己的家庭背景、社會關係、個人經歷、「反右」運動前後的細枝末節，以及運動中給他羅織的問題，這些問題的真假虛實、來龍去脈，逐一做出了說明。

9月23日晚　昌耀在西寧南大街旅邸創作《夜譚》。該詩記錄了詩人趕赴西寧遞交《甄別材料》過程中的感念。

該年創作的主要作品有：

《我躺著。開拓我吧》（1962年2月）。

《晨興：走向土地與牛》（1962年3月初稿）。

《水手長—渡船—我們》（1962年3月4日初稿）。

《獵戶》（1962年3月5日-4月21日）。

《影子與我》（1962年5月15日）。

《八月，是一株金梧桐》（1962年8月1日）。

《峨日朵雪峰之側》（1962年8月2日）。

《天空》（1962年8月6日初稿）。

《古老的要塞炮》（1962年8月6日）。

《良宵》（1962年9月14日，祁連山）。

《夜譚》（1962年9月23日夜12時，西寧南大街旅邸）。

《這虔誠的紅衣僧人》（1962年10月13日-15日）。

《給我如水的絲竹》（1962年秋天）。

《斷章》（1962年）。

《家族》（1962年10月19日初稿）。

《黑河》（1962年11月19日）。

《釀造麥酒的黃昏》（1962年11月26日）。

1963年　27歲

該年創作的主要作品有：

《柴達木》（1963年3月7日初稿）。

《草原初章》（1963年3月10日夜）。

《高原人的篝火》（1963年7月5日）。

《水手》（1963年7月13日）。

《紅葉》（1963年11月6日）。

《棧道抒情——擬「阿哥與阿妹」》（1963年11月11日）。

1964年　28歲

該年創作的主要作品有：

《聽濤》（1964年5月6日）。

《行旅圖》（1964年5月14日）。

《碧玉》（1964年6月12日）。

《祁連雪》（1964年11月11日）。

1965年　29歲

昌耀前往湟源縣日月鄉下若約村楊公保家探望。在楊公保的促成下，與日月鄉政府所在地的兔兒幹村一女子定親。翌年，對方提出悔婚。

該年創作的主要作品有：

《秋辭》（1965年9月14日）。

1966年　30歲

「文革」開始。

1967年　31歲

元旦　八寶農場解散，昌耀遷往新哲農場。

8月15日　昌耀的大伯王其梅在「文革」中被摧殘致死。

該年楊公保收昌耀為義子。

該年創作的主要作品有：

《明月情緒》（1967年12月14日）。

《海頭》（1967年12月19日）。

1969年　33歲

楊公保病逝。

昌耀調往直屬於場部的「試驗隊」，每月比原先多供應一斤大米。

1973年　37歲

1月26日　昌耀與楊公保的三女兒楊尕三結婚。

年底，昌耀長子王木蕭出生。

1975年　39歲

昌耀長女王路漫出生。

1977年　41歲

昌耀次子王俏也出生。

楊尕三攜三個子女回下若約村生活。

1978年　42歲

2月18日　《人民日報》發表了「為王先梅同志及其子女落實政策」的消息，以及《王先梅同志寫給中央領導同志的信（摘要）》（注：王先梅係王其梅遺孀、昌耀的大伯母）。

該年創作的主要作品有：

《海的詩情及其它》（1978年5月）。

《致友人——寫在一九七八年的秋葉上》（1978年8月4日，西寧）。

《秋之聲（其一）》（1978年8月12日，青海切吉草原）。

《秋之聲（其二）》（1978年8月6日，西寧中南關旅邸）。

《秋木》（1978年11月5日）。

1979年　43歲

1月6日　青海省文聯籌備領導小組向青海省委宣傳部上報了《關於王昌耀問題的復查意見》。

該《意見》對昌耀的相關問題做出如下甄別：「一、原省文聯並未開除王昌耀公職。一九六二年湟源縣撤銷錯誤判決後，原省文聯未及時收回該同志安排工作也是不當的。二、王昌耀所寫《林中試笛》兩首詩，不屬於攻擊黨和社會主義的壞作品。三、原材料所列王昌耀的錯誤言論，多係本人在批判會上主動檢討出來的，本人既未擴散，也不是別人檢舉的。」最後做出如下意見：「對王昌耀同志應恢復政治名譽，收回我會分配適當工作；同時恢復原來工資級別。」

2月24日　「青海省革委會勞動教育工作委員會」下發了《關於撤銷王昌耀、劇譜勞動教養的批復》。

3月　昌耀帶著妻子、兒女離開新哲農場返回西寧，昌耀重新回到青海省文聯工作。

4月　昌耀赴北京探望大伯母王先梅。後赴湖南探訪闊別多年的桃源故里，「感到自己彷彿是一個不該介入期間的外鄉客了。」（昌

耀，《艱難之思》）

10月　《詩刊》社邀請昌耀前往北京改稿，並旁聽中國文聯第四屆文代會。

該年創作的主要作品有：

《冰河期》（1979年1月7日）。

《高原風》（1979年7月5日初稿；1980年1月13日改訂）。

《啼血的「春歌」——答戰友》（1979年3月10日-4月1日，青海西寧）。

《無題》（1979年7月7日-9日）。

《大山的囚徒》（1979年8月9日-10月14日，西寧；1979年11月23日，北京，改定）。

《郊原上》（1979年9月21日初稿）。

《美人》（1979年9月23日）。

《我留連……》（1979年9月30日夜）。

《鄉愁》（1979年10月5日-6日）。

《一九七九年歲杪途次北京吟作》（1979年11月22日，虎坊路）。

《京華詩稿》（含《在地鐵》、《廊下——在帝王居》、《霓虹之章——在王府井大街》、《在故宮》和《廣場上的悼者》五首，1979年11月-12月，北京—西寧）。

《歸客》（1979年10月26日）。

《冬日：登龍羊峽石壁鳥瞰黃河寄興》（1979年12月29日龍羊峽初稿；1980年11月9日完稿於西寧；1981年11月8日於古城台刪修之）。

《落葉集》（寫作日期不詳）。

《黑河柳煙》（寫作日期不詳）。

《高原風采》（寫作日期不詳）。

1980年　44歲

《詩刊》1980年第1期發表昌耀長達五百多行的紀傳體長詩《大山的囚徒》。

燎原的評論文章《嚴峻人生的深沉謳歌》發表於《青海湖》1980年第8期，這是第一篇正面評論昌耀詩歌的評論文章。

《青海湖》1980年第8期上還發表了另一篇政治性詩歌評論，題為《一曲頌歌——評〈大山的囚徒〉》，署名王華（程秀山），該文對《大山的囚徒》的政治正確性提出質疑。

該年創作的主要作品有：

《樓梯》（1980年2月16日）。

《題古陶》（1980年1月19日）。

《車輪》（1980年1月25日）。

《雕塑》（1980年1月28日）。

《賣冰糖葫蘆者》（1980年1月29日）。

《慈航》（1980年2月9日-1981年6月25日）。

《春雪》（1980年2月17日）。

《傘之憶》（1980年5月23日）。

《山旅》（1980年5月11日-8月15日）。

《南曲》（1980年7月13日）。

《寓言》（1980年10月17日正午）。

《我的街》（1980年10月24日夜）。

《懷春者的信束》（1980年10月25日夜）。

1981年　45歲

昌耀在西寧市交通巷附近分得一套三居室樓房，清苦度日，精打細算。

3-4月　昌耀與邵燕祥、梁南等詩人，先後在南京、杭州、長沙等地采風。

燎原的評論文章《大山的兒子──昌耀詩歌評介》發表於西寧市文聯主辦的《雪蓮》1981年第4期。

羅洛的評論文章《險拔峻峭，質而無華──談昌耀的詩》發表於《詩刊》1981年第10期。

該年創作的主要作品有：

《早春與節奏》（1981年1月-6月）。

《隨筆（審美）》（1981年2月17日夜半）。

《江南》（含《江南》、《西子湖》、《南風》和《棲霞山》四首，1981年3月20日-24日，杭州）。

《生之旅》（1981年3月25日-8月24日初稿）。

《長沙》（1981年4月5日，長沙，1982年2月22日改於西寧）。

《莽原》（1981年4月16日改舊作）。

《湖畔》（1981年4月18日改舊作）。

《煙囪》（1981年4月19日重寫）。

《節奏：123……──答問》（1981年6月8日）。

《對詩的追求》（1981年8月29日）。

《駐馬於赤嶺之敖包》（1981年9月13日）。

《風景：湖》（1981年9月16日深夜）。

《丹噶爾》（1981年9月21日晨）。

《關於雲雀》（1981年10月3日）。

《劃呀，劃呀，父親們！──獻給新時期的船夫》（1981年10月6日-29日）。

《建築》（1981年11月1日-1982年5月13日）。

《軌道》（1981年11月7日-15日）。

《城市》（1981年11月27日-12月23日初稿）。

《亂彈琴──也算「通信」》（寫作日期不詳）。

1982年　46歲

5月　昌耀隨青海省美術家協會的幾位畫家乘吉普車去蘭州、張掖和祁連山區採風旅行，創作大量西部題材的作品。

9月　隨團走訪了甘肅河西走廊的玉門油田以及敦煌一帶。

該年創作的主要作品有：

《生命》（1982年2月4日立春寫畢，3月6日刪定）。

《木輪車隊行進著》（1982年2月21日）。

《鹿的角枝》（1982年3月2日）。

《日出》（1982年3月29日）。

《風景：涉水者》（1982年4月12日）。

《太息（擬古人）》（1982年5月11日-10月10日）。

《子夜車》（1982年6月11日）。

《月下》（1982年6月20日）。

《所思：在西部高原》（1982年7月）。

《在山谷：鄉途》（1982年8月14日）。

《紀曆》（1982年8月17日）。

《河西走廊古意》（1982年9月3日晨，玉門市）。

《在玉門：一個意念》（1982年9月4日，玉門市）。

《花海》（1982年9月7日，玉門）。

《在敦煌名勝地聽駝鈴尋唐夢》（1982年9月10日初稿，敦煌）。

《戈壁紀事》（1982年9月11日，玉門市）。

《青峰》（1982年10月17日）。

《雪。土伯特女人和她的男人及三個孩子之歌》（1982年11月2-18日初稿）。

《城──悼水壩工地上的五個澆築工》（1982年12月22日初稿）。

《野橋》（1982年12月25日初稿；1983年4月5日改定）。

1983年　47歲

5-6月　昌耀被批准獲得青海省文聯新設立的專業作家編制，可以不用坐班，回家辦公。

9月　昌耀出席新疆石河子「《綠風》詩會」，這是一次有近百位中國詩人參加的詩界盛會。

該年創作的主要作品有：

《母親的鷹——悼六個清除廢墟的工人》（1983年1月14日初稿）。

《聽曾侯乙編鐘奏〈楚殤〉》（1983年1月16日-2月16日）。

《春天即興曲》（1983年2月25日草就；1983年12月8日刪增）。

《澆花女孩》（1983年3月5日）。

《驛途：落日在望》（1983年3月17日初稿）。

《讚美：在新的風景線》（1983年3月26日-4月8日）。

《騰格裏沙漠的樹》（1983年4月11日-16日）。

《草原》（1983年5月9日-11月19日）。

《墾區》（1983年5月13日刪定）。

《印象：龍羊峽水電站工程》（1983年3月12日植樹節寫畢）。

《背水女》（1983年5月12日-11月25日）。

《天籟》（1983年5月28日-10月6日）。

《放牧的多羅姆女神》（1983年6月10日）。

《雪鄉》（1983年6月28日-10月8日）。

《排練廳》（1983年6月）。

《晚會》（1983年9月2日-9日，新疆石河子）。

《邊關：24部燈》（1983年8月-10月）。

《曠原之野——西疆描述》（1983年9月21日，新疆）。

《荒漠與晨光》（1983年11月29日改舊作）。

《高大阪》（1983年12月23日改舊作）。

《山雨》（1981年9月7夜草；1983年12月22日刪定）。

1984年　48歲

6月　隨中國作協的詩人代表團，到山東日照的石臼港採訪，並到達青島。

該年創作的主要作品有：

《人物習作》（1984年春）。

《黎明的高崖，有一馭夫朝向東方頂禮》（1984年3月12日，西寧古城台小屋。「此文原係為其詩歌《情感歷程》所作序言，該書後因故未出版」──昌耀注）。

《河床》（1984年3月22日-4月20日）。

《聖跡》（1984年3月22日-4月20日）。

《她站在劇院臨街的前庭》（1984年3月22日-4月20日）。

《陽光下的路》（1984年3月22日-4月20日）。

《古本尖喬──魯沙爾鎮的民間節日》（1984年4月25日-5月9日）。

《尋找黃河正源卡日曲：銅色河》（1984年5月30日-7月4日）。

《去格爾木之路》（1984年5月11日-25日）。

《海的小品》（1984年6月24日-8月21日，石臼港─青島─西寧）。

《致石臼港海岸的叢林帶》（1984年8月23日─25日黃海之旅歸來後，在西寧）。

《巨靈》（1984年9月9日）。

《時裝的節奏》（1984年11月27日-12月12日）。

《思（古意）》（1984年12月4日-7日）。

《西行弔古》（1984年12月6日）。

《大潮流》（1984年12月13日-16日）。

《即景：五路口》（1984年12月18日-20日）。

《〈昌耀抒情詩集〉初版後記》（1984年12月24日）。

《邂逅——贈南海G君》（1984年12月28日）。

1985年　49歲

1月19日　接受《當代文藝思潮》編輯部訪談。

5月　參加在西安舉辦的「大西北文學與科學筆會」。

劉湛秋的評論文章《他在荒原上默默閃光》發表於《文學評論》1985年第6期。

10月　昌耀加入中國作家協會。

該年創作的主要作品有：

《芳草天涯》（1985年1月4日-8日）。

《答〈當代文藝思潮〉編輯部》（1985年1月19日）。

《四月》（1985年1月22日-23日初稿；2月3日改定）。

《雄辯》（1985年3月6日，元宵節）。

《牛王（西部詩記。乙丑正月）》（1985年3月13日）。

《夷（東方人）》（1985年4月5日）。

《人‧花與黑陶砂罐》（1985年4月24日）。

《〈巨靈〉的創作》（1985年4月28日零點十一分，青海高原）。

《色的爆破》（1985年5月9日，西安）。

《秦陵兵馬俑古原野》（1985年5月21日）。

《某夜唐城》（1985年5月27日）。

《忘形之美：霍去病墓西漢古石刻》（1985年5月29日初稿）。

《斯人》（1985年5月31日）。

《意緒》（1985年6月8日）。

《招魂之鼓》（1985年6月13日初稿）。

《和鳴之象》（1985年7月3日-4日）。

《午間熱風》（1985年7月26日）。

《高原夏天的對比色》（1985年7月30日）。

《人群站立》（1985年8月1日）。

《花公雞》（1985年8月5日）。

《鋼琴與樂隊》（1985年8月28日）。

《懸棺與隨想》（1985年10月11日）。

《東方之門》（1985年10月15日）。

《我的詩學觀》（1985年11月5日）。

《諧謔曲：雪景下的變形》（1985年11月11日）。

《晚鐘》（1985年11月18日）。

《我們無可回歸》（1985年11月20日）。

《空城堡》（1985年12月11日）。

《頭像》（1985年12月17日）。

《巴比倫空中花園遺事》（1985年秋）。

1986年　50歲

3月　《昌耀抒情詩集》出版。青海省文聯文藝理論研究室聯合甘
肅《當代文藝思潮》雜誌社，為《昌耀抒情詩集》召開了作品研討會。

10月　前往甘肅蘭州參加由《詩刊》社和甘肅《當代文藝思潮》
雜誌社聯合舉辦的當代詩歌研討會。

沈健、伊甸的文章《嗥叫的水手——昌耀印象》發表於1986年11月
6日的《詩歌報》。

該年創作的主要作品有：

《內心激情：光與影子的剪輯》（1986年1月26日）。

《田園》（1986年2月4日）。

《距離》（1986年2月19日-22日）。

《晴日》（1986年2月23日-3月14日）。

《一代》（1986年2月28日）。

《雲境・心境》（1986年3月2日）。

《翩翩鳥翼》（1986年3月12日）。

《一百頭雄牛》（1986年3月27日）。

《穿牛仔褲的男子》（1986年4月3日）。

《人間》（1986年4月9日-13日）。

《幻》（1986年4月23日）。

《黑色燈盞》（1986年5月2日）。

《小人國裏的大故事》（1986年5月12日）。

《美目》（1986年5月13日-6月9日）。

《謔》（1986年6月6日-8日）。

《在雨季：從黃昏到黎明》（1986年6月15日初稿）。

《兩個雪山人》（1986年6月15日）。

《司命》（1986年6月19日-20日）。

《太陽人的尋找》（1986年6月19日-25日）。

《稚嫩之為聲息》（1986年7月5日晨）。

《剎那》（1986年7月8日）。

《嚎啕：後英雄行狀──為S君述》（1986年7月18日）。

《回憶》（1986年7月25日）。

《幽界》（1986年7月26日-9月2日）。

《金色發動機》（1986年8月2日）。

《白晝的結構》（1986年8月3日）。

《靈宵》（1986年8月9日）。

《軀體與沈默》（1986年8月12日）。

《冷色調的有小酒店的風景》（1986年8月15日）。

《舞臺深境塑造》（1986年9月6日）。

《長篇小說》（1986年9月10日-12日）。

《週末囂鬧的都市與波斯菊與女孩》（1986年9月17日）。

《造就的時代》（1986年9月24日）。

《猿啼》（1986年9月27日）。

《廣板：暮》（1986年9月29日）。

《冷太陽》（1986年10月11日，蘭州旅邸）。

《達阪雪霽遠眺》（1986年10月24日，自祁連歸）。

《眩惑》（1986年10月26日-11月2日）。

《錨地》（1986年10月28日）。

《生命體驗》（1986年11月17日-12月16日）。

《詩的禮贊（三則）》（1986年8月-12月）。

1987年　51歲

1月　昌耀當選為青海省文聯委員。

春節前　昌耀搬進位於西寧小橋地區一幢瀕臨大通河的樓房。

周濤的評論文章《前方灶頭　有我的黃銅茶炊》發表於《解放軍文藝》1987年第4期。

該年創作的主要作品有：

《洞》（1987年1月5日）。

《淡淡的河》（1987年1月25日晨）。

《艱難之思》（1987年3月27日寫畢）。

《莊語》（1987年6月17日）。

《立在河流》（1987年6月24日）。

《日落》（1987年6月30日）。

《詩章》（1987年6月-7月12日）。

《瑪哈噶拉的面具》（1987年7月5日）。

《〈昌耀抒情詩集〉再版後記》（1987年9月7日，橋頭堡書室）。

《聽候召喚：趕路》（1987年10月16日）。

1988年　52歲

1月　昌耀出任青海省第六屆政協委員。

3月　昌耀與海外詩人非馬通信。

5月　昌耀加入青海省九三學社。

6月　《昌耀抒情詩集·增訂本》出版，該詩集追加了1985年到1986年以來發表的26首新作，並附劉湛秋序言《他在荒原上默默閃光》。

赴北京拜會駱一禾、雪漢青。

8月　昌耀參加《西藏文學》編輯部在拉薩舉辦的「太陽城詩會」。

12月　昌耀當選為青海省作協副主席。

駱一禾、張玞的評論文章《太陽說：來，朝前走——評〈一首長詩和三首短詩〉》發表於《西藏文學》1988年第5期，後收入《命運之書·附錄》。

葉櫓的評論文章《杜鵑啼血與精衛填海——論昌耀的詩》發表於《詩刊》1988年第7期，後收入《命運之書·附錄》。

該年創作的主要作品有：

《以適度的沈默，以更大的耐心》（1988年1月26日）。

《酒杯——贈盧文麗女士》（1988年2月1日寫畢；4月20刪定）。

《熱包穀》（1988年7月27日）。

《紀伯倫的小鳥——為〈散文詩報〉創刊兩周年而作》（1988年11月2日，西寧）。

《悲愴》（1988年11月15日）。

《盤陀：未聞的故事》（1988年11月27日）。

《燔祭》（1988年11月30日）。

《內陸高迥》（1988年12月12日）。

《受孕的鳥卵》（1988年12月19日）。

《恓惶》（1988年12月21日）。

1989年　53歲

2月　昌耀當選為青海省九三學社文化委員會副主任。

3月　昌耀與香港詩人藍海文通信。成為「世界華文詩人協會」創會理事。

5月　昌耀詩集《亙的結構》被納入某出版社策劃的「詩人叢書」，後無果而終。

下半年　昌耀與楊尕三分居。

該年創作的主要作品有：

《元宵》（1989年2月21日）。

《聽到響板》（1989年3月2日）。

《骷髏頭串珠項鏈》（1989年3月15日）。

《眉毛濕了的時候》（1989年3月16日）。

《干戚舞》（1989年4月15日）。

《窗外有雨》（1989年5月10日）。

《小城淡季》（1989年5月12日）。

《消夏》（1989年5月25日）。

《一隻鴿子》（1989年6月17日）。

《記詩人駱一禾》（1989年7月12日匆草；1991年1月14日刪定）。

《浮雲何曾蒼老》（1989年夏）。

《哈拉庫圖》（1989年10月9日-24日於日月山牧地來歸）。

《幸福——為香港詩人藍海文博士選編〈留在世上的一句話〉撰稿》（1989年11月15日。注：昌耀將該詩收入《命運之書》時重寫，並易名為《仁者——為藍海文博士〈留在世上的一句話〉撰稿》）。

《唯誰孤寂》（1989年12月21日）。

《兩幅油畫：〈風〉與〈吉祥蒙古〉》（1989年12月29日）。

《遠離都市》（1989年12月30日）。

1990年　54歲

4月底　昌耀應浙江省《江南》雜誌邀請，任該刊舉辦的詩歌大賽評委。

6月　應杭州市文聯《西湖》雜誌邀請，任「西湖詩船大獎賽」評委。

6月16日　抵達北京，拜會友人朱乃正、張玞。

該年創作的主要作品有：

《卜者》（1990年1月7日）。

《故居》（1990年1月9日）。

《紫金冠》（1990年1月12日）。

《象界（之一）》（1990年1月14日）。

《鶩》（1990年1月16日）。

《蘋果樹》（1990年1月20日）。

《極地居民》（1990年1月22日）。

《在古原騎車旅行》（1990年1月24日）。

《陳述》（1990年2月3日）。

《一片芳草》（1990年2月7日）。

《僧人》（1990年2月11日-20日）。

《江湖遠人》（1990年4月2日淩晨雨韻中）。

《雪》（1990年4月11日晨記）。

《空間》（1990年4月24日）。

《嚴肅文學的境況怎樣，回答說：還行！──在〈青海日報〉社一次討論會上的發言》（1990年5月4日）。

《齒貝》（1990年7月19日）。

《頭戴便帽從城市到城市的造訪》（1990年7月22日）。

《給約伯》（1990年8月21日）。

《先賢》（1990年8月24日）。

《黎明中的書案》（1990年8月27日）。

《她》（1990年9月10日）。

《西部詩的熱門話》（1990年9月17日訖於燈下，9月25日謄正）。

《謠辭（那刻月光淒清迷離）》（1990年9月25日）。

《作家勞倫斯》（1990年9月）。

《西鄉》（1990年10月19日）。

1991年　55歲

　　李萬慶的評論文章《「內陸高迥」——論昌耀詩歌的悲劇精神》發表於《當代作家評論》1991年第1期，後收入《命運之書・附錄》。

　　葉櫓的評論文章《〈慈航〉解讀》發表於《名作欣賞》1991年第3期，後收入《命運之書・附錄》。

　　5月　赴桂林參加「全國詩歌創作座談會」。

　　該年創作的主要作品有：

　　《處子》（1991年1月2日-3日）。

　　《跋〈淘的流年〉》（1991年1月11日。注：《淘的流年》後因故未出版）。

　　《圖像儀式》（1991年1月25日）。

　　《暖冬》（1991年2月4日立春日）。

　　《北冥有魚，其名為鯤——彥涵木刻作品觀後》（1991年3月1日）。

　　《聖詠》（1991年3月3日）。

　　《冰湖坼裂・聖山・聖火——給S・Y》（1991年3月14日初稿；1991年3月24日改定）。

　　《涉江——別S》（1991年6月10日）。

　　《非我》（1991年6月12日）。

　　《91年殘稿》（1991年6月28日）。

　　《呼喊的河流》（1991年7月11日）。

　　《盤庚》（1991年7月20日）。

《露天水果市場》（1991年7月22日）。

《偶像的黃昏》（1991年8月3日）。

《蒼白》（1991年8月23日）。

《秋客》（1991年8月27日）。

《這夜，額頭鋸痛》（1991年9月7日-11日）。

《一幢公寓樓》（1991年9月13日）。

《工廠：夢眼與現實》（1991年9月20日）。

《自我訪談錄》（1991年9月20日-25日）。

《俯首蒼茫》（1991年10月6日）。

《拿撒勒人》（1991年11月26日）。

《紅塵寄序》（1991年12月19日，青海巴州驛）。

1992年　56歲

9月7日　邵燕祥為昌耀詩集《命運之書》撰寫序言《有個詩人叫昌耀》。

11月　昌耀與楊尕三離婚，獨自搬到作協辦公室居住，後遷至青海省文聯攝影家協會，直至去世。

該年創作的主要作品有：

《痛·怳惕》（1992年2月27日）。

《怳惕·痛》（1992年3月2日）。

《聖桑〈天鵝〉》（1992年3月9日）。

《莞爾——呈獻東陽生氏》（1992年4月8日）。

《現在是夏天──兼答「瀆靈者」》（1992年6月6日）。

《〈命運之書〉自序》（1992年6月11日）。

《一滴英雄淚》、《面譜》（1992年6月30日）。

《烈性衝刺》（1992年7月12日）。

《致修篁》（1992年7月27日初稿；9月21日改定）。

《傍晚。篁與我》（1992年9月2日）。

《烘烤》（1992年9月25日晨5時）。

《花朵受難──生者對生存的思考》（1992年10月10日）。

《螺髻》（1992年12月6日）。

《場（精神的。輻射能的。歷史感的。……）》（1992年12月16日晨）。

《晚雲的血》（1992年12月20日）。

《報詩人葉延濱書》（寫作日期不詳）。

1993年　57歲

　　7月　《命運之書》出版受阻。昌耀撰寫了一則題為《詩人們只有自己起來救自己》的徵訂廣告，決定以「編號本」的形式，自費出版該詩集。該文發表於《詩刊》1993年第10期。

　　該年創作的主要作品有：

《降雪‧孕雪》（1993年1月1日晨光之中）。

《有感而發》（1993年1月22日除夕）。

《一天》（1993年1月23日-24日，2月8日修訂）。

《我見一空心人在風暴中扭打》（1993年5月22日）。

《自審》（1993年7月1日）。

《詩人們只有自己起來救自己》（1993年7月13日）。

《踏春去來》（1993年7月27日）。

《在一條大河的支流入口處》（1993年夏）。

《意義空白》（1993年8月4日）。

《堂·吉訶德軍團還在前進》（1993年8月5日）。

《大街看守》（1993年8月18日）。

《毛澤東》（1993年8月19日）。

《薄曙：沉重之後的輕鬆》（1993年8月28日）。

《詩人與作家》（1993年9月28日）。

《一種嗥叫》（1993年9月28日）。

《勿與詩人接觸》、《復仇》（1993年10月20日）。

《生命的渴意》（1993年10月26日）。

《宿命授予詩人荆冠（答星星詩刊社艾星並兼致葉存政、楊興文）》（1993年12月13日凌晨5點）。

1994年　58歲

8月　昌耀詩集《命運之書》由青海人民出版社出版。

該年創作的主要作品有：

《寺》（1994年1月25日）。

《播種者》（1994年2月18日）。

《罹憂的日子》（1994年2月22日）。

《人：千篇一律》（1994年3月23日）。

《享受鷹翔時的快感》（1994年3月29日）。

《近在天堂的入口處》（1994年5月15日）。

《小滿夜夕》（1994年5月22日）。

《憑弔：曠地中央一座棄屋》（1994年5月24日）。

《靈語》（1994年6月3日）。

《答詩人M五月惠書》（1994年6月10日）。

《火柴的多米諾骨牌遊戲》（1994年6月16日）。

《街頭流浪漢在落日余暉中挽車馬隊》（1994年7月10日）。

《地底如歌如哦三聖者》（1994年7月30日）。

《菊》（1994年8月15日）。

《深巷·軒車寶馬·傷逝》（1994年9月25日-10月6日）。

《混血之歷史》（1994年9月26日）。

《純粹美之模擬》（1994年10月2日）。

《迷津的意味》（1994年10月13日）。

《與蟒蛇對吻的小男孩》（1994年10月14日）。

《答深圳友人HAO KING》（1994年10月23日）。

《戲劇場效應》（1994年11月8日）。

《讀書，以安身立命》（1994年11月28日）。

1995年　59歲

該年創作的主要作品有：

《意義的求索》（1995年2月1日雪朝於西寧）。

《任重道遠——為〈綠風〉詩刊百期紀念而作》（3月13日夜夕）。

《賀鳳龍攝影創作的意義》（1995年4月4日）。

《春光明媚》（1995年6月26日）。

《百年焦慮》（1995年7月6日）。

《劃過欲海的夜鳥》（1995年7月30日）。

《淘空》（1995年8月1日）。

《鐘聲啊，前進！》（1995年8月13日）。

《戲水頑童》（1995年8月28日）。

《感受白色羊時的一刻》（1995年9月23日）。

《荒江之聽》（1995年9月27日）。

《圯上》、《一個青年朝觀鷹巢》（1995年10月7日）。

《折疊金箔》（1995年11月8日）。

《夢非夢》（1995年11月12日）。

《悒鬱的生命排練》（1995年12月4日）。

《一份「業務自傳」》（1995年12月29日）。

1996年　60歲

昌耀詩集《一個挑戰的旅行者步行在上帝的沙盤》由敦煌文藝出版社出版。

該年創作的主要作品有：

《冷風中的街晨空蕩蕩》（1996年1月14日）。

《昌耀近作·前記》（1996年2月14日）。

《沉重的命題——致XX先生》（1996年2月22日）。

《靈魂無蔽》（1996年3月14日）。

《裸祖的橋》（1996年3月19日）。

《從啟開的窗口騁目雪原》（1996年3月23日）。

《幽默大師死去（一次驀然襲來的心潮）》（1996年3月25日）。

《西域：斷簡殘篇之美》（1996年3月31日）。

《過客》（1996年4月13日）。

《與梅卓小姐一同釋讀〈幸運神遠離〉》（1996年4月21日）。

《話語狀態（兩種狀態：怡然或苦悶）》（1996年4月23日）。

《時間客店》（1996年5月18日）。

《醒來》（1996年5月26日）。

《載運罐裝液體化工原料的卡車司機》（1996年5月27日凌晨）。

《玉蜀黍：每日的迎神式》（1996年8月9日）。

《S山莊勝境登臨記》（1996年8月9日）。

《夜者》（1996年8月14日）。

《我們仍是泥土的動物（詩輯《青海風》主持人語）》（1996年8月18日）。

《紫紅絲絨簾幕背景裏的頭像》（1996年8月21日）。

《你啊，極為深邃的允諾》（1996年8月22日）。

《夜眼無眠》（1996年9月4日）。

《顧八荒》（寫於1988年；1996年9月改）。

《一座濱海城市。棕櫚樹。一位小姐──給H》（1996年9月29日）。

《風雨交加的晴天及瞬刻詩意》（1996年10月12日）。

《詩人寫詩》（1996年10月18日）。

《給H君的碎紙片》（1996年10月20日）。

《晴光白銀一樣耀目》（1996年11月23日）。

《噩的結構》（1996年11月27日）。

《今夜，思維的觸角》（1996年11月28日美俗感恩節）。

《再致H》（1996年11月）。

《我的死亡——〈傷情〉之一》（1996年12月29日）。

《土伯特藝術家的歌舞》（1996年12月30日）。

1997年　61歲

10月　昌耀隨中國作家代表團出訪俄羅斯。

該年創作的主要作品有：

《無以名之的憂懷——〈傷情〉之二》（1997年1月4日淩晨4點）。

《寄情崇偶的天鵝之唱——〈傷情〉之三》（1997年1月23日─25日）。

《兩隻龜》（1997年1月29日）。

《我的懷舊是傷口》（1997年2月1日）。

《人境四種》（1997年3月14日）。

《蘇動的大地詩意》（1997年4月19日）。

《獸與徒——有關生命情節》（1997年5月5日）。

《告喻》（1997年6月19日）。

《與馬丁書》（1997年7月10日）。

《挽一個樹懶似的小人物並自挽》（1997年7月22日）。

《序蕭黛〈寂寞海〉》（1997年8月14日）。

《從酷熱之昨日進入到這個涼晨》（1997年8月30日）。

《秋之季，因亡蝶而萌生慨歎》（1997年11月23日）。

《相見蝴蝶》（1997年12月9日）。

《語言》（1997年12月20日）。

《權且作為悼詞的遺聞錄》（1997年12月24日）。

《一個早晨──遙致一位為我屢抱不平的朋友》（1997年12月26日）。

1998年　62歲

6月16日　韓作榮為昌耀詩集《昌耀的詩》撰寫序言《詩人中的詩人》。

12月　昌耀詩集《昌耀的詩》由人民文學出版社出版。

昌耀被評為國家一級作家。

該年創作的主要作品有：

《海牛捕殺者》（1998年1月4日）。

《主角引去的舞臺──覆許以祺先生，為其攝影創作〈天葬台〉題句》（1998年1月6日）。

《相信生活》（1998年1月15日）。

《面對「未可抵達的暖房」》（1998年1月21日）。

《音樂路》（1998年1月22日）。

《關於〈中國今日詩壇在行進中〉》（1998年1月31日）。

《致史前期一對嬌小的彩陶罐》（1998年3月26日）。

《一個中國詩人在俄羅斯（靈魂與肉體的浸禮：與俄羅斯暨俄羅斯詩人們的對話）》（1998年2月17日-20日）。

《〈昌耀的詩〉後記》（1998年6月16日）。

《「練字」與「懶得寫詩」——兼說「音樂無內容可言」》（1998
年9月）。

《囂聲過去——「靈覺」之一》（1998年10月7日）。

《滴漏之夜：似夢非夢時》（1998年10月16日）。

《我這樣捫摸辨識你慧思獨運的詩章——代信函，致M》（1998年
10月20日，西寧）。

《請將詩藝看作一種素質》（1998年11月9日）。

《蘇州歌舞團三人舞〈春之韻〉》（1998年11月22日）。

《陌生的地方》（1998年12月13日）。

《我早年記得的陝西鄉黨都遠走他鄉了》（1998年底）。

1999年　63歲

10月12日，昌耀入青海省人民醫院，確診為腺性肺癌。

10月28日，昌耀轉往青海省第二人民醫院腫瘤醫院。

12月22日，昌耀因難以承擔醫療費用，被迫辦理家庭病床，住進
女友修篁家中。

唐曉渡的評論文章《行者昌耀》發表於《作家》1999年第1期。

陳祖君的評論文章《昌耀論》發表於《青海湖》1999年第10期。

該年創作的主要作品有：

《20世紀行將結束——影物質。經驗空間。潛思維。正在失去的喻
義（一首未完成詩稿的斷簡殘篇）》（1988年寫作，1999年1月9日整

理畢）。

《直面假人的寒戰》（1999年2月25日）。

《瓦爾特再次保衛薩拉熱窩——一個中國人對北約八國聯軍侵略南聯盟所持的民間立場》（1999年3月30日）。

《沙漏之下留駐的樂章美甚》（1999年6月29日初稿，7月9日訂正）。

《士兵。青銅雕像。鳥兒》（1999年7月26日）。

《故人冰冰》（1999年8月4日）。

《我是風雨雷電合乎邏輯的選擇——昌耀自敘（未完成稿）》（1999年）。

2000年　64歲

1月16日晚　昌耀病情惡化，送往青海省人民醫院呼吸科。

1月20日　因為病房裏吵鬧不寧，昌耀要求在走廊為自己增設一張病床。此事被媒體宣傳，引起社會關注。

1月23日　經有關領導過問，昌耀得以搬入高幹病房。

2月8日　韓作榮為昌耀在病床上頒發「中國詩人獎」。

3月23日晨　昌耀在醫院跳樓自殺。

4月1日　韓作榮訪談錄《詩魂永在》發表於2000年4月1日《文藝報》。

4月30日　宋執群的文章《祁連山，你可記得他幼年的飄髮》發表於《青海日報》「江河源」副刊。該文後被同年第6期《青海湖》轉載。

5月21日　燎原的評論文章《昌耀：高地上的奴隸與聖者》發表於《作家》2000年第9期，後作為《昌耀詩文總集》的序言。

6月　盧文麗的回憶文章《花在叫》發表於《人民文學》2000年

第6期。

7月　昌耀詩集《昌耀詩文總集》由青海人民出版社出版。

該年創作的主要作品有：

《答記者張曉穎問》（2000年2月。注：本文由記者根據錄音整理，並經被訪者本人訂正）。

《一十一支紅玫瑰》（2000年3月15日於病榻）。

後　記

1

　　本書是在我的碩士論文基礎上擴充和修改而成的，也是我的第一部學術著作。作為一個學徒期的詩歌研究者，在這部略顯急躁和稚嫩的小書中，我勉強地表達了自己對昌耀作品的一點粗陋的閱讀體會，開闢了一條充滿各種曲解、偏見和危險的土星式的闡釋旅途。但願我的這種談論方式，最好不要平添了困難，而是揭示了困難。

　　當下的漢語詩歌界對昌耀作品的研究尚在萌芽階段。所幸的是，我的一些前輩學人（如駱一禾、耿占春等）能夠敏感地意識到昌耀詩歌的獨特價值，貢獻出了他們的寶貴見解。這些研究成果是我寫作的北極星。如今，越來越多的批評家和讀者已經達成了這樣的共識：昌耀是中國當代屈指可數的大詩人。他的作品雄渾而厚重、蒼涼而深遠，帶有深入骨殖的英雄主義基調，這是為廣大讀者所熟悉和讚賞的。對於他的文學史地位和評價，卻遠非諸如「歸來者詩群」或「西部詩群」這樣的番號所能涵蓋的。在昌耀漫長的寫作歷程中，他的詩歌靈魂和寫作風格經歷了極其重要的斷裂和變化，本書斗膽拒絕了傳

統的詩歌解讀方式,而是採用水、土、火、氣這四種物質元素作為認識論,力圖從更靠近本源的閱讀經驗出發,探索昌耀詩歌與世界的切近關係。

昌耀的詩歌寫作貢獻了一種「猙獰」的漢語,這常常令他的讀者感到匪夷所思,造成了語句自身在氣息上的積極打斷。那些詩句要麼太長了,要麼被那些古奧、生僻或兇險的詞語所憑空劫持,成為閱讀的屏障和苦役。蓋因如此,他的詩歌其實並不適合朗誦,它們並不仰仗著聽和讀,而是更接近看和寫。這也暗示出現代詩歌正在開展從朗誦腔向碎碎念的偷渡。昌耀詩歌的優異性正是被這種複雜性所定義的,這種複雜性也凸顯出當代詩歌所面臨的重大問題。德語詩人保羅‧策蘭在《子午線》演講中提到了「換氣」或「呼吸轉換」的法則,可以幫助我們理解昌耀詩歌在語言上呈現出的這種困難。作為一個漢語新詩的寫作者,昌耀既面臨著從已然廢棄的古漢語向尚不成熟的現代漢語的「內部換氣」,又遭遇著橫向楔入的西方翻譯語體逼視下的「外部換氣」,這種雙重轉換的困境在昌耀的寫作中發生了奇妙的化合,鍛造了他卓異的詩歌語言,同時也導致了被委以重任的詩人在呼吸上的不可能性。作為一個依靠生命體驗寫作的詩人,昌耀攜帶著肺的重負,先知般地瞥見了他呼吸中的深淵,這也是中國當代詩人共同面臨的深淵。晚期的昌耀希望借助散文來拯救奄奄一息、命垂一線的詩歌,在呼吸的不可能性中開拓出一種可能性,在散文中為詩歌換一口氣,不妨可以看做是一種力挽狂瀾的嘗試,只奈何詩人自己沒能泅過命運中更加兇險的淵藪。

詩歌在困境中有出路嗎?策蘭找到了他的「子午線」,那是某

種既通過兩極又穿越回歸線而回歸自身的循環。按照他的提示，詩人在回歸他出發的地方時，也在尋找他起源的地方。對於承擔雙重呼吸轉換的漢語新詩，對於被時代流放的詩人昌耀，我們隱約辨識出一種藍圖：昌耀大半生偏居祖國的西北內陸，彷彿被丟棄在詩歌王國裏那片荒無人煙的曠野之上。昌耀的位置也是詩歌的位置，那裏是漢語新詩無法選擇的出生地，是它現實的緯度；無論這個位置與中心相隔多遠，無論要迎接多少痛苦和孤獨，每一條緯線上的詩人都有權利在內心裏架設出他們各自的「子午線」，幫助他們直接與兩極相連，鋪就他們回歸起源的通道，指認出那顆在迷途中給予永恆方向的北極星。昌耀的寫作勾畫出了這種藍圖，他的作品塑造了一種詩學姿勢——西北偏北——一種漢語詩歌呈現出的英雄主義、力挽狂瀾以及「語不驚人死不休」的書寫品質。昌耀為他的讀者饋贈出一冊西北偏北之詩。在對北極星的眺望中，詩人編織了大地上的星座。這也是本書標題的由來。眾所周知的是，「西北偏北」乃是大導演希區柯克著名電影的片名，我喜歡這個文字遊戲，所以我抄襲了他。

2

本書寫作的緣起是2008年，當時我還在讀研究生一年級，對漢語新詩半生不熟。某日，我的導師敬文東先生約我到學校西門的「李師傅」拉麵館見面，在兩瓶燕京啤酒的縫隙間，他把這個寫作任務作為碩士畢業論文選題佈置給我。昌耀是他極端熱愛的詩人，他希望我能將這項研究工作進行下去，並囑咐我要盡量廣泛地涉獵各家人文學科

的知識，努力兼顧論證的綿密、見識的精當和文辭的優美，最後能夠
形成一篇盪氣迴腸的研究論文。與他當時的那些期望相比，如今的這
本小書又真正實現了它們中的幾成呢？我真的不知道。期待不久後的
某一天，我也能穿過兩瓶啤酒的縫隙，把這份作業恭敬地交到敬先生
手中，讓這部小書在時間中劃出一道承諾的「子午線」，用它來回應
我與他當初的約定，回報他給予我的諄諄教導。真心感謝敬文東先生
對我在讀書和生活上的悉心栽培和家人般的關懷。本書正是在他的舉
薦和幫助下才有拋頭露面的機會。感謝他的知遇之恩，讓我在今天這
個壞時代裏，能夠對自己嚮往的事業保持一貫的熱情和鬥志，並且從
中汲取到難得的快樂。我為擁有他這樣的導師和朋友而感到心滿意
足。如同我承認在標題上模仿了希區柯克一樣，我也承認，在這段最初
學習寫作的道路上，我也在偷偷模仿我的導師。我渴望成為像他那樣的
學者，然而，當我越是靠近他，就越是感到走向他的路是何其漫長。

在此感謝和緬懷張棗老師，正值我論文寫作期間，傳來了他英年
早逝的噩耗。作為深受我們愛戴的詩人、師長和友人，他來去匆匆，
在詩歌和酒杯中與我們短暫相聚。在他生命中最後的冬季學期，儘管
病魔纏身，他依然堅持早起從遙遠的住處趕來為我們上課。他的離
去，也帶走了我們身上一小部分生命。在他回德國圖賓根治療前的最
後一次課上，身體虛弱的他得知我的論文選題是昌耀，還專門組織大
家閱讀昌耀的作品並展開討論。那次珍貴的課堂討論，為我的寫作提
供了重要的思路和極富啟發性的觀點。我寫昌耀，其實也慢慢寫成了
他。在此，我願把這本不盡成熟的著作獻給他。與張棗老師其他的學
生朋友一樣，我堅信他一直和我們在一起。

　　本書的前半生是我在中央民族大學為申請文學碩士學位遞交的學位論文，權當作我攻讀研究生階段閱讀和思考的一個總結。它的完成，要得力於中國現當代文學教研室的白薇、劉淑玲、楊天舒、徐文海、冷霜和劉震等諸位先生對我的教導和點撥，在此一併致謝。本書是一件黑夜的產物，至今還記得我顛倒黑白地整晚獨自在電腦前寫作的情景。感謝我從小玩到大的朋友潘峰，他將自己那間位於理工樓的實驗室騰出來供我夜裏使用。我在那裏找到了難得的寧靜。本書有近一半的文字在那裏落成。

　　本書的後半生是我在攻讀博士學位期間逐步增訂完成的。感謝章治萍先生將他從互聯網上收集來的昌耀研究資料提供給我。感謝燎原先生，他的大著《昌耀評傳》，是我瞭解昌耀相關生平和創作的最重要的參考資料，附於本書正文後面的「昌耀簡明年譜」，也基本是從這部著作中整理、編排而成的（為昌耀編寫年譜的建議，來自參加我論文答辯的黃鳳顯教授，在此向他致謝）。借參加2011年第三屆青海湖國際詩歌節之際，我有緣在西寧見到了蕭黛女士，這位頗具俠氣的、昌耀先生的生前摯友，對我的研究給予了鼓勵，並為我生動地講述了她與昌耀交往的一些細節，我要在此謝謝她。與夏可君先生的相識，是我讀書生涯中一個令人激動人心的增長點，此後，我對學問的理解似乎煥然一新了。他的思想和著作深深地影響了我，我將這股力量也帶進了本書的修改過程中，導致他險些成為我模仿的第三個人。

　　感謝張桃洲教授的賞識，本書的導言部分得以幸運地發表在他主持的那期《新詩評論》上。本書的部分論述也曾精簡為一篇一萬餘字的論文，在蕭學周先生的邀約下，發表在《武陵學刊》上。他們的信

任是對我這樣一個初級研究者最好的激勵。本書的寫作也得到了顏煉軍、劉德江和曹夢琰等同門師兄妹的鼎力支持，在本書出版之際，願他們能同我一起分享這份喜悅。由衷地感謝我的父母，正是他們心甘情願的辛勤工作和省吃儉用，才保證了我能夠一門心思地過著象牙塔裏的貴族生活。我把他們的愛融進了這本小書中，再做成一件禮物回獻給他們，惟願他們身體健康，生活愉快。

　　很高興這部著作能夠率先在臺灣秀威書局出版。如果本書能將詩人昌耀和他的作品介紹到美麗的寶島，並引起臺灣詩歌界的關注和重視，那將是我的福氣。同時我也誠懇地接受海峽對岸的學界同仁們的批評。我要特別感謝蔡登山先生的厚意，感謝姣潔小姐和奕文小姐為本書的編輯所付出的勞動。感謝我的學妹陳芬和李大珊，她們在繁忙的學業之餘承擔了本書的校對工作。感謝我的私友馬威、張瑞豐和韋登龍，我們如今分別混跡於北京城相距甚遠的角落和行當裏，承蒙他們無價的友情，才讓我有底氣為夢想而不懈奮鬥。我亦以此書為他們祝福，紀念我們一起度過的那段狗臉的歲月。

　　本書是我青春期寫作的一種紀念。隨著年齡的增長，我初嚐了言說的困難和寫作的艱辛，而比它們更難理解和預料的則是生活本身。感謝詩歌讓我認識和學習了生活，並賜予我美妙的形式和良機，讓我一睹靈魂的側影。生活的道路還很長，寫作的征程上才剛剛吹響號角，我願把自己的靈魂安放在這項事業中。弗尼吉亞・伍爾夫的願望也是我的願望，作為一個慢慢向三十歲靠近的中國寫作者，我真他媽地想擁有一間自己的屋子！

2012年10月24日，北京法華寺。

參考文獻

一、昌耀作品

昌耀，《昌耀抒情詩集》，西寧：青海人民出版社，1986年。

昌耀，《昌耀抒情詩集》（增訂本），西寧：青海人民出版社，1988年。

昌耀，《命運之書——昌耀四十年詩作精品》，西寧：青海人民出版社，
　　1994年。

昌耀，《一個挑戰的旅行者步行在上帝的沙盤》，蘭州：敦煌文藝出版社，
　　1996年。

昌耀，《昌耀的詩》，北京：人民文學出版社，1998年。

昌耀，《昌耀詩文總集》，西寧：青海人民出版社，2000年。

昌耀，《昌耀詩文總集》（增編版），北京：作家出版社，2010年。

二、昌耀研究著作與論文集

燎原，《昌耀評傳》，北京：人民文學出版社，2008年。

燎原、章治萍等主編，《最初的傳承——昌耀誕辰70周年祭》，香港：香港天
　　馬圖書有限公司，2006年。

章治萍主編，《最輕之重——「昌耀論壇」五周年選集》，香港：香港天馬圖
　　書有限公司，2007年。

三、昌耀研究論文與相關文章

昌耀研究論文

西川，《昌耀詩的相反相成和兩個偏移》，《青海湖文學月刊》2010年第3期。

朱增泉，《尋找昌耀》，《詩刊》2003年23期。

沈葦，《大荒中的苦吟與聖詠——紀念昌耀先生》，《詩歌月刊》2007年第9期。

李萬慶，《「內陸高迥」——論昌耀詩歌的悲劇精神》，《當代作家評論》
　　　1991年第1期。

易彬，《「城堡，宿命永恆不變的感傷主題」——長詩《哈拉庫圖》與詩人昌
　　　耀的精神歷程》，《新詩評論》2006年第1輯。

金元浦，《神的故鄉鷹在言語》，《詩探索》2003年第3—4期。

林賢治，《「溺水者」昌耀》，《當代文壇》2007年第4期。

耿占春，《作為自傳的昌耀詩歌——抒情作品的社會學分析》，《文學評論》
　　　2005年第3期。

唐曉渡，《行者昌耀》，《作家》1999年第1期。

馬丁，《梳理之一：昌耀的生平》，《蘭州教育學院學報》2001年第2期。

馬海音，馬丁，《昌耀詩歌研究中值得注意的幾個問題》，《蘭州教育學院學
　　　報》2002年第1期。

敬文東，《昌耀的英雄觀與在詩中的實現》，《綠洲》1993年第2期。

敬文東，《對一個口吃者的精神分析——詩人昌耀論》，《南方文壇》2000年
　　　第4期。

章治萍，《雨酣之夜話昌耀》，《中國詩人》（季刊）2007年第1期。

葉櫓，《〈慈航〉解讀》，《名作欣賞》1991年第3期。

葉櫓，《杜鵑啼血與精衛填海》，《詩刊》1988年第7期。

葉舟，《昌耀先生》，《詩探索》1997年第1期。

爾雅，《斯人昌耀》，《敦煌》2002年第1期。

燎原，《高原精神的還原》，《詩探索》1997年第1期。

燎原，《詩人昌耀最後的日子》，《神劍》2007年第3期。

盧文麗，《懷念昌耀老師》，《綠風》2003年第2期。

蕭黛，《詩人殘淚如血》，《綠風》2005年第2期。

相關文章

駱一禾、張玞，《太陽說：來，朝前走——評〈一首長詩和三首短詩〉》，昌
　　耀，《命運之書》，西寧：青海人民出版社，1994年。

韓作榮，《詩人中的詩人》，《昌耀的詩》，北京：人民文學出版社，1998年。

風馬，《漫話昌耀》，昌耀，《一個挑戰的旅行者步行在上帝的沙盤》，蘭
　　州：敦煌文藝出版社，1996年。

燎原，《高地上的奴隸與聖者》，《昌耀詩文總集》，西寧：青海人民出版
　　社，2000年。

燎原，《天路上的苦行僧與聖徒》，《青海廣播電視報》2000年1月28日。

何瀚，《昌耀：最後一個神話》，詩家園網，http://sjycn.2008red.com /
　　sjycn / article_269_4711_1.shtml。

馬丁，《昌耀的悲劇》，中國藝術批評網，http://www.zgyspp.com / Article / y6 /
　　y53 / 2009 / 1223 / 20850.html。

四、其他參考文獻

中國大陸著作

王家新，《未完成的詩》，北京：作家出版社，2008年。

北島，《時間的玫瑰》，北京：中國文史出版社，2005年。

西川，《西川的詩》，北京：人民文學出版社，1999年。

艾青，《歸來的歌》，成都：四川人民出版社，1980年。

艾青，《中國當代名詩人選集・艾青》，北京：人民文學出版社，2006年。

李曉琪編，《紅燼：疼痛與憂傷・最美的悼詞》，海口：海南出版社，2001年。

汪民安等主編，《後現代性的哲學話語：從福柯到賽義德》，杭州：浙江人民
　　出版社，2000年。

柏樺，《往事》，石家莊：河北教育出版社，2002年。

柏樺，《左邊──毛澤東時代的抒情詩人》，南京：江蘇文藝出版社，2009年。

苗力田主編，《古希臘哲學》，北京：中國人民大學出版社，1989年。

海子，《海子的詩》，北京：人民文學出版社，1995年。

耿占春，《隱喻》，鄭州：河南大學出版社，2007年。

夏可君，《姿勢的詩學》，北京：中國社會出版社，2012年。

袁可嘉等選編，《外國現代派作品選》（第一冊・上），上海：上海文藝出版
　　社，1980年。

陳嘉映，《語言哲學》，北京：北京大學出版社，2003年。

張閎，《聲音的詩學》，北京：中國人民大學出版社，2003年。

張棗，《春秋來信》，北京：文化藝術出版社，1998年。

張棗，《張棗的詩》，北京：人民文學出版社，2010年。

張隆溪，《道與邏各斯──東西方文學闡釋學》，馮川譯，南京：江蘇教育出
　　版社，2006年。

張檸，《土地的黃昏──鄉村經驗的微觀權力分析》，北京：東方出版社，
　　2005年。

張志揚，《創傷記憶──中國現代哲學的門檻》，上海：上海三聯書店，
　　1999年。

張志揚，《瀆神的節日》，上海：上海三聯書店，1997年。

敬文東，《寫在學術邊上》，昆明：雲南人民出版社，2002年。

敬文東，《牲人盈天下──中国文化的精神分析》，桂林：廣西師範大學出版
　　社，2011年。

敬文東，《中國當代詩歌的精神分析》，北京：中國社會出版社，2010年。

魯迅，《魯迅全集》，北京：人民文學出版社，2005年。

翟永明，《女人》，北京：作家出版社，2008年。

翟永明，《翟永明詩集》，成都：成都出版社，1994年。

駱一禾，《駱一禾的詩》，北京：人民文學出版社，2011年。

駱一禾，《駱一禾詩全編》，張玞編，上海：上海三聯書店，1997年。

歐陽江河，《事物的眼淚》，北京：作家出版社，2008年。

歐陽江河，《透過詞語的玻璃——歐陽江河詩選》，北京：改革出版社，
　　1997年。

聞一多，《聞一多全集》，武漢：湖北人民出版社，1993年。

劉小楓，《詩化哲學——德國浪漫美學傳統》，濟南：山東文藝出版社，
　　1986年。

劉小楓，《拯救與逍遙》（修訂本二版），上海：華東師範大學出版社，
　　2007年。

劉小楓選編，《施米特與政治的現代性》，上海：華東師範大學出版社，
　　2007年。

趙汀陽，《沒有世界觀的世界——政治哲學和文化哲學文集》（第二版），北
　　京：中國人民大學出版社，2010年。

趙毅衡編選，《符號學文學論文集》，北京：百花文藝出版社，2004年。

趙汀陽，《壞世界研究——作為第一哲學的政治哲學》，北京：中國人民大學
　　出版社，2009年。

《老子》

《論語》

《莊子》

論文

張棗，《朝向語言風景的危險旅行──當代中國詩歌的元詩結構和寫者姿態》，《上海文學》2001年1月號。

臧棣，《記憶的詩歌敘事學──細讀西渡的〈一個鐘錶匠的記憶〉》，《詩探索》，2002年第1期。

國外著作或翻譯著作

切斯瓦夫・米沃什，《詩的見證》，黃燦然譯，桂林：廣西師範大學出版社，2011年。

包亞明主編，《現代性與空間的生產》，上海：上海教育出版社，2003年。

包亞明主編，《後現代性與地理學的政治》，上海：上海教育出版社，2001年。

布羅茨基，《文明的孩子》，劉文飛譯，北京：中央編譯出版社，2007年。

瓦爾特・本雅明，《巴黎，19世紀的首都》，劉北成譯，上海：上海人民出版社，2006年。

瓦爾特・本雅明，《本雅明：作品與畫像》，孫冰編，上海：文彙出版社，1999年。

瓦爾特・本雅明，《本雅明文選》，陳永國等編，北京：中國社會科學出版社，1999年。

瓦爾特・本雅明，《發達資本主義時代的抒情詩人》，張旭東、魏文生譯，北京：三聯書店，2007年。

瓦爾特・本雅明，《德國悲劇的起源》，陳永國譯，北京：文化藝術出版社，2001年。

瓦萊里，《文藝雜談》，段映紅譯，天津：百花文藝出版社，2002年。

卡夫卡，《卡夫卡全集》，葉廷芳主編，石家莊：河北教育出版社，2000年。

布魯斯・林肯，《死亡、戰爭與獻祭》，晏可佳譯，龔方震著，上海：上海人民出版社，2002年。

加斯東・巴什拉，《火的精神分析》，杜小真、顧嘉琛譯，長沙：嶽麓書社，
　　2005年。

加斯東・巴什拉，《空間的詩學》，張逸婧譯，上海：上海譯文出版社，2009年。

加斯東・巴什拉，《夢想的詩學》，劉自強譯，北京：三聯書店，1996年。

加斯東・巴什拉，《水與夢——論物質的想像》，顧嘉琛譯，長沙：嶽麓書
　　社，2005年。

亞里斯多德，《尼各馬科倫理學》，苗力田譯，北京：中國人民大學出版社，
　　2003年。

亞里斯多德，《詩學》，陳中梅譯注，北京：商務印書館，1996年。

米蘭・昆德拉，《慢》，馬振騁譯，上海：上海譯文出版社，2003年。

艾略特，《艾略特詩學文集》，王恩衷編譯，樊心民校，北京：國際文化出版
　　公司，1989年。

艾略特，《艾略特文學論文集》，李賦寧譯，南昌：百花洲文藝出版社，1994年。

米哈伊爾・巴赫金，《巴赫金集》，張傑編選，上海：上海遠東出版社，1998年。

米哈伊爾・巴赫金，《巴赫金全集》，錢中文主編，石家莊：河北教育出版
　　社，1998年。

希尼，《希尼詩文集》，吳德安等譯，北京：作家出版社，2000年。

伽達默爾，《真理與方法》，洪漢鼎譯，上海：上海譯文出版社，2004年。

列維—斯特勞斯，《神話學：生食和熟食》，周昌忠譯，北京：中國人民大學
　　出版社，2007年。

列維—斯特勞斯，《憂鬱的熱帶》，王志明譯，北京：三聯書店，2000年。

但丁，《神曲》，王維克譯，《但丁精選集》，呂同六編選，北京：北京燕山
　　出版社，2004年。

亨利・大衛・梭羅，《瓦爾登湖》，徐遲譯，上海：上海譯文出版社，1982年。

別林斯基，《別林斯基選集》，滿濤等譯，上海：上海文藝出版社，1963年。

里爾克，《給青年詩人的十封信》，馮至譯，北京：三聯書店，1994年。

里爾克，《里爾克精選集》，李永平編選，北京：北京燕山出版社，2005年。

里爾克，《里爾克散文》，葉廷芳選編，北京：人民文學出版社，2008年。

里爾克，《馬爾特手記》，曹元勇譯，上海：上海文藝出版社，2006年。

克林斯・布魯克斯，《精緻的甕——詩歌結構研究》，郭乙瑤等譯，上海：上海人民出版社，2008年。

佛洛伊德，《佛洛伊德後期著作選》，林塵等譯，上海：上海譯文出版社，1986年。

佛洛伊德，《論文學與藝術》，常宏譯，北京：國際文化出版公司，2007年。

佛洛伊德，《夢的解析》，丹寧譯，北京：國際文化出版公司，1998年。

波德賴爾，《1846年的沙龍——波德賴爾美學論文選》，郭宏安譯，桂林：廣西師範大學出版社，2002年。

波德賴爾，《惡之花——波德賴爾詩歌精粹》，錢春綺譯，北京：人民文學出版社，2008年。

舍斯托夫，《以頭撞牆：舍斯托夫無根基生活集》，方珊等譯，西安：陝西師範大學出版社，2003年。

阿格妮絲・赫勒，《日常生活》，衣俊卿譯，重慶：重慶出版社，1990年。

哈樂德・布魯姆，《影響的焦慮——一種詩歌理論》（修訂版），徐文博譯，南京：江蘇教育出版社，2006年。

保羅・策蘭，《保羅・策蘭詩文選》，王家新、芮虎譯，石家莊：河北教育出版社，2002年。

茨維塔耶娃，《茨維塔耶娃文集》（詩歌卷、書信卷），汪劍釗主編，北京：東方出版社，2003年。

威廉・狄爾泰，《體驗與詩》，胡其鼎譯，北京：三聯書店，2003年。

威廉・燕卜遜，《朦朧的七種類型》，周邦憲等譯，北京：中國美術學院出版社，1996年。

埃里希・弗洛姆，《愛的藝術》，劉福堂譯，合肥：安徽文藝出版社，1986年。

柏拉圖，《柏拉圖的〈會飲〉》，劉小楓譯，北京：華夏出版社，2003年。

柏拉圖，《理想國》，郭斌和、張竹明譯，北京：商務印書館，1986年。

約翰・伯格，《觀看之道》，戴行鉞譯，桂林：廣西師範大學出版社，2007年。

海德格爾，《演講與論文集》，孫周興譯，北京：三聯書店，2005年。

海德格爾，《存在與時間》（修訂譯本），陳嘉映、王慶節譯，北京：三聯書店，2006年。

海德格爾，《荷爾德林詩的闡釋》，孫周興譯，北京：商務印書館，2000年。

海德格爾，《林中路》（修訂本），孫周興譯，上海：上海世紀出版集團，2008年。

海德格爾，《在通向語言的途中》，孫周興譯，北京：商務印書館，2004年。

曼德爾施塔姆，《曼德爾施塔姆隨筆選》，黃燦然等譯，廣州：花城出版社，2010年。

曼德里施塔姆，《時代的喧囂——曼德里施塔姆文集》，劉文飛譯，昆明：雲南人民出版社，1998年。

曼傑什坦姆，《曼傑什坦姆詩全集》，汪劍釗譯，北京：東方出版社，2008年。

馬爾庫塞，《愛慾與文明》，黃勇、薛民譯，上海：上海譯文出版社，1987年。

馬克·里拉，《當知識份子遇到政治》，鄧曉菁、王笑紅譯，北京：新星出版社，2005年。

馬歇爾·伯曼，《一切堅固的東西都煙消雲散了——現代性體驗》，徐大建、張輯譯，北京：商務印書館，2003年。

翁貝爾托·埃科，《符號學與語言哲學》，王天清譯，天津：百花文藝出版社，2006年。

雅克·拉康，《拉康選集》，褚孝泉譯，上海：上海三聯書店，2001年。

茱莉亞·克利斯蒂瓦，《漢娜·阿倫特》，劉成富等譯，南京：江蘇教育出版社，2006年。

理查·休斯，《牙買加颶風》，薑薇譯，重慶：重慶出版社，2006年。

梅洛－龐蒂，《知覺現象學》，姜志輝譯，北京：商務印書館，2001年。

索緒爾，《普通語言學教程》，高名凱譯，北京：商務印書館，1980年。

特里·伊格爾頓，《馬克思為什麼是對的？》，李楊等譯，北京：新星出版社，2011年。

愛德華·薩義德，《論晚期風格——反本質的音樂與文學》，閻嘉譯，北京：三聯書店，2009年。

愛德華‧薩義德，《格格不入──薩義德回憶錄》，彭淮棟譯，北京：三聯書店，2004年。

愛倫‧坡，《愛倫‧坡作品精選》，曹明倫譯，武漢：長江文藝出版社，2007年。

愛因斯坦，《愛因斯坦文集》（第3卷），許良英等編譯，北京：商務印書館，1979年。

愛倫堡，《人‧歲月‧生活》，馮南江等譯，廣州：花城出版社，2004年。

博爾赫斯，《博爾赫斯全集‧詩歌卷（上冊）》，林之木、王永年譯，杭州：浙江文藝出版社，1999年。

博爾赫斯，《博爾赫斯談藝錄》，王永年譯，杭州：浙江文藝出版社，2005年。

博納維爾，《原始聲色：沐浴的歷史》，郭昌京譯，天津：百花文藝出版社，2003年。

華萊士‧史蒂文斯，《最高虛構筆記：史蒂文斯詩文集》，陳東颷、張棗譯，上海：華東師範大學出版社，2008年。

喬治‧巴塔耶，《色情、耗費與普遍經濟：喬治‧巴塔耶文選》，汪民安編，長春：吉林人民出版社，2003年。

喬治‧巴塔耶，《文學與惡》，董澄波譯，北京：北京燕山出版社，2006年。

喬治‧布萊，《批評意識》，郭宏安譯，桂林：廣西師範大學出版社，2002年。

漢娜‧阿倫特，《人的條件》，竺乾威等譯，上海：上海人民出版社，1999年。

斯蒂芬‧茨威格，《與魔鬼作鬥爭》，徐暢譯，北京：西苑出版社，1998年。海出版社，2006年。

齊澤克，《幻想的瘟疫》，胡雨譚、葉肖譯，南京：江蘇人民出版社，2006年。

齊澤克，《意識形態的崇高客體》，季廣茂譯，北京：中央編譯出版社，2001年。

詹姆遜，《詹姆遜文集（1）：新馬克思主義》，王逢振主編，北京：中國社會科學出版社，2004年。

達高涅，《理性與激情──加斯東‧巴什拉傳》，尚衡譯，北京：北京大學出版社，1997年。

路易‧阿爾都塞，《保衛馬克思》，顧良譯，北京：商務印書館，2007年。

奧克塔維奧‧帕斯，《雙重火焰──愛與欲》，蔣顯璟、真漫亞譯，北京：東
　　方出版社，1998年。

蜜雪兒‧福柯，《福柯集》，杜小真編選，上海：上海遠東出版社，1998年。

蜜雪兒‧福柯，《詞與物──人文科學考古學》，莫偉民譯，上海：上海三聯
　　書店，2001年。

蜜雪兒‧福柯，《規訓與懲罰》，劉北城、楊遠嬰譯，北京：三聯書店，2003年。

蜜雪兒‧福柯，《知識考古學》，謝強、馬月譯，北京：三聯書店，2007年。

維特魯威，《建築十書》，高履泰譯，北京：知識產權出版社，2001年。

德勒茲、加塔利，《資本主義與精神分裂（卷2）：千高原》，薑宇輝譯，上
　　海：上海書店出版社，2010年。

諾思羅普‧弗萊，《批評的解剖》，陳慧等譯，天津：百花文藝出版社，2006年。

薩特，《薩特文學論文集》，施康強等譯，合肥：安徽文藝出版社，1998年。

薩特，《波德賴爾》，施康強譯，北京：北京燕山出版社，2006年。

薩特，《詞語》，潘培慶譯，北京：三聯書店，1989年。

蘇珊‧桑塔格，《沈默的美學──蘇珊‧桑塔格論文選》，黃梅等譯，海口：
　　南海出版社，2006年。

蘇珊‧桑塔格，《在土星的標誌下》，姚君偉譯，上海：上海譯文出版社，
　　2006年。

羅蘭‧巴特，《戀人絮語──一個解構主義的文本》，汪耀進、武佩榮譯，上
　　海：上海人民出版社，2004年。

羅蘭‧巴特，《羅蘭‧巴特自述》，懷宇譯，天津：百花文藝出版社，2002年。

羅蘭‧巴特，《批評與真實》，溫晉儀，上海：上海人民出版社，1999年。

羅蘭‧巴爾特，《米什萊》，張組建譯，北京：中國人民大學出版社，2008年。

顧彬，《20世紀中國文學史》，范勁等譯，上海：華東師範大學出版社，
　　2008年。

Gerald L.Bruns, On the Anarchy of Poetry and Philosophy:A Guide for the Unruly[M],
    Fordham University Press, New York, 2006.
《聖經》
《五十奧義書》

新鋭文學叢書24　AG0150

新鋭文創
INDEPENDENT & UNIQUE

西北偏北之詩
——昌耀詩歌研究

作　　者	張光昕
主　　編	蔡登山
責任編輯	王奕文
圖文排版	陳姿廷
封面設計	陳佩蓉

出版策劃	新鋭文創
發 行 人	宋政坤
法律顧問	毛國樑　律師
製作發行	秀威資訊科技股份有限公司
	114 台北市內湖區瑞光路76巷65號1樓
	電話：+886-2-2796-3638　傳真：+886-2-2796-1377
	服務信箱：service@showwe.com.tw
	http://www.showwe.com.tw
郵政劃撥	19563868　戶名：秀威資訊科技股份有限公司
展售門市	國家書店【松江門市】
	104 台北市中山區松江路209號1樓
	電話：+886-2-2518-0207　傳真：+886-2-2518-0778
網路訂購	秀威網路書店：http://www.bodbooks.com.tw
	國家網路書店：http://www.govbooks.com.tw

出版日期	2013年01月　初版
定　　價	460元

Printed in Taiwan

國家圖書館出版品預行編目

西北偏北之詩：昌耀詩歌研究 / 張光昕著. -- 初版. -- 臺
北市：新銳文創, 2013.01
　　面；　公分.
　ISBN　978-986-5915-40-7（平裝）

　1.王昌耀　2.新詩　3.詩評

851.487　　　　　　　　　　　　　　101023351

讀 者 回 函 卡

感謝您購買本書，為提升服務品質，請填妥以下資料，將讀者回函卡直接寄回或傳真本公司，收到您的寶貴意見後，我們會收藏記錄及檢討，謝謝！
如您需要了解本公司最新出版書目、購書優惠或企劃活動，歡迎您上網查詢或下載相關資料：http:// www.showwe.com.tw

您購買的書名：＿＿＿＿＿＿＿＿＿＿＿＿＿＿＿＿＿＿＿＿＿＿

出生日期：＿＿＿＿＿年＿＿＿＿＿月＿＿＿＿＿日

學歷：□高中 (含) 以下　　□大專　　□研究所 (含) 以上

職業：□製造業　□金融業　□資訊業　□軍警　□傳播業　□自由業
　　　□服務業　□公務員　□教職　　□學生　□家管　□其它＿＿＿

購書地點：□網路書店　□實體書店　□書展　□郵購　□贈閱　□其他

您從何得知本書的消息？

　□網路書店　□實體書店　□網路搜尋　□電子報　□書訊　□雜誌
　□傳播媒體　□親友推薦　□網站推薦　□部落格　□其他＿＿＿＿＿

您對本書的評價：（請填代號　1.非常滿意　2.滿意　3.尚可　4.再改進）

　封面設計＿＿＿　版面編排＿＿＿　內容＿＿＿　文／譯筆＿＿＿　價格＿＿＿

讀完書後您覺得：

　□很有收穫　□有收穫　□收穫不多　□沒收穫

對我們的建議：＿＿＿＿＿＿＿＿＿＿＿＿＿＿＿＿＿＿＿＿＿＿

＿＿＿＿＿＿＿＿＿＿＿＿＿＿＿＿＿＿＿＿＿＿＿＿＿＿＿＿＿＿

＿＿＿＿＿＿＿＿＿＿＿＿＿＿＿＿＿＿＿＿＿＿＿＿＿＿＿＿＿＿

＿＿＿＿＿＿＿＿＿＿＿＿＿＿＿＿＿＿＿＿＿＿＿＿＿＿＿＿＿＿

11466
台北市內湖區瑞光路 76 巷 65 號 1 樓

秀威資訊科技股份有限公司　　　收
BOD 數位出版事業部

⋯⋯⋯⋯⋯⋯⋯⋯⋯⋯⋯⋯⋯⋯⋯⋯⋯⋯⋯⋯⋯⋯⋯⋯⋯⋯⋯⋯⋯⋯⋯⋯⋯⋯⋯⋯⋯⋯⋯

（請沿線對折寄回，謝謝！）

姓　　名：＿＿＿＿＿＿＿＿　年齡：＿＿＿＿　性別：□女　□男

郵遞區號：□□□□□

地　　址：＿＿＿＿＿＿＿＿＿＿＿＿＿＿＿＿＿＿＿＿＿＿

聯絡電話：(日)＿＿＿＿＿＿＿＿＿＿　(夜)＿＿＿＿＿＿＿＿＿＿

E-mail：＿＿＿＿＿＿＿＿＿＿＿＿＿＿＿＿＿＿＿＿＿＿＿